그 여름날의 치자와 오디

그 여름날의 치자와 오디

김연 장편소설

실천문학사

차 례

오래된 금서 ○ 007

어느 나르시시스트의 그물망 스타킹에 대한 비판적 성찰 ○ 014

낭만고양이에 대한 오마주 혹은 모독 ○ 029

티파니에서 아침을 ○ 045

어머니 우시네 ○ 062

내 유년의 윗목 ○ 075

영혼을 위한 치과용 국부 마취제 ○ 091

슬픔과 눈물로 태어나…… ○ 106

치자꽃 향기는 바람에 날리고 ○ 122

피 엠 에스 블루스 ○ 143

이토록 슬픈 그대여 ○ 163

가라 생각이여 금빛 날개를 타고　○　177

작은 꽃들이 잠을 자는데……　○　194

멈추어라, 이제는 멈추어라, 가혹한 열정의 잔인한 기억들　○　215

굿바이 얼!　○　234

눈물의, 또 볕살의 나라 사람이여　○　254

눈뜨라고 부르는 소리 있어　○　267

내가 돌아갈 길을 안다면　○　283

그 저녁 무렵부터 새벽이 오기까지　○　299

……그리고 그들의 시작　○　316

해설 | 박정애　○　335

작가의 말　○　347

오래된 금서

오늘, 국화꽃을 사러 자주와 노라에 갔다.

골목 모퉁이에 있는 그녀의 꽃집을 나는 오늘 '보라와 자주'로 읽었다. 아니, '보러와 자주'로 읽었던가.

그렇게 겨울의 끝 무렵 그녀를 처음 만났다. 봄이 오기 전에 무엇이든 다시 시작해야 할 것 같은 초조감이 나를 비 오는 거리로 몰아세웠다. 전철역에 내리자마자 가라앉은 대기 속에 눌러붙은 비린내는 횟배앓이를 일으켰다. 가망 없는 꿈과 수산시장의 비린내 사이에서 앓게 될 나의 니코틴 지수를 떠올리며 거리를 헤매고 있던 참이었다. 이 건물 저 건물을 오르락내리락 했고, 복도에 붙어 있는 합격 수기 같은 걸 읽기도 했고, 사람들과 어깨를 부딪치며 무언가를 받아 적기도 했으며, 광고 전단지도 건성으로 가방에 집어넣었다. 그럴수록 횟배앓이 증상은 극으로 달해 큰길의 우뚝 솟은 건물을 버리고 골목으로 숨어드는 수밖에 도리가 없었다. 비 내리는 지친 오후, 꿈을 좇는 부나비를 유혹하는 게임방과 술집이 뜸해진 뒷골목에 그녀가 있었다.

기대어 쉬고 싶던 그 겨울날, 그녀를 훔쳐보았다. 푸른 연기를 내뿜으며 가파르게 움직이는 그녀의 턱 선이 아찔했다. 빗방울이 생선 비늘처럼 파닥거리는 그녀의 짧은 머리, 반쯤 벌린 레드와인의 입술과 블루벨벳에 싸인 봉긋한 가슴으로 흘러내렸다. 집게와 가운뎃손가락 사이에는 타들어가는 담배가 있고 무명지 끝은 아랫입술에 닿아 있었다. 눈길은 그녀에게 붙박은 채 손만을 뻗어 배낭 앞쪽을 더듬었다. 한쪽 눈을 지그시 감고 볼우물을 깊게 패며 연기를 빨아들이는 그녀를 어디선가 본 듯했다. 누군가를 닮았는데,라는 내 안에서 울리던 메아리는 그만 앗, 비명의 형태로 밖으로 튀쳐나왔다. 누군가의 우산 끝이 내 눈을 찌를 뻔했기 때문이다. 그제서야 정신을 수습한 나는 우산을 깊숙이 내려 쓰고 황급히 발길을 옮겼다. 미혹의 바다에서 여전히 표류하고 있는 그녀의 눈빛이 투명 유리창 너머로 흔들리고 있었다. 그녀에게서 벗어나고서야 배낭 어디에도 담배는 남아 있지 않다는 것과 그녀의 꽃집 이름이 자주와 노라란 걸 알았다. 행복화원이나 소망플라워가 아니라.

봄바람이라고 불러도 겨울이 더는 질투의 아랫입술을 내밀지 않을 오후에, 자석에 이끌리듯 다시 그곳으로 갔다. 자주색 바탕엔 프리지어가, 노란색 바탕엔 자주잎제비꽃이 그려져 있는 크지 않은 간판을 흘끔거리다 자라목을 하고 문을 밀었다. 꽃을 사겠다는 의지도 없이 꽃가게로 들어섰던 나는 입귀에 미소를 달고 느릿느릿 내 쪽으로 걸어오는 그녀를 향해 무슨 말인가는 만들어내야 했다. 프, 프, 프리지어 한 단 주세요,라고 더듬거리자 그녀의 유난히 큰 입술이 조금 더 벌어지며, 프리지어 향기 좋아하세요?라고 물었다. 고개만 끄덕이고 있는 내게, 그녀가 익숙한 솜씨로 자주색 리본을 매단 노란 프리지어를 건네었다. 아직은 좀 비싸요……. 홍조가 어리는 그녀의 얼굴 아래로 슬며시 지갑을 열던 난 얼굴이 더욱 붉어졌다. 지갑은 거짓말처럼 텅 비어 있었다. 이제 문 닫을 시간이라…… 그냥 가져가세요, 떨리는 손으로 꽃을 내밀며, 그녀가 볼륨 있는 입술을 한껏 벌려 웃어 보였다. 꽃을 품고 입구 쪽으로 걸음을 옮기던 난 우뚝 멈춰 섰다. 그녀를 향해 몸을 돌리며, 담배도 파세요? 믿기지 않을 정도로 큰 목소리에 스스로도 놀라 몸을 움찔할 때, 대답 대신 그녀가 싱긋 웃어 보였다. 지난해 봄, 난 얼마나 많이 걸어 다녔고 밥을 굶었으며 담배를 참았던가. 선물할 이도 없는 황금색 프리지어 꽃 한 단을 사기 위해. 주린 배를 끌어안고 동선에도 포함되지 않는 그 골목으로 걸어 들어갈 때마다 주체할 수 없는 열기는 또 얼마나 노랗게 꽃으로 피어났던가.

안젤리나 졸리, 그 봄 이후로 그녀를 그렇게 불렀다. 안젤라, 그녀의 사르라니 짧은 머리가 사랑스러웠다. 무스를 한껏 발라 시퍼런 작두날처럼 날이 선 짧은 머리는 그녀가 사람들 앞에 쌓아놓은 바리케이드란 걸 나는 알고 있다. 날 쉽게 보지 말라는, 이곳으로 넘어설 생각은 꿈도 꾸지 말라는……. 언제부턴가 그녀를 보면 삭발 충동에 시달리곤 했다.

자주 보러 가서 놀았더니 주저하지 않고 문을 밀 정도는 되었지만 오늘 아침 나의 안젤라는 어딘가 달랐다. 광대뼈가 도드라지도록 깊게 담배 연기를 들이마시고 있지도 않았지만 전사의 걸음걸이로 도톰한 입술에 미소를 그리며 나를 향해 걸어오지도 않았다. 그녀를 본 순간 나의 세포들도 달라졌다. 그곳에 들어서면 모든 감각은 가뭇없이 사라지고 오직 후각만 남아 인디언레드 빛 그녀의 입술이나 후덥지근한 날씨마저도 서양난의 짙은 향으로 전해지곤 했지만 오늘 아침 나는 달콤쌉싸름한 초콜릿이 문득 간절해졌다. 처음 느끼는 강렬한 미각의 유혹에 나도 모르게 뒷걸음질을 치다 계산대에 놓인 던힐 한 갑을 집어 들었다. 호주머니에 담배를 집어 넣는데, 불 빌려드릴까요? 바싹 마른 목소리가 울려왔다. 그녀의 지포 라이터가 고요한 산사에 울리는 풍경 소리처럼 맑은 소리를 내며 빛을 발하였다. 내가 라이터에 시선을 두자 그녀가 내 손에 은빛 지포를 건네주었다. 반질반질 닳은 표면엔 독이 될 만한 장미 꽃 가시가 찌르듯 새겨져 있었다.

그녀는 왜 울었던 걸까.

재스민의 달콤하고 관능적인 향 때문일까, 하얀 꽃 이파리의 떨림 때문일까. 폐 깊숙이 들이마시는 연기에 신경이 푸들거렸다. 턱을 꼿꼿이 치켜세우고 붉은 립스틱 자국을 필터에 눌러가며 담배를 피우던 그녀는 내가 문을 밀고 들어섰을 때 서늘하도록 하얀 긴 목을 숙이고 재스민 화분 옆에서 울고 있었다. 연기를 세상으로 놓아주며 그녀에 대해 아는 게 없다는 생각이 들었다. 그녀가 꽃집의 주인인지 고용인인지, 결혼은 했는지 안 했는지, 나이는 서른을 넘었는지 아닌지……. 다만 나는 보았다. 당당하면서도 흔들리는 그녀의 눈빛을, 그녀의 선지빛 입술을……. 그리고 나는 들었다. 그녀의 무릎에 얼굴을 묻고 느꺼워 더운 눈물을 쏟아내고 싶은 나의 목소리를.

라이터를 돌려주며 그녀의 붉은 입술에 시선이 머물렀다. 그녀는 왜 핏빛 립스틱만을 고집하는 걸까. 위장막으로 잘 덮어두었던 은폐물 하나가 불쑥 튀어나와 정지화면 앞에서 멈췄다. 당신은 나의 것,이란 꽃말을 가진 재스민 옆에 더 앉아 있을 수가 없었다. 주인의 의지를 떠난 손가락들이 그녀의 짧은 머리를 향해 곤두박질칠 것만 같았으므로. 배낭을 둘러메며 손가락으로 흰 국화 다발을 가리켰다.

"……봄이라는데 ……여전히 ……시리네요."

"……사나운 날이에요."

그녀가 건네는 국화 몇 낱을 가슴에 안으며 나는 사납고 고요하게 웃었다.

나의 안젤라는 담배를 문 채로 손을 흔들며 시리게 웃었다.

봄날, 길을 잃었다. 자판기 커피나 홀짝거릴까 하고 전철역으로 향하다 눈앞을 가로막고 있는 육중한 육교에 턱 마음이 걸려 돌아서고 숲을 찾아 사당(祠堂)으로 나아갔다가 가파른 경사에 무르춤해졌다. 몇 걸음 갔다 돌아서고 또 몇 발짝 앞으로 나아갔다 다시 등을 돌리고 말았다. 지하철 공사 중이라 아스팔트가 뜯기고 임시로 덧댄 강철판 위를 차들은 부주의하게 덜컹거리며 지나갔다.

국화 송이에 고개를 묻었다. 봄날 찬바람 속에 핏빛 입술을 가진 여인이 눈앞으로 다가왔다. 안젤라였다. 아니, 안젤라가 아니었다. 안젤라이면서 안젤라가 아닌 여인들이 파도처럼 밀려왔다. 그녀들의 입술은 점점 보랏빛으로 변해갔다. 핏기를 느낄 수 없는 검게 타들어가는 입술은 꽃잎처럼 벌어지며 소리를 만들어내었다. 그녀들의 소리를 담아내느라 나의 귓바퀴들은 심하게 출렁거렸다. 정지화면이, 온 힘을 다해 눌러두었던 정지 모드가 풀리며 화면이 느리게 움직이기 시작했다. 횡단보도의 신호가 좀처럼 바뀔 것 같지 않던 그 밤, 엄마의 핏빛 입술도 거무스름한 보랏빛으로 타들어갔다. 제비꽃이나 얼레지의 보랏빛과는 근본이 다른 보랏빛으로. 초록색 불을 보고서도 건너편 세상으로 나아갈 수가 없었다. 그 밤, 엄마가 할 수 있는 일이란 어린 딸의 손을 붙잡고서 올가미에 갇힌 짐승처럼 바들바들 온몸을 떠는 일뿐이었다. 푸른 신호등을 몇 번이나 놓치고서야 우리는 허둥지둥 길 위로 발을 떼어놓을 수 있었던가. 아득히 멀고도 긴 길 앞에서 어린 내 입술도 보랏빛으로 죽어갔다.

오늘, 3월 7일, 내 손으로 집을 한 채 짓는다.

나는 기적을 믿지 않는다,고 그가 썼다.

나도 기적을 믿지 않는다,고 나는 쓴다.

나는 인생을 증오한다,고 그가 썼다.

나도 인생을 증오한다,고 나는 쓴다.

나는 또 쓴다. 나는 기적만 믿지 않는 게 아니다,라고. 정의, 희망, 성공, 미래 따위 등도 믿지 않는다,고.

나는 또 쓴다. 나는 인생만 증오하는 게 아니다,라고. 행복, 낭만, 동경, 성실 따위 등도 증오한다,고.

그러므로, 내가 살아온 것은 거의 기적적이었다,는 그의 말에 전적으로 동의한다.

그가 죽은, 아니 1989년 3월 7일 새벽 3시 30분 종로2가 한 허름한 극장 안에서 숨진 채 발견된 오늘, 그의 영혼에 국화꽃 몇 송이 순백으로 바친다.

치밀어오는 깔깔한 슬픔에 차마 그의 이름조차 부를 수 없지만 이곳에서 난 그가 남긴 말을 끊임없이 중얼거리게 될 것이다. 딱 지금의 나만큼 살아, 시집 한 권 남기고 마침내 세상의 중심이 되어버린 그를 통속적으로 추억하게 될 것이다.

'내 영혼의 검은 페이지'. 여기 아닌 어딘가에 지은 내 집, 블로그 이름이다. 이제부터 난 이 허공의 집에서 치자가 된다. 보랏빛으로 죽어가는 그녀들의 입술 앞에서 이렇게라도 굳어버린 나의 혀를 녹여 살아 있고 싶다.

어두움 속에서 쓰는 일기마저도 온갖 기호와 도형으로 혼자만의 비밀병기를 만들어놨으면서도 아무라도 들어와 훔쳐볼 수 있는 이곳에 지금 이렇게 서툰 고백을 흘리면서 서늘한, 처음 만나는 자유를 느낀다.

나의 첫 경험은, 바람처럼 빨리 살고, 아직 젊을 때 죽어서 아름다운 시체를 남긴 시인의 말로 끝내야겠다.

오랫동안 곰팡이 피어나는 어둡고 축축한 세계에서 살았던 내가 짓게 될 집은, 바람의 한숨만이 머무는, 공포를 기다리는 흰 종이들만 가득한 빈집으로 남게 될지언정 이곳에서라도 지루하게 과장을 즐기고 싶다.

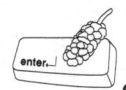

어느 나르시시스트의
그물망 스타킹에 대한 비판적 성찰

어느 나르시시스트의 그물망 스타킹에 대한 비판적 성찰

작열하는 태양 아래 한없이 투명에 가까운 블루의 바다만이 동공에 넘실거리고, 은밀한 약속을 흔적으로 남기며 장렬하게 산화하는 흰 포말이 발목을 휘감고 있다……면 좋으련만. 푸른 바다를 바탕화면으로 비치파라솔 아래 선글라스를 끼고 태양을 향해 몸을 뒤척이고 있는, 태양의 강렬한 애무에, 살랑이는 바람의 교태에 몸을 내맡기고 있는, 내가 있다……면 하는 희망사항이 있지.

누가, 꿈은 이뤄진다고 했는가.

지중해 푸른 바다 앞에서 훨훨 옷을 벗는다. 잠자는 사자의 코털을 뽑을 수 있을지언정 자유롭게 비상하는 나의 깃털을 누가 감히 뽑을 수 있으랴. 몸에서 옷이 하나 떨어져나갈 때마다 충만함은 배가 되고 우울함은 반이 된다. 마침내 나는 실오라기 하나 걸치지 않은 자연이 된다. 나에게로 오는 태양과 바람 속으로 가슴을 한껏 내밀고 다리를 벌린다.

누가, 낯선 땅에서 헤맴은 아름답다고 했던가.

어젯밤 자다가 벌떡 일어나 창문을 열었더니 수많은 달들이 하늘을 뒤덮고 어느새 곁에 다가온 할머니는 내 손을 부여잡고 속삭였던가. 그들이 돌아왔다,고. 그렇게 낯선 지구별에 불시착한 유에프오처럼 떠나온 화성을 향해 교신을 시작한다. 말이 통할 지구인을 만나려면 어디로 가야 하지? 더듬이를 뻗어 주파수를 맞추고 화성에서 보내오는 진동의 파장을 해독한다.

누가, 열심히 일한 그대 떠나라고 했던가.

문이 쓰윽 열리자 열심히 일했다고 자부하며 무작정 내려버렸다. 남은 여생을 잔여 모발을 세어가며 복덕방에서 훈수나 두며 보내던 동네 할아버지들까지도 약수터에 물이라도 뜨러 떠나야 하는 건 아닌가, 할 정도로 대한민국 국민들의 라이프스타일에 혼선을 빚게 만들었던 카드사가 책임질 일이다. 이왕 카드사 협찬으로 떠났으면 달나라나 금성, 적어도 이 사우스 코리아에 키스 앤 세이 굿바이 정도는 해줘야 했는데, 고작 떠났다는 게 전철 몇 정거장이다. 마지막 칸이 시야에서 사라지도록 거친 숨으로 전철을 쏘아주다 모세가 시나이산에서 신의 계시를 듣듯 저 깊은 곳에서 장엄하게 울려오는 내 안의 목소리를 들었다. 거부 의사를 밝혔다간 오뉴월의 서리요, 마른하늘에 날벼락이란 걸 다년간의 경험으로 숙지하고 있어 젖과 꿀, 버터와 쇼트닝유가 흐르는 가나안을 찾아 황황히 두리번거렸다.

누가, 방마다 아마존을 키우라고 했던가.

지구는 독수리 오형제가 지키고 아마존 열대우림은 아티스트 스팅이 콘서트로 지켜줄 터이니 나도 방에 아나콘다 한 마리 터억 풀어놓는 거야. 셔츠의 소매를 걷고 물을 튼다. 물 좋구먼! 아마존을 키울 만하군. 화장실은 천우신조로 깨끗한데다 금상첨화로 한산하기까지 하다. 매달려 있는 서울시 지하철 공식 비누가 이곳에서도 예외일 수 없어서 향은 구리지만 풍요하긴 하다. 두 손으로 풍만한 비누를 감싸고 쓸어준다. 아마존을 키울 거야. 인디오 부족, 노랑 가슴앵무, 피라루쿠, 카피파라, 분홍돌고래, 벌새, 거울, 가죽 재킷, 하이힐, 그물망 스타킹…… 찬 손으로 목 주위를 슬며시 쓴다. 셔츠 속으로 들어간 손은 돌기된 유두와 완만한 산허리를 지나 깊은 계곡으로 점점 내려간다.

내가 누구더냐? 지구의 허파인 아마존을 지켜내기 위해 음악을 무기 삼아 투쟁하고 있는 스팅……과는 아무 관련이 없는 오디 아니더냐. 이 오디는 이름에 걸맞게 그 오디서든 아마존을 키울 수 있단 말이지. 소품이라곤 뭐 하나 갖춰진 게 없고 보이는 거라곤 때 전 변기와 쓰레기통뿐인 공중변소일지라도 아마존을 키워 풍성해질 수 있어. 왜냐하면 난 에로틱하니깐.

끌어안은 가방에서 내 사랑 부르르, 바이브레이터를 꺼낸다. 나의 애인과 사랑을 나누는 동안 본의 아니게 일으킬 다소의 소음으로 높아질 민망 체감지수를 고려하여 그 사이 빼놓았던 이어폰을 귀에 꽂는다.

내 손끝이 내 온몸을 부드럽게 따스하게

아~ 하 아~ 하 아~ 하 아~ 하

내 온몸에 숨어 있는 내 기쁨을 내 환희를

아~ 하 아~ 하 아~ 하 아~ 하

붉어지는 내 입술을 부드럽게 촉촉하게

아~ 하 아~ 하 아~ 하 아~ 하

내 뜨거운 내 숨결은 쏟아지는 내 욕망은

아~ 하 아~ 하 아~ 하 아~ 하

아~ 하 아~ 하 아~ 하 아~ 하

한 손으로 가슴을 쓸며 슬며시 눈을 감는다. 마스터베이션엔 지현의 마스터베이션이 최고여!

누가, 사랑을 아름답다고 했던가.

오감을 열어주었던 스크린의 주옥같은 장면들을 빠른 화면으로 편집해 돌린다. 나를 R, E, S, P, E, C, T, 존경의 염으로 바라보는 눈길, 이내 볼을 깨뜨리면 패가망신하는 비취빛 고려청자처럼 감싸고 있는 두 손, 나의 머리끝에서부터 안단테, 안단테로 초콜릿의 단맛을 남기며 내려가고 있는 붉은 혀…….

몸이 점점 뜨겁게 달아오르고 잇새로 주체할 수 없는 신음이 터져나온다. 손으로 입을 막아보지만 저 깊은 곳에서 터진 봇물은 어떤 수로도 막아낼 도리가 없다. 샐리도 아닌 것이 오르가슴 흉내를 그럴듯하게 연기하던 시절도 있었지만 이건 가짜가 아닌 진짜 내 안의 외침. 모든 감각, 모든 신경, 모든 실핏줄들의 환호작약.

대니!

자위는 하면 배가 되고 섹스는 하면 반이 된다, 뭐가? 삶보다 더 지겨운 눈앞 일상과 맞장 뜨겠다는 불굴의 의지가. 오늘의 어록 되시겠다.

단잠을 자고 난 듯 개운해진 몸을 가볍게 스트레칭 해준다. 가방에 다시 넣기 전 나의 바이브에 입을 맞춘다. 혀처럼 부드러운 딜도, 귀엽고 앙증맞은 바이브레이터, 그리고 윤활제가 세트 상품으로 출시되었다는 인터넷 기사를 본 적이 있다. 달콤한 아이스크림 같은 혀가 덜덜 떨며 자극을…… 읽는 것만으로도 찌릿찌릿 필이 꽂혔지만 우리나라에서는 공식적으로 판매되지 않는다고 기사 끝에 못을 박아놓았다. 정 사고 싶은 사람은 뒷돈 듬뿍 찔러줘가며 비공식적으로 한 번 사보라는, 행간의 깊은 의미를 전달키 위해 작성된 기사였다 하더라도 과학자들이 전쟁 신무기 개발에만 광분하지 않고 여성들의 성적 욕구 충족을 향상시키는 데 학문과 정열을 바치는 일은 치하할 만한 일이긴 하다. 치하해주고 싶어도 그럴 일이 없어 입 안에 가시가 돋힌다는 게 문제지만. UFO 같은 SF판타지에서 이제 대사회적 발언까지 화제가 심층화되는 걸 보니 오르가슴은 역시 좋은 것이야.

지하철을 탔다. 오늘도 들어서자마자, 그만하면 이제는 간판을 내릴 만한데도, 옆 사람 개무시의 원칙을 고수하는 쩍벌남과 통행인 안하무인 원칙을 사수하는 쭉뻗남들이, 박카스를 바께쓰로 들이켠다 하더라도 컨디션 회복 기미가 전무한 나를 맞았다.

'번갯불에 콩 구워 먹듯', 그리고 '오른손이 하는 일을 왼손이 모르게' 전법을 교묘히 구사하며 빈자리를 훑었다. 빈 곳이 두 군데 있다는 것이 안테나에 포착이 되었다. 하지만 애석하게도 두 좌석 모두 남자들이 포진하고 있었다. 자장면과 짬뽕의 기로에서, 참치김밥과 야채김밥의 갈림길에서, 불고기버거와 불갈비버거와의 접전에서, 쓰고 보니 이 오디의 절체절명의 선택이란 어찌 이리도 온통 먹는 것뿐이냐만서도, 우리는 순간순간 고뇌에 찬 구국의 결단을 해야만 하는 것이다.

길은 길로 뻗어가는 것이어서 일단 한번 들어서면 돌아올 가망은 전혀 없다는 걸 프루스트만 아는 것은 아니기에, 나는 잉걸불의 타는 눈동자로 양쪽을 비교 분석하였다. 일단 선택의 기준을 무릎과 무릎 사이의 협곡의 각도로 정했다. 학생으로 보이는 젊은 남자는 영자 신문을 펼치고 앉아서 젊은 여자들이 지나갈 때마다 다리폭이 점점 더 벌어지고 있어 평균적으로 예상해볼 때 각도가 덜 벌어진 중년 남자의 옆자리를 택했다.

일요일인데도 죽음 같은 열악한 노동의 저녁을 맞고 있던지라 엉덩이가 바닥에 닿자마자 잠에 떨어졌다. 무의식중에도 뇌수에 흐르는 타인 배려 강박증후군으로 흘러내리는 침을 쓰윽 닦으려는데 몸 한쪽의 느낌이 이상했다.

시간차 공격으로 두 눈을 떠 보니 옆에 앉은 남자 몸의 무게중심이 전부 나에게로 쏠려 엉덩이, 팔, 다리가 나의 것과 남자 것이 그대로 대칭되어 데칼코마니 기법의 작품 하나를 이루고 있었다. 튀어나오려는 상소리를 간신히 삼키며 이럴 때를 대비하여 들고 다니는 신문으로 힘 조절에 신경 쓰며 남자의 팔과 다리를 두어 번 쳐주었다. 그런데도 남자는 나의 경고를 일부러 모른 척하며 팔과 다리를 내 쪽으로 더욱 밀어붙이는 폭거를 감행하는 것이었다. 선전포고로 받아들이고 손을 쓰는 수밖에 없었다. 모기나 파리를 제거할 때의 매뉴얼을 떠올리며 손을 뻗어 툭 치자 이 중년의 남자는 그제야 잠에서 깨어난 시늉을 하며 눈을 게슴츠레 뜨더니 그 순간에도 내 몸을 쫙 훑는 것을 잊지 않으시고 무슨 일이냐고 눈으로 물었다. 나도 눈으로 대답해줬다. 옆으로 비키라고. 별일 다 보겠다는 듯 조금도 물러설 기미를 보이지 않는 남자. 그는 아이엠에프를 거치며 한국사회에서는 멸종되었다고 학계에 보고된 간 큰 사나이가 어떤 유혹의 손길에도 흔들림 없이, 절망에 굴하지 않고,

시련 속에 자신을 깨우쳐가며 대한 남아의 웅혼한 기개는 죽지 않았음을, 그간의 학설이 잘못되었음을 보여주는 산증인이었다. 분투에 조금이라도 보답하는 의미로다 저녁에 먹은 콩나물 비빔밥이라도 한 상 대접해드릴까 하다 예의 바르게 다시 손을 썼다. 남자가 어처구니없다는 듯 혀의 마찰강도를 높이며 한 주먹쯤 옆으로 물러났다.

"저 학생, 참 너무하네…….."

"학생은 무슨 학생이야? 직장 다니는 아가씨 같은데……."

"저런 찢어진 청바지 입고 출근하는 직장이 어딨어?"

"알 만한 데 나가니깐 아버지 같은 어른을 함부로 손으로 밀어내고 그러지……. 지가 좀 좁혀 앉으면 될 것을."

세상에, 날 향해 혀를 차고 있는 사람들은 이번에는 건너편에 앉은 중년의 여인네들이었다. 주위 승객들의 안면근육이 지루한 일상의 탈출구를 찾았다는 안도감으로 꿈틀거리는가 싶더니 반딧불의 똥구멍마냥 반짝반짝 빛나는 눈빛들이 모아, 모아진 곳은 바로 나였다. 온갖 증후군이란 증후군은 모두 키우고 있지만 안면몰수증후군만은 내공이 부족하여 아직 양생을 못한 바 몸이 파김치였지만 자리보전을 할 수가 없었다. 옆의 남자는 승리에 도취하여 거만하게 헛기침을 해댔다. 똥이 무서워서 피하냐 더러워서 피하지.

더러운 똥을 피해 다른 칸으로 갔다 그만 똥피를 쓰고 말았다. 할머니가 내렸다. '노약자 장애인 보호석'이라 황금 같은 자리를 놓고서도 한 가닥 시민의식 때문에 사람들은 흘깃흘깃 주위를 살폈다. 일단 그 대열에 합류했다. 다들 젊은 치들이어서 눈치껏 이탈했다.

커피로 감기는 눈을 붙잡으며 밤을 팼었다. 프리랜서란 낭만 강아지스런 껍데기를 쓰고 있어서 철야수당도 없는 철야를 했다. 철야작업이라는 말 그대로 밤새도록 작업이라도 하면 좋으련만 내가 하는 작업이란 게 모니터 앞에서 엉치뼈에 금이 가도록 색깔이나 입히는 일이니, 마우스를 움직일 때마다 오른쪽 팔목이 시렸고 시린 만큼 남자의 재킷, 여자의 스커트엔 색이 입혀졌다.

세상의 다양한 밤일 중에 하나를 치르고 꺾이는 다리를 주체 못하고 일단 빈자리에 앉았다. 노약자가 등장하면 일어서면 되는 거지. 쩍벌남 퇴치수단으로 진가를 발휘했던 신문의 정체성 회복을 위해 활자에 눈을 가져갔다.

뭔가가 내 다리를 툭툭 치고 있는 게 감지됐다. 센서에서 경계경보가 울릴 정도로 강도는 세어지고 있었다. 그새를 못 참고 수마가 할퀴고 갔나 보다. 배구 코트도 아니건만 다시금 시간차 공격을 도입하여 눈을 떴다.

"이 젊은 년이 미쳤나!"

오 마이 갓, 럴수 럴수 이럴 수가. 노인네가 휘두르는 지팡이는 나의 종아리살의 가장 여린 부위를 집중 공략하고 있었다. 그나마 두꺼운 청바지로 랩을 했기 망정이지.

"어른이 서 있으면 냉큼 일어나야 될 거 아냐?"

할아범의 단장은 친절하게도 이제 내 눈높이에 맞춰가며 춤을 추었다.

내 옆에는 내 또래 남자가, 내 건너편에도 어깨가 떡 벌어진 젊은 남자가 앉아 있건만 이 할아범은 유독 나만을 집중 공략했다.

"이년! 빨리 일어나!"

전철 안의 핀 조명은 다시 내게 떨어졌다. 한 번도 아니고 두 번씩이나 딱 나만을 향해 불이 밝혀진다는 건 스타 의존도 과잉의 연극이 아닌가. 관점에 따라서 성질 더럽고 시건방짐과 소심, 신경쇠약 직전의 캐릭터를 지닌 나는 오늘의 이 연극에서 어떤 표정과 대사로 관객들의 뇌리에 비수를 꽂으며 이 무대를 떠날 것인가.

역으로 향하고 있다는 안내방송이 흘러나왔다.

온몸의 기를 모아 할아범을 노려보았다.

"언제 봤다고 반말이야?"

이런 반격을 전혀 예상치 못한 할아범의 관자놀이가 푸들거렸다. 명성에 걸맞게 다시 한 번 벌처럼 쏘아주었다.

"자리가 여기뿐이냐? 이 노인네야! 실컷 앉아서 가라."

그리고 나비처럼 날았다.

미친년…… 미친년이라……. 노인네가 미쳐도 단단히 미쳤지. 저 멀리 잔 다르크나 카미유 클로델, 이 땅에는 어우동이나 나혜석 같은 드라마틱하고 스펙터클한 여자들한테나 어울리는 호칭을 이별 볼일 없는 오디에게 해주다니. 어디 감히!

그러나 어찌 세상의 미친년들이 예술적 광기가 어린 블록버스터급의 그녀들뿐이랴. 건전한 사고를 가졌다는 인간들이 조그만 날씨 변동에도 육체적 정신적으로 널뛰기를 하는 것과는 대조적으로 엄동설한에도 맨발에 노란색 미니스커트를 입고서 한길가에 선 채로 하루 종일 누군가를 기다리던 우리 동네 여인의 자태는, 갑옷 입고 칼 차고 서서 광화문 한복판에서 밤이나 낮이나 차량 흐름이나 조사하고 있는 이순신 장군보다도 훨씬 의연해 보였다. 그 겨울이 지나고는 아무리 눈을 씻고 찾아봐도 보이질 않는 여인은 도대체 또 어느 골목길에서 그 전복의 눈길을 내쏟고 있을까. 그 어디서든 강건하길!

"어이, 아가씨!"

건들거리는 남자의 외침에 무심코 주위를 두리번거린다.

"어이, 아가씨!"

남자는 카운터를 향해 외치면서도 눈길은 내게 향해 있다. 정확히 말하면 어허, 하는 간투사와 함께 담배 피우는 나를 째려보고 있다.

"아가씨, 여기 커피 한 잔만!"

자판 위에 손을 올린 채 고개만 돌려 남자에게 받은 시선만큼 반사해준다.

이눔아, 네가 그렇게 날 야리면 속눈썹이라도 파르르 떨며 살포시 고개라도 떨굴 줄 알았냐! 글구, 차 마시구 싶으면 다방에 가, 한글도 못 읽냐? P하고 C가 영어로 씌어져 있어서 해독이 안 되든? 그저 '방'이란 글자만 보고 평소 하던 대로 얼씨구나 하고 냉큼 들어 왔냐, 자슥아! 고스톱은 아닌 것 같고 섰단지 도리짓고땡인지 뭐 그런 부류 같은데 그렇게 화투짝 갖고 놀고 싶으면 여관에 방 잡던지. 시대적 조류를 타보겠다고 굳이 이너넷 게임을 하고 잖으면 대가리 처박고 그거나 열심히 하든지! 재떨이 옆에 놔두고 여기 저기 꽁초 쑤셔박지 말고. 너 같은 놈은 코흘리개 애들처럼 오줌도 질질 흘리고 다니냐? 키보드에 재 떨어진다, 이, 양아야! 달건아! 네눔 땜에 이 명랑소녀의 방이 육두문자로 범람하잖여!

더 좌시할 수만 없다. 김빠진 콜라만이 범람하는 세상을! 특단의 조처를 취해야겠다. 톡 쏘는 콜라의 자극을! 브라우저를 띄워 검색창에 안젤리나 졸리를 가볍게 때린다.

'아가씨'라고 불린 젊은 여자가 커피를 타는 게 실루엣으로 보인다. 낯선 거리에서 아노미 현상을 겪다 쭈뼛거리며 들어온 날 편안한 미소로 맞아주던 그녀다. 담배 피우냐고 퉁명스럽게 묻지도 않고 당연하다는 듯 재떨이를 놓아주며 싱긋 웃어 보이는 그녀를 어디서 본 듯도 했다. 버스 옆 좌석에서 창문에 고개방아를 찧으며 세상 모르고 잠을 자던 여자가, 멘솔을 계산대에 내밀자 '저도 박하향 좋아하는데……'라며 바코드를 찍던 편의점의 여자가, 늦은 밤 길거리 연석에 주저앉아 토악질을 하고 있을 때 옆에서 휴지를 내밀던 여자가 그녀가 아니었을까.

뒷모습의 실루엣만으로도 예리한 나의 눈은 보고야 말았다. 그녀가 다 탄 커피를 들고 뒤돌아서 하악골 발달을 위한 운동을 가볍게 해주는 것을.

그녀가 오만 인상을 쓰며 남자 앞에 커피를 탁 내려놓고 내 쪽으로 다가온다. 초록색 멘솔 담뱃갑을 물끄러미 내려다보던 그녀는 내가 피워대는 담배 연기를 들이마실 듯 깊은 숨을 쉰다.

어떠냐, 그녀의 아밀라아제 맛이!

팔꿈치로 그녀를 툭툭 치며 모니터를 가리킨다.

"어머, 블로그 이름이 판타스틱 소녀 백서예요? 저도 이 영화 재밌게 봤는데……."

그녀의 반가움에 찬물을 끼얹고 싶지 않아 영화의 포스터만 봤다는 소리는 차마 하질 못한다.

"심심할 때 놀러 와요."

"안부게시판에 글도 남길게요."

쟁반을 들고 그녀가 총총히 사라지고 나서 졸리 언냐의 검색 결과를 확인한다.

블로그 포스트들을 클릭해 언냐의 고혹적인 자태를 구경하고 있노라니 기분이 서서히 고기압 쪽으로 방향을 바꾼다. 또 하나의 포스트를 클릭한다. 블로그 문짝에 붙여놓은 영화 포스터에 시선이 머무는 순간 가슴이 철렁 내려앉고 포스트를 훑어 내려가단 경기를 일으키고 만다. 오늘이 무슨 서프라이즈 파티 날도 아니건만, 왜 이리 사람들이 자꾸 이 오디를 놀래킨디야.

졸리 언니가 손가락 짬에 담배를 끼고서 응시하는 눈빛이 나를 다 알아버린 눈치다. 이 오디 어디로 도망갈 데도 없는 막다른 골목에 이른 시추에이션이다. 담배를 왼손 둘째 손가락과 셋째 손가락에 끼고 네번째 손가락은 벌어진 아랫입술 위에 올려놓고 모니터를 응시한다. 숨을 죽이고 그녀를 지켜보고 있다.

아득함에서 깨어나 서프보드를 타고 아름다운 그녀, 졸리의 포스트를 업그레이드시킨다. 블로그에 첫 삽질을 하고 나서 개관 기념 테이프를 나도 졸리와 함께 끊었었다. 그러니 이제는 습기가 차서 곰팡이가 필 때도 되었다. 지난겨울 심심풀이 땅콩 삼아 만든 시고니 위버 특집에 이어 안젤리나 졸리 개정판 스페셜이 낯선 변두리 피시방에서 만들어져간다. 〈고양이를 부탁해〉 영화 포스터 한 장 올려놓고 시작했던 블로그도 주인처럼 피둥피둥 살이 쪄가고 있다. 다음엔 누구의 특집을 만들어볼까? 리버 피닉스?

전철이 끊길 시간이다. 담배도 눌러 끄고, 다음을 기약할 수 없지만 이곳과도 헤어져야 할 시간이다. 어떤 운송수단으로 집으로 돌아갈 것인가. 인공위성으로 위치를 추적한다는 네비게이터도 이런 때는 소용이 없을 것이다. 시민의 발이라는 대중교통 수단 앞에 서면 조스의 이빨을 보듯 뒷걸음쳐지는 시민에게 이 나라의 행정력은 어떤 귀갓길 지침을 줄 것인가. 전철 속으론 다시 들어가고 싶지 않다.

날 향해 소리친 할아범은 초저녁잠이 많은 노친네들의 특성을 발휘하여 지금 편히도 잘 주무시고 계실 것이고, 옆에서 강 건너 불구경을 흥미진진하게 관람하고 있던 신체 다부지고 건강한 남자들은 내 이야기를 각색에 각색을 거듭하면서 골뱅이나 오징어무침보다 더 맛깔스럽다는 주위의 반응에 고무되어 자신들의 숨겨졌던 예술적 감성에 눈뜨고 있을 터였다.

내 다리에 가해졌던 물리적 폭력, 쪽팔림을 포함한 정서적 공황, 몇 달이 될지 몇 년이 될지 아니면 평생을 가게 될지도 모를 치명적인 불쾌감에 대한 피해액을 산출한다면 얼마나 될까. 아니, 계산기를 꺼내기도 전에 맴이 꼬인다. 심히 억울하다. 당신들은 편한 저녁과 짭짤한 술자리를 보내고 있을 텐데 나만 왜 이리도 지지리 궁상을 떨며 다시는 전철을 못 탈 것 같네 어쩌구 하는 넋두리나 늘어놓고 있어야 한단 말인가. '다시는 사랑을 하지 않겠네'류라면 격조라도 있겠구먼. 트라우마는 베트남전 참전 용사들이나 9·11 테러 희생자들한테만 있는 게 아니라구! 맵시 있게 중절모를 쓰고 리듬에 맞춰 지팡이를 흔드는 만화영화의 고양이만 보아도 소름이 끼칠 이 오디의 고통을 어디 너희들이 알기나 하냐구!

고개를 돌려 생존이 가능한 다른 교통수단을 심사숙고하지만 뭐 뾰족한 수가 있겠는가. 차는 없고, 걸어가기엔 너무 멀고, 전화 한 통화면 달려 나와줄 충직한 돌쇠를 키우고 있는 것도 아니고, 택시밖에는. 택시라고 정신 나간 년이란 소릴 안 들을 수 있나.

일단 이 시간쯤 자리에 털썩 앉는 순간, 울 나라 택시기사들의 만만한 심야여성 승객용 오프닝 멘트인 "왜 이렇게 집에 늦게 가냐"는 협박성 반말을 시작으로, 묻는 말에 상냥하게 고분고분 대답 안 했다가는 택시를 탔는지 바이킹을 탔는지, 이 대목에서 공포의 비명을 질러야 하는지 즐거움의 환호성을 질러야 하는지 헷갈리기 일쑤고, 피곤해서 잠깐 눈이라도 붙일라치면 방향이 엉뚱한 곳으로 틀어질 수도, 잠 깬다고 담배라도 물었단 변두리 야산에서 험한 꼴을 당할 게 안 봐도 비디오인 것을. 조는 틈틈이 경계근무를 서면서 조신한 자태로 입을 틀어서라도 미소를 띠어가며 비위에 맞을 만한 말만 골라 적당히 말대꾸를 해주어야 안전한 귀가를 보장받을 수 있는 것을.

교통문제의 유일한 해결은 시민들의 자발적인 대중교통수단 이용이라고 침을 튀기며 미디어 플레이어를 작동시키는 인간들! 그러는 니들은 정작 대중교통수단을 이용할 일이 없겠지. 어쩌다 서민 티를 내기 위해 시민의 발을 이용한다 하더라도 권력과 위계가 있는 남자한테 누가 감히 대들기나 하겠어? 더할 나위 없이 만만한 젊은, 어린 여자들을 두고서. 그러고 보면 나이 드는 걸 애달프다 서러워할 것도 없다. 이 땅에서 살다 보니 좋은 것도 있군. 비녀 꽂은 할머니가 지하철에서 담배 피우고 돌아다니고 있으면 간첩이라고 신고할 놈들은 있을지 몰라도, 담배 끄라고 트집 잡았단 놈은 아직까지 못 봤으니깐.

입에서 아직까지도 서슬 퍼런 국가보안법에 저촉될 위험한 발언까지 튀어 나오는 걸 보면 집에 가서 또 한 번 나의 사랑 부르르를

끌어안아야 숙면을 취할 수 있을 것 같다. 물론 무사히 집에 도착
해야 한다는 전제하에.

낭만고양이에 대한 오마주 혹은 모독

아이가 울고 있다.

늦은 밤이면 1호선 전철을 유령처럼 떠돌고 있는 돼지갈비 냄새에 온 감각이 마비되어 그 소리를 쉬이 알아듣지는 못했다. 배가 고파 목젖이 보이도록 터져 나오는 울음이 아닌 엄마를 찾아 불안에 떠는 밑 질긴 울음소리다.

가풀막진 오르막을 따라 고만고만한 키로 다닥다닥 붙어 있는 가게들을 지나며 이 시간에 압구정이나 강남을 경유해가는 다른 전철들에도 술과 구토의 유령이 합석을 하는지, 그곳에서도 아이의 성마른 울음을 저렇게도 오랫동안 방치해두는지 문득 궁금해졌다. 좁은 골목을 올라갈수록 울음의 근원지가 가까워질수록 그 어미에 대한 적개심은 커져간다.

아…….

눈을 의심한다. 저것이 검은 봉투들을 우비다 인기척을 느끼면 야성의 초록빛을 어두운 밤길에 날카롭게 뿌리고 사라지던 그 고양이란 말인가. 사촌뻘인 호랑이나 사자는 울울창창한 원시림이나 푸른 초원을 내달리는데 서늘한 눈매의 저것들은 도둑이라 불리며 인간이 먹다 버린 썩은 음식물이나 탐하다 후미진 뒷골목으로 쏜 살같이 달아난다고 경멸하던 그 고양이가.

종량제 봉투에 담기지 않은 검은 비닐봉투들이 가로등 불빛 아래 뿌옇게 휘발한다. 사방을 불안스레 더듬으며 지린내 나는 전봇대 옆에 안도감으로 슬쩍 던지고 갔을 냄새나는 쓰레기들이나 우비적거리고 있어야 마땅하다. 너희들이 고양이라면, 오갈 곳 없는 도둑고양이라면. 생선가게나 털다 어쩔 수 없는 야생의 본성으로 취미 삼아 인간들이나 겁주고.

너희들의 그 숨길 수 없는 본성으로 하여 인간인 내가 무서움에 떨었던 적이 있긴 하다. 지하셋방으로 유배되었던 시절, 비 오는 날 화장실 한 번 가려면 외투 걸치고, 우산 쓰고, 열쇠 들고 뛸 때 먼발치에서 또는 바로 옆구리에서 내쏘던 너희들의 눈길은 다름 아닌 감시였다. 지하 계단을 내려서면 긴 꼬리를 흔들며 사라지는 살진 쥐들보다 나의 일거수일투족을 꿰뚫고 있다는 그 자신감 있는 푸른 눈에서 나는 사지가 잘려 갇혀 있음을 환기하곤 했다. 그때 난 꿈을 꾸기엔 너무 허비(虛憊)한 몸뚱이를 가진 여고생이었다.

사랑하고 있구나……

전봇대 옆 낮은 담장 사이로 두 마리의 고양이가 있다. 한 마리는 담장 위에, 다른 한 마리는 음식물을 꾸역꾸역 게워내고 있는 검은 비닐봉투를 밟고. 둘은 서로를 바라보며 코를 맞대고 그렇게 울고 있다. 깊은 산속 정갈한 내 마음의 절집에선 핏빛 동백이 화르르 피어났다 초록 이파리를 밀어로 남긴 채 무리지어 효수형을 당한다. 눈이 별처럼 빛나는 고양이 한 마리 길러 언젠가 바다로

가는 긴 여행에 길동무를 삼고 싶다.

혼곤하게 몸이 젖어온다. 또각또각 서두르던 구둣발 소리가 박자를 놓친다. 담배가 고프다. 가방을 더듬던 손이 한순간 뚝 멈춘다. 등 뒤의 어지러운 발소리도 우뚝 끊긴다.

동물적 본능으로 걸음을 빨리 한다. 도시로 나온 원시의 본능은 문명의 덫에 발이 걸린다. 하이힐은 소리만 요란할 뿐이다. 푸른 초원을 바람처럼 내달릴 수가 없다.

서울을 에워싸고 있는 것만으로 위안을 삼아야 할지, 고지가 바로 저긴데 예서 멈출 수밖에 없는 신세를 한탄해야 할지, 양 갈래 길 앞에 서 있다 하더라도, 아무리 발버둥 쳐도 그곳에는 끝내 이르지 못할 것이라는 진실만이 유일한 이 도시의 또 다른 밤이다.

집은 말할 것도 없고 띄엄띄엄 있는 가로등까지도 너무나 멀다. 악다구니 소리를 배경으로 요란한 사이렌 소리에 뒤 이은 경찰의 반말 경고가 떨어질 날이 없는 이 동네가 오늘따라 조용하다. 다들 어디로 갔는가. 새라도 되어 세상을 뜨기라도 했단 말인가.

짧은 타이트스커트는 미역귀처럼 종아리에 찰싹 달라붙는다. 가죽을 찢고 나올 것 같은 심장의 박동 소리를 들으며 신경질적으로 치마를 잡아당긴다. 핸드폰을 가슴에 품고 공익광고의 한 장면처럼 해피엔드로 이 한밤중의 스릴러가 끝나길 기도드린다. 그저 나랑 방향이 같은 거라고, 이웃사촌을 치한으로 오해한다면 그건 모함에 해당하는 거라고. 나는 이웃에 대한 예의를 다하기 위해 그가 내 옆으로 바싹 다가오자 한쪽으로 비켜선다. 먼저 가시라고. 사촌은 내 앞을 휘적휘적 지나간다. 하이힐 뒤축에 불어넣었던 힘을 풀고 안도의 한숨을 내쉬려는데 핸드폰이 요란하게 울린다. 넥타이는 풀어졌지만 말끔하게 양복을 차려입은 중년의 남자가 움찔 뒤를 한 번 돌아보더니 비틀거리며 제 갈 길로 간다. 이웃사촌이 분명하다.

"……여, 여…… 여보세요?"

"목소리가 왜 그래? 무슨 일 있어?"

"……아 아니에요."

바짝 타들어가는 입술을 달막여 밑도 끝도 없는 말이나마 참새처럼 종알거리기엔 난 너무 지쳐 있다. 통화가 끝나질 않는 핸드폰을 무엄하게도 뚝 꺼버린다. 몸이 중심을 잃고 휘청거린다. 담벼락을 붙잡고 담배를 꺼낸다. 턱을 도도하게 세우고 연기를 빨아들이던 안젤라처럼 나도 턱을 치켜든다. 하지만 허탈감은 쉬이 잦아들지 않는다.

밤이면 밤마다 나의 거울을 손바닥으로 발바닥으로 닦아보는데도 파란 녹이 낀 구리 거울 속에 내 얼굴이 남아 있는 것은 어느 왕조의 유물이기에 이다지도 욕될까, 이다지도 욕될까, 이다지도…….

행인을 치한으로 오인했다. 역겹게 술 냄새를 풍기고 있었다는 게 유일한 혐의점이었다. 술 취한 남자들이 무섭다. 그들이 언제부터 공포로 다가왔던 걸까. 기억나지 않는 짙은 우물 속 시간부터였을 것이다.

그 어디로도 가고 싶지 않다. 이곳에서의 그 어디인들 내 쉴 만한 곳이 있으랴. 악력을 벗어난 열쇠가 스르르 바닥으로 떨어진다. 언제부터 열쇠를 꺼내 들고 있었던가. 허리 숙이고 기어 들어갈 곳은 아직은 이 집, 이곳밖에 없다는 무의식의 지층은 견고하다. 다만 하루 종일 높은 구두에 혹사당한 허리 이하의 신체 부위로 인하여 열쇠는 지축에라도 떨어진 듯 멀다.

어제 남자는 전복죽을 끓여 아픈 엄마에게 떠 먹였다. 바닷가 출신이라 온갖 비린 것들을 다루는 솜씨가 일품일 뿐 아니라 남자치곤 음식하기를 좋아하고 솜씨도 좋은 편이다. 남자는 미리 씻어 불려놓은 쌀을, 음식엔 정성이 들어가야 한다며 믹서를 두고서도 일부러 공이에 찧었다. 나무주걱으로 조심스럽게 냄비 바닥을 젓는 남자의 옆모습은 순정했고, 소금으로 간을 맞출 때 이마에 맺힌 땀방울은 가위 장인의 그것이었다.

자주 있는 일은 아니지만 기분이 좋으면 남자는 호박죽을 푸짐하게 쑤거나 부침개를 노릇노릇 구워 이웃에 돌리곤 한다. 황금빛 고운 때깔에 단내가 물씬 풍기는 죽 한 그릇을, 그것도 가슴에 앞치마를 걸친 남자로부터 받아든 이웃집 여자들의 입에선 신용비어천가가 줄줄 흘러나오게 마련이다. 이 음식을 정말 선생님이 하신 거예요? 어머나, 얼굴도 잘생기신 분이 어쩜 이렇게 음식솜씨도 좋으실까, 너무 멋있으시다. 우리 집 남편은 생전 가야 설거지 한 번…….

벌어진 입을 다물 줄 모르던 이웃집 여자들처럼 엄마도 어제 감읍했던가. 엄마는 말이 많아졌다. 이제 막 말을 배우기 시작하는 세 살배기 아이처럼 짧은 문장을 여러 번 반복했다. 맛있네요, 고마워요, 고생했네요, 이 귀한 것을, 나는 괜찮은데, 당신이나……. 힘들여 언어를 소화하고 나서 아이들이 어른의 기색을 살피듯 엄마의 눈길은 남자의 표정을 조심스럽게 더듬었다. 남자는 애정이 담긴 손끝으로 엄마의 땀에 전 머리를 쓸어주었다.

21평형 다세대주택은 적요하다. 어제는 경쾌한 칼질 소리가 날 맞이했었다. 남자는 오동통하게 살진 전복을 다지고 있었다. 도마 옆에는 전복껍질이 수북이 쌓여 있었다. 스스로의 행동에 도취되어 있는 남자도 말이 많았다. 깨끗한 바다가 아니면 살지를 않는 귀한 자연산 참전복이라 양식한 것들과는 비교조차 할 수 없다며 값은 톡톡히 치렀지만 전복은 버릴 것 하나 없는 복덩어리라는 말을 중언부언했다.

언죽번죽 떠벌리던 남자도 오늘은 보이지 않는다. 나를 맞는 이 아무도 없다. 습관처럼 동생 방에 먼저 들어선다. 말끔한 방은 아직도 주인을 맞지 못했다. 티브이 소리도 들리지 않는, 물속처럼 조용한 안방이 신경 쓰였지만 피곤한 엄마가 일찍 잠자리에 든 쪽으로 생각을 모은다. 스타킹을 돌돌 말다 꺼버린 핸드폰 생각이 났다. 아니나 다를까, 전화가 몇 번 와 있다.

"……오빠 미안해……."

"어떻게 된 거야?"

버럭, 소리를 지른다.

"오빠랑 헤어지고 집으로 오는데……."

어느 공익광고 한 장면처럼 해프닝으로 끝났지만 그 상황을 다시 재연해야 하는 건 유쾌한 일은 아니다. 휘청거리며 다가오던 취객을 떠올리지 않으려고 애를 쓸수록 허벅지에 바짝 달라붙던 스커트처럼 떨어지질 않는다. 해피엔드에 방점을 찍기 위해 하찮은 문장들을 난폭한 웃음으로 조롱하며 막을 내린다.

"술 취한 남자 처음 봤어? 뭘 그렇게 놀랬어? 놀래긴."

키득키득, 클클……. 그건 그가 위로를 건네는 방식이란 걸 알고 있다. 밤길 취객이 무섭다고 전화조차 뚝 끊어버린 여자친구가 어처구니가 없지만 어떻게든 그는 그 공포를 누그러뜨려주고 싶을 것이다. 그가 택한 위로의 방식이 다만 과장된 웃음과 힐난일 뿐이란 걸 머리로는 충분히 인식하면서도 손은 핸드폰을 귀에서 멀찍이 떼어놓는다.

"너, 화장이 오늘 그게 뭐냐?"

"······."

난데없는 딴소리에, 오빠가 전에 길 가다가 화장품 광고 포스터 보고 모델이 섹시하다고 했잖아, 하는 소리는 차마 하질 못한다.

"화났어? 혹시라도 어떤 망할 자식이 내 귀한 물건에 손이라도 댈까 봐 그러는 거야. 앞으로는 아무리 바쁘더라도 내가 집까지 안전하게 모셔다드려야겠다. 알지? 넌, 이 오빠 꺼야. 너, 오늘 정말 예뻤어. 잘 자라. 내 꿈 꿔!"

"······오빠도."

왜 스커트는 안 입느냐고, 다리에 흉터 있냐고 그가 종종 놀렸다. 처음으로 짧은 스커트를 입고 나간 데이트였다. 그는 카페에 앉아 있을 때도 무릎을 비벼오는데 그치질 않고 자꾸 손을 치마 속으로 넣어와 곤혹스러웠다. 뿌리치면 그의 기분이 상하고 그냥 두면 내 기분이 진창이 되었다. 논문 작업 때문에 바쁜 그는 헤어져야 하는 게 못내 아쉬운지 프렌치키스 후 내 가슴에 얼굴을 묻으며 다음에도 꼭 이렇게 짧은 스커트를 입고 오라고 주문을 했었다.

치마가 툭 떨어져 내린다. 그가 물었다. 이거 얼마짜리야? 동대문이 아닌 백화점에서 산 몇 벌 되지 않은 옷 중의 하나였지만 갑자기 값을 물어오자 대답을 쉽게 할 수가 없었다. 심각해하는 내 볼을 꼬집으며 그가 웃었다. 찢고 싶어서 그래……. 이 바보야……
클클…….

방바닥에 떨어져 있는 치마를 물집이 잡힌 엄지발가락으로 집어
올린다. 북, 내 손으로, 찢어버리고 싶다. 티슈로 입술을 사정없이
문지르자 얼굴은 피에로가 된다. 붉은 코를 매달지 않아도 충분히
서글픈 광대가 눈물을 보탠다.

욕실로 다가갈 때 안방에서 소리가 들린다. 욕실 문을 벌컥 열어
젖힌다.

치약이 잔뜩 묻은 칫솔을 입 안에 틀어넣는다. 다시 소리가 들린
다. 벌려! 물을 세게 틀어놓고 얼굴을 훔친다. 물소리를 뚫고 다른
소리가 들린다. 막힌 곳에서 터져나오는 강한 거부의 신음 소리,
그리고 예의 두 음절의 명령어! 자기 안의 말을 만들어낼 수 없는
목소리와 어떤 말도 만들어낼 수 있는 목소리. 칫솔에 피가 묻어나
온다. 얼마 동안이나 양치질을 하고 있었던 걸까.

욕실 문을 열고 나오자 거친 숨소리가 문틈으로 새어나온다. 급
히 방으로 돌아와 이어폰을 귀에 꽂는다.

내가 누구냐고? 나도 몰라. 그런 게 어딨냐고? 이럴 수도 있지,
뭐……. 아무리 생각해도 기억나는 것이 없어.

이렇게 노래를 따라 부르며 지금까지의 모든 기억이 상실될 수
있다면…….

난 이렇게 지치고 외로운데……. 머물 곳이 필요해, 어디로 가야
할까. 도대체 내가 있는 여기는 어딘 거야 어딘 거야 어딘 거야 도
대체 여긴 어딘 거야 어딘 거야 어딘 거야 도대체 여긴…….

엄마가 다리를 질질 끌며 욕실로 간다. 엄마의 허벅지 사이로 피

가 흘러내리는 모습이 눈앞을 어지럽힌다. 엄마는 자궁 깊숙이 손가락을 찔러 정액을 털어내고 있을 것이고 정액의 주인은 배설의 후련함으로 지독한 술 냄새를 풍기며 잠에 빠졌을 것이다. 알코올 중독자 수준의 인간이 정상적으로 발기가 되었다는 것을 전제로 하여.

옆집과 주먹 하나 사이로 담벼락이 붙어 있는 재개발 다세대주 택이긴 하지만 명색이 방이 세 개인 이곳은 지금까지 산 곳 중 가장 넓은 집이다. 엄마가 하던 국밥집에 딸린 방 한 칸에서 네 식구가 살았던 시절도 있었다. 어린 우리가 보는 앞에서 남자는 엄마를 끌어안고 몸을 비벼댔었다. 두려움에 떠는 우리의 눈동자를 바라보며 엄마는 남자를 온몸으로 밀쳐냈지만 그럴수록 더한 부대낌에 시달려야 했다. 설핏 잠이 들어 있으면 소리가 들렸다. 둔중한 물건에 깔려서 내지르는 고통의 신음 소리…… 황홀과는 전혀 거리가 먼.

그 어미의 딸인 나의 섹스는? 갈색 줄무늬와 검정 줄무늬의 고양이는 사랑하고 있었다. 코를 맞대고, 혀로 서로의 온몸을 구석구석 애무하며 사랑의 절정에 도달할 것이다. 도둑고양이라 불리는 짐승들도 그렇게 애절한 사랑을 나누는데…….

다리를 질질 끌며 엄마가 내 방으로 다가오고 있다. 난 얼른 펼쳐놓은 수험서로 시선을 고정한다.

"저녁은 먹었니?"

엄마의 낮은 물음에 고개만을 주억거린다. 엄마는 뭔가 할 말이 있는 듯 의자에 손을 얹고 서 있다.

"엄마, 안 자? 내일 또 새벽에 나가려면……."

뒤도 돌아보지 않고 엄마를 밀어낸다.

"늦지 마라……."

엄마가 방을 나가도록 난 흐릿해진 수험서에 고개를 박고 있다.

엄마가 동생 방문을 여는 소리가 들린다. 지친 그리움에, 돌아오지 않은 메아리에 삭아진 당신의 몸이 무너지는 소리가 얇은 벽을 타고 들린다. 뒤이어 가슴 저 밑바닥에서 길어올려진 울음소리가 나를 적신다. 저 나이가 되도록, 그렇게 긴 고통의 터널을 지나고서도 아직도 엄마에겐 눈물이 남은 걸까.

남자의 쿵쾅거리는 발소리가 들린다. 옆방이 왈칵 열린다. 싫다는 엄마를 안방으로 옮기라고 명령한다. 개운치 않은 배설로 잔변감을 느끼는 남자는 잠에 떨어질 때까지 엄마를 괴롭힐 것이다. 잠깐 잠이 들었다 싶으면 어김없이 다가온 새벽에 무거운 몸을 일으켜 새벽시장을 향해 떠나는 것으로 또 하루치의 형벌을 치러야 하는 엄마다. 엄마에게 밤이 휴식인 적은 내가 기억하는 한은 없다. 머리채가 잡히기 전에, 입술이 짓이겨지기 전에 엄마는 내 방을 지나 죽음의 방으로 걸어간다. 내 손엔 커터 칼이 들려져 있다. 연필꽂이에서 언제 빼어 든 걸까.

내 방에 들어왔다. 블로그나 홈피보다는 '숨어들기 좋은 내 마음의 다락방'이라고 부르고 싶은 곳. 허공일망정 집 한 채는 버겁다. 이 존재가 숨쉬고 있는 동안 지상에 비닐집 한 채라도 갖는다는 것은 언감생심이므로 다만 지친 내 육신과 영혼이 쉴 수 있는 작은 방 한 칸을 소망한다. 방문 앞에 걸린 포스터가 오늘따라 마음에 든다. 까만 바탕에 노란 글씨로 새겨진 'keiner liebt mich' 영화 〈파니 핑크〉의 포스터다. 어떻게 소리내는지는 모르지만 뜻은 알고 있다. 아무도 날 사랑하지 않는다.

나를 한 번이라도 본 사람은 모두 나를 떠나갔다, 나의 영혼은 검은 페이지가 대부분이다. 그러니 누가 나를 펼쳐볼 것인가.

시인의 말처럼 내 영혼의 검은 페이지를 펼쳐볼 누군가는 없으리라 믿었으므로 글도 공개로 올렸었다. 그런데 글을 올리고 불안함이 휩쓸어쳐 다시 내 방에 들어갔을 땐 이미 누군가 다녀갔다. 길어봤자 10분도 안 되는 그 짧은 시간에. 다행이 한 명이었다. 한명이라 과연 다행인 건지는 알 수 없지만 어떤 흔적조차 남기지 않고 방문객은 '1'이란 숫자로만 남아 있었다.

누가 다녀간 걸까? 글은 읽고 간 걸까? 어쩌다 치자네 방까지 왔을까? 여자일까, 남자일까? 나이는 몇 일까? 무슨 일을 하는 사람일까? 결혼은 했을까? 어떤 책과 영화와 음악을 좋아하는 사람일까? 기형도란 시인을 들어본 적은 있을까? 혹여 내가 길에서 마주친 사람은 아닐까?

'1'이란 숫자를 보고 그렇게 짧은 시간에 그렇게 많은 생각을 한적은 내 평생 없었을 것이다. 1이란 숫자가 2로 바뀌어 뭉게뭉게 피어나는 나의 의문이 배가 되기 전에 내가 할 수 있는 일이란 글을 비공개로 바꾸는 일이었다. 글을 비공개로 바꾸고 나서도 그 새벽녘 나는 잠을 이루질 못했다. 두려우면서도 숨길 수 없는 어떤 설렘이, 날이 새면 소풍을 떠날 아이 같았다. 돌아올 밤은 호의적이지 않은데도, 따뜻한 저녁은 예비돼 있지 않은데도, 진득하게 엉켜붙은 단내의 흔적을 신경질적으로 더듬으며 어둠을 향해 배밀이로 나아가야 하는데도, 다디단 연분홍 솜사탕을 핥으며 목청껏 즐거운 비명을 지르며 놀이기구를 타고 놀 생각에 들떠 있는, 가망 없는 기대를 접지 못하던 가엾은 어린아이가 되어 있었다. 해가 뜨는 아침이면 배낭을 둘러메고 신발 끈도 조이고 씩씩한 척 길을 나서던 소녀가 다시 되어야 할지 아니면 무표정과 비웃음으로 얇은 얼음 위를 달려가는 어른이 되어야 할지 몰라 그저 나는 내 첫 글을 다시 불러들여 내 안에 여러 겹으로 꽁꽁 싸매두는 일밖에 할 수 없었다.

이 밤, 수험서를 들여다봐야 한다는 압박감이 클수록 나는 그 깊이를 헤아릴 수 없는 도저한 블로그의 바다에서 허우적대고 있다. 토실토실 살이 오른 타인의 블로그들을 돌다 보니 피골이 상접한 내 블로그가 밝은 데서는 모른 척 지나치고픈 가족 같다. 역시 질투는 나의 힘이다.

검색창에 기형도, 백석, 브레히트를 치고, 들고 나기를 반복하다 잠시 허공에 머물렀던 손가락들은 파니 핑크란 글자를 만들어낸다. 파니 핑크란 재료로 사람들은 어떤 글과 음악을 자신들의 방에 걸어두었을까. 검색된 포스트를 클릭해 나간다. 끝없는 길 위에 붉은 옷을 입은 사람이 걸어가고 있는 자기소개 사진과 독특한 일러스트레이션 스킨이 낯이 익다. 그러고 보니 기형도를 검색하다 마주친 적이 있다. 기형도의 「10월」이란 시가 케빈 컨의 음악과 함께 올라와 있었다. 한때 절망이 내 삶의 전부였던 적이 있었다,란 시인의 목소리는 마음을 다독여주는 피아노 소리와 낙엽이 쌓인 호숫가 사진 속에 조금은 누그러져 있었다.

'플레이' 버튼을 누르자 파니의 서른번째 생일 장면이 흐른다. 어둠 속으로 파니가 나타나자 오르페오가 환하게 불 밝힌 생일 케이크를 그녀에게 내민다. 근사한 음악에 맞춰 둘은 춤을 추고…….

동영상 밑에는 이런 글이 써 있다.

↘ 엘리베이터가 고장이 나면 주문을 외우며 춤을 춘답니다, 그녀, 파니처럼.

오랜 세월이 지나고 보아도 또다시 마음이 따뜻해져온다. 지친 하루의 끝이어서 그럴까, 아니면 이제야말로 내가 정녕 파니가 되어서 그럴까, 눈물이 핑 돌기까지 한다.

문득 블로그의 주인에게 호기심이 일어 프로필을 클릭해봤지만 별명을 제하곤 모든 것이 비공개다. 전체보기 밑에 '희망에 지칠 때까지'란 카테고리를 발견하는 순간 눈이 번쩍 뜨인다. 숨죽인 채 폴더를 클릭하자 가장 최근에 올라온 글이 펼쳐진다.

| 내 영혼의 검은 페이지 | 2004/03/11 23:57 |

〈보헤미안 랩소디〉를 들을 시간

어느 나르시시스트의 그물망 스타킹에 대한 비판적 성찰……. 스크롤의 압박이 느껴지는, 블로그에선 좀처럼 찾기 힘든 긴 글을 단숨에 읽었다. 읽다 보니 주인이 여자란 걸 알겠다. 여자란 걸 안 순간부터 가슴이 두 근 반 세 근 반이었다. 글을 읽을 수 있는 권한을 제한해놓지도 않고서 누구라도 들어와 글쓰기마저 할 수 있도록 설정해놓고 그녀는 글을 올린 것이다. 읽다가 스크롤바를 확 잡아채 댓글을 먼저 살펴보았다. 다행히, 너 진짜 미친년 아냐,란 댓글은 달려 있지 않았다. 더한 욕설이 올라와 있던 걸 주인의 권

41

한으로 삭제했는지도 모른다.

지하철 화장실에서 자위를 했다는 그녀. 자위란 걸 지금까지 생각해본 적도, 해본 적도 없는지라 글을 읽고 새 창을 열어 바이브레이터란 생소한 물건을 검색까지 했지만 왠지 활 쏘는 데 거추장스럽다고 오른쪽 가슴을 잘라냈던 아마존의 전사가 나에게 말을 걸어온 느낌이다. 내가 지나치는 길목에서 오랫동안 활시위를 만지작거리며 맨발로 기다리고 있던 여전사가.

그녀가 자위만으로도 도달했다는 그 오르가슴이란 것을 영화 속 샐리처럼 흉내조차 내본 적이 없는, 아니 그 흉내 근처에도 갈 수가 없는 난 숨소리만 거칠어지곤 한다. 아파서 엉겁결에 내지르는 소리를 그는 뭔가 느낌이 온 줄 알고 피스톤 운동에 더욱 열을 올리는 바람에 터져나오는 비명조차 새어나가지 않도록 이를 악물고 있기도 한다. 머릿속으로는 정사 장면만 나오면 눈을 감은 채 무아지경을 헤매고 있던 영화 속 여자들을 떠올리기도 하지만 그녀들은 아무래도 사람 같지가 않고 틀기만 하면 나오는 수도꼭지 같다.

그녀가 걱정이 된다. 그녀의 자위 장면이 몰래카메라에 찍혀 인터넷상에서 돌아다니기라도 할까 봐. 아파트 놀이터에서 남자친구랑 키스를 한 게 온 동네에 생중계되어 가족들로부터 온갖 욕이란 욕은 다 듣고 이웃으로부터 따가운 눈총을 견디다 못해 대인기피증으로 고통받고 있다는 여성의 이야기를 어딘가에서 읽은 기억이 있으므로. 아니면 너, 완전히 맛이 간 뭐로구나,라고 사이버 상에서 무지막지한 언어폭력이라도 당할까 봐.

여자는 남자 옆에 눕기만 하면 자동으로 몸과 맘이 황홀경의 극치에 다다른다고 믿고 있는 세상에서, 남자 없이도, 그것도 지하철 화장실에서 가짜 오르가슴이 아닌 진짜 오르가슴을 느꼈다는 그녀라면 카메라 렌즈나 허접한 한두 마디 말 정도는 당장 한 방에 찔러버릴 거라는 믿음이 가지만 말이다.

거역할 수 없는 어떤 힘이 내 손을 잡고 그녀의 방 이곳 저곳으로 잡아끌었다. 지금까지도 충분히 놀라웠는데 아마존의 여전사는 여기서 멈추지 않았다. 전사다웠다. 〈보헤미안 랩소디〉가 거기 오래전부터 웅크리고 있었다. '퀸, 1986, 엠블리 공연실황 중에서'란 제목을 읽고 플레이를 작동시켰는데 프레디 머큐리가 피아노 앞에 앉아 땀을 비 오듯 쏟으며 부르는 〈보헤미안 랩소디〉가 동영상으로 흘러나왔다.

엄마, 방금 한 사람을 죽였어요. 총을 그의 머리에 겨누고 방아쇠를 당겼지요. 이제 그는 죽었답니다. 엄마, 삶은 막 시작되었을 뿐인데 나는 그 모든 것을 내팽개쳐버린 거예요. 엄마, 오 당신을 울게 하려고 그런 건 아니었어요…….

그녀 방의 노래와 그림들이 화면에 펼쳐지는 순간 전율이 느껴지는 건 왜일까. 그녀는 나를 알고 있기라도 한 걸까. 아니, 내가 알고 있거나 만난 적이 있는 사람은 아닐까. 안젤리나 졸리, 기형도, 파니 핑크, 그리고 퀸을 좋아하는 교집합 속 수많은 사람들 중에 한 사람일 뿐인데도 상상력은 날개를 달아 날아가려고 한다.

아직까지도 움켜쥐고 있는 커터 칼이 발을 부여잡는다. 칼을 제자리에 돌려놓으며 책상달력에 시선이 머문다. 이번 달 생리가 예정일에서 일 주일이나 지났다. 오늘도 생리가 시작되는 줄 알고 화장실에 몇 번을 갔는지 모른다. 심지어 애들 앞에서 수업을 하다가도. 그런데도 그 앞에선 불안의 그림자조차 내비치질 않았다. 그는 분명 내게 물었던 것이다. 해도 되냐고. 상처 입은 짐승의 간절한 눈빛이란 그 순간을 위해 존재하는 표현일 것이다. 한 존재의 무게 중심이 실린 두 눈을 향해 "싫어!"라고 어찌 감히 소리칠 수 있단 말인가.

무엇도 진실하지 않아, 누구나 알고 있긴 하지. 그 무엇도 진실하지 않아, 내게는……. 어쨌든 바람은 불어오는군…….

저 신이 내린 목소리를 가진 사나이는 왜 그리 서둘러 떠나야만 했을까. 〈보헤미안 랩소디〉를, 지상에 남겨놓은 그의 목소리를 듣고 또 듣는다.

내일은 학원 가는 길에 임신진단시약이라도 사야 할 것 같다. 〈보헤미안 랩소디〉의 주인공이 되어 누군가를 죽이기 전에 날 먼저 죽여야 하는 건 아닐까. 미쳐버릴 만큼 초조하고 불안하다. 차라리 미쳐버렸음 좋겠다. 미쳐도, 미쳐버려도 내 옆에 남아 있어줄 사람이 있을까.

이 글은 공개로 해야 하나, 비공개로 해야 하나.

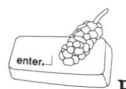

티파니에서 아침을

피아노 선율이 흐르는 강물이 되어 유유히 흐르고 있다. 섹시 가이 브래드 피트가 목사의 아들로 나왔던 영화의 음악이 강물처럼 흐르고 있느냐, 그건 아니다. 의식을 회복하려 귀뿌리를 쳐보니 앗, 저것은 해피가 엔드하는 영화의 음악이 아닌가.

할머니가 지팡이에 의지해 문턱을 힘겹게 넘어 방으로 들어가는 게 훤히 열린 문으로 보인다. 아래턱 탈구가 우려될 정도로 격렬한 하품을 하고 하악골을 마사지하면서 정신을 차려보니, 울트라매니아블루 하늘을 배경으로 나만큼이나 미친 남자가 새 신을 신고 뛰어보자 팔짝 놀이를 하던 〈샤인〉의 라흐마니노프 피아노 협주곡보다는, 슈베르트 피아노 트리오가 식사 BGM으론 세 배는 더 낫다. 비록 단란했던 가정이 수습하기 어려운 콩가루로 으깨져 해피가 아작 났다 하더라도 한순간 최보라가 되어 아, 시원하다고 감탄하며 콩나물국 한 사발을 들이켜고 싶은 나로선, 나 닮은 남자를 떠올리다 질긴 고깃덩어리 하나가 목에 걸려 고생했던 그 아침은 다시 오지 않길 바라므로.

아빠가 할머니의 방으로 조심스럽게 들어가는 게 보인다. 발등에 떨어진 불을 육안으로 확인하려고 이불을 확 젖힌다. 후다닥 욕실로 달려가다, 내 하는 일이 늘 그렇지만, 돼지 멱 따는 소리를 내지르고 만다. 방바닥에 굴러다니던 중성펜의 뚜껑이 제 존재를 내 발바닥에 알려온 것이다.

"지금 그러고 나타나면 우리 공주님 이제 일어나셨어요, 하면서 귀엽다고 엉덩이라도 두드려줄 줄 알았니?"

엄마는 나 어렸을 때도 한 번도, 우리 공주님 이제야 일어났어요?라며 엉덩이를 토닥거려준 적이 없어.

"계집애가 어떻게 된 게 생전 가야 상 차리는 일 한 번 도와준 적이 없어!"

어차피 엄마도 가사 도우미 아줌마가 다 만들어놓은 반찬에 국이나 데우고 밥이나 퍼서 상에 펼쳐놓을 뿐이잖아.

"너만 아니면 이렇게 서두르지 않아도 돼. 그런데도 일어나기는 항상 제일 늦으니……."

속으로라도 엄마의 다음 말에 반격을 준비해놨는데 오늘은 엄마의 레퍼토리가 달라져 있다.

네 오빠는 파출부 아줌마가 와서 할 거라고 그래도 꼭 그 많은 그릇들을 제 손으로 다 씻어내잖아.

엄마, 이 대사 하나를 놓쳤어. 대사의 일탈일 뿐 아니라 엄마의 안색엔 변고의 흔적이 묻어 있다.

"정신 차려! 네 나이 서른이다, 서른! 너 같은 걸 어떤 남자가 데려가겠어?"

엄마한테서 저 정도의 대사가 튀어나오면 리플이고 뭐고 이제 오랜 세월 갈고 닦은 방어기제를 발동시켜야 한다. 거드는 시늉이라도 하면서 알아서 기어야 한다. 만만한 수저나 놓을까 하고 고개를 돌려보니 심바가 그림자처럼 조용히 수저와 젓가락을 식탁에 올려놓고 있다. 한 살 터울의 오빠를 나는 라이온 킹의 어린 왕자, 심바라 부른다. 김장훈의 열혈 팬이면서 〈난 남자다〉란 노래를 자신의 주제가로 애용해 '남자'가 더 타당한 별명이 아닐까 고심도 했으나 엄마와 할머니의 간곡한 뜻을 물리칠 수 없어 왕자님으로 낙점했다.

날 보고 아는 척조차 하지 않고 심바는 제 일에 정진하고 있다. 어두운 얼굴에 우수에 찬 시선으로 바닥만 내려다보고 있는 심바에게 함부로 말을 붙였다간 죽비가 내 어깨를 인정사정 볼 것 없이 내려칠 것이다. 심바는 발랄하고 명랑한 청년에서 세상의 고뇌를 다 지고 수행을 하는 면벽승으로 탈바꿈해버린 것이다.

아빠가 할머니를 부축하고 주방 쪽으로 걸어나온다. 엄마의 눈에 권장용 주방 조명 밝기의 백 배에 해당하는 2만 룩스의 불이 켜졌다 꺼진다. 심바가 빠른 동작으로 할머니의 의자를 당기며 녹슬지 않은 세련된 매너를 과시한다.

"슈베르트 피아노 트리온가? 피아노만큼 조화로운 악기도 없지."

아빠의 식전 공개행사용 멘트에 엄마는 서둘러 표정 관리에 들어간다.

자리를 잡은 아빠가 정중앙에 앉은 할머니를 향해 손을 들어 사인을 보내자 일 주일마다 치르는 일인데도 또다시 새악시의 붉은 볼이 된 할머니가 떨리는 손으로 수저를 든다. 즐거운 곳에서는 날

오라 하여도 내 설 곳은 오직 이 집뿐이라고, 최면에 걸린 사람들의 토요일 아침 전 가족 식사의 개회식이 선포된 것이다.

공식 행사로 들어가 이 집안의 가장인 아빠는 입가심으로 깨죽을 뜨며 언제라도 그러하듯이 가족들의 근황을 묻는다.

"어머니는 어디 불편하신 데는 없으시죠?"

지팡이에 의지해 가까스로 일어났다 앉았다를 반복하며 할머니는 베란다에서 아침운동을 하고 있었을 것이다. 플라스틱 주걱으로 죽을 젓다 엄마는 그런 할머니를 흘기며, 산송장이 살면 얼마나 더 살겠다고……. 낮게 구시렁대며 혀를 찼을 것이다. 눈과 귀가 어두워서 세상의 빛과 소리엔 약하지만 생존본능만은 거부할 수 없는 할머니는 만찬 시간이 다가오자 당신의 방으로 들어가셨던 것이다. 베란다에서 주방이 훨씬 가까운데도 할머니는 그 불편한 몸을 이끌고 기어이 방으로 들어가 아들을 맞이할 채비를 하고 있었다.

"애비가 고생이지……. 나야 편하다……."

바람서리에도 변함이 없는 남산 위의 저 소나무 같은 레토릭이다.

"당신은 어제 바람 쐬러 어디 페스티벌에 간다고 하지 않았나? 지방자치제가 실시되면서 각 지자체마다 수익사업용으로 이름만 그럴듯한 이벤트를 경쟁적으로 유치하지만 그 속을 알고 보면 수익은커녕 적자투성이지. 책상에 앉아 수치나 맞추고 있는 행정 관료들의 문화에 관한 마인드가 바뀌지 않으면 다 공염불이라구. 어제 갔던 곳은 어땠소?"

아빠의 말이 떨어지기 무섭게 젓가락 운동마저 일시 정지하고 장황히 떠드는 엄마의 모습은 벼랑 끝에 매달려 있던 톰 크루즈만큼이나 아찔하다. 세상에서 자신만큼 지적이고 엘레강스한 여자가 없다고 철석같이 믿고 있는 엄마는 변고의 잔해로 흐느적거리는 몸으로도 〈미션 임파서블〉만큼은 포기할 수 없었던 것이다.

"……처음엔 진양조 장단으로 느리게 시작하더니 자진모리로 점점 박자가 빨라지자 연주자 중 한 남자가 제 흥에 겨워 오버액션하데요. 옷고름을 풀어헤치더니 저고리를 벗어 관중석으로 던지기까지 하고 말예요. 나는 고적한 산사에서 울리는 법고 소리처럼 마음 깊이 울리는 북소리에 한참 취해 있던 참이라 아무리 연주자라도 너무한다 싶어 이맛살을 찌푸리고 있는데 옆에 있던 여자들은 오빠, 오빠를 연호하면서 너무 멋있다고 아랫입술을 비틀어 휘파람을 만드는데 어찌나 천박하던지……. 어떤 여편네는 오빠, 아예 다 벗어!라고 하더라니깐요……. 도대체 가정 있는 여자들이 제정신 가진 사람들 같지가 않더라구요. 우리나라에서 한다는 페스티벌 수준이 고작 그 정도예요. 입장료가 저렴하니깐 개나 소나 다 몰려와서는……. 그 수준 낮은 아줌마들이 무슨 예술을 알고 문화를 알겠어요?"

근육질의 남자가 땀에 젖은 온몸을 흔들며 미친 듯이 두드려대는 북소리는 공감각적인 섹슈얼 이미지 그 자체라 상상만으로도 오금이 저리는 나로선 엄마의 고상한 언변에 입을 다물고 있는 수밖에 없다. 아빠가 가끔 고개를 끄덕이며 동감을 표할 뿐, 침묵을 고수하는 이가 비단 나뿐만이 아니라는 데 가족으로서 끈끈이주걱이 다 형성되려고 한다.

"넌, 별일 없지?"

심바에게 화살이 날아간다. 아빠는, 너, 자장면 먹고 싶지, 또는 동서 나가서 춤추소, 식의 투사식 어법을 구사했다. 자장면이 먹고 싶은 형이 동생에게 묻듯, 굿판에 뛰어들어 춤추고픈 손아랫동서가 손윗동서의 옆구리를 찌르듯, 별일 없지,란 질문으로 별일이 없길 바라는 무의식을 그만 드러내버리고 만 것이다.

"……네."

심바에게 별일이 생겼다는 것을, 더구나 그건 심바만의 문제가 아니라는 걸 지금 여기에서 젓가락질을 하고 있는 사람들은 모두 알고 있는데도 아빠의 숟가락으로 하늘 가리기식 어법에 심바는 무력하게 따라간다.

"공자가 죽어야 나라가 사네 죽네 하는 사람들도 있지만 그 사람들 누구라도 도든 교육의 토대인 가정교육을 무시하는 사람은 아무도 없을 거다. 새삼스러울 것도 없는 소리를 내가 왜 잔소리처럼 늘어놓느냐면 학생들이나 조교들을 봐도 가정에서 가정교육이 잘된 애들과 그렇지 못한 애들은 정말로 그 수준의 차이가 확연하다는 게 느껴지거든. 도대체 기본적인 인간으로서 갖춰야 할 소양이나 예의도 없는 애들이 주입식 암기교육으로 점수나 잘 얻어 대학생이라고 자신의 주장만이 옳다고 강변하는 기저에는 잘못된 가정교육이 있다고 본다."

심바의 젓가락 두 짝이 취나물 한 가닥 위에서 '동작 그만'이 되어버린다. 밥그릇에 코가 빠질 정도로 푹 꺾여가는 심바의 허연 목덜미에서 꽃이 지는 아침은 울고 싶어라,는 시구를 떠올리며 나의 두꺼운 목덜미도 분분한 낙화가 된다. 심바에게 이런 감정이 생길 줄은 내 미처 알지 못했다. 사노라면 비가 새는 판잣집에도 해 뜰 날이 있는 것이고 흐린 날도 날만 새면 즐거웁다고는 하나 질시의 자리에 한 떨기 연민의 감정이 피어나다니……. 이는 모두 음모이다.

완두콩으로 하트를 한 땀 한 땀 새겨주는 정성까진 아니어도 내 도시락에도 소고기장조림이나 떡갈비, 하다못해 샐러드라도 싸줬더라면, 그 셀 수 없는 음모 중에 터럭 하나에 지나지 않는 학창 시절의 도시락이라니, 한때 강고한 연대전선을 형성했던 그 끈을 놓지 않았을 것이다. 우리의 맞잡은 작은 손을 가혹하게 끊어버렸던 그녀.

그녀의 공공연한 일생일대의 프로젝트는 외아들을 성공시대에 진입시키는 것이다. 전공이 전공인지라 매스미디어에도 심심찮게 오르는 대학교수란 사회적 지위가 있는 남편과 언제나 그녀의 말에 귀 기울일 준비가 되어 있는 이 딸도 있지만 그녀는 존재의 의미를 외아들에게서 찾았다. 외아들은 그녀의 얼굴이었다. 자식을 잘 길렀느냐의 기준이 딱 세 가지인 우리 사회에서 그녀의 아들은 그 관문들을 훌륭히 통과해냈기 때문이다. 소위 일류대 인기학과를 나와 목에 힘주고 명함을 내밀 수 있는 직장에 취직을 했으니 마지막 통과의례만 거치면 그녀의 목엔 번쩍번쩍 빛나는 훈장이 걸릴 참이다. 한국 사회의 중산층 이념과 토대의 재생산에 혁혁한 공을 세운 노고를 위로키 위해 상부구조에서 수여하는.

치밀한 사람답게 그녀는 아들에게 눈앞에 다가온 고지를 고지하지 않았다. 오랜 시간 공들여 물밑작업만을 계속하던 그녀는 더는 승리의 월계관을 미룰 수 없다는 판단에 이르자 수면 위로 얼굴을 내놓았다. 이번 작전엔 남편과의 한층 공고화된 팀플레이를 펼쳤다. 지인들의 아들 결혼식에 다녀올 때마다 그간에 부어넣었던 사회적 곗돈을 계산기로 눌러보던 부부는 전무후무한 판타스틱 싱크로나이즈드 혼성복식조가 되었다. 시작은 미약했지만 아들이 직장에서도 자리를 잡아가고 급기야 서른 문턱을 넘어서자 걷잡을 수 없을 정도로 수족의 놀림이 창대해졌다.

심바에게 애인이 없는 것이 아니다. 라이언 킹의 심바에겐 날라가 있었듯이 오래 묵혀 감칠맛 나는 장맛 같은 해묵은 연인이 있다. 우리의 맞잡은 작은 손을 가혹하게 끊어버렸던 또 다른 그녀로하여 의좋은 오누이에는 이르지 못하였지만 심바와 나는 때론 연대의 손을 흔들기도 한다. 오빠 얼굴에 또 한 번 손톱으로 홈집을 냈다간 이 할미가 그땐 네년의 팔을 뚝 분질러버린다,고 으름장을 놓았던 할머니가 문제의 또 다른 그녀이다. 두 여인네가 앞서거니 뒤서거니, 권커니 잣거니 하며 유대감을 분질러놓기도 했지만 가위로 머리와 옷을 싹둑싹둑 아무 미련 없이 잘라버리고 히죽히죽 웃어대던 한 여인의 투명했던 눈동자를 공유하고 있는 한 우리는 서로에게 각별한 존재일 수밖에 없다.

심바의 애인을 이 오디는 나라라 부른다. 믿거나 말거나, 중학교 1학년 때 'Jane'을 '자네'로 읽어 영어 선생에게 상처받았던 이 오디는, 'nala', 심바의 애인은 나라인 것이다. 심바는 나라와의 관계가 깊어지면서 이 동생에게도 신고식을 했지만 불행하게도 둘의 관계는 가족들 사이에선 비밀이었다. 괴로움에 불면의 밤까지 넘나드는 심바를 옆에서 지켜보다, 아파트 놀이터로 달려나가 운동화 끝으로 삽질이나 하다 돌아와야 하는 나는 "임금님 귀는 당나귀 귀"라고 세상에 소리칠 수도 없는 이발사였다. 결혼할 애인도 없다면서 선도 보지 않겠다는 결혼 적령기의 아들을 집안에서 치외법권 지역으로 내버려둘 리 없었고, 심바는 결국 나라를 집으로 데려오기에 이른다.

엄마는 결혼 상대자가 있다는 심바의 전격선언 후엔 며느릿감을 맞을 준비로 부산과 긴장으로 소용돌이치더니 문제적 인물의 방문 후엔 드러누워버렸다. 그건 단지 기대와 긴장의 끝이 주는 후유증이 아니었다. 자리보전하고 누운 노인네들 입에서나 나오는 말인 줄 알았던, 내 눈에 흙이 들어가기 전에 이 혼사는 절대 안 된다는 언어를 그대로 구사하며 식음을 전폐해버린 것이다. 그런데도 나는 이 모든 게 웃기고 자빠진 〈개그 콘서트〉라도 보는 듯하여 엄마가 이마에 두르고 있는 면 수건에 '결사항전'이라고 붉은 매직으로 새겨서 가일층 투쟁의지를 북돋아주고팠다.

심바가 오랜 세월 애인을 사귀면서도 집안에 입 한번 벙긋할 수 없었던 견고한 벽에 피를 흘리며 구멍을 내자, 엄마는 이제 곧 무너져내릴 돌들을 피하는 대신 혼자 힘으로라도 균열을 막아보려고 버팅기고 있는 중이다. 심바에 대해 엄마만큼 당당히 권리를 행사할 자격이 없다고 여기는 가족들은 그나마 자신들을 가려왔던 벽이 사라지면 드러날 서로의 불편함을 곁눈질하며 낮은 포복으로 기어다니며 그저 어서 심바가 백기를 드는 것으로 이 전쟁이 끝나길 스치는 눈빛 속에서 희망사항으로 교환하고 있다. 그 커플의 지난한 연애사를 알고 있는 나로선 용맹하지도 비겁하지도 않게 정치적으로 올바른 신중한 언어와 행동만을 선별하고 있다. '정치적'이란 것은 두 쪽을 다 옹호하는 듯하면서도 어느 쪽에도 무심할 수 있는, 얼마나 편리한 방패인가.

나라는 홀엄마의 외동딸이다. 나라의 엄마는 남편과 사별하거나 이혼해서 혼자 된 것이 아니다. 나라에겐 처음부터 아비가 없었다. 동정녀 마리아가 아닌 이상 생물학적 아비가 있긴 하겠지만 나라의 엄마는 결혼이란 합법적 과정을 거치지 않은 채 그녀를 낳았다. 할아버지 호적 밑으로 들어가 엄마와 같은 성을 쓰는 나라 대한민국에서 기존 호적법상으로는 자매지간인 엄마를 두었다.

하나밖에 없을 며느릿감으로 엄마가 내건 첫번째 조건은 번듯한 출신이어야 한다는 것이었다. 여기서 '번듯'하다는 건 부모가 사회적으로도 성공하고 명망 있는 집안이길 바라는 내심도 있긴 하지만 그보다는 여자 쪽 집안이 너무 잘나가도 부담스럽다는 주위 친구들의 조언을 많이 접수한지라 문제없는 가정을 말한다. 엄마와 아빠 그리고 자녀가 둘이나 셋으로 구성된 그림이 되는 화목하고 단란한 가정.

가족의 기원과 엄마의 비원을 모를 리 없는 심바는 나라에게 타협안을 내놓았다고 했다. 결혼하기 전까지는 나라의 이런 조건을 말하지 않기로. 일단 결혼을 하고 나면 부모님이 그 사실을 알게 되더라도 무슨 상관이겠냐고, 거짓말을 하자는 것도 아니고 사실의 일부를 한정된 시간만큼 감추자는 심바의 전술을 나라는 일언지하에 거절했다고 한다. 그런 식으로는 결혼하지 않겠다고. 그녀라면 그럴 만도 했다. 예전에 날 만날 때도 엄마랑 둘이 사는 일상을 자랑도 부끄러움도 아닌 몸에 밴 자연스러움으로 이야길 하곤 했다. 나, 이런 여자의 딸이야. 어쩔래? 하는 오기마저 나라에겐 넘실거렸다.

이혼녀의 딸이었다고 해도 발끈할 게 분명한 우리 부모 앞에서

그녀는 너무도 담담히 자신은 싱글맘의 딸이라고 밝혔다. 돌아올
수 없는 강을 이미 건넜다고 판단했는지, 이 땅의 여성 현실에 이
동생도 모르는 첨예한 문제의식을 평소 가지고 있었든지, 심바는
기존 호주제의 전근대성을 강도 높게 논리적으로 비판하며 나라를
거들고 나섰다. 하지만 물은 엎질러졌고 패는 뒤집어졌다. 둘 다
외국계 회사에 근무하지만 심바보다 나라가 연봉이 많은 것에 한
풀 꺾여 있던 부모의 기가 점점 살아났다. 세상에 닳고 닳은 부모
인지라 표정관리 하나는 두 양주가 약속이나 한 듯 잘해냈고 나라
는 저녁까지 잘 먹고 심바의 배웅을 받으며 돌아갔다.

번듯한 가정이긴커녕 결격 사유가 있는 출신의 여자를 결혼하겠
다고 집에 데려온 아들을 도저히 용서할 수 없던 엄마는 분을 삭이
지 못하고 아들에게 결투신청을 하러 방에 들어갔다 생각지도 않
은 대어를 낚기에 이른다. 분기탱천함 속에서도 셜록 홈스에 버금
가는 예리한 관찰력만은 풀가동되어 혼인이 성립될 수 없는 중차
대한 결정적 단서를 포착해낸 것이다.

나라는 짐짓 담담한 듯이 자신의 성장과정을 회고했지만 친구들
도 아니고 호랑이나 곶감보다도 무섭다는, 장래 시어른들이 될지
도 모르는 사람들 앞에 무릎 꿇고 앉아 있어야 할 시간이 다가올수
록 무척이나 떨리고 두려웠을 것이다. 심바는 나라가 집으로 들어
서 어른들에게 간단히 인사를 마치자마자 방을 구경시켜주겠다며
끌다시피 제 방으로 데려갔다. 남녀가 함께 있을 때는 방문을 열어
놓아야 한다는, 사랑받는 여성 어쩌구 하는 책에서 나오는 에티켓
쯤은 대머리 숱 치는 소리쯤으로 무시하고 심바는 제 방문을 걸어
잠갔다. 이윽고 밀폐된 공간의 청춘남녀는 긴장을 풀기 위해 가볍

게 워밍업에 돌입하고 말았던 것이다.

싱글맘의 딸이라고 해도 그게 본인의 잘못은 아니어서 그 이유만으로 결혼을 불허하기엔 썩 찜찜했던, 사회적 명분을 중시하는 자칭 인텔리전트 엄마에게 명분으로 쓸 만한 먹이가 딱 걸려들었다. 엄마는 한쪽 구석에 처박혀 있던 재떨이에서 빨간 립스틱 자국이 선명히도 찍힌 필터를 하나도 아니고 세 개나 찾는 개가를 올렸던 것이다.

내가 피운 거라고 둘러대기라도 할 수 있었음 좋으련만, 나는 그 시간 둘 만의 시간을 가지라고 근처엔 얼씬도 안 한 터라 알리바이도 성립하질 않았을뿐더러 보다 중요하게는 집안에서 나는 회개한 흡연자라는 것이다.

아빠는 심바의 결혼에 대해 가족들 앞에서 공식적으로 어떤 입장도 피력하질 않았다. 언론 플레이를 연구하는 신문방송학과 교수다운 태도라는 분석도 가능하지만 이 문제에 대해선 태생적 한계를 가지고 있어서 발언권이 약할 수밖에 없다는 설이 좀더 설득력이 있어 보인다. 엄마만이 이 결혼은 절대 안 된다고, 그녀의 출신 같은 건 이제 전혀 문제가 아니라는 듯, 누가 골초인 여자를 며느리로 들이겠냐고 게거품을 물었다.

나도 그 공격 방향에 포커스를 맞추어 엄마 딸도 술자리에선 여전히 한두 대 피운다고 그녀에 대한 후방지원을 했지만 엄마는 딸과 며느리가 같은 여자인 줄 아냐고, 씨알도 안 먹힐 소리는 하지 말라고 조소를 날렸다. 그러니, 엄마도 담배 피우잖아, 하는 소리는 지나가던 소도 웃겠다고 대꾸할 사항이었다. 눈만 끔벅끔벅 뜨고서 아무런 말도 못하는 심바 옆에서 심지가 시나브로 타들어가던 나의 폭탄은 급기야 터지고 말았다.

다른 사람도 아닌 엄마가 이러면 안 되잖아!

그 순간 우리 세 사람의 눈빛엔 휘황찬란한 불꽃축제가 벌어졌다. 심바가 팔꿈치로 날 제지했고 얼마간의 침묵이 흐른 후 엄마가 입을 열었다.

그래서……. 그래서…… 제대로 된…… 며느리…… 하나 들이고 싶다구!

미워하면서 닮고, 싸우면서 닮는다더니 엄마가 딱 그 짝이었다. 엄마는 못된 시어미 자리에 어느새 등극해 있었다.

나라를 조금은 알고 있다. 그녀의 놀라운 학업 성취도와 뛰어난 외국어 실력, 한순간도 놓치질 않는 삶에 대한 긴장의 끈……. 언젠가 내가 내민 선물을 풀어보곤 줄리아 로버츠처럼 호탕하게 웃어제끼던 그녀의 환한 얼굴…….

"넌 아직도 일이 많은가 보구나. 이제 너도 비정규직에서 벗어나야 할 텐데……."

외동딸을 향한 아빠의 미소는 꽁꽁 언 얼음장도 녹일 만큼 온화하다.

"아빠, 난 비정규직이 아니라 프리랜서라니깐. 프리!"

이쯤 되면 심바가, 네가 프리랜서? 프리땐서가 좋겠다,라며 키득거려야 하는데 꿀단지를 여태 끌어안고 있다.

"모든 권리에서 자유로운 ……프리요!"

심바가 피식 웃는다.

그렇지, 그렇게 웃으라구! 넌 후까시 만빵의 주윤발 스탈보다는 적당히 비겁하고 유치한 주성치 캐릭터거든.

오늘도 나만 식사에서 제일 먼저 일어난다. 이 만찬을 내가 손가락이라도 꼽으며 기다리는 건 물론 아니지만 가족 중 유일하게 토요일도 근무를 해야 하는 신세에 오늘도 숟가락 놓고 벌떡 일어난다마는 정처 없는 이 발길, 나그네 설움이긴 하다.

과장을 즐기는 것은 얼마나 지루한 일이냐구, 어떤 남자가 일갈을 하긴 했어도 오늘 심바의 뒤통수는 슬픔을 빨아들이는 진공청소기스럽다고 다시 말하지 않을 수가 없다. 지금까지 살면서 범생이과에서도 늘 특출나게 수위를 달리던 심바가 부모와 저런 전투를 치러야 한다니…… 사랑은, 그 어떤 사랑이든 진실로 위대한 것이다.

언젠가 내가 크리스마스 선물로 심바네 커플에게 선물했던 것은 콘돔 한 상자였다. '행복한 섹스' 하라며, 쑥스럽게 웃으며 커플에게 내밀었을 때 나라가 환한 웃음으로 내 진정을 받아줬었다.

낙태하고 싶어 섹스하는 여자는 세상에 없다. 낙태의 천국이란 오명에서 벗어나자는, 생명의 소중함을 이제는 제발 깨닫자는 글줄을 매체에서 볼 때마다 피가 거꾸로 솟는 듯한 느낌이 들곤 한다. 그런 칼럼을 쓴 이가 남자라면, 넌 제대로 피임하고 지금까지 섹스 해왔냐고 묻고 싶고, 여자라면 목소릴 낼 수 없는 여성들의 목소리에도 한 번쯤 귀 기울여보라고 충고하고 싶다.

사랑의, 사랑에 의한, 사랑을 위한 투쟁에서 어이해 콘돔과 낙태를 떠올리고 있는 것인가. 선창가 고동 소리도 울리고 나그네 흐를 길은 한이 없는데…….

↘ 저도 입방식을 멋진 그녀, 안젤리나 졸리랑 했는데…… 건강하세요!

58

그녀, 치자가 내 블로그에 인사를 남기고 갔다. 내가 지금까지 살아오면서 거친 그 많은 방들을, 모텔의 붉은 방들까지, 더한다 하더라도 새발의 피에 불과한 이 많은 방들 속에서 내 글을 찾아 읽는 건 낙타가 바늘귀 통과하는 것보다, 로또복권에 당첨될 확률보다 적으리라 확신하는데 그녀가 내 방문을 살짝 밀고 들어온 것이다. 나더러 '아마존의 여전사' 같다고 했지만 정작 나는 안부의 인사조차 남기지 못했는데 그녀는 나의 안부를 걱정하며 손까지 흔들고 갔다.

'낙타 없는 사막을 건너는 비법'으로 검색창을 두드렸다 낯선 피시방에서 그녀의 블로그를 발견하는 순간 낮게 드리워졌던 환멸의 구름들이 한순간에 걷히는 느낌이었다. 스타킹이라도 뒤집어쓰고 '다녀간 블로거'에 흔적을 남길까 갈등하다, 나의 음모를 이미 알아챈 듯 로그인을 한 사람에게만 글쓰기를 허락한다는 설정을 보고 숨어들기 좋은 방으로 남겨두자는 잠정 결론을 내리고는 어지러운 발자국들을 수습했었다. '안젤리나 졸리' 이미지 포스트와 '처음 만나는 자유'란 글 포스트 하나로 시작한 그녀 영혼의 검은 페이지가 어떤 내용으로 채워질지 머리카락 한 올마저 숨기고 숨죽이고 지켜볼 참이었다.

업데가 이뤄진 건 없나 하고 문안인사라도 드리듯 찾아왔다 '〈보헤미안 랩소디〉를 들을 시간'이란 글이 올라와 있자 숨도 안 쉬고 읽어내렸다. 그녀의 염려가 현실이 되어 '지하철 화장실에서 자위하는 여자'란 붉은 제목의 동영상이 인터넷에서 인기리에 돌게 될지도 모른다. 화장실에서 소변보는 몰카의 주인공이 너랑 닮았어, 라고 나도 친구한테 부들부들 떨리는 목소리로 전화를 해준 적이 있으니까. 그럼, 화장실에서 팬티 입고 소변보는 여자가 어디 있냐고, 그 애는 대수롭지 않은 듯이 말은 했지만 분명 가슴이 철렁 내려앉았을 것이다.

그녀의 걱정 덕분인지 아직 어떤 리플도 달리지 않았다. 로그인을 한 사람들에게만 글쓰기 권한을 줄까 고민도 하지만 인터넷이란 망망대해에서 서프보드를 타고 떠도는 보헤미안들의 랩소디를 듣지 못하게 될까 봐 글쓰기 권한을 제한하고 싶지는 않다.

그녀의 첫 글은 이제 비공개가 되었다. 내 뒤로 몇 명이나 그녀의 방을 다녀갔을까. 왜 내 방 구석구석을 돌아다니다 전율을 느낀 걸까. 사실, 나도 그녀의 글을 읽다 머리끝이 쭈뼛 섰었는데……. 얼마나 많이 이 오디도 그녀와 같은 질문을 던졌던가. 치자는 이 오디를 알고 있기라도 한 걸까. 아니면 이 오디가 이미 알고 있는 사람이기라도 한 건가.

돼지우리 명예의 전당에 헌정될 정도로 웬만해선 내 방 청소도 하지 않는 이 오디가 대대적인 방 청소를 감행했다. 저작권법에 대한 고려는 일단 다음으로 미루고, 시일이 오래되어 차단된 음악이나 동영상은 다시 찾아 링크를 걸어놓고 퀸의 엠블리 공연실황을 인코딩해서 자근자근 쪼개어 올렸다. 방의 먼지를 털고 윤이 나게 바닥을 빠닥빠닥 닦으며 온전한 희열에 이르는 행복한 섹스가 그녀에게도 찾아오길 간구했다.

이 시간에도 전후좌우 살피며 약국 문을 밀고 들어가 임신진단 시약을 사 들고 화장실로 숨어 들어가 소변을 보고 막대에 선이 한 줄일까 두 줄일까 조마조마 지켜보고 있을 그녀들……. 세상 모든 여자가 원치 않는 임신은 절대 하지 않고 아이를 낳고 싶을 땐 자신의 의지로 언제나 낳고 기를 수 있다면.

그녀의 글을 읽으며 너무 마음이 아팠다. 한동안 글을 블로그에 올리지 못할 듯하다. 바쁘기도 하지만 그녀가 혹시라도 오디의 방에 들어온다면 위안을 얻을 글을 쓸 자신이 없기 때문이다. 숨어서 기형도 시집이나 읽어야겠다.

어머니 우시네

팔이 자라나는 시간이다. 뒤쪽 어딘가에서 자라나 등을 타박타박 토닥이고 가슴으로 뻗어간다. 잠이 들면 그 두툼하고 긴 손으로 내 어깨를 끌어안을 것이다. 난 그 품속에서 오랜만에 단잠을 잘 수 있을 것이다. 울다 지쳐 잠이 든 어느 새벽 처음으로 난 그 손길을 느꼈다. 이불을 여며주고, 퉁퉁 부은 내 눈에 입을 맞추고, 머리맡의 약병을 호주머니에 집어넣고 잠이 든 나를 지켜보던 내 안의 또 다른 나를, 나를 향해 내밀던 그 위무의 손길을.

설거지를 하고 나면 핸드크림으로 마사지를 해줘야 하듯이 아무 때나 자라나지 않는 나의 이 특별한 손을 위해서도 정성이 필요하다. 투명 비닐로 싸인 시디를 만지작거리고 있는 이 시간도 나의 소망나무가 가지를 쭉쭉 뻗어가는 시간이란 걸 느낀다. 한 줄에 천 원하는 김밥조차 건너뛰고 커피는 자판기 커피로 대신하고 때론 담배도 줄여가며, 읽고 싶던 책을 사고, 보고 싶은 영화를 보고, 듣고 싶은 음악을 들을 때 또 다른 내가 기쁨으로 성장한다. 이상은, 오소영, 도원경, 장필순 들의 시디를 사들고 집으로 돌아가는 날은 다리가 통통 물수제비를 뜬다. 주인의 뜻을 거스를 수 없어 예견된 죽음으로 끌려가는 가축들처럼 뒷걸음질 치던 다리는 탄력을 받아 뛰어오른다.

여기저기 사이트를 기웃거리다 우연히 그녀의 인터뷰 기사를 보았다. 세번째도 딸이 태어나자 부모님이 정말로 못 참겠다고 부르기 시작한 그녀의 이름, '말로'. 길 가다가 담배 피운다고 뺨을 맞은 적이 있다는 그녀에게 인터뷰어는 가끔 자신도 그런 상황을 겪는다며 "Hey, man~ what's wrong?"으로 무심히 대꾸하란다. 손뼉을 치며 웃다 눈꼬리에 눈물이 잡혔다. 하지만 즐겨찾기 해놓고 심심찮게 들어가 음악을 듣는, 판타스틱 소녀 백서 블로그에서 그녀의 노래를 다시 만나지 않았다면 영영 잊어버렸을 것이다. 그녀, 정말로를.

오늘 저녁 난 차곡차곡 아껴둔 그리움으로 앨범을 샀다. 두 번이나 중도하차 된 앨범 작업, 뉴욕에서의 외롭고 힘들었다는 재즈 공부보다도 길에서 담배를 피우는 사소한 행위조차도 폭력을 의식하지 않을 수 없다는 그녀의 토로가 가슴에 와 닿는 걸 보면 나도 참 가십적인 인간이긴 하다. 그러고 보면 그녀는 담배를 피운다고, 그것도 음습한 골방에서만이 아닌 대로에서도 담배를 물고 활보한다고 공개 선언한, 내가 만난 최초의 여성 연예인이다. 설사 골초더라도 담배를 피워야 하는 장면에선 뻐끔뻐끔 흉내만 내는 여자 연기자들의 드라마를 신물 나게 봐온 나로선 어쩐지 그녀가 나랑 코드가 맞을 것 같다.

난 그녀와 코드가 맞는가. 당당하고 능력도 있어야 하지만 여전히 귀엽고 깜찍한 여자를 원하는 세상에서, 연기보다는 이미지 관리가 더 중요한 그녀들에게 난 돌을 던질 자격이 있는 걸까. 몇 해 전 기차에서 담배를 피우다 모욕이 들씌워졌다는 이유로, 말로 당신과 난 코드가 맞다고 한다면 그녀가 불쾌해지는 않을까. 모락모락 올라가는 애인의 담배 연기 속으로 보일락 말락 한숨을 보태며, 그 유혹에 미혹당하지 않기 위해 술자리에서는 탁자 밑으로 셀 수 없이 주먹을 쥐락펴락하고 있는 나를.

혼들린다. 시디를 가슴에 품고 있어 중심을 못 잡은 탓도 있지만 기분이 이상하다. 젊은 남자가 내 옆을 지나갔다. 그가 사람들 속을 헤치며 오고 있던 것을 보지 못했다. 생각에 빠져 있느라 잠시 방심을 한 사이 내 옆을 스친 것이다. 정신을 수습하고 보니 눈 깜짝할 새 남자의 팔꿈치가 내 가슴을 훑고 지나갔다. 전철의 요동으로 어쩔 수 없이 실례를 범한 걸까, 아니면 갈고 닦은 기술로 교묘하게 가슴을 훑고 지나간 걸까. 불쾌해야 될지 말아야 할지 모르겠는 이 상황을 어떻게 설명할 수 있을까.

여전히 사람들 속을 헤치며 나아가고 있는 남자의 파르르 깎아올린 상고머리 뒤통수에는 스포츠모자가 얹혀 있다. 젊은 남자가 지나가는 통로에 서 있는 여자들은 몸을 한껏 접어 홍해의 기적을 만들어낸다. 한가하지도 않은 전철에서 굳이 사람들의 틈새를 뚫고 제 길을 가고야 마는 의도는 무엇일까……. 불쾌하다.

영 보이든 올드 보이든, 모자를 쓰고 있든 쓰고 있지 않든, 얼굴에 개기름이 번질거리든 불가리 뿌르 옴므 향수를 뿌렸든, 후줄근한 운동복을 입고 있든 바바리 코트를 입고 있든, 남자의 이름은 불쾌이고 공포다. 가슴을 툭 치고 지나가던 지하철의 걸인, 여고 시절 학교 앞 으슥한 곳에서 출몰하던 성기 노출증 환자, 중학교 때 수영장으로 잠수해 들어와 양다리 사이를 만지고 달아난 동급생 남자…… 남자들…….

모든 싸움은 힘으로 하는 게 아니라 뱃심으로, 기세로 하는 거야. 세게, 내 안의 기를 모아서 세게 치고 나가면 감당 못 할 무서운 상대란 없는 거야.

국어 선생이었다. 어쩌다 수업시간에 애들의 입에서 슈퍼맨이니 아담이니 하는 단어들이 튀어 나왔던가. 웅얼웅얼거리던 소리들은 어느 순간, 진짜 짜증 나요!란 한목소리를 만들어냈다.

차에서 그러는 놈들도 있더라니깐. 길을 물어봐서 다가갔더니 덮고 있던 거기를 딱 펼치는 거야! 죽는 줄 알았어! 변태 새끼!

봇물이 터지듯 와자하게 에서 제서 펼쳐졌던 경험담이 수그러들자 선생이 그제야 입을 열었다.

요약하자면 싸움은 깡이라는 거야. 노출을 봤다, 기분 더럽지, 똥 밟은 게 이만하겠어? 이건 단순히 더러운 게 아니잖아. 존재에 대한 모독이지. 뇌수의 흐름을 멈출 만한 모욕감이 온몸을 휘감아도 거기서 주저앉으면 안 돼. 이를 악무는 거야. 심호흡도 한 번 하고, 그리고 그놈의 얼굴을 노려보면서 가소롭다는 듯 씩 웃어주는 거야. 침이라도 뱉어주는 심정으로. 근데 이게 다가 아녀. 마무리를 잘해야지. 것도 싸가지 바가지 없는 멘트로 정리를 하는 거야. 알잖아, 함무라비 법전! 눈에는 눈, 뼈에는 뼈, 변태엔 변태식! "썅! 졸라 작잖아." 자, 할 수 있겠지?

불쾌를 유쾌로 바꾸기 위해 말로의 노래에 집중한다.

"뭐 하는 거예요? 지금!"

날카로운 소리가 노래를 뚫는다. 소리의 주인공은 발딱 일어나

무릎에 놓여 있던 가방으로 남자를 와락 밀쳐낸다. 그 바람에 가방 위에 놓여 있던 책과 노트가 바닥으로 우수수 떨어진다. 금박 물린 수학의 정석이, 연습장이, 샤프펜슬이 바닥에 나뒹굴거나 말거나, 승객들의 시선이 한 몸에 쏠리거나 말거나 그녀는 핸드폰을 급히 누르며 누구에게랄 것도 없이 묻는다.

"지하철 내 치한 신고전화가 몇 번이죠?"

그녀는 나처럼 늦은 공부를 하고 있는 사람인지도 모른다. 고졸 학력으론 도저히 이 사회 어느 구석이고 고개 디밀고 들어갈 자리가 없어서 주경야독을 결심했는지도 모른다. 낮에는 직장 생활을 하고 밤에는 수험서에 코피를 흘려가며 꿈에도 그리던 대학에 들어가 등록금을 벌기 위해 과외시장에 뛰어들었는지도 모른다. 남들이 수련회다 동아리 활동이다 어학연수다 바쁠 때 제 손으로 돈 벌어 학교 다니느라고 축제 때조차 제대로 한 번 놀아보지 못하고 억울하게 학사모를 썼는지도 모른다. 졸업장을 손에 쥐고도 번듯한 모양새를 갖춘 취업 자리는 머리카락 한 오라기 보여주질 않고 꼭꼭 숨어 있어 퇴적층처럼 쌓인 노하우로 입시생들을 가르치며 강퍅한 삶을 거슬러 오르게 해줄 구세주를 기다리고 있는지도 모른다.

학원이든 과외든 지식을 가르친다는 건 엄중한 일이라 강의 시간에 쫓기며 문제를 푸느라 옆자리의 남자가 호시탐탐 힐끔거리고 있어도 그녀는 안중에도 없었으리라. 애들이 까다로운 질문이라도 하면 등허리에 얼음이 굴러가리라는 생각에 연습장을 부지런히 메우고만 있었으리라. 후덥지근한 더위가 느껴졌지만 양옆의 건장한 사람들 사이에 끼어 앉아, 무릎 위에 가방을 그 위에 책과 연습장을 펼치고 있어 그럴 거라고 제 일에만 모든 신경을 썼으리라. 한쪽 다리에 전해지는 이상한 열기에 비로소 시선이 간 순간 그녀의 바지와 가방 사이로 올라와 있는 남자의 더러운 손을 보았으리라.

그때도 나는 펼쳐놓았던 책과 연습장 등속을 부리나케 챙겨 벌떡 일어났었다. 지금 그녀처럼 무기가 될 만한 샤프펜슬을 손에 쥐고 있었음에도 그 털북숭이 손을 향해 응징은 생각지도 못하고 출입문 쪽으로 다가갔다. 그것도 몇 칸이나 옮겨가 남자를 완전히 따돌리고 내렸다. 남자는 힘없이 사라지는 내 등 뒤에서 고소를 날렸으리라. 그럼, 그렇지, 네깟 것들이 별수 있어!

쌍, 좆만 한 게! 어디서 까불어!

교정에 서둘러 땅거미가 깔리던 차가운 계절에 아이들은 책상을 치고 발까지 동동 구르며 교실 안에 스며든 소슬기를 삽시간에 몰아내었다. 무연히, 그 웃음의 격류에 휘말려 떠내려갔으면 좋으련만 그조차 쉽질 않았다. 쓴웃음이 비어져나오는 입에선 이런 소리가 터졌다. 그런 당신도 남자잖아!

웃음이 잦아들자 선생이 다시 입을 열었다.

그놈들이 유독 너희들 앞에서 설치는 이유가 있다. 그건 바로 너희 같은 어린 여성들이 세상에서 제일 만만하기 때문이다. 나도 너희들이 겪은 존재에 대한 모독을 경험한 적이 있지. 무논리로 군장 갖추고, 비이성으로 탄환 장전하고, 비합리로 짬밥 먹는 곳, 군대에 갔다 와야 비로소 사람이 된다고 하는 사람들도 더러 있긴 하더라만 나는 알고 있던 사람의 도리마저도 군대에서 다 까먹었다. 너희들한테 모든 싸움은 기가 승패를 좌우한다고 했지만 실은 나도 그곳에서…… 싸우질 못했다. 무서웠거든…… 죽을까 봐…….

군대에서 축구했다는 시답잖은 화제를 훌쩍 뛰어넘어 무서워서 싸우지 못했다는 그에게 철들고 처음으로 존칭 접미사를 붙여 선생님으로 부르기로 했다.

하지만 여기, 내 앞의 그녀는 지금 싸우고 있다. 자신의 모든 존재를 걸고.

바닥에 떨어진 책이라도 집어주고 싶건만 그조차도 용기가 없다. 싸우고 있는 그녀를 위해 내가 지금 고작 하는 일이라곤 눈에 힘을 주어 치한을 노려보는 일뿐이다. 그녀 옆으로 달려가 도와줄 용기도 없고 방법도 모른다. 신고를 한다면 역무원에게 해야 할지, 근처 파출소에 해야 할지, 더구나 역무원이든 경찰이든 누군가 공권력을 휘두를 수 있는 그 어디에 신고를 한다 하더라도 그들이 당도할 때까지 저 남자를 무슨 방법으로 붙잡고 있어야 하는지 알지 못한다.

시위 현장도 아닌 곳에 번개처럼 출동할 리 없는 경찰이 나타나기까지 피해자인 그녀는 지하철 온 승객들로부터 쑤군거림과 비웃음을 당할 것이고 가해자는 이런 억울한 일이 다 있냐고 당당히 큰소리치고 있을 것이다. 하지만 전세가 역전될 수 있는 기회는 있다. 정의가 강물처럼 흐르는 세상을 만들어야 한다는 강한 믿음을 가진 남자가 나타나, 형씨 하는 짓 내가 다 봤어!라고 한마디 하면 그때서야 가해자는 자라목이 될 것이다.

옆의 남자는 그녀의 카랑카랑한 전화 목소리를 들으며 피식피식 웃음을 날린다. 정의의 기사는 어디에도 없다. 그녀의 고립무원을 너무도 잘 안다는 듯 전철 문이 열리자 치한은 바람처럼 유유히 사라져버린다. 내리기 전 그도 비웃었을 것이다. 네까짓 것들이 신고는 무슨 신고!

싸우고 있는 그녀는 너무도 아름답다. 닳고 닳은 성추행범을 놓쳐버려 안타까이 입술을 깨물고 있는 그녀에게 위안의 메시지를 보내지만 그녀의 눈길과 나의 그것은 조우하지 못한 채 산산이 부서져버린다.

그녀가 오늘 일로 너무 맘 아파하지 않기를……. 애꿎은 몸을 때밀이 타올로 박박 문대지도 말고 그저 다 잊어버리고 편히 잠자리에 들기를……. 푸른 호수가 있는 깊은 숲속에서 날개 달린 요정들을 만나 환하게 미소 짓는 그런 꿈을 꾸기를…….

언제쯤 난 내 목소리를 가지게 될까, 언제쯤 그녀에게 다가가 손을 내밀 수 있을까. 몇 해 전 봄, 홀로 떠난 춘천행 기차에서 만났던 그녀처럼, 언제쯤이면 난 담배를 나눠 피우고 같이 듣고 싶은 음악이 있다며 포장지를 뜯어 말로를 같이 듣게 될까.

그녀가 전철 출입문 쪽으로 다가가자 눈으로 걸음걸음을 배웅하고 홀로 말로의 노래들, 벚꽃 지는 날 섬진강에서 우시는 어머니를 듣는다. 덜컹거리며 지하세계를 뚫고 가며 난 검은 재가 되어 흘러내린다. 하모니카 소리가 꽃잎처럼 흩날리며 정말로 노래는 내 것이 된다.

어머니 우시네 봄날 비오듯
어머니 우시네 꽃잎 지는데
어머니 우시네 고요한 세상
세월 저무네 어머니 우시네
비 그친 저녁 어머니 우시네

다시 꽃 지고 어머니 우시네

엄마랑 이 노래를 듣고 싶다. 그럼 엄마는 또 우실까. 기형도 여행산문집의 소제목처럼, 희망에 지칠 때까지, 어제도 오늘도 주방 한구석이나 동생의 빈방에서 울고 있을 나의 엄마. 평생 자기만의 방 한 칸을 갖지 못해 늘 그렇게 숨어서 울어야 하는 나의 엄마. 인간이 번뇌가 많은 까닭은 기억 때문이라는 영화의 명대사가 아니더라도 엄마의 울음을 처음 들었던 그 겨울날을 기억할 때마다 가슴이 시리다.

엄마가 순서 매기길 좋아하는 사람들이 말하는 '첫번째' 부인이 아니란 걸 안 건 그 무렵이었다. 동네 아줌마들의 쑹알거림 속에 튕겨져나와 내 심장에 박혔을 것이다.

아비란 남자에 대한 기억은 부재중이거나 취중이다. 엄마는 동네 입구에서 포장마차를 하고 있었다. 우리 집은 달동네 판잣집 한 칸도 소유하지 못한 문간방 월세 신세였다.

동네 아이들과 싸움이 붙었다. 나는 일곱 살, 동생은 네 살이었다. 그때나 지금이나 내가 싸움을 걸거나 붙을 위인이 못 되는지라 그냥 당한 꼴이었다. 동네에 날 좋아하는, 나보다 나이가 두세 살 많던 남자애가 있었다. 그 남자앨 좋아하던 동갑내기 여자애가 있었다. 남자애 때문에 화가 난 여자애가 나에게 시비를 걸자 그녀의 오빠와 언니들, 동네 친구들까지 합세했다. 무서웠던 나는 동생을 들쳐 업고 집으로 피하는 수밖에 없었다. 미끄러운 길을 헉헉거리며 달려오는데 뒤통수가 뜨끈했다. 채 식지 않은 연탄재가 내 머리와 동생의 얼굴을 하얗게 탈색시켰다. 사색이 되어 우는 동생의 입으로 연탄 가루가 들어가고 난 눈물조차 나오질 않았다. 집으로 들어오자마자 부엌문을 걸어잠갔다. 아이들은 끝까지 쫓아와 낮은 담벼락과 출입문인 부엌 쪽으로 연탄과 쓰레기를 냅다 던졌다. 돌덩이처럼 굳은 연탄이 고삭은 나무문에 부딪칠 때마다 사개가 맞지 않은 문은 떨어져나갈 듯 출렁거렸다. 연탄재로 뒤발한 나와 동생은 아랫목에 이불을 둘러쓰고도 이빨을 딱딱 부딪치며 떨고 있었다. 나무문이 겨울바람처럼 휘잉 울어댈 때도 끄떡 않던 아이들은 문 위에 박힌 유리가 와장창 깨어지자 그제야 물러났다.

장사를 끝낸 엄마가 밤늦게 돌아왔을 땐 우리는 윗목에 차려놓고 나갔던 저녁도 먹지 않고 울다 지쳐 잠이 들어 있었다. 엄마의 비질 소리가 들렸다. 엄마는 주인집 담벼락을 청소하고 어질러진 부엌을 치우고 연탄재를 뒤집어쓴 그릇들을 좁은 부엌에 쪼그려 앉아 닦아냈다. 불도 켜지 않고 뒤엉켜 잠든 우리를 물끄러미 내려다보던 엄마는 부엌 부뚜막에 앉아 서럽게 울었다.

아무리 아이들이라지만 그렇게 행패를 부린 아이들과 그 집 어른들에게 엄마는 다음날도 그 다음날도 아무런 말도 하지 않았다. 그 집 아이들이 떡볶이를 사 먹으러 왔을 때도 선선히 어묵 국물까지 떠주었다.

낮에는 떡볶이나 어묵 따위를 팔지만 밤이 되면 술도 팔아야 하는 엄마가 손님들과 수작을 떨었다며 남자가 엄마의 머리채를 잡아서 회술레를 돌리곤 한다는 걸 동네 사람이라면 모르는 이가 없었다. 엄마는 변두리 달동네의 헐벗은 이들 가운데서도 가장 낮은 자였다.

그 동네는 벗어났지만 종량제 봉투에 담기지 않은 검은 봉투에

선 썩은 음식물이 흘러나오고 술꾼의 주정과 경찰의 반말이 화음으로 떠도는 좁은 골목의 한 귀퉁이에서 여전히 나는 살고 있다.

집으로 가기 전 전철역의 화장실에 들른다. 빨간 피가 예쁘다. 평소에는 날짜가 늦어지거나 어쩌다 건너뛰기라도 하면 은근히 좋아하기도 했던 불청객이었던 생리가 이번에는 눈물이 쏙 나오도록 반갑다. 이곳에서 어떤 이는 생리통으로 아픈 아랫배를 붙잡고 끙끙거렸을 것이고 또 어떤 이는 떨리는 손으로 임신진단시약을 뜯었을 것이고 또 어느 칸에선가는 그녀가 지금 자위를 하고 있을지도 모른다. 예쁘게 빨간 피가 묻어 있는 생리대를 바꿔준다.

골목 입구에 카바이드 불빛을 밝힌 노점상 손수레에서 노래가 흘러나온다. 열아홉 시절은 황혼 속에 슬퍼지더어라……. 달동네 문간방에 살던 시절 엄마가 연탄 내 진동하는 부뚜막에 앉아 나지막하게 노래를 부르곤 했다.

엄마의 입에서 나는 술 냄새가 싫었고 그것보다도 더 견디기 힘들었던 건, 엄마가 그런 늘어터지는 타령식의 노래를 부르는 것이었다. 그런 노래를 부르고 있는 엄마는 머리가 하얗게 센 할머니처럼 보였고 우리 남매를 두고 다시는 오지 못할 먼 곳으로 떠나버릴 것 같은 두려움에 난 부엌을 향해 울면서 소리쳤다.

엄마, 그런 노래 부르지 마! 부르지 말란 말이야!

엄마는 딸의 패악에 자식들이 곤히 잠들길 기다려 한밤중이나 새벽에 소주잔을 비우며, 꽃이 피면 같이 웃고 꽃이 지면 같이 울던 알뜰한 그 맹세에 봄날은 간다고 하늘을 향해 토해냈을 것이다.

늘어진 테이프만큼이나 긴 그림자를 끌며 손수레는 큰 길로 향한다. 엄마의 베갯잇에는 오늘 밤에도 그 테이프가 있을 것이다.

늘어지다 못해 뚝 멈춰 서버려 듣기를 일시정지한 엄마만의 테이프. 동생이 취직이란 걸 하고 첫 월급을 받았다며 돼지갈비집에 이어 들어갔던 노래방. 동생이 엄마를 위해 불러주던 〈동백 아가씨〉, 내가 불러준, 〈사랑밖에 난 몰라〉, 그리고 엄마가 부르던, 〈남자는 여자를 귀찮게 해〉……. 엄마는 동생이 한턱을 쏘는 동안 네 아빠도 같이 왔음 좋았을 텐데,라며 아쉬워했지만 그 사람이 있었다면 우리 세 사람은 그렇게 맘껏 웃지 못했으리란 걸 안다.

헤일 수 없이 수많은 밤을, 내 가슴 도려내는 아픔에 겨워, 얼마나 울었던가……. 엄마는 더 이상 들을 수 없는 동생의 목소리를 피울음으로 토해내고 있을 것이다.

눈까지 많이 오고 춥기까지 했는데 겨울은 어찌 난 거냐? 잠은 또 어디서 자고 있는 거야? 제발 여기저기 떠돌지 말고 하다못해 지하 월세방이라도 구해 한군데서 자거라……. 뭘 먹고 다니는지 뭘 입고 다니는지……. 엄마한테 전화라도 해라. 제발, 목소리라도 듣자……. 엄마는 그렇게 그리움에 지쳐서 울다 지쳐서, 꽃잎은 빨갛게 멍이 들어가고 있다.

걘 종일 컴퓨터만 붙잡고 살았으니 메일인가 뭔가 좀 보내보라는 엄마의 채근에 하루에도 몇 통씩 보내보지만 답장 한 줄 없다. 동생이 집을 나간 게 한두 번이 아닌데도 엄마는 그럴 때마다 멍텅구리 배를 타고 멸치잡이인지 새우잡인지를 나가 망망대해에서 떠돌고 있는 건 아닐까 하고 최악의 시나리오를 쓰곤 한다. 이메일의 수신 확인은 그나마 읽음으로 상태가 표시되니깐, 어떤 멍텅구리 배에 컴퓨터가 다 있겠냐고 위로하지만 엄마의 한숨과 불면은 깊어가기만 할 뿐이다.

엄마의 빼빼 마른 몸이 가루로 부서지기 전에, 이 밤에, 아니 이 봄날이 다 가기 전에라도 동생이 돌아와 우리 세 사람, 〈어머니 우시네〉를 들으며 눈물 흘리는 엄마를 향해 정말로 어머니 우시네,라며 웃는 듯 울 수 있는, 영화 속에서나 나오는 기적이 일어난다면.
　할리우드는 역시 닿기 힘든 별이다.

내 유년의 윗목

내 유년의 윗목

　당신 폐 속엔 붉은 피 대신 니코틴이 흐를 거야. 타르가 뇌의 주름 사이사이에 켜켜이 쌓여 있을 거고. 제발, 그렇게 깊이 들이마시지라도 말아줘. 모세혈관을 거쳐 온몸으로 니코틴이 퍼져나간단 말야. 뻐끔, 뻐끔담배만이라도…….

　할 말이 많은 애인을 향해 깊은 숨을 들이쉬어 장풍 한 방을 날린다. 어떠냐? 나의 담배의 힘이!

　바람이 오락가락하든가 말든가, 연기가 모락거리거나 말거나 녀석의 입은 다물 줄을 모른다.

　내가 그 창포나 자운영 같은 꽃들을 대신해 연기 좀 쐬었다고 이러는 게 아니라구. 내가 꽃을 얼마나 사랑하는지는 당신이 더 잘 알잖아……. 난 정말 당신이 걱정이 되어서 그래…….

　애인의 긍휼지심에 앞을 가리던 눈물은 왈칵 한강수를 이루어버린다. 깊고 맑은 물에 빠져 허우적대고 있는 내게 애인은 잔인하게도 일격필살의 가공할 문장을 가차 없이 날려버린다.

오디, 당신과 오래도록 아름다운 우리의 화원에서 살고 싶어.

저 뚱뚱한 가죽부대, 참으로 위대해! 술 처먹고 그렇게 늦게 들어와서 아침이 들어가니? 밤에 그렇게 열량을 섭취했으면 아침이라도 안 먹어야 뒤룩거리는 그 살들이 해체되는 시늉이라도 할 거 아냐?

콩나물 국물을 후룩거리고 있는 내 뒤통수 위로 오늘 아침도 어김없이 불화살이 쏟아졌다.

성질 같아선 '이 집구석에서 나가면 될 거 아냐?' 소리치며 다 먹은 국대접이라도 폼 나게 뒤집어버리고 싶지만, '네 주제에 나가 살 능력이나 되고?'로 시작해 갈고리로 긁어대던 한 달 전 언쟁에 이제 막 딱지가 앉아가고 있는 참이라 일단 관망세로 나아가기로 했다.

도대체 넌 스타일이 그게 뭐니? 가슴까지 큰 애가 그렇게 가슴을 환히 드러내놓고 다니니……. 거기에 찢어진 청바지라니…… 쯧쯧……. 무릎 밑도 아니고 하필 허벅지께를……. 그 잘난 통나무 허벅지를 그렇게도 시위하고 싶니? 아예 옷을 벗고 다니지 그러냐? 누가 너 보면 술집에 나가는 여잔 줄 알겠다!

한겨울도 아니건만 참으로 썰렁했다. 그러나 일생에 걸쳐 주도면밀하고 야심차게 추진해왔던 대프로젝트가 완공 단계에서 모래성이 될 조짐이어서 그녀의 가장 만만한 대상인 날 향해, 쉬운 말로, 프로이트의 디스플레이스트 어그레션, 어려운 말로, 종로에서 뺨 맞고 한강에서 눈 흘긴다,는 전위된 공격을 가하고 있는 것을 인간성이 좀더 나은 내가 참지 않으면 어쩔 것인가.

나도 지긋지긋한 집에서 벗어나 당신과 여기 아름다운 우리들의 화원에서 같이 살고 싶다구! 나도 사랑한다. 돌장승, 벅수, 내 애인.

담배 한 개비를 새로 꺼내 애인 앞에서 흔든다. 이 오디가 꽃집을 기웃거린다고 하면 주기율표 5B족의 질소족 원소의 하나든, 코비에 웃을 소든, 비소를 날릴 인간들이 지천이겠지만 담배를 파는 꽃집을 발견하곤 그곳에서 담배를 사는 버릇이 생겨났다.

고봉으로 말밥을 먹어 팽창된 복부에 특효약을 구입하러 오늘도 꽃집에 들어갔다. 레몬 향도 아닌 것이 그렇다고 오렌지 향도 아닌 새콤하면서도 달콤한 향내에 무방비 상태로 노출이 되었다. 재스민 향기 참 좋네요,라고 잘난 척했다가 코가 깨졌다. 재스민이 아니라 치자란다. 치자……? 그녀?

눈높이를 낮춰 중산층 전업주부의 고상한 취미가 풍류되어 흐르고 있는 뒷마당을 새삼스레 세심하게 훑어내린다. 자주잎제비꽃과 노랑제비꽃, 보랏빛 붓꽃과 자줏빛 앵초, 돌 틈에 아기자기하게 핀 흰 별꽃……. 치자와 재스민도 구별 못했던 이 오디가 코스모스나 해바라기도 아닌, 보기엔 정겹지만 머릿속엔 입력이 안 돼 있는 태생적 한계를 가진 우리 꽃들의 이름을 어찌 이리도 줄줄 꿸 것인가. 확실한 사랑의 도장을 찍어 가슴에 이름표를 붙여준 우리의 손 여사에게 경배를!

사장의 부인이란 사회적 지위를 가진 여사는, 어디에도 종속되지 않은 프리랜서 예술가이면서도 안타깝게도 스스로를 천한 애니메이션 노동자로 각인하고 있는 우리들의 인식에 일대 격변을 불러일으킬 일념으로 손수 땀 흘려 이 정원을 만들었던 것이다. 나의 애인이라고 명명했던, 크기가 조금씩 다른 화강암 장승들, 유액을 바르지 않은 숨 쉬는 항아리들, 그리고 돌고 도는 물레방아 인생이란 심오한 화두 하나를 던지는 플라스틱 물레방아까지…….

듬직한 정원석에 앉아 담배 연기를 날리는 여직원들만 특별히 편애하여 우아한 미소로 장래 어머니가 될 여성의 몸과 건강에 대해 일장연설을 하는 것도 그녀의 빼놓을 수 없는 온 직원 가족화운동의 일환이다. 이 운동을 더욱 확대 심화시키고, 직원들의 예술혼을 함양코자 인구에 회자하는 음악회, 전시회, 강연회는 빠뜨리지 않고 챙겨, 한 장에 6백 원짜리 그림 그리고 앉아 있느라 엉덩이에 송알송알 땀띠가 맺히는 우릴 위해 기꺼이 문화현장의 리포터가 되어 현장 분위기를 생중계하기도 한다.

한가족이라는 이유로 대화에 불쑥 끼어들어 감 놔라 대추 놔라 하거나 그 넘쳐나는 문화 중에 뽕짝 가수 심수봉은 끼워줄 수 없는 손 여사와 나의 엄마는 이란성 쌍둥이다.

도대체 커서 뭐가 되려고 그래? 너, 이렇게 커서 몸이나 팔래?

아주 먼 옛날, 의미조차 정확히 모르면서 내리치던 회초리보다도 더 무서웠던 엄마가 쏟아내던 그 말들이 기형도 시집을 읽다 떠오른 건 왜였을까. 냉기가 가시질 않던 내 유년의 윗목도 이제는 더듬어볼 용기가 난다. 뜨끈뜨끈한 이야기니 내 유년의 아랫목으로 제목을 바꿔야 하나…….

거실 카펫에 누워 티브이를 보며 뒹굴고 있었다. 바닥에 배를 대고 있었는데 아주 이상하면서도 떨쳐버리기 힘든 느낌이 온몸에 사르르 전해져오는 거였다. 이게 첫 경험이었다. 여섯 살 때로 기억하는데, 기억나지 않는 유년의 지층이 그런 유희로 쌓여 있을지도 모르는 일이다.

여자들한텐 섹스보다 더 꺼내기 어려운 말이 자위라는 걸, 천하의 이 오디도 자위 경험을 털어놓은 게 사실 처음이었다는 정상을 참작해보면, 자위를 지금까지 생각해본 적도, 해본 적도 없다고 한 그녀의 말은 그녀만의 말이 아니다. '마스터베이션'이란 단어를 떠올리는 순간 머릿속에 화살로 날아와 박히는 것이 남자들이 스포츠 신문 펼쳐놓고 땀 뻘뻘 흘리며 성기를 붙잡고 흔들고 있는 모습이니 여자들이 자위에 대해 강 건너 불구경 콤플렉스를 가지는 것은 당연한 이치다. 딸 치는 건 아동학대,란 글을 인터넷에서 보고 해독이 안 될 정도였으니, 마스터베이션, 딸딸이니 딸이니 하는 것은 모두 남성들의, 그들만의 언어이다.

요즘엔 초등학생만 되어도 남자애들은 인터넷에서 보고 배운 걸 따라 한다는데 우리 여자들은 '자위'란 말 하나도 이렇게 소리내어 말하기가 힘이 든다. 하지만 세상 만사가 다 그렇지만 처음이 어렵지 일단 물꼬가 터지면 그다음부턴 일사천리 아우토반인 것이다. 나룻배 젓는 사람이 혼자 힘으로 호수를 건널 수 없다면, 딴 사람을 태우고는 절대 홍해를 가로지르지 못할 것이다,란 자위와 섹스에 관련한 명문장도 있지만 자위만으로도 충분히 오르가슴에 이를 수 있는 난 섹스보다 자위가 훨씬 마음에 든다. 하지만 하루아침에 이루어지지 않은 건 로마만이 아니고 이런 경지도 마찬가지다. 내 몸을 부단히 훈련시켜서, 내 몸을 가지고 많이 놀아서 결국 오늘의 젖과 꿀, 밥과 술이 흐르는 낙원의 땅에 마침내 도달할 수 있었던 것이다.

첫 경험의 만 볼트짜리 전류가 온몸을 사정없이 휘감고 간 무렵의 어느 볕 좋은 봄날, 동갑내기 사촌애가 놀러왔었다. 어쩌다 보니 집 안엔 우리 둘뿐이었고, 나른한 햇살에 어느 순간 스르르 잠이 들고 말았다. 설핏 단잠에서 깨어나 보니 사촌애도 옆에 누워 있었다. 잠이 들었나 했는데 바닥에 엎드린 채로 아뿔사, 땀을 뻘뻘 흘리고 있었다. 난 다시 잠든 척했다. 어린 마음에도 타인의 감추고 싶은 속내는 보호해줘야 한다고 생각한 내가 기특할 뿐이다. 얘가 땀이 식을 무렵 집에는 둘밖에 없는데도 굳이 귓속말로 속삭이며 내 방으로 장소를 옮겼다. 문을 걸어 잠그고 창문 위엔 커튼까지 치며 우리는 두 손을 잡고 우리만의 비밀의 화원으로 발을 내디뎠다.

서로의 몸을 아이들 특유의 호기심으로 꼼꼼하게 관찰하며 만져주었다. 어렸던 우린, 학습이란 후천적 획득 과정이 전혀 없던 우린, 질 속으로 뭘 넣어야 한다는 강박관념이 있을 리 만무했으니 차가운 오이를 깎을 필요도 없었고, 전자레인지에 프랑크소시지를 넣고 돌릴 필요도 없이 그저 동물적 본능 하나로 몸의 예민한 곳을 찾아내는 놀이를 했었다. 우리는 지도도 랜턴도 없이 아름드리 숲과 가파른 협곡을 지나 동굴 속에서 기어이 보물을 찾아내고야 말았다. 이렇다 할 장비도 없이 치열한 탐구정신과 개척정신만으로 이룬 쾌거였다. 우린 서로의 클리토리스를 찾아내주었던 것이다. 그 애가 질 위에 작게 튀어나온 나의 그곳을 손가락으로 만져주면 하늘을 날 듯 기분이 좋아 꽥 소릴 지르곤 했었다.

그해 초여름을 기억한다. 손 여사가 그러하듯이 우리 엄마도 꽃과 나무 기르기를 즐겨라 하셨다. 부지런히 화단을 잘 가꾸는 일차 목적이 대외 과시용이었다는 것도 손 여사와 닮은 점이다. 언제라도 그러하듯이, 목련에 이어 라일락이 진 자리엔 붉은 장미와 탐스런 모란이 벌어지고 한켠엔 사방 50미터 이내 이웃의 자랑인 그

나무가 가지마다 열매를 주렁주렁 매달고 휘어지기 시작했다. 여기서 그 나무란 장학퀴즈 따위에도 심심찮게 오르락내리락하는, '상전벽해(桑田碧海)'란 고사성어의 '상(桑)'이란 무슨 나무냐,란 따위로, 바로 뽕나무이다. 처음엔 녹색을 띠었다 색이 점점 짙어지며 자줏빛인 듯 검은 빛인 오묘한 색깔로 변해가는 오디를 따 먹고 노는 게 여름날의 새콤달콤한 재미였다. 그날 우리는 뽕나무 그늘 아래에서 놀았다. 소꿉놀이가 시들해지면 나무를 타고 올라가 오디를 따 서로의 입에 넣어주었고, 드라큘라 입술이 된 서로를 가리키며 키득거렸고, 이미 익숙해진 그 놀이를 했다. 우리의 하얀 치마를 슬쩍 들어올리고 사라지던 초여름의 산들바람, 바람이 부니까 너무 좋아,라고 속삭이던 그 애의 검은 입술, 숨을 쉴 때마다 신선한 풀냄새 속에 배어나오던 그 애의 단내, 어느 때보다 순정한 희열에 들떠 자지러지던 우리의 웃음소리…….

도대체 커서 뭐가 되려고 그래? 잘난 네 할미 앞에서 이 엄마가 확 혀 깨물고 죽기라도 바라 네가 그런 짓을 한 거지? 그게 아니면 도대체 뭐야?

호사다마라고, 향기가 만발했던 우리의 비밀의 화원은 얼마 가지 않아 잡초만 무성한 황무지가 되고 말았다. 엄마가 안방 문을 잠그고 여리디여린 장딴지에 회초리를 댔다.

나보다 더 섧게 울던 엄마는 흐린 눈으로 아무 데나 나의 어린 몸을 내리쳤다. 다시는 안 그러겠다고 하면 되는 것을 어린애가 무슨 고집이 있었던지 그 말을 끝내 하지 않고 내게로 오는 모진 타작을 닭똥 같은 눈물만을 흘리며 묵묵히 견뎌내고 있었다. 착착 잔혹하게 몸에 감기는 매보다도 엄마도 울 수 있다는, 머리털 나고 처음으로 눈뜬 진리에 나는 얼어붙어버린 것이다.

문밖에서 발만 동동 구르던 심바가 할머니에게 달려갔고 119 구급대원이 되어 달려온 할머니 손에 의해 나는 가까스로 구조가 되었다. 하지만 할머니가 버선발로 달려와 물불 가리지 않고 위험에 처한 손녀를 구해준 것은 아니었다. 그러기엔 할머니는 사심이 너무 많았다.

애가 무슨 잘못이야, 본데없는 어미한테 배운 거지…….

할머니의 성화에 방문을 열며 주먹으로 눈물을 훔쳐내던 엄마는 할머니의 복수혈전에 언제 그렇게 울었냐는 듯 눈 한 번 깜박거리지 않고 시모를, 할머니를 노려보았다. 할머니한테 끌려 나오며 언뜻 뒤를 돌아봤을 때 무너져내리는 엄마의 실루엣이 보였다. 그렇게 우는 엄마의 모습은 후에 외할머니가 돌아가셨을 때 다시 한 번 보았을 뿐이다.

나랑 비밀의 화원에서 향기에 취해 있던 사촌은 고모의 딸이었다. 딸을 목욕시키다 질 주위에서 피가 나는 걸 발견한 고모는 즉시 딸을 문초해 들어갔고, 우리의 비밀의 화원에서의 음모는 전모를 드러내고 만 것이었다. 같은 사촌이더라도 이모 딸이나 외삼촌의 딸이었으면 엄마가 그렇게 매질을 모질게 하지 않았을지도 모른다는 생각을 사춘기 무렵 했었다.

우리 집안도 평범치 않다는 걸, 위험한, 불온한 피가 흐르는 가계란 걸 안 건 비밀의 화원이 단단히 빗장을 걸어 잠근 후였다. 아빠가 고향엘 내려가면 꼭 들르는 큰집이란 곳이 있는데, 그곳의 할머니를 큰어머니라 부르며 아들처럼 정성을 다했고 그분은 잘 자라준 아들을 대하듯 아빠를 보며 뿌듯해하곤 했었다.

아빠가 하라는 대로 '할머니'라는 호칭으로 그분을 부르고 명절마다 큰절을 올렸던 어린 우리는, 얽히고설킨 인연의 끈을 알 리 없었고, 큰집과 작은집이 무엇을 의미하는지도 몰랐고, 그 할머니와 우리 할머니가 겪어온 질곡의 세월을 알 리는 더욱 없었다. 작은부인이었던 나의 할머니와 큰부인이었던 그 할머니는 한동네에, 그것도 걸어서 오 분도 안 되는 거리에서 어깨를 맞대고 한 세월을 살아왔다는 것을 안 건 가슴에 멍울이 생기며 아프기 시작할 무렵이었다.

언제부턴가 우리 집에서 돌아가신 할아버지 제사를 지내고 있었다. 그 시기가 아빠가 대학에 안착을 하고 나서부터였는지, '큰어머니'라고 부르던 그분이 돌아가시고 난 뒤부터였는지 확실치는 않지만 젯밥을 차리던 엄마가 비아냥거리던 소리만은 귀에 지금도 쟁쟁하다. 귀신이 가랑이가 찢어지겠네……. 벌초나 성묘를 드리러 가는 날엔 아비는 아들에게 단단히 이르곤 했다. 우리 집에서 할아버지 제사 모신다는 말은 큰집에 가서 절대 하면 안 된다. 아빠와 할머니는 큰집에 들킬까 노심초사하며 지금까지 숨어서 제사를 지내오고 있는 중이다.

견고했던 둘만의 성이 '걸리버 여행기'의 소인국처럼 어른들의 가벼운 발길질에 박살이 난 후 나는 혼자놀기의 진수를 구가했다. 지나간 날들을 생각해보면 무엇 하겠느냐마는 보랏빛 향기로 남은 그 추억을 몰래 들추어보는 것이 유일한 낙이었다. 흰 옥양목 원피스에 화인처럼 새겨진 짙은 보랏빛, 아무리 빨아도 지워지지 않는 오디의 단내, 그날의 서늘했던 열망……. 나는 오래도록 그 치마를 끌어안고 혼자 놀았다. 다행인지 불행인지 시체놀이는 아니었고

83

인형놀이였다. 노랑머리의 바비인형이나 내가 그린 종이인형의 옷을 벗고 입히다가 인형 둘을 끌어안게도 하고 포개어 눕히기도 했지만 덧씌워진 진한 죄의식과 모욕감으로 나의 자위 시대는 소강상태에 접어들고 말았다.

이즈음 몸에 대한 자가 독점 장악력의 시대가 서서히 끝나고 불행하게도 타인에 의한 점유가 서서히 드러나기 시작했다. 성장 발육이 남달랐던 초등 5학년 때부터 가슴에 가리개를 착용해야 했는데 그때만 해도 순진했던 나의 동급생 남자애들은 감히 뒤에서 브래지어 끈의 신축성을 실험해보는 따위의 장난은 하지 못했다. 문제는 어른들이었다. 그것도 집에만 가면 나만 한 딸이 있을 중년의 남자들. 많이 컸네,라며 엉덩이를 툭툭 치던 아빠의 친구들. 여자애들에게 다가가 어깨를 토닥이는 척하며 은근슬쩍 등을 쓸어내리던 6학년 때의 담임, 마음이 약해서 절대 매질은 못 한다며 겨드랑이 아래쪽의 연한 살만 꼬집던 중학교 때의 교무주임, 배가 아파 뗄 수가 없다고 하면 못 들은 것처럼 똑같은 질문을 반복하고 느물거리며 양호실로 보내주던 여고 시절 체육선생, 우리 학교라고 예외가 아니었던, 으슥한 곳에서 불쑥 튀어나오던 바바리 사나이, 아담, 성환이…….

손목이 아파 더 못 쓰겠다. 나와 내 주위에서 벌어지던 자연스러운 일상이어서 폭력이라고 인식도 못했던 스무 살 전의 기억들만도 이렇게 마구 쏟아져 나오니 그 이후에야 인식된 그 모든 폭력을 어찌 필설로 다 하리요.

폭력의 피해자라고 인식은 못했지만 지독히도 무섭고 더러웠던 몇몇 경험들은 있다. 시험 준비를 위해 특별히 보충수업을 해주겠다며 따로 남으라고 하더니 내 가슴에 제 성기를 비벼대던 학원 강사, 지하철에서 신문을 쫙 펼치고 내 허벅지를 더듬던, 재벌그룹 배지를 달고 있던 남자. 새삼 이 땅에서 여자로 산다는 게 만만치 않다는 것과 이런 폭력에 한 번도 제대로 대응을 한 적이 없다는 슬픈 사실을 깨닫는다. 지하철에서 정신없이 수학 문제를 풀고 있는데 기분이 이상해서 책 밑을 슬쩍 보니 허벅지를 더듬는 시커먼 남자의 손을 발견하곤 쥐고 있던 샤프로 남자의 팔꿈치를 사뿐히 지르밟아주고는 샤프 끝에 묻어 있는 역겨운 살점을 가볍게 혹 불었다는 용감했던 친구도 여고 시절 주위에 있었지만 나는 더할 나위 없는 소심녀 그 자체였다.

신문을 방패 삼아 창을 휘두르던 남자는 지금 생각해도 상습범이 분명했다. 남자의 옆자리가 비어 있는데도 앞에 젊은 여자들이 몇 명 서 있었다. 피곤해서 그냥 앉았다. 그리고 그 수모를 당했다. 항의 한 번 제대로 못하고 벌떡 일어나는 수밖에 없었다. 내 앞에 서 있던 대학생으로 보이는 언니들이 정말 싫었다. 상황을 계속 지켜본 듯 내가 그 자리에 앉을 때도 날 이상한 눈으로 쳐다보며 자신들끼리 뭐라고 수군거렸었다. 내가 얼굴이 벌개져서 일어나자 그들 중 한 명은 비웃기까지 했다. 다른 칸으로 옮기려다 고약한 호기심이 발동하여 남자 옆의 빈자리를 주시했다. 내 눈앞에서 또 한 사람의 희생자가 나오는데도 난 멀거니 쳐다보고만 있었다. 주위에 여자들이 그렇게 많은데도, 현장을 목격한 증인들이 그렇게 많은데도, 힘있는 어른이 나타나 저 남자를 붙잡아 가게 해달라고 내가 그렇게 기도를 했는데도, 남자는 제 갈 곳까지 제 하고 싶은 짓을 제 맘대로 다 하면서 가고 있었다.

오래전 남친한테 이런 이야길 한 적이 있다. 물론 전부 다 하지도 못했고 내 행실이 도마에 오르기라도 할까 봐 자기 검열을 통과한 사안들에 대해서만 이야길 했는데 그는 예상했던 것보다 훨씬 분노했다. 그 새끼들을 모두 죽여버리겠다고, 얼굴이 붉으락푸르락해서 손가락을 우두둑 꺾어댔다. 행실이 못된 남자들에 대한 정의감의 표출이었는지, 자기 여자를 두려움에 떨게 한 소유관념의 발동이었는지는 지금도 모르겠지만 중요한 건 내가 그 친구의 동물적 분노로 하여 많은 위안을 얻었다는 것이다. 그때는 미처 알지 못했다. 그 친구가 그때까지 내가 당한 그 모든 폭력을 합한 것보다 더 큰 상처를 내게 남기게 될 줄은.

나는 키를 낮춰 돌장승 애인을 끌어안는다. 뜨뜻하다. 봄날이니깐.

"그게 뭐 남자라도 돼요? 여기, 남자 있잖아요."

내 앞으로 자신도 남자라고 강하게 우기면서 한 남자가 걸어온다.

영화를 너무 많이 본 게야. 인터넷에 공짜로 돌아다닌다고 종일 컴터 켜놓고 다운 받아 본 티가 팍 난다. CPU랑 하드 용량 딸리는 컴터 그렇게 혹사시켰으면 뭔가 소득이 있어야지, 네가 본 영화에선 여자가 남자를 옆에 두고 나무나 돌을 끌어안으면 남자를 향한 속마음을 드러낸 거라고 나오지? 상상의 나래를 작작 펼치라구! 남자보다 나무나 돌이 더 맘에 드니깐 가슴으로 품는 거야. 시나이아 트웨인이 노래하잖아. 엘비스 프레슬리, 로켓 전문가, 브래드 피트? 흥! 별로 관심 없어!

"……제가 마초적인 면이 있어서 그런지는 모르겠지만……."

'이심전심'이란, 1980년대 공전의 히트상품으로 업자들에 의해 기록되고 유통기간이 소멸해버린 사자성어가 아니었다. 앗, 난 그만 내 마음을 들켜버린 것이고 이 남자는 한순간에 내 마음을 읽어버린 것이다. 이 남자는 최소한 마초가 무엇을 의미하는지를 알고 있고 고맙게도 마초가 되길 두려워하고 있는 것이다. 긴장으로 입술이 바짝 타들어간다.

"……옷 좀 다르게 입을 수 없어요?"

나는 담배 연기를 놓아줄 요량으로 착한 남자에게서 등을 돌린다. 저렇게 부드러운 어조로 여성에게 의상의 변화를 요구하는 남자의 폐 속으로 위험한 화학물질을 결단코 들여보낼 수는 없는 것이다. 네가 귀엽다고 한순간이라도 느낀 건 25도짜리 짓궂은 디오니소스의 희롱이었군.

"제멋에 산다고 하지만 인간은 사회적 동물이잖아요. 남들의 시선도 생각해줘야 하는 거 아닌가요?"

돌아선 내 어깨가 들먹거려진다. 웃음을 참는 게 이렇게 힘들 줄이야.

너 진짜 마초구나. 미리 양해를 구했다고 마초가 아니라고 착각하지 마. 섹스 한 번 했다고 이제 나를 관리대상 여자 리스트에 올렸나 보지? 우린 맨날 컴터 앞에 앉아 마우스로 색칠하지만 넌 그래도 배경부라 아날로그적 물감 내도 풍기고 술자리에서 커뮤니케이션이 좀 되는구나 싶어 이 오버녀가 술을 푸는 바람에 한 번 자준 걸 가지고 그렇게 감지덕지하기는? 아니네……. 나한테 무지 감사하긴 해야겠군. 너 같은 남자랑 내가 자준 건 네 가문 대대로 영광일 테니까. 넌 술기운에 잘 안 됐다고 변명을 했지만 기술이 없으면 봉사정신이라도 투철하던지……. 삼십 분 끙끙거리다 겨우 올라가 삼십 초 만에 내려와선 캑캑거리던 숨이 진정되자 곧바로 수면 모드로 돌입하더군. 너, 자는 니 옆에서 내가 자위하며 오르가슴 느낀 거 모르지? 억울해서 잠이 와야 말이지.

억울해서, 남자에게 등을 돌린 채 내 자리로 돌아와 이 글을 단숨에 썼다. 허접한 이 글을 올리고 나면 무엇을 할 것인가.

그녀의 방에 다녀왔다. 임신진단시약을 사겠다는 글 이후로 새 글이 올라오질 않고 있다. 어느 나르시시스트의 그물망 스타킹에 대한 비판적 성찰 이후로, 성찰을 너무 깊이 한 관계로 나도 블로그에 글을 올리지 않은 건 마찬가지이지만 그녀가 나의 안위를 걱정해주었듯이 나도 그녀가 걱정이 된다. 그녀의 신변에 무슨 일이 생긴 건 아닐까.

↘ 우연히 들어왔다 이제는 내 마음의 보석상자가 되었습니다. 이곳에 오면 좋은 음악과 그림에 내 마음의 다락방에 숨어든 듯합니다.

그녀가 남기고 간 글을 음절 한마디 한마디에 방점을 찍으며 읽고 또 읽었다. 이 별 볼일 없는 오디의 방에 이런 글까지 남길 정도면 별일 없이 잘 지내고 있는 거라고 내 스스로에게 최면을 건다.

에드워드 호퍼의 그림 밑에는 그녀가 이런 리플도 달아놓았다. "그녀에게서 평화를 봤어요." 그런 리플은 처음이었다. 한 젊은 여성이 편의식당 한쪽 구석에 커피 잔을 들고서 혼자 앉아 있는 그림을 보고서 사람들은 이런 덧글을 남겼었다. 왜 이 여자는 혼자죠?, 현대사회에서 소외되는 개인을 잘 드러낸 작품이죠, 참으로 쓸쓸하군요, 등등. 그런데 그녀는 이 그림에서 평화를 보았다고 했다. 나도 이 그림에서 평화를 보았었다. 밤늦게 일을 마치고 돌아가다 불빛이 보이는 카페테리아에 들어가 홀로 커피 한 잔을 마실 때, 위대한 혼자로 서 있음에 내 안에 흐르는 강 같은 평화.

로그인을 해서 그녀의 다녀간 블로거에 이 오디의 판타스틱 소녀 백서도 흔적을 남겼다. 어느 잠 못 이루는 밤, 그녀 방을 다녀간 블로거들의 꼬리를 쭉 따라가본 적도 있다. 꼬리에 꼬리를 잡고 늘어지며 그녀도 내 블로그에 들어와 안부게시판이나 덧글에 달려 있는 화살표의 꼬리잡기 놀이를 한 번이라도 해본 적은 있을까 궁금해졌다. 곰곰이 생각해보니 난 블로거 꼬리잡기 놀이를 한 게 아니라 형사 콜롬보나 살인의 추억 놀이를 했었다. 이웃 하나 없고 다녀간 블로거 중에 그녀와 특별한 관계에 있는 블로그를 발견하지 못하자 나는 수사의 중요한 단서를 발견한 송강호처럼 회심의 미소를 지었던 것이다.

그런데도 나는 그녀에게 쪽지 한 장 못 보내고, 내 영혼의 검은 페이지에 안부 인사 한 줄 못 적고 있다. 그녀의 눈과 귀가 되어 그림과 음악을 고르고 있을 뿐이다. 저작권법이여, 이 불쌍한 영혼을 굽어 살피시길!

난 다시 태어난 것만 같아, 그대를 만나고부터…… 블로그에 올릴 글을 쓰던 때부터 내가 흥얼거리고 있는 이 노래는, 앗, 이상은의 〈비밀의 화원〉이다. 잡초만 무성해진 내 비밀의 화원도 이 노래를 부르고 또 부르노라면 꽃 한 송이 다시 피어날까. 그대 나의 초

라한 마음을 받아준 순간부터 난 다시 꿈을 꾸게 되었어……. 집에
가는 길에 담배를 파는 꽃집에 들러 치자 화분이나 하나 사 들고
들어가야겠다.

영혼을 위한 치과용 국부 마취제

노보케인, 노바케인, 노보케인, 노바케인…….

여자의 하얗고도 긴 팔이 눈앞에 쑥 튀어나왔다. 손목에 세련된 가죽 팔찌를 두른 여자의 손길은 연자주색 셔츠의 널찍한 남자의 등을 가볍게 쓸어내리곤 허리로 내려갔다. 둘은 서로의 허리를 등 꽃 줄기처럼 엮고 서 있다. 2층 여성의류 매장에서 에스컬레이터에 올라탔을 때부터 줄곧 그들은 내 앞에 있었다. 매장에 설 때마다 여자의 내릴까, 내릴까, 하는 소리가 뒤에 선 내게도 들려왔다. 청바지가 어울리는 남자의 긴 다리를 올려다보다 그가 여자 쪽으로 고개를 돌리는 순간 팽팽하게 죄어 있던 탕개 하나가 풀어졌다.

프로필도 잠깐, 남자의 시선은 다시 정면을 향했다. 여자의 목소리만 들릴 뿐 귀를 기울여도 남자의 목소리는 좀처럼 들리질 않았다. 죄송합니다,란 말로 연인 사이를 뚫고 올라가 위에서 이들을 내려다볼까 하는 충동마저 일었다.

엄마는 동생이 집을 나갈 때마다 멍텅구리배를 타고 망망대해를 떠돌고 있을까 전전긍긍하지만 동생을 더 잘 안다고 믿는 나는 은밀히 나만의 그림 조각 맞추기 놀이를 해왔다. 동생을 기적처럼 우연히 맞닥뜨리게 된다면 이런 곳, 이런 식일 거라고 추리해왔었다. 어깨가 뻐근해오고 눈이 빠지도록 손톱만큼의 가능성이 엿보이는 모든 조각을 넣어보았지만 끝내는 조금씩 어긋나던 퍼즐 한 조각이 딱 들어맞는 느낌이었다. 백화점이나 대형 쇼핑몰 아니면 프랜차이즈 레스토랑에서 내가 먼저 알은체라도 하면 누구지, 하고 잠깐 미간을 쪼그렸다 헤어진 여자친구라도 되는 듯 가볍게 손을 흔들고 지나가는 그림 조각 하나. 이가 빠져 있던 퍼즐을 드디어 완성한 것이다! 조갈이 났다.

'자기야'를 외치는 여자의 소리가 남성의류를 판매하는 5층에 다다를 무렵 커지더니 골프용품을 비롯한 스포츠용품을 파는 6층에서 두 연인은 손을 잡고 기계에서 사뿐 내렸다. 그들의 발걸음을 눈길로 뒤쫓던 나는 남자가 동생이 아니란 걸 확인하는 순간 신음처럼 이 단어들이 터져나왔다. 노보케인, 노바케인, 노보케인, 노바케인…….

이번엔 마늘까기 인형이 아니어서 다행이었다.

엄마를 마지막으로 식당에서 봤을 때 함지박 가득, 부어오른 마늘통을 그보다 퉁퉁 부은 손으로 건져내고 있었다. 주방에서 과도를 찾아들고 바투 앉았을 때 엄마는 함지박을 잡아당기며 말없이 손사래를 쳤다. 넌, 이런 일 하지 말고 공부나 해,라는 엄마의 대사가 흘러나오질 않자 나도 내 대사를 소화시킬 수 없었다.

시장에서 껍질 까 쟁여논 밀봉마늘 못 봤어? 무슨 청승이야! 이러고 있을 시간에 제발 눈이나 붙여! 몇 푼 아끼려다 약값으로 뭉칫돈 나가는 장사 하루이틀 해봤어? 이렇게 주책 부린다고 손님들이 뭐 알아주기라도 할 것 같애? 이 식당은 값싼 중국산 수입 마늘은 절대 쓰지 않고 알짜 국산 육쪽 마늘만 쓴다고. 것도 주인아줌마가 일일이 손으로 하나씩 직접 까서 음식에 넣는다고. 퍼질러 앉아 병나발이나 불 줄 아는 동네 술꾼들이 마늘 하나에도 이런 정성을 쏟는 주인의 정성을 퍽이나 알아주겠다!

우리 모녀는 크게 한판 붙은 사람들처럼 한마디 말도 없이 마늘 함지박을 사이에 두고 사각사각 칼로, 손톱으로 단단한 마늘 껍질을 벗겼다. 도서관에서 저녁으로 라면을 먹다 김치 생각이 간절해졌던 밤이었다.

굵은 소금물에 담가졌다 고춧가루만 듬성듬성 뿌려진, 무늬만 김치일망정 그거라도 한 보시기 나왔으면 좋았으련만 식판엔 달랑 단무지만 노랗게 빛을 발하고 있었다. 점심이나 저녁을 매양 그렇게 때우다가도 엄마의 김치 맛이 그리움으로 뼈근해져올 때가 있다.

동네 포장마차, 해장국밥집, 시장통 통닭집을 거쳐 엄마가 마침내 도달한 곳은 보쌈집이다. 술꾼들 입맛 맞추다 평생이 다 갔다는 엄마의 말이 씨가 되어 언젠가 룸살롱 마담으로 들어앉게 될지는 모르겠지만 지금은 온갖 야채와 해물이 들어간, 김치 맛이 끝내주는 보쌈집을 하고 있다. 엄마의 보쌈김치에 다디단 밥 한 그릇 비우고 싶다는 소원 하나로 집에 돌아왔노라고 언젠가 동생은 털어놓은 적도 있다. 엄마에 대한 걱정과 그리움을 보쌈으로 감춘 말이란 걸 모르진 않았지만.

식당에 들어섰을 때 마늘 함지박을 끌어안고 있지 않은 엄마보다 더 맘이 놓였던 건 남자가 보이지 않는다는 사실이었다. 남자의 그림자라도 어른거렸으면 아무리 일손이 달리는 토요일 저녁이라

하더라도 식당 안에 발도 들여놓지 않았을 것이다. 동생이 주방으로까지 들어와 잔일을 할 때도 엄마는 사내애가 무슨 부엌일이냐고 나무라질 않고 오히려 독려했지만 내가 주방도 아닌 카운터에 앉아 있는 것조차도 엄마는 내켜 하질 않았다. 취객들이 엄마의 손을 잡거나 심지어 끌어안을 때조차도 엄마는 반웃음으로 받아넘겼지만 술이 밥이 되게 취했든 떡이 되게 취했든 딸인 내게 하는 어떤 허튼짓도 엄마는 그대로 넘어가질 않았다. 왕인 손님을 떠받들어 모셔도 시원치 않을 마당에 엄마는 이게 무슨 짓이냐고 당장 나가라고 으름장을 놓았으니, 식당 분위기가 썰렁해지는 건 시간문제였다. 엄마는 그런 연유로 내가 일을 돕겠다고 식당에 얼굴을 내미는 것 자체를 불편해했다. 하지만 어제는 워낙 정신이 없었던지 엄마는 내가 앞치마를 입고 나서도 별말이 없었다.

썰물처럼 한 떼의 손님들이 나가고 여유가 생기자 엄마는 내게 저녁을 먹었냐고 묻지도 않고서 보쌈정식을 차려주었다. 어지러운 상들을 치우다 고개를 들어 딸의 밥 먹는 양을 물끄러미 지켜보던 엄마는 냉장고에서 소주 한 병을 꺼내들고 내 앞에 앉았다. 엄마는 찰랑찰랑 넘실거리도록 잔을 채워 내게도 내밀었다. 엄마랑 단둘이 대작해보기는 처음이었다. 담배를 빼물고 싶다는 내 안의 목소리를 힘겹게 누르고 있을 때 엄마의 목소리가 울려왔다.

"너도 이제 서른이구나……."

코끝이 시큰해졌다. 내 서른이 아니라 엄마의 서른 같다. 이립. 뜻을 세우기도 전에 두 아이의 엄마가 되어 세상에서 가장 슬픈 서른의 통과제의를 치러온 엄마다. 내 나이였을 무렵, 엄마는 이미 가슴을 풀어 두 아이에게 젖을 물렸고 똥걸레를 빨았으며 아픈 아이들의 옆에서 뜬눈으로 밤을 지새웠다. 스물세 살, 엄마의 자궁에 내가 똬리를 틀지 않았으면 엄마의 인생은 지금처럼 꼬이지 않았을지도 모른다. 제 몸의 변화에 경외감보다 공포감이 더 컸을, 결혼도 하지 않은, 처녀의 가파른 분열을 딛고 가까스로 살아남았던 아이가 이제 서른이 되었다.

"내 딸 고운 얼굴이 이게 뭐야?"

엄마가 물끄러미 오랫동안 날 바라보았다.

"세일할 때까지 기다리지 말고, 내일 나가서 이쁜 거라도 하나 사 입어……."

이렇게 바쁘고, 이렇게 정신없고, 이렇게 피곤한데 무슨 애물단지 딸의 생일까지…….

만나는 남자는 없냐고, 공부는 잘돼가냐고, 나의 예상 질문을 그대로 적중시키며 엄마의 물음이 이어졌지만 난 고개를 들질 못하고 건성으로 대답했다.

일단의 손님들이 식당 문을 밀고 들어오자 엄마는 급히 소주병을 들고 일어나면서 접힌 지폐를 얼른 내 손에 쥐어주었다.

상을 치우려고 일어서는 나에게 엄마는 늦었다고 집으로 들어가라고 등을 떠밀었다. 접시에 돼지고기를 내고 있는 엄마의 등 뒤로 다가가 고맙다고 속삭이자 엄마는 고기 한 조각을 입에 넣어주며, 적어서 미안하다며 내 등을 토닥거렸다.

바쁜 엄마에게 눈으로 인사를 보내고 마을버스 정류장으로 발길을 옮기는데 비틀거리는 그림자 하나가 식당으로 들어서는 게 보였다. 성급하게 찾아온 후덥지근한 무더위는 한순간에 뼛속까지 시린 냉기로 가득 찼다. 타야 할 버스가 오는데도 달려가지도 못하고 식당 안으로 따라 들어가지도 못하고 얼음처럼 굳어버렸다.

시장통에서 통닭집을 하던 시절, 엄마는 여름 한낮엔 불가마 옆에서 닭보다 하얗게 살이 익어가고, 겨울밤엔 뼛속까지 아리는 시린 바람을 뚫고 배달을 다녀야 했고, 끓는 기름솥을 들어내다 놓치는 바람에 발등에 심각한 화상을 입기도 했다. 그러나 제 몸 하나 주체 못하고 휘청대며 방금 식당으로 들어간 남자는, 엄마가 다만 몇 푼이라도 쥐어보겠다고 먼 데서 온 주문을 마다하지 않고 닭고기를 튀겨 겨울 찬바람 속을 내달리고 하얗게 김을 뿜으며 돌아오면 어디서 시시덕거리다 이제야 나타났냐고 엄마의 헐벗은 머리를 그 불도저 손으로 함부로 남벌했다. 그런 남자는 어쩌다 한 번 배달이라도 다녀오면 온갖 생색을 다 내고서 온몸에 찬바람이 들어 운신을 못하겠다고 아랫목에 자리를 펴고 누워버렸다.

휴우, 안도의 한숨이 나왔다. 얼어붙었던 다리가 조금 움직여졌다. 남자가 식당 밖으로 튕겨져 나왔기 때문이다. 엄마는 몇 장의 종이를 써서 들러붙는 벌레를 툭 털어냈을 것이다. 날이 굿으면 온몸의 뼈 마디마디가 쑤셔와 진통제 없이는 버틸 수 없는 몸을 하고서도 날마다 배추를 씻고 돼지를 삶아 돈을 벌지만 엄마의 장사는 한마디로 밑 빠진 독에 물 붓기이다. 한 손에 돈을 거머쥐고 역한 술 냄새를 풍기는 남자가 내 옆에서 멀어지는 순간 발밑으로 둔탁한 소리가 났다. 돌돌 말린 돈이 바닥에 나뒹굴고 있었다. 허리 숙여 주운 지폐들에서 잔향이 느껴졌다. 엄마는 얼마 동안이나 이 돈을 손에 쥐고 있었던 걸까. 내 은성(殷盛)한 감상의 망토를 송두리째 걷어버리는 살아 숨쉬는 푸른 이파리들…… 남자야, 넌 언제쯤 네 손에 흘러 들어왔던 헤아릴 수 없는 지전들이 피투성이란 걸 알게 될까. 나뭇잎들은 벌써 누렇게 들떠 초여름 포도 위를 뒹굴었다.

노보케인을 입속에서 공그르기 전엔 서른이란 말이 그 안을 차지하고 있었다. 엄마가 서른이란 말을 내게 들려준 후론 그 낯섦이 대기 중으로 점점 퍼져나가 어깨 위에 내려앉은 느낌이다. 서른, 서른, 서른이라고 소리를 내고 있으면 영롱한 청포도 알이 터지는 싱그러움이 입 안에 침을 고이게 한다. 스무 살은 준비운동이나 예행연습 한 번 없이 단박에 뛰어올랐던 것 같은데, 아니 뛰어내렸던 것 같은데……. 돌이키고 싶지 않다. 그 언저리는.

작년 생일에 동생이 아홉수를 무사히 잘 넘기라며 선물로 준 것이 일스(eels)의 음반이었다. 일스? 내가 고개를 갸웃하자 동생이 키득거렸다.

"밴드 이름이 뱀장어야, 누나, 꼼장어 좋아하잖아."

"그렇지, 이 누나는 꼼장어, 뱀장어, 민물장어, 바다장어 등등 온갖 장어를 좋아하지."

"이 그룹을 이끄는 'E'라는 인물이 독특해. 사회 낙오자임을 자처하거든. 그걸 라커의 자격이라고 굳게 믿고 있고. 외로운 어린 시절을 보내다 열세 살엔 코카인과 마리화나를 즐겨 하여 학교의 선생들보다 동네 경찰들에게 유명해졌고 라커로 성공할 무렵엔 엄마가 아파서 오랫동안 병원 신세를 지고 사랑하는 누이는 그만 자살해버렸대. 정기적인 정신적 치료를 받으며 또 음악을 만들고……. 이건 〈뷰티풀 프리크〉라고 얘들의 첫 앨범인데, 여기 첫번째 곡이 〈노보케인 포 더 소울〉이야. 눈 크게 뜨지 마. 누나의 영어 실력을 이 동생이 모를 리 없으니깐……. 노보케인이 뭐냐면 치과용 국부 마취제야. 마취제라니깐 이 전문가의 소견으론 대부분의 성분이 드럭이라고 봐. 술도 취하려고 마시는 거고 음악도 뿅 가려고 듣는 것 아니겠어? 듣고 있으면 몽환적이 될 거야."

동생이 처음으로 여자친구를 데리고 식당으로 들어서던 때도 에스컬레이터의 연인들처럼 둘은 청바지를 맞춰 입고 있었다. 긴 생머리에 머스터드 소스 빛깔의 니트를 받쳐 입은 그녀는 와인 소스 빛깔의 어두운 동생을 환히 비추는 등불이었다. 동생 옆의 여자들은 크림 소스, 마요네즈 소스, 타타르 소스 색으로 하나같이 늘 밝고 화사했지만 동생은 굴 소스나 그레비 소스 빛깔의 칙칙함을 벗어나질 못했다. 그녀들은 어둠을 태우는 촛불처럼 환하기도 했지만 무람 없기까지 했다. 식당에 들어서자마자 나의 엄마를 "어머니"라고 살갑게 부르면서 소매를 걷어붙이고 쟁반을 찾아 들었다. 처음 여자친구를 데려왔을 땐 엄마가 되레 소녀처럼 얼굴이 사과 빛으로 발그레하게 물들었지만 그녀들의 얼굴이 한두 번 달라지면서 엄마에게 동생의 여자친구란 식당에 들어오는 손님 이상도 이하도 아닌 것으로 되어갔다.

동생은 장어의 매력에 얼마나 빠져 있는지 엄마에게 보쌈집을 그만두고 '장어의 꿈'이란 이름으로 장어구이 집을 내자고 보챘을 정도였다. 그런 동생답게 재작년 생일엔 신해철의 〈민물장어의 꿈〉이 들어 있는 음반을 선물했었고 달걀 한 판이 되는 올해에는 특별 별책부록으로 김광석의 〈서른 즈음에〉 시디를 선물하겠다고 목소리를 높여 공약을 내걸었다. 다음주 목요일이 생일이니 시간이 아예 없는 건 아니지만 공약(公約)은 누구라도 그러하듯이 공약(空約)이 될 확률이 크다.

좁고 좁은 저 문으로 들어가는 길은, 나를 깎고 잘라서 스스로 작아지는 것뿐, 이젠 버릴 것조차 거의 남은 게 없는데 문득 거울을 보니 자존심 하나가 남았네……

동생은 그가 좋아하는 노래처럼 여태 자존심 하나가 남아 있을까. 출가라고 우기지만 가출과 컴백홈을 반복하는 동생이 내 생일 무렵엔 집에 있었다는 사실이 신기하기만 하다. 그 애의 생일선물은 늘 한 가지, 시디와 붉은 장미였다. 꼭 생일이 아니더라도 동생이 나에게 가끔 선물이라고 불쑥 내미는 것은 언제나 음반이었다. 그가 고른 음악이란 게 플라시보, 라디오헤드, 드페시 모드, 엘리어트 스미트, 스웨이드, 스타세일러, 알이엠……. 어딘가 음울함을 떨칠 수 없는 음반들이어서, 오늘은 또 무슨 낭만적 우울함인 게야? 키득거리며 선물을 받은 적도 있었다.

누나가 기형도 시집을 읽으며 위안을 얻듯 난 이런 음악을 들으며 이곳을 견디는 거지. 다른 여자들한테는 이런 음반 선물 안 해. 패닉, 윤도현밴드, 지누션, 레이지본, 크라잉넛 같은 어느 정도 명랑 발랄하면서 귀에 쏙쏙 박히는 조선어 음반만 선물한다구. 알아들을 수 없는 그 웅얼거림, 몽롱함이 내 차가운 피 속으로 퍼져나갈 때 아찔해지거든.

가진 것 하나 없이 봐줄 게 멀쩡한 허우대밖에 없는데도 동생의 주변에는 여자가 끊이질 않았다. 미안하게도 넘쳐났다. 거친 잠자리도 그녀들이 있어 익숙해가고 있을 것이다. 그녀들과의 관계를 어떻게 실을 꿰고 바느질을 하고 매듭을 지어 나가는지, 식당에 들렀던 화사한 그녀들 중에 다시 식당에 나타나 동생이 떠나버린 빈자리를 슬퍼하거나 억울하다고 남은 가족에게라도 그 감정을 토로

한 여자가 한 명도 없었다.

"너, 그런 것 생각해본 적 있어? 도대체 난 왜 이리도 여자들한테 인기가 좋은 걸까?"

"당근! 자신의 장점과 단점에 대한 명확한 분석이 없으면 훌륭한 선수로 성장할 수 없는 법! 나는 다른 남자들처럼 욕망을 분산시키질 않아. 잠만 같이 자는 섹시한 여자, 의사소통이 가능한 지적인 여자, 누나나 엄마한테 보여줄 참한 여자…… 등등으로 여자들을 구분하질 않거든. 한 사람한테만 모든 걸 다 거는 거야. 난, 처음부터 전제를 하고 시작하거든. 난 사람을 믿지 못하는 게 아니라 사랑을 신뢰하지 않는다. 하지만 지금은 너다!"

"너, 정말 한 마리 물 찬 제비로구나!"

배추를 손질하던 내 손이 당근을 다듬고 있는 동생의 손을 툭 쳤다.

"하나밖에 없는 사랑하는 누나가 동생의 정체성을 그렇게 규정한다면 인정에 한 표! 요즘에 와서 깨달은 게 뭔 줄 알아? 우리나라는 제비가 서식, 번식하기에 천연의 환경을 구비하고 있다는 거야. 그냥 별 생각 없이 한 말인데도 여자들이 기냥 죽어! 아주 쉬운 예를 몇 개 들면, 밥은 먹었냐, 전화 해줘서 고맙다, 이멜 답장 못 쓴 거 미안하다……. 근데도 내 말이 가슴을 탁 친대. 남자한테서 고맙다, 미안하다,란 말은 머리털 나고 처음으로 들어봤나 뭐래나!"

"으이그……. 이 웬수야……."

"나야 그렇다 치고 누나는 요즘 연애전선이 어떻게 형성돼 있어?"

"나? 일보 전진했다 열 걸음 후퇴하고 있지."

"늘 그렇게 진도 안 나는 것 치워버리고 누나도 야오이 팬이나 되라!"

"야오이? 야! 오이!"

"오이 썰으란 소리가 아니구……. 이쁜 남자들끼리 서로 좋아하는 내용의 만화나 소설 같은 걸 통칭하는 거야. 요즘 창궐하는 미소년 스타들의 팬픽도 이것이 뿌리라고 할 수 있지. 전에 사귀었던 애가 광팬이라 나도 좀 봤는데……. 그 친구에 따르면 우리들 마음속에 꺼지지 않는, 불꽃으로 살아 있는 로맨스는 그대로 간직하면서도 이상하게 남 이야기인 듯싶은 게 오히려 편하게 감정이입이 된다 그러더라구. 이쁘다고 자부하고 있는 여자들이 이 관계 속에서 퇴짜 맞는 걸 보면 십년 묵은 체증이 확 내려간다고까지 하던데? 누나한테도 강추!"

　나에게로 오는 남자의 폭력을 그 어린 몸으로 받아내다 팔이 빠지고 코뼈가 내려앉기도 했던 동생은 선택의 여지조차 없이 샌드페이퍼 재질로 거칠게 살아왔다. 그 애를 거두어 잠자리를 내주고 밥을 먹여주는 그녀들이 고마울 뿐이다. 오늘 같은 날 기분이 우울하다며 백화점에 쇼핑이라도 가자고 그녀를 부드럽게 몰아세워 쇼핑백 가득 명품을 채우고 그녀가 카드를 긁어대는 동안 그녀의 허리를 끌어안고 있을지라도 난 동생을 미워할 수가 없다. 누나의 생일이면 잊지 않고 음반과 장미를 선물하는 대한민국의 흔치 않은 따뜻한 감성을 지닌 내 동생을, 거처로 돌아가는 길엔 운전하는 그녀 옆에서 몽환적이고 냉소적인 표정으로 이렇게 노래하고 있을 동생을……. 저 강들이 모여드는 곳, 성난 파도 아래 깊이, 한 번만이라도 이를 수 있다면, 나 언젠가, 심장이 터질 때까지, 흐느껴 울고 웃으며 긴 여행을 끝내리, 미련 없이, 아무도 내게 말해주지 않는 정말로 내가 누군지 알기 위해……

주방용품은 언제 봐도 엔돌핀이 무럭무럭 솟는다. 옷이나 구두를 사러 백화점에 들렀더라도 문안인사라도 드리듯이 먼저 찾는 곳이 주방용품 코너다. 노릇노릇 익어가는 쿠키의 달콤한 내음을 맡으며, 창문 아래에 놓인 몇 개의 허브 화분에서 카모마일 잎을 떼어 차를 끓이다 문득 고개를 들면 숲으로 작은 새가 날아가는 창을 가진 그런 부엌에서 살고 싶다는 소망이 간절해지는 곳. 투명한 유리 주전자와 이국적인 문양의 잔과 그릇들을 보고 있노라면 푸른 호수가 보이는 데크에 나가 사랑하는 사람과 따뜻한 미소를 나누며 차와 쿠키를 먹는 그림 하나가 떠오른다.

스무 살 땐 사는 게 지긋지긋해서 하루라도 빨리 세상의 모든 바람을 막아주는 든든한 산 하나 갖게 되길 잠이 들 때면 기도했었다. 서른 살이 되는 지금도 나는 그 든든한 산 하나, 결혼에 이르질 못했다. 책을 실컷 읽고 싶어 서점에 취직했지만 그곳이 내게 예비해놓은 건 베스트셀러 목록과 뼈마디 마디의 단절뿐이었다. 무거운 책을 들고 서가 사이를 까치발로 때론 낮은 포복으로 기어다니며 머릿속에 남은 건 잘 팔리는 책 제목과 출판사였고 몸에 기록된 건 관절염을 필두로 한 직업병이었다. 사직서를 쓰고 나오던 날, 내 서른엔 너희 같은 동네 구멍가게 수준의 서점 말고 유통구조의 혁신을 가져오는 대형서점 하나 설립한다고 이를 악물기도 했지만 지금 난 동네의 책대여점 주인도 되질 못했다. 결혼도 하지 못했고 잘나가는 커리어 우먼도 되질 못했고 난 아무것도 아니다.

그렇더라도 화려한 그림의 머그잔, 단단하게 코팅이 입혀진 프라이팬, 반짝반짝 윤이 나는 압력솥을 보고 있으면 즐겁다.

엄마 앞에 새 옷을 입고 나타나긴 해야 하는데 눈은 너무 높고 돈은 너무 적다. DKNY 빨간 여행용 가방에 흰색 나이키포스나 신고 어딘가로 훌쩍 떠나고 싶을 뿐이다. 동생의 그녀들처럼 밝고 화사한 게 불가능하다면 파스텔 톤으로라도 분위기를 바꿔보고 싶은데 도통 무채색에서 벗어날 수 없다.

커플이 걸어온다. 남자의 등엔 아이가 있다. 여자는 쇼핑백을 양손에 들고 남편과 아이를 바라보며 까르르 웃음을 터뜨린다. 구식의 처네가 아닌 세련된 포대기에 애를 업거나 안고 있는 여자들도 심심찮게 봤지만 연하늘색 캐리어에 아이를 담고 있는 남자가 한 발 한 발 가까이 다가오자 가슴에서 천천히 북이 울린다. 비누 냄새가 향긋하게 풍겨 나오는 남자의 얼굴을 스치며 북소리는 점점 빨라지고 휘몰아치는 질투감에 현기증이 인다.

"어머…… 누구라고……."

남자의 여자가 날 알아본다. 남자만 주시했던 나는 이제 그녀 쪽으로도 관심을 가져간다. 겨자색 터틀넥 슬리브리스 니트에 무릎선에 맞춘 플레어 스커트가 번쩍번쩍 빛을 발한다. 인연의 환이 어디서 맺어졌다 풀린 건지는 희미하지만 낯은 익다. 나는 애매하게 웃음을 만든다.

"세상에…… 고등학교 동창을 이런 데서 다 만나고, 이게 얼마만이야?"

그녀를 알 것 같다. 2학년 겨울방학이 끝나고 개학을 했을 때 쌍꺼풀 수술을 하고 나타나서 3학년이면 취업 전선으로 총을 메고 나가야 하는 우리의 사회적 신분을 몸으로 각성시켜준 친구였다. 아이들은 이 친구에게 몰려가 어디서, 얼마에 했냐는 것을 필두로 온갖 질문을 쏟아냈고, 여름방학이 끝나고 나서도 여전히 외꺼풀인 친구들은 남자 선생들로부터 천연기념물이라고 놀림을 받았다.

"자기, 인사해. 내 고등학교 동창이야. 얘, 공부 되게 잘했는데…….."

남자가 꾸벅 고개를 숙이고 여자는 또 까르르 웃음을 터뜨린다. 이름이 생각나질 않는 건 서로 마찬가지인지 누구도 서로의 이름은 부르질 않는다.

"너, 대학 들어갔단 소식은 들었어. 그래, 지금은 뭐 해?"

"뭐…… 그냥……."

"결혼은?"

"아직……."

"기집애……. 아직까지 시집도 안 가고 뭐 했어? 대학까지 기어이 들어갔다기에 뭐나 돼 있을 줄 알았는데……. 난 재미없는 직장생활 그냥저냥 하다가 이 사람 만나서 결혼하고 들어앉았지……. 언제 우리 집 한 번 놀러와."

여고 동창은 남자와 아이의 얼굴을 번갈아 보며 아파트 광고 모델처럼 행복이 가득한 웃음을 터뜨린다. 그래도 꿈이니 이상이니 하는 걸 징검다리 건너듯 띄엄띄엄 조심스럽게 속삭이고 있던 우리에게, 예전에 그녀가 그랬던 것처럼, 오늘 다시 그녀는 여자의 행복은 다른 데 있는 게 아니라고 몸으로 보여준다.

백화점 명품관에서 튀어나온, 머리끝에서 발끝까지 명품으로 치장한 그림 좋은 가족이 시야에서 사라지자 난 그만 멍해진다. 지구조차 날 놓아버린 건지 다리가 휘청하며 몸이 진공 상태를 부유한다. 아무것도 아닌 내 인생, 아무것도 되지 못한 스키다시 내 인생이 공증을 받았다. 붉은 도장이 쾅 찍혔다. 쇼핑이고 뭐고 다 내던지고 습관적으로 가방을 더듬는다. 화장실에서 한숨으로 담배 연기를 놓아주면서 난 숨죽여 울먹거린다.

내게 서른은 영롱한 청포도알이 터지는 싱그러움일 수 없다. 가장 매운 치약을 갈라진 털 위로 누에처럼 뉘여놓고 윗니 아랫니, 상하 좌우, 어금니, 사랑니, 송곳니, 구석구석 반복하다 비릿한 핏물을 헹궈내야 하는 모진 밤들이 내 앞에 있을 뿐이다.

빈손으로 서른이 되어가는, 더는 청춘이 아닌 쓸쓸한 자화상을 위무하려는 헐벗은 진정으로 나지막이 읊조린다.

또 하루 멀어져간다, 내뿜은 담배 연기처럼. 작기만 한 내 기억 속엔, 무얼 채워 살고 있는지. 점점 더 멀어져간다, 머물러 있는 청춘인 줄 알았는데. 비어가는 내 가슴속엔, 더 아무것도 찾을 수 없네…….

노래의 어느 구비였을까. 벌떡 일어난다. 갈라진 발뒤꿈치처럼 닳아 해진 엄마의 속옷이 눈앞에 밟힌다. 나는 눈물을 훔치고 유명 여성의류 전문점을 지나 속옷 전문점으로 내달린다.

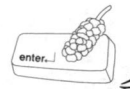

슬픔과 눈물로 태어나……

할머니가 죽었다. 아니다. 돌아가셨다. 망자를 향한 최소한의 예의도 차리지 못할 만큼 난 넋이 나가 있다. 할머니가 더는 이 세상 사람이 아니란 걸 가족 중에서 제일 먼저 예감한 사람은 공교롭게도 나였다. 할머니와 가족 구성원 간의 친밀도에서 아빠와 심바에 비해 현격히 떨어지는 내가 굳이 이 역을 맡아야 했는지는 여태 해독이 안 되고 있다.

검은 옷을 입은 남자 둘이 침대에 누워 있는 할머니에게 다가왔다. 양쪽에서 팔을 붙들자 할머니가 가볍게 일어났다. 거역할 수 없는 힘으로 그들을 따라가던 할머니가 뒤를 돌아보았다. 할머니의 눈과 내 눈이 스치는 찰나 휙 하니 바람처럼 사라져버렸다. 커튼이 잠시 흔들렸다.

엉겁결에 소파에서 일어나 할머니에게 다가갔다. 아무리 귀를 쫑긋 세워도 들리는 소리라곤 벌떡벌떡 뛰는 내 심장 박동 소리뿐이었다. 꿈을 꾼 게 아니었다는 듯 바람 구멍 하나 없는데도 커튼이 사르르 떨고 있었다. 더럭 겁이 난 나는 보호자용 간이침대 위에서 잠이 든 아빠를 세차게 흔들어 깨웠다.

검은 옷을 입은 남자들은 〈전설의 고향〉에 나오는 저승사자 바로 그 모습이었다. 엉치뼈가 눌러 앉아 혼자 힘으로는 아무것도 할 수 없는 할머니가 산보라도 하듯 가뿐하게 그들을 따라나섰다. 저승세계로 가기 전 할머니가 마지막으로 돌아본 이승의 세계엔 내가 있었다. 한여름이면 조악했던 특수조명 아래 얼굴 허연 구미호와 저승사자가 나오는 텔레비전 납량특집 앞에 자리를 깔고 너무 오래 누워 있던 탓인가, 아니면 소름이 돋는 팔뚝을 보면서도 사람들이 꾸며낸 이야기일 뿐이라고 너무 큰소리를 쳤던 탓인가.

아빠와 내가 할머니를 흔들어 깨웠을 때 저녁까지도 죽 한 그릇을 비운 할머니는 더는 이 세상 사람이 아니었다. 규칙적으로 제 갈 길을 가던 시계가 한순간 서버리듯 심장이 우뚝 멈춰 있었다. 눈앞을 휙 스쳐 지나가던 흰 빛이 할머니의 혼이었을까, 그렇게 혼이 먼저 육신을 떠나는 걸까, 아니, 사람에겐 정말로 혼이란 게 있는 걸까. 할머니가 땅으로 돌아가는 오늘까지도 난 때때로 넋이 나가 있다.

누구라도 그러하겠지만 아빠도 처음엔 할머니가 그렇게도 가벼이 먼 길을 떠났다는 사실을 믿으려고 하질 않았다. 너무도 가난했던 어린 시절에 뒤 이은 피눈물 나는 고학생 시절을 이야기할 때마다 할머니가 얼마나 고생을 하며 자식들을 키워왔는지를 누누이 강조해왔던 아빠는 임종을 현실로 받아들이면서 눈물을 뿌렸다. 불쌍한 우리 어머니를 호강시켜드리기 위해 이를 악물고 공부를 했다는 아빠의 회고는 성공한 남성들의 자서전에 반드시 등장하는 내용과 조금도 다르질 않았다.

할머니가 아무래도 돌아가신 것 같다고 겁에 질린 목소리로 집으로 전화를 했을 때 엄마는 잠에 겨운 목소리로 말했다.

돌아가시면 전화해라.

할머니가 응급실로 실려갔다 다시 집으로 돌아오기를 반복하는 동안 허탈감과 배신감만 들끓었던 엄마는 고스란히 그 감정을 가족들에게 드러내고 있었다. 할머니가 확실히 돌아가셨다는 확인 전화를 받고 한달음에 달려온 엄마는 반경 십오 미터 안이 눈이 부시도록 찬란한 빛을 뿌리고 있었다. 안도와 해방의 발광체가 된 엄마는, 어머니가 운명하셨어요,란 문장을 고심 끝에 택해 낮고 갈린 목소리로 음성 변조를 하여 부고 사실을 주위에 알렸다.

할머니의 평생에 걸친 남성 집중 편애증후군의 최대 수혜자였던 심바는 할머니가 건강히 더 사실 수 있었는데 이렇게 서둘러서 돌아오지 못할 길을 떠난 건 모두 자신 때문이라며 가슴을 쥐어뜯었다.

사랑을 잃고, 잘 있거라, 더 이상 내 것이 아닌 열망들아,라고 불면의 밤에 망설임을 대신한 눈물이나 뿌리며 위대한 시인의 언어나 흰 종이 위에 필사하고 있을 운명을 예감하곤 심바는 중대한 결심을 발표했었다. 그날 이후로, 삼십 년 동안 오직 엄마를 실망시키지 않겠다는 신념 하나로 버텨온 단순 지루했던 그의 삶은 복잡 격랑의 코드로 변환되어버렸다.

이수일의 바지자락을 잡고 늘어질 수도, 김중배의 다이아 반지에 입을 맞출 수도 없는 딱 심순애의 심정이 되어 있던 심바였다. 나라는 이런 결혼 하고 싶지 않다고, 이 땅에서 더는 못 살겠다고, 미국 가서 MBA나 따서 가능하면 그곳에 눌러앉고 싶다고 총명한 그녀다운 최후통첩을 날렸고, 엄마는 엄마대로 침묵이란 정치적 행위로 일관하고 있었다. 금지옥엽 하나뿐인 아들이 집을 나가겠다는 폭탄선언에, 일 년에 딱 두어 번 보이 스카우트 야영이니 하는 걸로 집을 비울 때조차도 아들이 무사히 자는 모습을 먼발치서라도 지켜봐야 잠이 들던 엄마는 그간 참아왔던 말들을 수위 제한 없이 단기간에 방류해버렸다. 언어폭력에 저항력이 형성되어 있지 않던 심바는 비분강개한 나머지 말을 실천으로 옮기는 결단성을 발휘하여 그 길로 집을 나갔고, 숭고한 모성은, 내가 널 어떻게 키웠는데 어떻게 네가 이럴 수 있냐며, 아들의 이름을 피울음으로 부르다 그만 쓰러지고 말았다.

가출의 정의에 맞춤하게 제대로 된 작별인사도 없이 제 몸 하나 겨우 빠져나갔던 심바가 할머니가 위독하다는 전화를 받은 건 임종 하루 전이었고 회사 출장지에서였다. 출장지에서 돌아오자마자 심바는 병실로 직행했지만 살아서는 다시는 할머니를 만날 수 없었다. 심바가 싸늘하게 식어가는 할머니 앞에서 오열하고 있을 때 병실로 들어선 엄마는 오매불망 그리워하던 아들을 보자 감정이 복받쳐올랐다. 그때 심바가 그토록 서럽게 울고 있지 않았더라면 엄마는 장례식 내내 눈물 한 방울 흘리지 않았을 것이다.

우리 집안의 아웃사이더라고 자타가 인정하는 내가 어쩌다 할머니의 임종을 지키게 되어, 누르면 손가락이 블랙홀로 빠져들어갈 것처럼 부어오른 눈두덩을 하고서 친척들 앞에서 할머니의 마지막을 증언하는 역할을 맡아 하루아침에 착한 손녀로 변신하는 비운을 겪고 있다. 하지만 그 누구에게도 내가 오롯이 체험했던, 꿈인지 생시인지는 묘연하지만, 할머니의 혼이 이승을 떠나던 모습만은 이야기할 수 없다. 미신이란 질타보다, 다시 입으로 옮길 용기가 없다. 난 지금 떨고 있는 것이다.

그 전날 밤을 패서 철야작업을 했다. 아들의 가출, 시모의 와병으로 엄마의 히스테리는 절정에 달해가고 있어서 몸은 물 먹은 솜 같았지만 집에는 들어가고 싶지 않았다. 돈만 있으면 전망 좋은 모텔에 방을 잡고 싶다는 모진 희망으로 퇴근 준비를 하고 있었다. 서둘러 가방을 챙기다 우연히 창밖을 보았고 베란다에 앉아 하염없이 밖을 바라보고 있던 그림 하나가 떠올랐다.

갈 곳이 있다!

갈 곳이, 가야 할 곳이, 가고 싶은 곳이 있었다. 일가친척들의 얼굴 한 번 내밀고 눈도장 찍기는 얼추 다 끝나고 있었다. 병실엔 각종 음료수와 계절을 망라한 과일들도 풍부했다. 무엇보다 그곳엔 나의 할머니가 계셨다.

때로는 얼굴도 모르는 사람과 스피커에서 터져나오는 거친 소리를 들으며 모니터에 판을 벌리고 고스톱을 치기도 하지만 온기가 느껴지는 사람과의 수작이 그리울 때도 있는 법이다. 한때는 일본 제국주의의 한반도에 대한 식민지 수탈에 분노하고 그들의 계량화된 통치수단으로 들어왔다는 저급한 오락문화를 따라할 수 없다는 민족주의에 심취해, 때로는 배우고 또 배워도 알아야 하고 알고 싶은 것이 너무 많은 세상에 유흥에 빠질 수 없다는 스토아주의에 경도돼, 화투로부터 멀리 도망친 적도 있었다. 화투에 관한 모든 것을 할머니한테 배운 나로선 그렇게 할머니로부터도 멀어졌다.

유년 시절의 기억이라곤 비밀의 화원과 화투밖에 없는 나로선 그건 한 시대와의 단절이었다. 비밀의 화원은 폐허가 되었고 화투에는 손을 끊었다. 배후에는 나의 엄마가 있었다. 할머니에 의한, 할머니를 위한, 할머니의 것이라면 돈다발조차도 끔찍이 싫어하는 엄마는 노동력을 덜어줘 환영할 만한데도 우리들이 할머니와 노는 것조차도 도끼눈을 뜨고 노려봤다. 더구나 화투패가 마흔여덟 장으로 이루어졌다는 온 국민의 기본 상식조차 결여된 엄마로선 교양과는 거리가 먼 천박한 화투놀이를 자식들이 배운다는 것은 용납할 수 없는 일이었다. 엄마는 면장갑 위에 고무장갑을 착용하고 화투패가 눈에 띄는 족족 가차 없이 쓰레기통에 던져버렸고 우리는 그 옆에서 입맛을 쩝쩝 다시고 있었다. 하지만 다음날이면 버려졌던 화투패들은 할머니의 군용담요 속으로 어김없이 들어와 있었다.

이 시대의 지성이라 자처하는 나의 아빠도 그 어머니의 아들답게 화투로 기기묘묘한 재수와 운수패를 떼어보는 것으로 하루 일과를 시작하기 때문에 병실에는 모텔의 붉은 방처럼 화투가 구비되어 있었다. 회개하는 심정으로 유년으로 돌아가기로 했다. 할머니와 씌어진 세월의 페이지를 넘기다 보면 회개할 것이 화투뿐이랴마는.

할머니는 침대에 누워서, 나는 그 앞에 소파를 붙여놓고 청단이니 홍단이니 하다가 스르르 잠이 드는 거야. 그 옛날처럼 손에는 비광 하나를 끝까지 부여잡고서.

내가 병실로 들어섰을 때 할머니는 틀니도 뺀 잇몸을 오물거리며 어린아이처럼 좋아했다. 아주 불편한 자세인데도 할머니는 돌아와준 손녀가 너무 기특한지 점수를 딸 수 있는 기회마저도 은근히 포기했다. 할머니의 고의적인 봐주기에 나는 가슴이 설레는 상고머리 어린애가 되어 있었다. 흥에 겨우면, 쪽 진 머리에 은비녀를 곱게 꽂은 할머니는 노래를 부르곤 했었다. 이 산 저 산을 날아 잡새, 봉황새, 만수문전 풍년새들의 안부를 묻고 진도로 날아가, 세월아 네월아 오고 가지를 마라, 아까운 이내 청춘 다 늙어가니 저 달이 떴다 지도록 놀다나 가자고 어깨까지 들썩이며 어린 우리를 선동했었다.

그 선동은 낯설고 기괴해서 유년기에서 청소년기로 성장할 때까지도 결코 합류할 수 없는 이물스런 것이었다. 돌아오지 않는 메아리에 할머니는 혼자 노는 수밖에 없었다. 베란다 창을 통해 지치도록 바라본 바깥세상엔 굽이치는 한강도, 아이들이 뛰어노는 놀이터도 없었다. 금싸라기 땅에 일조권이니 조망권이니 하는 법망을 미꾸라지처럼 요리조리 피해 건설한 또 하나의 아파트 숲이 가로막고 있을 뿐이었다. 창밖을 향하던 무료한 시선이 날 향해 몇 번 꿈틀거린 적이 있었다. 사람이 있는 아무 곳에라도, 시장이든 백화점이든 데려다달라고 짓무른 눈자위는 나에게 비굴하게 부탁을 했었다. 사춘기 소녀였던 난 일언지하에 싫다고 거절하고 내 방으로 들어와 방문을 잠가버렸다. 할머니랑 다니기 창피하다고, 할머니랑 다니느니 고리타분한 민속박물관에 가는 게 낫겠단 말은 다행히 내뱉지 않았었다.

할머니가 바느질을 하거나 음식을 만드는 걸 본 기억이 없는 걸 보면, 고왔던 자태를 비롯한 이런저런 조각들을 찾아 그림을 완성해가다 보면 엄마가 할머니와 싸우면서 처음이자 마지막으로 딱 한 번 뱉었지만 결코 뇌리에서 지워지지 않는 그 말이 맞을지도 모른다는 생각이 들곤 했다.

출신이 기생이라 노는 거나 좋아해서 자기 방 하나도 제대로 못 닦는 것 봐……. 살면서 다른 여자들 가슴에 얼마나 많이 대못을 찔렀겠어? 큰댁 어머니한테는 죄송하지도 않은지 몰라…….

할머니는 민화투 세 판을 기분 좋게 나랑 치고 나더니 자식들을 불러달라고 했다. 호출을 받고 달려온 사람은 아빠와 작은고모뿐이었다. 작은고모는 병실에 들어서자마자 눈시울이 붉어지더니 할머니의 앙상한 손을 잡고는 콸콸 눈물을 쏟아냈다. 아빠는 몇 번의 호출 전력에 이력이 난 듯 오지 않은 가족들을 불러내느라 초조해 있었다. 작은고모가 돌아가자 아빠는 기력이 없는 할머니에게 죽을 떠 드렸고 잠이 드시기 전 할머니는 생각이 난 듯 옆에 서 있던 내 손을 어루만져주었다. 앙상했지만 따뜻했다.

푸르스름하게 날이 샌다. 에이에서 제트까지, 알파에서 오메가까지 장례에 관한 모든 서비스를 제공한다는 종합병원 장례식장은 사무실에 앉아 카탈로그를 보고 손가락으로 찍기만 하면 모든 것이 해결된다. 싸구려부터 명품까지 다양하게 구비된 품목 가운데 사회적 품위와 경비를 감안해서 고르기만 하면, 편육과 홍어회무침이 남자의 검은 양복이 여자의 흰 소복이 빈소에 와 있다.

배달민족이라 전화 한 통이면 모든 비즈니스가 해결된다는 우스갯소리도 이곳에선 장례를 치른 지 오래이다. 고품격, 고품질의 장례 서비스 제공을 위해 모든 노력을 기울이겠으며 직원의 촌지 요구는 일체 없으므로 편안한 마음으로 장례식장을 이용해달라는 문구마저 안내문엔 정중한 어조로 박혀 있다. 그런데 나의 부모는 친절한 선전문구의 선의를 오해한 것인지 아니면 행간의 뜻을 읽은 건지 절차가 한 단계 나아갈 때마다 담당자들의 호주머니에 봉투를 찔러넣고 있다. 이건 또 어찌 그리 부부가 손발이 딱딱 맞는지 천상의 화음이 따로 없다.

심바와 친구들은 할머니의 옆에서 화투판과 술판을 벌이며 걸쭉하게 밤을 새주었다. 엄마는 집에 들어가기 전 밤을 새울 문상객이 먹을 술과 음식을 든든히 챙겨놓았다. 병원과 장례업계의 상술이 뛰어난 건지 야전 사령관인 엄마의 통솔 능력이 남다른 건지 할머니의 장례식을 우리는 손에 물 한 방울 묻히지 않고 가뿐히 치러내고 있다. 빈 몸으로 왔다 빈 몸으로 돌아가는 게 인생이 아닌 것이다. 빈 몸으로 왔다, 제 손이든 자식들이든 돈을 쌓아놓고 있지 않으면 돌아가는 것도 가시밭길이 되는 것이다. 조화 진열을 열 개 이내로 제한하고 있으니 많은 협조 바란다는 안내문을 보면서 엄마는 내게 투덜거렸다. 우리 집안은 아들이라곤 딸랑 네 아버지 하난데, 누가 화환을 열 개나 가져와 채우겠니? 휴우…… 며칠 반짝 보자고 비싼 화환을 열 개나 늘어놓는다는 것은 정말 허례야. 의식이 전혀 없는 거라구. 열 개는 너무 많아. 다섯 개 정도로 고쳐야 해!

아빠가 장례식장 건물로 들어간다. 연로한 할머니가 쓰러지실 때마다 실전을 방불케 하는 민방위 훈련을 치러오면서 안도감과 허탈감을 동전의 양면으로 느껴왔던 아빠는 그동안의 훈련이 헛되지 않았음을 몸으로 웅변하고 있는 셈이다. 아빠에게 할머니의 장례란 탈 없이 주관해야 할 행사일 뿐이다. 책상물림이라 현장 능력은 엄마에 비해 떨어지긴 하지만 학교라는 관료사회에서 버티고 있는지라 행정적인 일 처리는 일사천리로 수월하다. 거기다 효자라는 정신적인 강박은 초인적인 힘을 발휘케 해서 사람들이 등을 떠밀지 않는 한 잠깐이라도 눈을 붙이려고 하질 않았다. 하지만 이 새벽, 아빠의 검은 실루엣은 많이 지쳐 보인다.

"던킨도너츠 문 열었나?"

장례식장에 누라도 끼칠까 봐 새벽녘 옹송그리며 벤치에 앉아 있는 내 앞을 한 무리의 남자들이 지나간다. 담배 연기로 도넛 생산에 여념이 없는 나를 심바가 툭 친다. 아빠가 친구들이랑 사우나에나 다녀오라고 했다며 와자지껄하게 병원 입구를 향해 걸어 나간다. 나라도 할머니가 돌아가신 날 심바랑 시차를 두고 병원에 들렀다. 문상까지 온 사람을 야박하게 대할 수는 없어서 부모가 예의를 갖추리라 예상은 했지만 엄마는 그녀가 당황할 정도로 손을 잡아 흔들었다. 나라를 대하는 엄마의 태도가 변한 것이다. 엄마는 나라에게 감사하고 있었던 것이다. 할머니를 쓰러지게 하는 데 일조한 그녀의 공로에.

엄마는 심바를 보고 반가움에 할머니의 시신 앞에서 눈물을 줄줄 흘린 때를 빼고는 장례 기간 내내 눈물을 내비치지 않았다. 엄마는 아들과의 극적인 상봉 이후론 거짓으로라도 우는 척조차 하지 않았다. 사람들이 그런 며느리를 향해 손가락질을 하든 말든 엄마는 알 바 아니라는 투였다. 외할머니가 돌아가셨을 때 엄마는 서럽게 울다가 쓰러지기까지 했다. 무남독녀인 엄마의 그런 모습은 외할머니와 직접적으로 연이 닿지 않은 사람들의 눈시울마저 붉게 물들였다. 아빠의 문상객으로 왔던 반백의 교수들이나 젊은 대학원생들이 손수건을 꺼내 눈가를 훔치기도 했다. 외할머니의 장례식에 엄마의 문상객은 몇 되지 않았다. 교수 사위를 상주로 두지 않았더라면 외할머니의 장례식은 너무도 초라했을 것이다.

엄마에게도 남동생이 하나 있긴 있었다. 보따리장수로 출발해 많은 재산을 일궜던 외할아버지는 수단 방법을 가리지 않고 어떻게든 아들을 낳아야 한다는 고루한 사고를 가지신 분은 아니었지만 당신이 죽고 나서 제사를 지내줄 아들은 필요했다. 엄마와 열세 살 터울이 지는 사내를 양자로 들였다. 엄마의 남동생은 주식에 뛰어들었다 가을날 갈퀴로 낙엽을 긁어모으듯 돈을 벌자 집 안팎의 온갖 돈을 끌어들여 회심의 투자를 했다 한방에 날아가 버렸다. 외할머니의 장례식 때 그는 도피 중이었다. 하지만 얼굴 한 번 내비치지 않은 그가 엄마를 제치고 서열 1위의 상주로 이름이 올라가 있었다. 아니, 망자와는 피 한 방울 섞이지 않은 양아들과 사위 밑에 친딸의 이름이 상주로 기록되어 있었다.

도넛 생산을 중단하고 가래떡으로 업종 변경을 하고 있는데 식장 입구로 커다란 리본이 달린 국화꽃 화환이 들어간다. 운명한 사람에 대한 애도보다는 방귀깨나 뀌고 산 사람이었군, 하는 냉소가 먼저 흘러나온다. 저 집은 다섯 개, 에구, 저 집은 세 개뿐이네, 엄마는 다른 빈소들을 기웃거리고 나서야 애물 덩어리로만 여겨졌던 근조 화환의 국화꽃 향기가 맡아지는 모양이었다. 일곱 개의 화환 중 두 개는 고모부 편에서 온 것이고 다섯 개는 아빠와 심바 편으로 보내온 것들이다. 나나 엄마가 관계된 화환은 물론 없다. 아파트 단지를 나서면 인사하느라 몇 걸음을 못 가서 멈추곤 하던 엄마여서 온 동네 아줌마들과 친분을 쌓고 있는 줄 알았는데 의외로 엄마의 조문객들은 많지 않다. 오히려 고모부 이름으로 오는 문상객들이 훨씬 많다. 나는 심바와 달랑 한 살 차이가 날 뿐이며 직장 생활도 하고 있지만 화환 하나 들어오지 않았고 문상객도 없다. 내세울 만한 남자친구도 없고 비정규직의 불안한 노동전선에 서 있는 나는 이럴 때 할머니의 돌아가심보다 더한 슬픔을 느낀다.

우리 엄마가 돌아가시면 장례식장엔 누가 올까. 아빠가 살아 계시면 아빠의 지인들과 심바의 직장과 관계된 사람들과 친구들이 올 것이다. 나의 남편과 관계된 사람들이 자리를 메울 것이다. 그런데 내가 만약 그때까지도 결혼을 안 했다면 나를 위로하러 와주는 조문객은 있기나 할까. 개밥의 도토리가 되어 가족 안에서도 분명 찬밥 신세가 되어 있을 것이다. 사회복지의 개념조차 없는 이 사회에서 평생의 혜택이 주어지는 결혼이란 종신보험에 들지 않는 사람을 받쳐줄 안전망은 그 어디에도 없을 테니까.

결혼이 무서워…… 도망쳤어. 네가 이기나 내가 이기나 한번 해보자 하는 오기가 그때만은 부려지질 않았어. 결혼이란 괴물이 끔찍이도 흉측해 도망치고 싶은 사람이 이 나라에서 분명 나 혼자만은 아닐 텐데. 어디 포털사이트에 싱글즈들을 상대로 문상 가주기 카페라도 함 만들어볼까. 엄마가 돌아가셨을 때 조문객 되어주기로 시작해서 점점 품앗이의 범위를 넓혀가는 거야.

발인을 앞두고 큰고모의 아이고오, 아이고오, 하는, 운율에 맞춘 호곡 소리는 나지만 영안실로 들어서는 그 누구도 진정으로 슬퍼하는 사람은 없다. 제 설움에 겨운 게 아니라면. 호상이라며 큰 고통 없이 자식들 고생 안 시키고 건강하게 장수하시다 돌아가신 걸, 검은 정장 차림으로 옷을 맞추듯 입까지 맞추어 축복할 뿐이다.

입관식을 할 때, 수의를 입히고 염을 할 때, 문상객이 몰려들 때, 등등 장례절차에 빠질 수 없는 곡을 타이밍을 놓치지 않고 홀로 퍼포먼스를 벌여왔던 작은 고모의 서러운 통곡이 다시 시작된다. 엄마, 엄마를 목메어 부르며 온몸으로 울어대는 그 모양을 지켜보며 엄마는 내 귀에, 저 아양스런 것 좀 봐라, 살아생전엔 명절 때나 얼굴 한 번 빠끔 내밀고 효녀인 척은 다 하더니,라고 속삭이곤 했다.

고모들이라고 울고만 있는 건 아니었다. 둘도 없는 오빠이자 그들의 정신적인 버팀목에게 불평을 날리는 것도 잊지 않았다. 오빠, 언니 지금 하는 것 보면 우리 엄마 제삿날 따뜻한 밥 한 그릇 못 드시게 생겼어. 살아생전 그렇게 못 했으면 죽어서라도 우리 엄마 억울하지 않게 해드려야지. 이제 제발 언니한테 정신 좀 차리라고 그래요!

고객의 컴플레인을 어떻게든 처리해야 하는 매니저의 입장에서 아빠도 동생들의 의견을 엄마에게 전달할라치면 직원의 이런 똑 부러진 답변을 들어야 했다.

고모들 하는 모양 좀 봐요. 찜질방에 가질 않나, 손님들 온다고 화장이나 요란하게 하질 않나. 고모들이 그럽디다. 제 문상객들 조의금은 다 달라고. 내가 그 돈이 탐나서 그런 게 아니라 원래 이 돈은 고인을 모신 수고비용으로다 사람들이 주는 거니깐 당연히 이날 이때까지 모시고 사느라 고생을 한 우리들 몫 아니에요? 장례비용은 다 같이 셈하고 지들 돈은 철저히 계산해서 줄 테니깐 그렇게 알아요.

분쟁을 조정하는 코디네이터로서 아빠의 일은 거기서만 끝나는 게 아니었다. 큰댁 어른들이 선산의 할아버지 옆에는 할머니를 뉘일 수 없다는 통첩을 해왔단다. 할아버지의 옆자리에는 정실부인이 이미 나란히 누워 있다는 것이 그 이유라면 이유였다. 학교에서 홍길동을 배우기도 전에 배운 단어, 서자. 우리 아빠는 서자래. 그게 뭔데? 심바가 어디선가 들은 말을 옮기자 귀를 쫑긋하고 의문을 달던 어린 나. 살아서도 큰집, 작은집 하며 어깨를 나란히 하고 살았으니 죽어서도 머리를 맞대고 나란히 누우면 좋으련만.

신혼여행에서 돌아와 어른들께 인사드리러 남편의 고향에 간 후론 두 번 다시 그곳에 간 적이 없다는 엄마가 고인에게 마지막으로 절을 올리고 있다. 엄마의 어깨가 가늘게 떨고 있긴 하지만 당신이 그래 왔듯이 볼 위론 눈물 한 방울 떨어지지 않고 있으리라. 여자들은 결혼을 하면 시댁 속으로 흘러 들어가 모난 돌도 세월 속에 반질반질 닳아져가듯이 시댁 귀신이 되어간다고 사람들은 말한다. 그런데 어떻게 나의 엄마는 그 강한 물살에도 닳아지지 않고 제 모난 개성을 간직할 수 있었을까.

할머니를 모시기로 한 근교 공원묘지의 담당자와 하관에 필요한 사항을 꼼꼼하게 챙기던 심바가 나라와 함께 할머니의 영정 앞에 선다. 둘은 절을 올리고 약속이나 한 듯 눈물을 훔친다. 나도 할머니에게 마지막으로 큰절을 올린다.

할머니.

나, 간다, 잘 있어라,는 인사를 이 못난 손녀인 오디에게 굳이 하고 싶어 마른하늘에 날벼락처럼 장난스럽게 커튼을 잡아 흔들고 떠나셨죠? 할머니, 미워한 적도 많았어요. 빨리 돌아가시게 해달라고 빈 적도 있었어요. 할머니가 이렇게 오래 건강하게 사신 건 다 제 덕인 줄 아세요. 할머니 때문에 엄마와 아빠가 너무 힘들어하실 때마다, 우리 가족이 벼랑 끝으로 몰려가는 걸 볼 때마다 한 집에 살면서도 인사조차 하기 싫었어요. 엄마가 어린 우리들과 할머니 앞에서 실성한 듯 가위로 머리카락과 옷을 싹둑싹둑 썰며 히죽히죽 웃을 때도 할머니의 입에선 잡가가 흘러나왔죠. 언제 폭발할지 모르는 화산 따위는 전혀 내 알 바 아니라는 듯 흥겹게 터져나오는 할머니의 잡가 소릴 들을 때면 진저릴 치면서 귀를 막곤 했어요. 대학 나온 엄마와 싸우실 때도 한마디도 지지 않으시던 할머니가 이렇게 쉽게 가실 줄은……. 이번에 일어나시면 화투 많이 쳐드리려고 했었는데, 할머니의 수제자가 되어 육자배기도 배우고 싶었는데……. 인터넷 고스톱 판에서 대화창에, 보지년아 꺼져, 따위의 욕을 듣고 머리가 벌겋게 달구어졌다 식을 때면 할머니 생각이 나곤 했거든요. 한밤중에 응급실에 실려 가신 게 어디 한두 번이었어요? 이번에도 그렇게 자리를 털고 일어나실 줄 알았는데……. 이렇게 정말로 가버리실 줄은……. 여행을 간다고 짐을 싸들고 인사를 드릴 때면 할머닌 묻곤 하셨죠. 동무는? 내가 고개를 가로저으면 할머니는 그 먼 데를 혼자 가냐고 걱정을 하면서도 할머니의 검디검은 젊은 눈동자는 말하고 있었지요. 그렇게 떠날 수있는 네가 참 부럽구나.

할머니,

어디쯤 가고 계세요? 스틱스의 강을 건너시는지 아리랑 열세 고개를 넘어가고 있는지는 모르지만 지금쯤이면 망각의 강이라는 레테는 하마 건너셨겠죠? 그러니 이곳에서의 설움이나 아픔, 미움 따위는 이제 다 훌훌 털어버리세요. 길 떠나는 저를 부러워만 하시던 나의 할머니, 이제 만수문전의 그 풍년새가 되어 가보고 싶었던 세상 훠이훠이 날아다니세요. 할머니는 이곳에서 슬픔이 많은 분이셨으니까 분명 좋은 데로 가실 거예요. 이제 편히 쉬세요. 잘 가세요, 나의 할머니…….

치자꽃 향기는 바람에 날리고

휴우…….

이제 글을 쓸 수 있을 것 같다.

길었던 오늘 하루를 한 번에 써낼 수 있을지 자신은 없지만 먼지 투성이 치자의 방에 글을 써야 할 이유가 생겨났다.

조심스럽게 뚜껑을 열면 발레복을 입은 예쁜 소녀가 흐르는 선율에 춤을 추는, 내 마음의 보석상자를 오늘도 열어보지 않았더라면 나는 눈물조차 쏟아내지 못하고 오지 않는 잠과 싸움하고 있을 것이다. 설레임을 대신한 망설임으로 상자의 보석을 느긋하고도 게으르게 열어보고 있다. 그런데 알고 봤더니 보석상자가 아니라 흥미진진한 보물섬이었다. 그녀가 직접 그린 일러스트레이션들, 만화영화 컷들, 영화 포스터들, 고흐에서 몬드리안까지의 그림들……. 니키 드 상팔, 루이스 부르주아, 클라라 하스킬, 요한나 마르치, 메리와 프랜시스 블랙 자매, 에바 캐시디, 토리 에이모스, 메르세데스 소사……. 그녀로 하여 알게 된 수많은 그녀들의 이름들……. 그렇게 오늘도 보물섬에 내려 한 걸음 떼고 사위를 돌아보고 또 한 걸음 떼고 발밑을 보고 있던 중이었다.

세상은 온통 크레졸 냄새로 자리 잡는다. 누가 떠나든, 죽든.

우리는 모두가 위대한 혼자였다. 살아 있으라, 누구든 살아 있으라.

3월 7일이었다. 눈을 크게 뜨고 보고 또 보아도 3월 7일이 맞았다. 그녀가 기형도의 시와 함께, 나의 외로움이 널 부를 때, 노래를 올려놓은 날은. 시각은 밤 11시 59분으로 되어 있다. 내가 블로그에 처음 글을 올린 시각은 23시 29분으로 기록되어 있으니 우연치곤 고약하다. 여전사의 출현에 입을 떡 벌리고 있느라 올린 시각 같은 건 안중에도 없었던 걸까. 종일 윗목에서 종종거렸던 오늘의 끝에서야 이 사실을 알아낸 건 무엇에 대한 은유인가.

그날의, 그물망 스타킹이 들어가던 다소 긴 제목의 글 포스트는 이제 비공개가 되었지만 그 글에서 그녀는 손가락 짬에 담배를 물고 있는 안젤리나 졸리의 포스트를 발견하고서 그녀 자신도 개관 기념 세레모니를 졸리와 함께 했노라고 덧붙였었다.

혹, 내 첫 글을 읽은 오직 한 사람은, '기호 1'로만 자신의 존재를 남겨놓은 그 사람은, 오디, 그녀가 아니었을까. 개연성은 있지만 그럴 확률은 아주 낮다는 것도 충분히 과학적으로 인지하고 있다. 그런데도 이상하게 몸이 가벼워지는 건 왜일까. 그녀에게 물어보고 싶다. 혹, 내 첫 글을 읽지는 않았나요?

그녀의 글을 읽으면 유쾌해진다. 세상을 향해, 특히 남자들을 향해 감히 할 수 없는 말을 그녀는 별거 아니라는 듯 툭툭 내뱉는다. 내 유년의 윗목이란 글에, 남자들은 여자들의 이런 맘 죽었다 깨어나도 모를 거예요,라고 내가 덧글을 달자, 그렇죠, 다시 여자로 태어나서 이 땅에서 살아보지 않는 한,이란 리플을 그녀가 달아놓았다. 통쾌할수록 불온한 것이고, 낯설수록 적개심을 고양하는 것이라 그녀의 글을 읽노라면 아슬아슬하고 조마조마해진다. 나의 이 조바심 나는 심정을 알기라도 하는지 이제 로그인을 하지 않은 사람에게는 글을 쓸 수 없도록 설정을 바꾸어놓았고 글도 '전체공개'로 돼 있다 며칠이 지나면 비공개 포스트로 변해 있긴 하다.

다녀간 블로거에 판타스틱 소녀백서가 처음 올라와 있던 날, 안부게시판에 글 한 줄 남아 있지 않았지만 가슴에서 팔랑팔랑 물수제비가 떴다. 이제 나도 무람 없이 그녀의 방에 들어가 놀다 온다. 이웃이 돼달라고 하고 싶은데 용기가 없다. 물론 내 의지만으로도 이웃을 맺는 것이 가능하지만 그래도 예의 바른 이웃이 되고 싶다. 그녀가 먼저 신청을 해오면 버선발로라도 달려갈 텐데.

그렇다. 글쓰는 모든 이가 염원하듯이 한 사람만 읽어주면 된다. 가슴으로 읽어줄 단 한 사람이 필요해서 난 이곳에 글을 올린다. 모질게도 길었던 오늘 하루를 '치자꽃 향기는 바람에 날리고'라고 노래 제목처럼 반죽 좋게 풀어놓으며 〈보헤미안 랩소디〉를 들을 시간' 이후로 처음 글을 올린다.

내 영혼의 검은 페이지   2004/06/18 01:43

치자꽃 향기는 바람에 날리고

빠져나오는 느낌이 다르다. 묵직하다.

바닥을 몇 번 힘주어 밀고는 밀걸레를 끌고 복도로 나온다.

"아직 싱싱한 처녀 아냐? 얼굴이 빨개지긴……. 고 선생 말고, 고 걸레 말야."

남자의 눈과 혀는 능란하기 이를 데 없다. 남자의 긴 혀는 발칙하게 날름거리고 눈은 여자의 몸을 여유 있게 훑어내리다 여자가 들고 있는 밀걸레에 잠시 내려앉는다. 남자는 물이 뚝뚝 듣는 금방 빨아온 새 걸레를 여자 쪽으로 확 밀며 가슴을 툭 친다. 움찔 뒤로 물러났던 여자는 남자가 내미는 걸레를 묵묵히 거부하고 제 걸레를 끌어안고 좁은 복도를 지나 화장실로 향한다. 화장실 문을 여는데 뒷목 쪽에서 거친 숨소리가 나서 돌아보니 예의 그 남자다.

"연약한 고 선생이 이 험한 밀걸레를 이기기나 하겠어? 이리 줘! 내가 빨아줄게. 내가 손빨래 하나는 도사거든. 오른손으로 비비고, 왼손으로 비비고……."

남자는 제멋대로 손을 뻗어 내가 쥐고 있는 걸레를 뺏어간다. 어김없이 영악한 남자의 손은 내 가슴을 스쳐간다. 흐르는 물에 걸레를 발로 지근지근 밟으며 남자는 불끈불끈 힘줄이 솟아나오는 손을 번갈아 흔들어 보인다.

남자의 등 넘어 여자 화장실 쪽을 안타까이 바라보다 돌아선다. 남자의 우람한 손은 재빠르기도 하다. 독수리가 병아리를 낚아채 듯 뒤쪽에서 내 손목을 붙잡는다.

"그냥 가면 어떡해? 내가 정성스럽게 손빨래한 이 대걸레로 지나가던 파리가 낙상하게 강의실을 밀어야지."

남자가 내미는 밀걸레를 마지못해 들고 몇 걸음 옮기다 복도에 세워놓고 교무실로 들어간다. 혹시, 하고 가방을 들쑤셔보지만 역시 없다. 누가 볼세라 가방에서 지갑만 챙겨들고 후닥닥 뛰어나온다. 다시 걸레를 잡고 바닥을 닦는 척하다 문제의 남자를 비롯한 사람들의 발소리가 들리질 않자 계단을 두어 개씩 건너 뛰어 아래 층의 화장실로 달려간다. 뒤를 밟는 사람이 없나 주위를 두리번거리고 지형지물에 숨어 들어가 사람들을 따돌리며 접선장소로 향하는 첩보영화의 주인공이 된 듯싶다. 느낌이 맞다. 생리가 시작되었다.

어제는 너무 힘들어 학원에서 돌아오자마자 이불을 펴고 누웠다. 한여름에 솜이불을 꺼내 덮고 끙끙 앓다 잠이 들었다. 어느 순간 머리맡에서 인기척이 느껴졌다. 엄마가 이불 속으로 손을 뻗어 내 손을 잡으며, 얘가 몸이 어디 안 좋은가,라고 혼잣말을 하였다. 아냐…… 엄마…… 그냥…… 생리가 있으려고……. 메마른 입술을 부딪치며 엄마의 마른 손을 끌어당겼을 때, 엄마는 긴 한숨을 내쉬었다. 네가 날 닮아서 그래……. 다, 이 어미 잘못 만난 탓이다…….

준비하고 있는 시험을 위해 들어야 할 강의도 못 듣고 누워 있다 학원 대청소가 있어 평소보다 일찍 가야 한다는 것을 뒤늦게 상기하고는 어지러운 머리와 후들거리는 다리를 끌고서 겨우 왔던 참이었다. 강의실의 책걸상을 옮기는 소리가 아래층까지 울린다. 지금 나갔다 오면 책상 정리 할 때쯤엔 돌아와 뒷마무리는 함께할 수 있을 것이다.

학원에서 가까운 가게에 들어섰다 주인아저씨 혼자 가게를 지키고 있어 도망치듯 나오고 만다. 조금 멀지만 지하 슈퍼마켓으로 가는 수밖에 없다. 눈에 띄는 대로 생리대를 하나 집어들고 계산대로 향하는데 누가 알은체를 한다. 형제 세 명이 모두 우리 학원에 다

니고 있다며 원장이 학생뿐만 아니라 학부모와의 상담도 게을리
해선 안 된다고 닦달을 하는, 그 세 형제의 엄마다.

"어머, 선생님! 뭐…… 사러 나오셨어요?"

나는 고개만 크게 끄덕이며 생리대를 겨드랑이 사이로 얼른 끼
워넣는다.

"우리 영재가 요즘엔 열심히 하나요?"

"네, 많이 나아졌어요. 수업시간에도 열심히 하구요."

나, 사회 생활 오래 했구나. 입에 침도 안 마르고 거짓말을 천연
덕스럽게 술술 하고 있는 걸 보면.

선생님, 원장님한테 월급 받으셨죠? 그거 다 우리들 덕택이니깐
오늘 피자 한 판 쏘세요! 어제 수업시간의 미꾸라지 한 마리는 바
로 영재였다. 뭐라도 하나 배워가겠다고 눈빛을 빛내고 있던 애들
도, 선생님! 피자 한 판!이라고 소리치게 만든 장본인이었다. 애들
이 공부도 열심히 하고 수업시간에 분위기도 좋으면 그저 예쁜 마
음에 지갑을 열어 피자 한 판이든 햄버거 하나씩이든 하다못해 떡
볶이라도 풀어놓지만 상황이 역전되는 것은 선생으로서 받아들일
수 없었다. 정규 학교의 교직원이 아닌 비록 학원 강사이더라도.

영재의 왕성한 선동에 모든 아이들이 '선생니이임'을 애타게 불
렀고 급기야 원장까지 무슨 일인가 하고 강의실 밖을 기웃거리자
아깝긴 하지만 돈으로 이 상황을 벗어날까 하는 갈등이 일었다. 하
지만 난 굴복할 수 없었다. 영재의 눈빛을 읽었기 때문이다. 네까
짓 게 무슨 선생이야, 이번 달 등록 안 하겠다고 하면 피자가 뭐
야, 더한 걸로 날 붙잡을 거면서…….

영재, 이리 나와!

내가 소리치자 애들은 드디어 피자를 먹게 되었다고 환호성이
대단했다. 영재가 브이 자를 그리며 교탁으로 나왔다.

나가 있어!

영재는 무슨 소린가 하고 날 쳐다봤지만 난 웃지 않았다. 다시
정색을 하고 말했다. 나가 있으라구! 선생님 말 안 들려! 영재가
엉거주춤 나가자 난 아무 일도 없었다는 듯 다시 수업을 시작했다.
가르치는 학생 수만큼 학원과 선생이 나눠 갖기를 한다지만 선생
알기를 우습게 아는 학생이 내는 돈은 받고 싶지 않았다.

"다행이네요. 영재가 다른 학원 이야길 하면서 학원을 바꿀까 어
쩔까 해서 이제 또 지겨워졌나 했거든요."

학부모와 대화를 빨리 끝내는 방법은 무조건 애가 나아졌다고
안심을 시키면 된다.

"아니에요. 영재가 우리 학원을 얼마나 좋아하는데요. 영재가 영
재학원을 싫어하면 누가 좋아하겠어요? 그리고 보면 부모님이 아
들 이름을 참 잘 지으셨어요."

나, 사회 생활 오래 한 거 맞다. 넉살도 대단하다. 학부모들을 상
대하면서 밥 먹고 산 지가 그럼 햇수로 몇 년인데……. 나는 흘깃
카운터 쪽을 바라본다. 손님이 줄어들고 있다. 얼른 가서 생리대를
내밀어야 하는데.

"어머님, 바쁘실 텐데…… 제가 시간을 많이 뺏었죠?"

"아니에요, 선생님, 저희 영재가…….."

학부모는 지치지도 않고 동어반복형 제 아들 이야길 꾸역꾸역
꺼내지만 더 상대하고 있을 수가 없다. 묵직한 게 다시 빠져나왔기
때문이다. 서둘러야 한다. 학원에 일이 있어 이만 가봐야겠다고 고

개를 숙이자 아들의 어미는 마지못해 나를 놓아준다.

 카운터엔 그새 손님이 늘어났다. 또 아는 사람이라도 만날까 봐 고개를 푹 떨구고 있다. 앞에 두 사람을 남겨놓고 계산을 하던 아줌마가 일어나고 야채를 정리하고 있던 아저씨가 그 자리에 앉는다. 왜 이렇게 일이 꼬인담. 남자한테 생리대를 내밀기 싫어 여기까지 걸어와 지금까지 기다렸는데. 학원 청소는 다 끝나갈 텐데. 이 눈치 저 눈치 보는 게 싫어 대형 할인매장에서 사다 옷장에 차곡차곡 쌓아놓은 생리대는 지금 이 순간 그림의 떡일 뿐이다. 내가 생리대를 내밀자 남자는 고개를 돌려 나의 얼굴을 바라본다. 낯설지 않은 눈빛이다. 애들은 오늘 아파서 체육 시간에 못 뛰어요,라고 누군가 보고하면, 선생이란 사람들은 하나같이 움직이기도 힘든 아이들을 앞으로 끄집어내어 얼굴을 확인해야 직성이 풀렸다. 핏기 없는 얼굴을 푹 숙이고 있는 아이들의 이마를 손끝으로 치켜올리며 아비 또래의 남자들은, 왜, 배 아파서?라고 물으며 약속이나 한 듯 히죽 웃었다.

 계산대의 남자는 배 아프냐고 묻지는 않는다. 남자는 옆에 펼쳐져 있는 스포츠 신문으로 생리대를 싸더니 검은 비닐봉투에 담아주며 다시 한 번 얼굴을 쳐다본다. 가까운 화장실을 알고 있지 못하는 나는 다시 학원 건물로 달린다. 검은 비닐봉투를 출렁이며 달리는 내가 마마·호환보다 더 무섭다는 불법 음란 비디오물을 운반 중인 브로커 같다. 내용물이 불법인지는 모르겠지만 음란하긴 하다. 남자가 생리대를 돌돌 만 스포츠 신문엔 가슴을 훤히 드러낸 신인 여배우가 긴 머리를 풀어헤치고 엎드려 있었다.

 조금만 늦었으면 아랫도리에서 흘러나온 붉은 피로 길을 적실

뻔했다. 티라도 날까 봐 거울로 뒤쪽을 보는 것으로 모자라 엉덩이 쪽을 손으로 만져보고 학원 안으로 들어간다.

사위가 조용하다. 청소를 끝내고 모두들 회식이라도 간 건가. 강의실 한켠에서 원장의 목소리가 울리고 있다. 문을 조심스럽게 열고 들어가니, 그 남자, 원장의 날카로운 시선이 나의 창백한 얼굴에 이빨 자국을 남긴다.

회의 중이다. 그러나 누군가 의견을 내고 참석자들의 토론을 거쳐서 합의에 이르는 상호 교감의 과정이 아니라 일방통행만이 이루어지고 있을 뿐이다. 교장이 훈화랍시고 애국애족을 강조하던 그때처럼 원장은 이번 시험에서 애들의 성적이 오르지 않으면 이웃의 타 학원으로 아이들을 뺏기고 말 거라고 목청을 높이고 있다. 다가올 여름방학이 불안하고 2학기가 위태롭다고 위기의식을 퍼뜨리는 것도 초등학교 때의 교장과 닮은꼴이다.

웅변학원 원장의 전력을 가진 남자의 말을 듣고 있노라니 강사가 아니라 어떤 정치인의 이름 밑에 붓 대롱을 누를까 고민하는 유권자가 된 듯하다. 한 표를 읍소하는 정치인처럼, 좌중을 한 사람 한 사람 빤히 쳐다보며 소리가 커졌다 작아졌다, 어조가 올라갔다 내려갔다 주먹으로 탁자를 내리쳤다 손바닥을 쳤다 하는 남자는 마지막엔 양손을 허공으로 펼치며 외칠 것이다.

당신들은 아직도 그 애들이 학생으로 보입니까? 그 애들은 학생이 아니라 돈이라구요, 돈!

학기말 시험을 앞두고 원래는 수업이 없는 주말에도 보강을 해주라는 주문이다. 학원강사 하루이틀 하는 것도 아니고 예상은 하고 있었지만 이번엔 평소보다 한 주나 앞당겨 시행을 한다는 것이다. 당장 이번 주부터 시험 편대로 주말 시간표를 다시 짜겠다는 채찍과 잘해보자는 의미로다 평소 기사식당의 가정식 백반 대신 일식집에서 회식을 하겠다는 당근을 내놓았다. 우스꽝스런 남자의 제스처를 보며 속으로 웃음을 삼키느라 잠시 잊고 있었던 생리통이 다시 몰려온다.

수업을 앞두고 교재연구를 하는 선생들 사이에서 빠져나온다. 하지만 갈 곳은 없다. 비상계단이라도 있으면 쪼그리고 앉아서 담배라도 피우련만 이런 변두리 동네의 작은 건물에 그런 게 있을 리가 없다. 학생들이 오기엔 이른 시간이라 학원 입구 계단참으로 나가 핸드폰을 만지작거린다. 눈높이로 푸르게 뻗어오는 창밖의 플라타너스 잎을 바라보다 핸드폰 폴더를 연다.

"……오늘 안 될 것 같애. 학원에서 회식이 있대."

"무슨 회식?"

"학원에서…….."

회식이라는 우리말의 의미를 모르는 사람처럼 그는 따져묻고 나는 구구절절 설명을 늘어놓는다. 구차하다. 허리가 끊어져 상체와 하체가 분리될 것 같은 통증에 그만 주저앉는다. 몸은 천근만근 무거워 어디든 드러눕고만 싶은데 오가는 사람들의 눈치를 보며 남자친구란 사람에게 오늘 약속에 갈 수 없는 이유를 전화로 시말서를 쓰고 있다. 문장의 쉼표를 미안하단 말로 찍으며 간신히 전화통화를 끝내고 일어섰을 때, 뒤에서 누가 핸드폰을 낚아챈다. 놀라서 뒤돌아보니 그 남자, 원장이 서 있다.

핸드폰 주인의 허락 같은 건 필요 없다는 듯 폴더를 열어 초기화면을 보던 남자의 얼굴이 실망으로 얼룩진다.

"내가 사람들의 핸폰만 열어보면 싱글인지 아닌지 훤히 안다구. 근데 고 선생은 앤까지 있으면서 스케줄 캘린더야?"

"제가 무슨 애인이 있다고 원장님은 그러세요?"

여자의 침묵을 긍정으로 받아들이는 사고를 가진 원장에게 대답하기 귀찮아 가만히 있기라도 하면 그다음 과정은 불을 보듯 환하다. 뭐 하는 사람이냐,로 시작해 어디까지 진도가 나갔냐,까지 남의 사생활에 호기심의 불을 당길 것이다.

"아하…… 애인이 한둘이 아닌 거로구나. 하기사, 요즘엔 양다리, 세다리는 기본이라 그러더라. 얌전한 고양이가 부뚜막에 먼저 올라간다고 하는 속담이 헛말이 아니지……. 고 선생, 내 것 궁금하지 않아?"

남자의 한 손이 아래로 향하자 평소의 소행으로 보아 바지 지퍼라도 내릴 줄 알고 기겁을 하는 내 앞에, 남자는 제 핸드폰의 폴더를 열어 불쑥 내 앞에 내민다. 바지 속 그의 물건을 보는 수모가 이만할까. 음모까지 드러낸 벌거벗은 여자가 그의 손 안에 있다.

"오늘은 이양으로 골랐지. 내일은 오양, 모레는 정양……. 고양도 하나 넣어줄까?"

남자는 핸드폰을 돌려주며 또 그렇게 가슴을 툭 치고 학원 안으로 들어간다. 감정을 잃어버린 동물처럼 나는 남자 앞에서 어떤 반응도 보이지 않는다. 다만 가슴을 도려내고 싶을 뿐이다. 처음부터 원장의 행태를 알아본 건 아니다. 수업이 많긴 했지만 보수가 다른 학원보다 상대적으로 나아 일단 눌러앉아야겠다고 결심을 하고 나서 남자가 눈에 들어오기 시작했다.

한 여선생이 있었다. 남자와 나이가 비슷해서인지 그녀는 애들이 말을 안 들어 괴로워 죽겠다고 원장한테 투정도 부리곤 했다. 이 선생, 노처녀 히스테리 그만 부려,라고 남자가 실실 웃으며 받아치면, 그녀는, 노처녀라니, 버진한테 무슨 모욕이야, 하며 눈을 흘겼고, 남자는, 그럼 숫처녀 가슴이나 한 번 만져볼까, 하고 손을 내미는데도 그녀는 별 저항도 없이 키득키득 웃고만 있었다. 그 광경을 지켜보고 있던 다른 선생들은 누구 한 사람 얼굴 붉히지 않고 그저 까르르 웃었다.

또 다른 여선생이 있었다. 나보다 두세 살 어렸던 그녀는 참 열성적이었다. 수업을 잘 따라오지 못하는 애들은 따로 나머지 공부를 시켜줄 정도로 열의가 대단했다. 남자가 그런 그녀를 시험에 들게 했다. 실수를 가장한 고의로 남자의 손이 그녀의 가슴에 닿았다. 그녀는 발끈했다. 원장님, 이건 성추행에 해당하는 거예요,라고 서슬 푸르게 따지자 남자는 당돌한 그녀가 귀엽다는 듯 유행하는 공익광고를 흉내냈다. 다시 한 번 그러면 데이트 신청하려구? 동료 강사들이 박장대소를 했다. 개그 프로 방청객이 되었던 사람 중엔 지금의 남자친구도 있었다.

그녀와 원장은 그렇게 부딪쳤다. 그녀는 타오르는 분노를 어쩌질 못하고 거친 목소리로 말이 배배 꼬이는 반면 남자는 여느 때처럼 탄력 있고 순발력 넘치게 광고나 영화 속 대사로 받아쳤다. 내가 할 수 있는 유일한 일은 웃지 않는 것이었다.

그날의 술자리에서 여자는 나 혼자였다. 술이 들어가자 고용인들이 그러하듯 고용주에 대한 성토를 해대기 시작했고 말을 잘 하지 않는 나도 말을 보탰다. 열의가 넘치는 여선생 이야길 꺼내며 원장이 너무 하는 것 아니냐고 했더니, 장난으로 그러는데 뭘 그렇게 심각하게 생각하느냐고 남자들은 이구동성으로 깃털처럼 가벼이 대꾸하더니 특별한 충고라는 듯 은밀히 속삭였다.

그 여선생이 좀 튀잖아요. 옷 입는 거 보세요, 배꼽이 훤히 드러나잖아.

손톱에 검은색 매니큐어는 정말 못 봐주겠던데, 그것도 코디라고 다 죽어가는 검은색 립스틱에.

그 친구, 상당한 골초던데.

남자친구가 그 모든 말에 무게 있는 화룡점정을 해주었다.

학생들의 방학기간이 아니고선 저녁시간에 공식적인 회식을 한다는 건 불가능하다. 자정 넘어 수업이 끝나는 학원으로선 새벽 1시에 24시간 영업을 하는 해장국집에 모여 앉아 술국을 마시는 게 아니라면 학원에서 일하는 사람들이 남들이 저녁밥이라고 먹는 시간에 식사를 하며 담소를 나눈다는 건, 밤에 역사가 이루어지는 학원에 대한 모독이다. 그런데도 저녁 회식을 흔들림 없이 밀고 나가는 원장은 전지전능한 능력을 가졌음에 틀림없다.

문제는 내가 누구보다도 목요일에 수업이 빨리 끝난다는 데 있다. 원장과 얼굴을 맞대고 있으니 차라리 상담이라는 명목으로 애들을 붙잡고 있는 게 나을 것 같아 그 방법을 택했지만 학원 차의 운행시간에 맞춰 애들을 보내야 했다. 원장은 수업이 끝난 선생들을 소몰이하듯 횟집으로 몰아간다.

원장과는 되도록 멀리, 아픈 몸을 기댈 벽 쪽으로 자리를 찾아 들어가는데 소리가 들린다.

"고 선생, 어디로 들어가? 여기 자리 두고서."

부원장이다.

"여기 앉아."

살갑게 자신의 옆자리를 가리키는 그녀는 바로 이 선생이다. 그녀가 내 자리라고 비워둔 곳은 부원장이 말한 원장의 옆자리이다. 미리 입이라도 맞춘 듯 사람들은 나를 원장 옆으로 내몬다. 수업이 늦게 끝나는 사람은 빈 강의시간에 잠깐 얼굴만 내밀고 다시 학원으로 돌아간다.

횟집에서 빠질 수 없는 스키다시와 술이 나오자 이 선생이 내 옆구리를 쿡쿡 찌른다.

"원장님 술 한 잔 따라드려!"

"그걸 이 선생이 꼭 말로 해야 되는 거야? 장사 하루이틀 하는 것도 아니잖아."

부원장이 내 앞에 술병을 심어놓는다. 이 선생과 부원장은 미리 예행연습이라도 한 건가. 분위기를 망칠 수 없어 할 수 없이 원장의 잔에 술을 따라준다. 원장은 단숨에 잔을 비워 머리 위에서 털고는 잔을 채워 날 향해, 원샷이라고 외친다. 바로 옆이라 마시는 시늉만 하고 밑에 컵을 두고 버릴 수도 없다.

술고문이다. 붉은 방, 붉은 등 아래 하얗게 질려 있는 사람한테 술병을 높이 쳐들며 단숨에 비우라고 명령한다. 원래 술을 못하는 데다 오늘은 몸까지 안 좋아서,라고 어떤 압력에도 굴복하지 않고 끝까지 진실을 토한다면 고문하는 이들은 가학성 본능을 자극하는 애처로운 눈빛과 말투에 고무되어 채찍을 더욱 세차게 휘날릴 것이다. 그간의 사회 생활을 통해 내가 배운 게 있다면 어떤 자극에도 반응하지 않는 것이 최상의 수비이자 공격이란 것이다. 침묵으로 잔을 비우고 무표정으로 빈 술잔을 상에 엎는다. 원장이 날 향해 비웃음을 흘리지만 더 강권은 하지 않는다.

침묵을 공공의 적으로 간주하는 사람들은 술잔이 돌자 말들을 꺼낸다. 처음의 화제는 핸드폰이다. 이런 자리를 위해서 예습과 복습을 충실히 한 듯 핸드폰과 관련된 인터넷 유머를 이 선생과 부원장이 늘어놓자, 분위기가 썰렁해지는 걸 침묵보다도 더 참을 수 없는 사람들은 과장되게 웃음을 터뜨린다.

마르지 않는 화제의 샘인 이 선생이 핸드폰의 비밀번호로 대화를 옮겨간다. 그녀가 연구한 바에 따르면 사귀는 사람들이 있는 여자들은 하나같이 남자를 만난 날이나, 사귀게 된 날 같은 남자와 관련된 숫자를 비밀번호로 한다는 것이었다. 아파트 동수라는 원장, 본적지 주소라는 부원장, 엄마의 생일이라는 이 선생, 차 넘버라는 수학 선생 등 각자의 비밀번호를 전혀 비밀스럽지 않게 털어놓고는 내 것은 뭐냐고 묻는다. 집 전화번호라고 둘러댄다. 그들 몇몇처럼 나도 진실이 아니다. 이 선생이 날카롭게 지적했듯이 몇 번의 변화를 거쳐 남자친구와 사귀기 시작한 날이 지금의 패스워드다. 두세 개의 통장, 내 머릿속이나 마찬가지인 컴퓨터, 방문하는 수십 개의 인터넷 사이트……. 그곳에 이르는 번호들은 모두 남자와 관련이 있다. 그런데 그 남자들은 나와 인연이 있는 비밀번호를 하나라도 가지고 있을까.

핸드폰 폴더를 열어 서로의 액정 화면을 보여주는 걸로 이 화제는 정리하고 스캔들로 진도가 넘어간다. 어떤 선생이 멋있었다는 둥, 누구누구가 팔짱을 끼고 걸어가는 걸 길에서 봤다는 둥, 전에 여기 있었던 어떤 선생이 누구에게 작업을 했다 먹히질 않자 학원을 나갔다는 둥, 역시 누군가의 뒤에서 그 사람에 대해서 이러쿵저

러쿵 떠드는 것만큼 흥미진진하고 구미가 동하는 건 없다. 가르치는 학생들의 뒤통수도 예외는 아니다. 학생들의 수업 태도나 성적, 교우관계, 가정환경 따위에 대해 정보를 나누거나 의견을 교환하는 것이 아닌 대화의 흐름은 오로지 매한가지, 누가 누구를 좋아하고 누구누구가 사귄다는 것이다. 애나 어른이나 사람을 보는 기준에 일관성이 있긴 하다.

짝사랑에 목을 멘 여자애들이 인터넷 포털사이트에 카페까지 만들어 운영하고 있다고 부원장이 애들에 관한 거라면 모든 것을 안다는 듯 원장 앞에서 목에 힘을 주며 말한다. 다른 선생들은 그 녀석이 공부는 지지리도 못하는데 꽃미남이라 여자복은 있다고 부러워한다. 녀석이 결국 한 여학생과 사귀게 되자 사랑에 실패한 여자애가 홧김에 카페를 만들었다니, 요즘 애들은 정말 귀여운 데가 있다. 오달진 이 시대의 소녀들이 미소 짓게 한다.

"고 선생은 뭐가 그리 좋아? 술 안 마실 거면 따라주기나 하라구."

원장이 잔을 내밀며 교묘히 가슴을 스친다.

들고 있는 술병이 잔을 치고 올라가 남자의 얼굴로 향하는 걸 겨우 누른다.

고기집이 아니어서 그나마 다행이다. 갈비집이었다면 한 손에 집게를, 다른 손엔 가위를 들고 이 더운 여름날 불 옆에서 남자들의 입 속으로 들어갈 고기를 뒤집고 자르고 있었을 것이다.

원장과 떨어져 자리를 잡은 사람들이 이야길하다 큰 소리로 웃는다. 잠깐 왔다 가는 사람들도 있고 해서 어수선하긴 하지만 활기차 보인다. 저쪽은 무슨 이야길 할까, 귀를 그쪽으로 열어놓지만 띄엄띄엄 들려 가닥을 추릴 수 없다. 눈을 가늘게 뜨고 그들 쪽으로 시선을 두다 반짝반짝 윤기 있게 빛나는 눈빛들을 보고서 내 부러움을 거둔다. 그들 또한 화제가 별반 다르지 않을 것이다. 동물의 왕국에서 빠질 수 없는 짝짓기처럼 그들도 누구와 누구 간의 작대기를 이리저리 열심히 그어대고 있을 터이다.

원장의 손이 조금씩 밑으로 내려온다. 가슴에서 옆구리를 지나 나의 골반 옆을 스쳐간다. 나는 다리를 펴는 척하면서 이 선생 쪽으로 좀더 다가간다.

"어, 오늘 정말 분위기 좋다!"

원장은 기분이 좋다며 척 내 어깨 위로 손을 올린다.

"어! 여기! 씨바……스 리갈 하나하고 맥주 우선 다섯 병만 들여보내라구!"

부원장이 원장의 심중을 헤아려 폭탄주 제조에 필요한 술들을 주문한다.

이 술판이 어떻게 전개될지는 보지 않아도 뻔하다. 폭탄주가 돌고 엉망으로 취한 사람들은 술을 깨야 한다며 노래방으로 갈 것이고 그곳에서 뒤엉켜 노래를 부르다 다음엔…… 난 자리에서 일어난다.

원장이 공인된 독수리 수법으로 내 손을 잡아챈다. 남자의 눈은 이미 많이 풀려 있다.

"어딜 가려구! 이제 시작인데."

"저…… 화장실에 잠깐 다녀오려고……."

일식집 방에서 나와 구두에 발을 꿰는데 종아리가 저린다. 굽 높은 구두를 질질 끌고 화장실로 향한다. 변기에 앉아 한 손으론 종아리를 주무르고 다른 한손으론 아랫배를 움켜쥐고 있다. 담배 생각이 간절하다. 몹시 다급해 보이는 노크 소리가 날 때까지 화장실은 나의 공간이 된다.

방 쪽의 동정을 살피며 바람처럼 날아 일식집을 빠져나와 학원으로 달려간다. 일식집엔 지갑만 달랑 들고 갔었다. 숨도 안 쉬고 학원 건물로 뛰어들어 계단을 오른다. 교무실에 들어가 가방을 챙겨 나오며 핸드폰을 열어본다. 남자친구한테서 몇 번 전화가 왔다. 비가 왔던가. 머리가 젖어 있다. 핸드폰의 저장번호를 누른다.

"오빠, 미안해……. 회식이라 그랬잖아."

"이 시간까지?"

"원장 옆자리라 빠져나올 수가 있어야지. 지금도 한창인데 난 간신히 빠져나온 거야."

"뭐, 그 변태새끼 옆에 지금까지 있었다고?"

"……."

칭찬을 기대했는데 돌아온 꾸지람에 난 할 말을 잃고 빗방울을 털어낸다.

"안 되겠다. 내가 다른 곳을 알아봐야겠다!"

나는 그로부터 정작 이런 해결책을 원한 게 아니다. 그 자식 옆을 지키고 있느라 힘들었겠구나, 하는 위로의 말을 듣고 싶어 전화를 한 거였는데.

덜컥덜컥 돈이 올라가는 소리에 심장이 덜컥거려 탈 엄두도 안 나지만, 설사 누가 돈을 주고 떠밀어도 타고 싶지 않은 택시지만, 오늘은 할 수 없다. 몇 대의 차가 가랑비에 미끄러지며 지나가고 운 좋게 빈 차가 내 앞에 선다. 운전석 옆자리를 싫어하는지라 뒷

자리에 자리를 잡는다.

"말만 한 처녀가 왜 이렇게 집에 늦게 가?"

곰팡내 나는 미소를 쥐어짠다.

기사가 턱을 쳐들고 룸미러로 자꾸 나를 쳐다본다. 나는 아예 눈을 감아버린다.

"아가씨, 졸려? 그러다 내가 이상한 데 데리고 가면 어쩌려고 그래? 으흐흐……."

눈도 뜨지 않고 핸드폰을 쥔 손에 힘을 준다.

"아가씨, 합승 좀 하려니깐 앞좌석으로 옮겨줘."

그렇담 처음부터 그럴 것이지. 난 손잡이 쪽으로 손을 가져간다.

"아가씨, 있는 힘 다 써봐. 그 문이 열리나, 흐흐흐……. 내가 문을 열어줘야 열리지. 멈추기 싫으니까 그냥 앞으로 넘어오라구."

안쪽에서 문이 열리던 것을 빈 차를 잡았다는 기쁨에 덜컥 탔던 것이 화근이었다. 핸드폰을 쥐고 있는 손이 떨린다. 하필이면 오늘, 머피의 법칙은 잔인하게도 나를 실험대상으로 삼았을까.

"내려서 탈게요."

"그냥 앞으로 오라니깐."

문을 열고 나가긴 이미 틀린 일이라 바지를 입었다는 걸 천만다행으로 여기며 다리를 벌려가며 앞좌석으로 옮겨 앉는다. 남자의 몸에 닿지 않으려고 최대한 노력했지만 남자는 의도적으로 운전대를 틀었고 나의 상반신은 남자와 닿지 않을 수 없다. 하지만 나는 이 순간 남자와 몸이 닿고 안 닿고의 차원이 아닌 더한 두려움에 벌벌 떨고 있다.

합승을 하는 게 오늘처럼 이렇게 반가워본 적이 없다. 술 취한 취객이 장거리를 외치자 남자는 차를 세운다. 인사불성이 되어 비틀거리는 남자가 나를 보질 못하고 앞좌석을 고집하자 이때다 싶어 외친다.

"내려주세요."

"아가씨, 아직 멀었잖아. 비까지 오는데……. 오버하지 말라구. 으흐흐…….”

"내려주세요!"

만 원짜리 한 장을 던져주고 잔돈도 받지 않고 차에서 내린다.

살려줘서 눈물겹다, 으흐흐.

빗방울이 후드득 어깨 위로 떨어진다. 버스로 다섯 정거장 길이 내 앞에 있다. 날마다 내 앞엔 돌아 돌아가는 고갯길뿐이다. 단숨에 갈 수 있는 지름길이란 한 번도 나타나질 않는다. 빗속을 우산도 없이 터벅터벅 걷기 시작한다.

향긋한 냄새가 난다. 무례한 인간들에 둘러싸여 온종일 모욕을 당했는데도 호기심을 차릴 기운은 남아 있었는지 나는 고개를 두리번거린다. 24시간 편의점 앞에 작은 화분들이 오종종 늘어서 있다. 저곳에서 꽃도 팔았나. 사막 한가운데서 물이 솟는 샘을 발견하고 달려갔다 신기루란 걸 알고 한 점 남은 기운마저 말라버리는 나그네는 되고 싶지 않아 붙박인 듯 서서 눈만 깜박거리고 있다.

향이 내게로 다시 다가온다. 레몬과 사탕을 넣고 오물거리면 입 안에서 저런 내음이 날까. 신기루가 아니라 오아시스다. 무릎을 꿇고 버석 타들어가는 입술에 물을 축인다. 환한 불빛 속으로 들어가 코코아 한 잔을 주문한다. 뜨거운 잔을 말아쥐고 화분 옆에 다소곳이 선다. 푸른 이파리에 하얀 꽃잎을 가진 그대 옆에.

생일이라고 옷을 사줄 게 아니라 보약이라도 한 첩 지어야겠구나.

아침, 미역국 한 그릇도 제대로 넘기질 못하는 딸 옆에서 엄마가 하던 말이 문득 간절해진다.

엄마, 어떤 날보다 길었던 하루가 이렇게 끝이 나. 오르페오 같은 친구 하나 만들지 못한, 내 서른 살의 생일날이.

하얀 치자 꽃잎 위로 투명한 액체가 떨어져내린다.

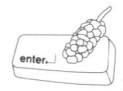

피 엠 에스 블루스

피 엠 에스 블루스

차렵이불이 확 들추어진다. 반대편으로 몸을 돌려 달팽이가 된다.

이번엔 머리 위의 베개가 쏙 빠져나가더니 바닥에서 둔탁한 소리가 들린다. 침대 모서리로 굴러가 침대 커버나마 벗겨 덮으려고 안간힘을 쓴다.

"야, 일어나! 안 일어나?"

엎드린 채 침대 옆으로 손만 뻗어 내리친다.

"야, 안 일어날 거야?"

다시 손을 뻗어 괘씸한 알람시계를 더듬는다. 꺼진 줄 알았지, 헤헤헤 빨리 일어나,라고 주인님과 장난을 즐길 짱구가 손에 닿질 않는다. 손을 바닥으로 뻗어 휘젓다 소금인형으로 굳으려는 순간 뜨거운 물이 확 끼얹어진다.

"어휴, 내가 못살아, 이렇게 잠만 자대니 살만 팍팍 찌지."

지금까지 떠들었던 게 그럼 기계음이 아니었던가. 천덕꾸러기

143

잠은 정신없이 도망쳤지만 몸은 한 치의 동요도 없이 그대로 굳어 있다. 생각해보니…… 오늘은 일요일이다!

"그게 호빵이지, 얼굴이냐? 누르면 팥 앙꼬가 손가락에 쏙 묻어 나오겠다. 그 몸뚱이가 폭발을 안 하는 게 다행이지. 어젯밤에 라면 끓여 먹은 사람이 너지? 우리 집안에서 한밤중에 라면이나 끓여 먹고 퉁퉁 불어터질 사람이 너 말고 또 누가 있겠니?"

맞다. 우리 집안에서 그 정도로 자기 관리 안 하는 사람은 나밖에 없다.

"하기야, 여자들 다 하는 그것 좀 한다고 그 나이 되도록 여기저기 피나 흘리고 다니는 인간이 지가 먹은 라면 냄비는 씻어놓겠어?"

틀리다. 귀차니즘이 언제부턴가 나의 유일무이한 이데올로기가 되었지만 어젯밤 뒷마무리를 깔끔히 하지 못한 건 귀찮아서도, 게을러서도 아니었다. 그건 가족들에 대한 배려였다. 만의 하나, 달그락거리는 소리에 천근만근으로 감기는 눈꺼풀을 들어올리고 야구방망이라도 찾게 될까 봐 그만둔 것이었다. 똥인지 된장인지 배려인지 무례인지 구분 못 하는 인간에겐 찍어 먹어보게 하는 수밖에 없다.

"넌 눈도 없니? 뒤룩뒤룩 돼지처럼 찐 살이 안 보여? 부끄러운 줄도 모르고 활활 다 벗기는. 타인의 정신건강을 위해서 제발 좀 가려주라."

이불이 던져진다. 소금으로 굳어 있느라고 쥐가 날 뻔했는데 이제 손발을 움직일 수 있게 됐다.

평생의 앓던 이였던 할머니도 빠져주셨고, 엄마의 단 하나의 사랑, 심바도 집으로 돌아와 한동안 기분이 업 되어 있더니 또 무슨 일이 생긴 건가. 딸이 모처럼 갖는 일요일의 느긋한 휴식을 눈 뜨고 봐줄 수 없는 엄마의 참을 수 없는 존재의 무거움을 생각하며 발가락을 꼼지락거린다. 친구의 딸이 메인 스트림 집안의 잘나가는 남자와 결혼이라도 하는가, 고모들이 속을 휘저어놓은 건가, 아니면 친구네가 파워팰리스에라도 들어가 살게 되었는가.

"대수가 결혼한단다."

아니나 다를까, 엄마는 복통 치료를 위한 스파링 파트너를 찾고 있는 중이었다.

"대순지 소순지 하는 자식이 결혼하는 게 그렇게 대수야! 잠 좀 자자구!"

이불이 다시 한 번 거칠게 걷힌다.

"너, 정말 대수가 누군지 몰라서 이러는 거야?"

"아이 씨, 누군데?"

이불을 머리까지 뒤집어쓰며 돼지 멱 따는 소리를 낸다.

"쯧쯧쯧……. 그러니 니 꼬라지가 허구한 날 이렇게 바닥이나 긁고 앉아 있지."

그럼 대수란 인간과 내가 함수관계라도 가지고 있단 말인가. 손가락을 물어뜯는다.

이배숩니다. 미팅도 해본 적 없는 내가 선 시장에 매물로 투입된 지 몇 번째였을까. 흰 면 셔츠에 체크무늬 폴로 남방을 걸치고 나타난 남자가 꾸벅 고개를 숙였다. 이 배수, 삼 배수, 사 배수……. 게나 고둥이나 입고 나와 무게를 잡던 얼마니 정장이 아니어서 일단 눈에 들어왔다.

그러는 난 무엇을 입고 있었던가. 나도 만만치 않았다. 히피 스타일로 물 빠진 청바지에 팔찌나 목걸일 찰랑거리며 소신껏 나가겠다고 하면 엄마가 도시락을 싸들고 말렸다. 평소엔 만져보는 건 고사하고 다섯 발짝 이내로만 접근해도 경고음이 요란하게 울리는, 가까이 하기엔 너무 먼 그대였던 고아한 명품들을 엄마는 거실 가득 펼쳐놓고 날 유혹했다. 조심히 써야 한다는 단서가 붙긴 했지만, 삼 분에 한 번씩 살 좀 빼란 소리를 들어야 했지만, 짝퉁인지 진짜인지는 며느리도 모르겠지만, 머리끝에서 발끝까지 명품 족속을 뒤집어쓸 수 있는 재미는 쏠쏠했다.

엄마는 딸의 체형 같은 건 전혀 고려하지 않은 채 한 목소리로 주장했다. 시대가 변해도 클래식은 영원한 거야, 그래서 클래식이라고 하는 거야, 베토벤, 모차르트가 경박하게 유행을 타든?

그날도 엄마의 큰 목소리에 백기를 내걸고 재키 스타일로 분했다. 칠부 소매 윗도리, 미니스커트, 거기에 내 큰 머리에 어울리는 필박스 모자까지 얹고 자꾸만 올라가는 치맛단을 잡아채며 사지를 꼬고 남자 앞에 앉아 있었다.

나보다도 나이가 훨씬 많은데도 차림도 학생처럼 신선하고 이름도 한 번 들으면 콕 박혀 머리 안 좋은 내겐 딱이라 생각했다. 아는 아, 어는 어로 말을 곧잘 알아듣는 신통함도 있어서 졸리지도 않았다. 밥과 차를 먹고 헤어질 시간이 왔다. 올 때는 엄마가 직접 차를 몰아 호텔로 데려다주었는데 돌아갈 길이 까마득했다. 남자는 나에게 택시를 잡아주고 자신은 차로 돌아가겠노라고 했다. 그 상황을 다음과 같이 오디식으로 정리했다. 내가 거절이라도 할까 봐 자신의 차로 바래다주겠다는 말을 차마 꺼내지 못하고 있는 것이다.

"배수 씨, 저 좀 차로 바래다주실래요?"

"네?"

남자의 의아해하는 눈빛을 보고는 더듬더듬 설명까지 했다.

"이게 영 제 스탈이 아니라서 불편해서 택시를 못 타겠거든요."

"전, 배수가 아니라 대숩니다. 이대수, 그게 뭐 대수겠습니까만."

그 남자가 대수다. 그렇게 연애인 것도 아니고 연애가 아닌 것도 아닌 기이한 관계가 시작되었다. 그 남자가 내 인생의 몇 번째 남자였는지, 그 세는 기준이 무엇이냐만서도, 세어보지 않아서 모르겠지만, 남들 하듯 데이트란 걸 해본 남자였으니 연애라 정의해주어야 합당한 것인가.

횟수에 비례하여 밀착 정도가 수직 상승을 하며 영화나 공연을 보았고, 서로를 시험에 들게 하여 소름 돋는 선물을 주고받으며 기념일도 챙겼고, 덕수궁 돌담길을 걸으며 한여름에 군밤도 까먹었고, 하염없이 흐르는 강줄기를 바라보며 양수리 카페에 앉아 한 잔에 3만 원하는 커피도 마셨다. 영화나 드라마에서, 나 잡아봐라, 연인들을 볼 때마다 무차별적 질투를 퍼부으며 콤플렉스를 만방에 과시했던 이 오디의 한을 풀어주었던, 키스는 나눴지만 섹스는 하지 않은, 내 인생의 전무후무한 남자였다. 둘 다 인사불성으로 취해 모텔까지도 갔지만 아침에 눈을 떠 가관인 서로의 얼굴을 거울처럼 들여다보며 키득거리다 따로 또 같이 모텔을 빠져나왔다.

결혼으로 이르는 붉은 카펫 위를 손에 손 잡고 한 걸음 한 걸음씩 밟아나가다 어느 날 내가 그 손을 뿌리쳐버렸던 남자. 그가 아직까지도 결혼을 안 했단 말인가. 자신과 자신의 집안이 오랜 세월 쌓아온 명성을 하루아침에 무너뜨린 내가 이가 갈리게 미워서라도 애저녁에 결혼해서 자식 낳고 알콩달콩 사는 줄 알았는데. 달콤한 일요일을 빼앗기고 손톱의 거스러미를 뜯다 생각해보니 그는 내 인생의 세번째 남자였다. 셋 이상은 모두 셋이라는 이 오디식 계산 법으로.

"재혼이라도 하는 거야?"

"내가 못살아. 속도 좋아. 속도! 그런 말이 천연덕스럽게 나오는 너도 그 뇌사모 회원 중 하나니? 너 같은 것한테 데이고 하도 억울해 고르고 골랐겠지. 그 집안이 어떤 집안이냐? 과분하다 못해 황송한 복덩이를 네 발로 차……! 신부 자리가 네 동창, 서현이네 막내란다."

"속도? 나도 당근 스피드 좋아하지. 가만…… 서현이네 막내라면 몇 살 차이가 나는 거야? 어, 띠 동갑 아냐? 그 남자, 롤리타 콤플렉스가 있는 줄은 예전엔 미처 몰랐네."

"그 애가 지금 열두세 살 소녀니? 점잖은 사람을 정신병자로 만드는 것 보니 너 속도 편치는 않나 보구나……. 넌, 도대체 앞으로 어떻게 살려고 이러는 거니? 나이는 서른이 넘어…… 모아논 돈이 있나? 그렇다고 번듯한 직장이 있길 하나? 내가 너만 생각하면 밥이 안 넘어가고 잠이 안 온다."

이불을 둘러쓰고 있길 망정이지. 모성애에 감읍해 눈물이 강을 이뤄도 도저한 저 감동에 못 미칠 터인데 난 허파에 바람 든 사람처럼 웃음을 실실 흘리고 있다.

"우리 진지하게 이야기 좀 해보자."

나도 진지해져야 한다. 어떤 프랭클린인지는 모르겠지만 초등학교 교실 벽에 붙어 있던, 하여튼 위대했을 프랭클린이 한 말을 이불 속에서 되새긴다. 나무에 가위질을 하는 것은 나무를 사랑하기 때문이다. 부모에게 야단을 맞지 않고 자란 아이는 똑똑한 사람이 될 수 없다. 겨울의 추위가 심한 해일수록 봄의 나뭇잎은 훨씬 푸르듯 사람도 역경에 단련되지 않고서는 큰 인물이 될 수 없다.

"너, 여름 휴가가 언제냐?"

엄마가 이불을 살짝 들어올리며 살포시 미소를 짓는다. 하던 대로 하세요. 그래야 나도 하던 대로 참거나 혹은 절단 낼 관계로 설정을 할 거 아녜요? 제발 병 주고 약 주고 사람 헷갈리게 하지 마세요.

"휴가는 왜?"

"효과 봤다는 단식원에 예약이나 해놓으려구. 악의 축을 제거해야 할 거 아냐? 여기서 더도 말고 딱 구 킬로만 빼자. 너, 생각해봐. 대학 들어가서 일학년 땐 삼 킬로, 삼학년 때는 칠 킬로를 뺐었잖아."

나보다 내 몸무게의 변천사를 더 잘 알고 있는 엄마를 위한 우스개가 있다. 어떤 여인네가 간통죄로 검사 앞에 불려가 그랬다지. 언제부터 내 거시기가 국가 것이었냐고. 언제부터 내 몸뚱이는 엄마 것이 되었던가.

먹어도 먹어도 배가 고팠다. 뱃속의 굶주린 짐승들은 밤이 되면 더욱 기승을 부리며 몰려다녔다. 공부한다고 밤이면 책 싸들고 독서실에 가서 한 일이라곤 천하장사 소시지를 한 통 사서 앉은자리에서 해치우거나 던킨의 초콜릿 도넛을 코코아에 빠뜨려 우걱우걱

해치우는 것이었다. 아이스크림, 컵라면, 조각 케이크, 커피 등은 밤에 나타나는 특이 증상의 해결을 위한 기본 약재였다. 그리고 토했다.

"너, 그 버릇 다시 도졌니? 냅다 먹고 쓰러져 자는 것. 선 보러 다닐 때가 그래도 봐줄 만했는데……. 대수가 거미줄에 걸려든 때부터 살이 오르더니 요즘엔 가히 빅뱅 전야야."

그랬는지도 모르지. 하지만 그거 알아? 그때 우리 집은 조지 오웰의 동물농장이었다는 걸. 일거수일투족을 꿰뚫어보고 있는 빅브라더와 벌였던 눈물겨웠던 나의 투쟁을. 내 입에 먹을 것이 들어가기만 하면 가족 중 하나가 내 앞에 나타났었지. 먹고 쓰러지지 않으려고 헤드폰을 끼고 발광을 하며 춤을 추어도 어느 순간 눈을 떠보면 침대에 쓰러져 있었어. 모던한 커플 매니저도 아닌 중세식 중매쟁이가 엄마에게 남자를 물어올 때마다 나가긴 했지만 그건 내가 아니었어. 이렇게라도 해야 한다는 또 하나의 내가 채찍을 휘두르며 나를 코너로 몰아치고 있었거든. 남자들을 앞에 놓고도 난 잠이 쏟아졌어. 말에 집중하려고 상대방의 입만 쳐다보다가 이상한 여자라고 오해도 샀잖아. 남자들이 잡아주는 택시를 탔다 쏟아지는 잠에 굴복하고 엉뚱한 데서 내리기도 했지. 엄마한테 야단을 맞으면서도 스르르 잠이 들었다 머리 위로 불벼락이 떨어지곤 했던 건 한참을 거슬러 올라가야 할 정도로 연륜이 쌓였잖아.

"너, 담배는 확실히 끊었지?"

엄마의 눈은 감시카메라의 렌즈가 되어 회전한다.

가파른 벼랑길을 내려오듯 굴러 넘어지려다가 풀뿌리나 바위를 붙잡고 아슬아슬 버텨오던 참이었다. 당신도 담배를 피우면서, 담배 피우는 사람들, 특히 젊은 여자의 흡연은 절대 보아 넘기질 못하는 엄마였다. '정신 나간 년들'로 시작해서 미친년, 술집 작부, 남의 남자나 빼앗을 요부 등, 엄마가 아는 모든 부정적 이미지가 그녀들에게 들씌워졌다.

흡연이 들켰던 때도 그때였다. 어느 날 빅 브라더의 감시 시스템에 포착되고 말았다. 싸울 힘이 없었다. 먹고 자지 않으려고, 담배가 입맛을 떨어뜨린다고 해서 피우기 시작한 거라고 둘러댔다. 다 큰 딸의 가방을 뒤져 반질반질 손때가 묻은 담배쌈지를 찾아내고는 엄마는 길게 연기를 내뿜으며 말했다. 담배로 살을 빼려거든 차라리 우울증 약을 먹어라, 아니 간질약이 효과가 더 좋다더라. 의사한테 가서, 우울해서 미치겠어요, 이러다 저도 모르게 제 손목이라도 그을 것 같아요, 하면 처방해줄 거다.

비만치료제라는 푸로작을 처방 받지 않더라도 정신과에는 한 번 갈 참이었어. 욕조에 누워 있으면 물이 벌겋게, 피바다가 되는 환상이 보이곤 하거든. 근데 남 이야기 하듯, 저도 모르게 손목이라도 그을 것 같아요,라고 말하는 엄마의 비뚤어진 입술을 보고 단념했어. 왜냐면 환상이 아니라 현실로 엄마의 딸은 손목을 그은 적이 있으니깐. 딸의 손목에서 한순간도 떠나질 않는 시계를 보고도 의문 한 번 가져본 적이 없었겠지. 벽에 머리를 짓이기더라도, 베란다에서 뛰어내리더라도 정신병원엔 가지 않겠어. 살을 빼기 위해 우울증 치료제를 먹기 위해서라면.

"왜 대답을 못 해?"

"끊었지."

"그래, 내 딸이다. 요즘 젊은 것들, 결혼해서 애가 들어서지도 않고 거우 가졌다 하더라도 유산도 많이 되고 기형아 출산율도 높은 게 다 그놈의 담배 때문이야."

나는 당신이 정녕 나의 엄마 같지가 않은데 어이하여 당신은 나보고 딸이라고 하나이까.

"너, 우리 나이로 서른이지. 제대로 서른이 되려면 아직 시간이 있으니깐, 다이어트하고 몇 군데 살짝 손 좀 보면 그때보다 훨씬 그림이 될 거야. 그럼 대수 따위가 대수니?"

"나…… 다시는 선 안 봐!"

"왜? 남자라도 생겼어?"

"결혼 안 할 거야."

"잠이 덜 깼구나. 더 자라. 오늘도 난 네 아빠랑 두 탕이나 뛰어야 한다. 요즘엔 결혼 시즌이란 것도 따로 없다. 이런 여름에도 혼사가 줄을 잇는 걸 보면. 웬걸, 여름이 더 바빠. 식 치르고 미국 들어가 가을학기부터 공부 시작해야 한다고……. 어유, 저 지저분한 머리하곤! 당장! 파마해!"

공든 탑이 무너져내릴 것 같은 두려움에 엄마는 지레 겁을 먹고 소리를 지르며 방을 나간다. 지금까지 뿌린 돈을 회수하는 게 불가능할 수 있다는 생각만으로도 이 여름 엄마의 등에는 서리가 내려붙을 것이다. 결혼식에 다녀올 때마다 빚쟁이가 장부 적듯 엄마는 코끝에 안경을 걸치고 컴퓨터 앞에 앉아 자식들의 혼사 소식을 알릴 명단 파일을 업그레이드시켜왔다. 직업상 모든 신문을 다 훑어보는 남편 옆에 살다 보니 최소한 네 종류의 신문을 하루라도 읽지 않으면 입 안에 가시가 돋는다는 엄마는 사회복지제도의 개념이 없는 우리나라의 특수한 후진성 때문이라고 이 제도화된 돈 거래를 설명해낼 것이다.

천금과도 바꿀 수 없는 일요일의 늦잠은 허망하게 토막이 나고 머리는 빙빙 돈다. 베개를 끌어안고 분단된 잠을 이어보려는 통절한 노력을 해보지만 이별이 너무 길었다.

집 안은 조용하다. 심바 방에서 장중하게 흘러나오던 바로크 음악도 이제 잠잠하다. 다들 제 갈 길로 떠났다. 모처럼 쉬는 일요일인데도 오라는 데도, 가고 싶은 곳도 없다. 여름이라 파리 날리고 있을 동네 목욕탕이나 가서 물장구라도 치다 올까 하다 집 바깥으로 나가는 것 자체가 귀찮다.

어기적어기적 욕실로 향한다. 헨젤과 그레텔도 아니면서 심바는 자신이 마지막 사용자였음을 모든 수단을 강구하여 욕실에 남겨놓았다. 구석구석에 암약하고 있는 짧은 털, 의연히 걸려 있는 젖은 수건, 성분이 의심스러운 변기 위의 액체, 남북으로 이산가족이 되어 있는 실내화⋯⋯. 생이 우울해지는 건 외로운 일요일 오후가 아니라 바로 이런 때이다.

대학 때 부모가 한 달 정도 집을 비운 적이 있었다. 아침밥을 안 차려주었다고, 마른 수건이 없다고, 쓰레기통이 넘친다고⋯⋯ 등등 심바는 투덜이 스머프가 되어 끊임없이 불평불만을 늘어놓았지만, 왜 그런 일로 나한테 잔소릴 늘어놓냐, 너는 손이 없냐 발이 없냐, 대꾸하지도 않았다. 요즘 안 풀리는 일이 있나 보다,고 넘어가주었다.

긴 장마가 물러가고 오랜만에 얼굴을 드러낸 햇살이 무던히도 반갑던 여름날, 심바는 애지중지하는 리바이스 청바지가 안 보인다며 온 집 안을 뒤지다 결국 세탁기 통 안에서 찾아내고는 내 앞에 내팽개쳤다. 엄마처럼 일일이 손으로 빠는 것도 아니면서 세탁기 버튼 하나 못 눌러 이렇게 비싼 옷에 곰팡이가 슬게 만들었냐고 버럭 화를 냈다. 내 티셔츠도 쏟아지는 빗속에 세탁기 통 안에서 세상 구경을 못하다 곰팡내가 번질 때, 난 심바를 향해 그렇게 화내지 못했었다. 냄새나는 청바지를 서로 던져가며 우리는 악을 쓰며 싸웠다.

사랑을 위하여 한동안 회사 앞 오피스텔에서 혼자 힘으로 살았다지만 집에 돌아오자마자 왕자였던 그리운 옛날로 돌아갔다. 사실 심바가 어찌어찌해서 결혼을 성사시킨다 하더라도 온전히 두 사람을 축하해줄 수 있을지 의문이다. 숨길 수 없는 가부장적 왕자병에, 엄마와 할머니 간의 긴장과 반목이, 것도 전통이랍시고 세대를 이어 면면히 흘러내려가기라도 한다면……. 난 차라리 심바의 그녀가 아, 우리 대한민국을 벗어나 미국이든 달나라든 어디로든 날아가주길 내심 바라고 있다.

뿌연 거울 앞에 나쁜 몸 하나가 서 있다. 어떤 영화에서 남자가 지나가는 여자를 보고 이런 대사를 날린다. 저 여자 몸매 진짜 착하다. 굳이 영화까지 끌어들일 것도 없다. 첫번째 남자는 나의 허벅지를 가리키며 너무하다고 생각지 않냐,는 의견을 물어왔다. 자신의 조루를 나의 꽉 끼는 허벅지 살 탓으로 돌리며 화를 냈다. 버릇 나쁜 남자들에게 분노의 화살을 날리는 그를 보며 천지간에 드디어 말동무를 찾았다고 가슴 벅차 하던 관계의 시작에, 그의 입에서 내 몸을 향해 그런 폭력이 행사될 줄 짐작이나 했겠는가.

옷 한번 입어보겠다고 하면 어디 솔기라도 터질까 봐 불안해하다 옷에 몸을 꿰맞추는 도전 착복이 결국 실패로 끝나면 언니도 헬

스나 요가 좀 해보라고 한껏 웃음을 머금고 충고를 하는 판매원들. 잡지에 실린 브라를 사러 갔다 비컵 사이즈엔 그런 예쁜 디자인 제품을 만들지 않는다는 매장 직원의 말을 듣고 속옷 회사만의 문제인 줄 알았는데, 알고 보니 늘씬한 여자들이 옷을 입고 돌아다녀야 홍보 효과를 얻을 수 있다는 전략하에 여성 의류 회사들이 큰 사이즈의 옷은 아예 만들지도 않는다는 것을 알았을 때의 망연함.

니키 드 생팔의 조각이나 르누아르 그림의 여인들처럼 풍만하고 부드러운 내 몸이 나쁘지 않다는 것을 충분히 이론적으로 알고 있지만 게으르고 미련해 보이는 스스로의 이미지를 사랑할 수는 없다. 입는 건 고사하고 질감 한 번 느껴보지도 못하고 인터넷의 빅 사이즈 쇼핑몰만 냅다 뒤져 옷을 고르고 있지만 나도 44나 55 사이즈의 라인이 확 드러나는 원피스에 아찔한 하이힐을 신고 거리를 활보하고 싶다. 하지만 나는 안다. 실컷 먹고 쓰러져 자는 것으로 삶 앞에 드리우는 거미줄을 걷어낼 힘을 얻는 나는 다이어트가 불가능하다는 것을.

욕조에 몸을 담근다. 기분도 그렇잖은데 샤워기를 이용해 자위라도 할까 하다 그마저도 성가시다.

그새 또 잠이 들었다. 생리 전 증후군의 가장 확실한 징후인 이 탱탱해진 가슴을 누군가 얼굴을 묻고 긴 머리카락을 찰랑거리며 부드럽게 핥아주었으면…… 하는 바람이 일면서 한 소녀를 떠올린다. 천 조각처럼 자신의 몸을 접고 또 접어 조그만 검은 상자 속으로 완전히 숨어버리던 그녀. 그녀라면 할 수 있을 것이다. 몸에 난 상처를 자신의 혀로 핥고 또 핥아 치유하는 짐승들처럼, 몸을 접어 자신의 상처 입은 가슴을 세심하게 핥아줄 수 있으리라. 서커스 단장의 회초리에 그 가늘고 여린 몸이 부서질 때마다 그렇게 자신을 위로할 수 있게 되길.

자위를 싱글 섹스라고도 하고, 내 사랑 바이브도 있지만 때론 살이 그리울 때도 있다. 마지막 섹스에의 추억을 되새기며 굶주렸던 날들을 머릿속으로 헤아려본다. 추억이라 이름 붙인 것들은 언제나 달갑지 않아서 더한 미련이 남는다. 옆에 계산기만 있다면 허기진 시간들을 초 단위까지 계산해내련만, 나의 욕구는 하늘을 찌르고 나의 머리는 바닥을 긴다.

머리 감는 게 번거롭다. 고개를 숙이고 샴푸를 발라 두피를 문질러주고 물로 여러 번 헹궈내고 다시 린스를 하고 또 그렇게 정수리에 물을 부어 흔적을 없애고. 성가시즘이 사방팔방으로 번지면 질풍노도의 어느 아침처럼 욕실로 향하던 발길을 돌려 슬리퍼를 꿰차고 미장원으로 달려가게 될지도 모른다. 우산 없이 비를 맞아도 상쾌하기만 했던 그때로.

밀어주세요,라고 의자에 털썩 주저앉으며 말을 튕기자 아침 출근 손님이 썰물처럼 빠져나가고 느긋해하고 있던 어린 견습생의 눈이 커졌다. 주인아줌마를 기다려야 한다며 조폭 마누라라도 보는 듯 부들부들 떠는 게 가엾어 다른 곳을 찾아나섰다. 이런저런 이유로 세 번이나 거절을 당하고 마지막이라고 들어선 미장원에서, 남자들 입영할 때만큼 자르면 되냐고 수석 디자이너가 물었다. 것, 보, 다, 더, 짧, 게, 여, 스, 님, 들, 처, 럼. 한 음절 한 음절 또박또박 끊어 뱉자 아무 말 없이 헤어 디자이너는 가위를 들었다. 내 머리에 가위가 올려지기까지 사람들은 말들도 많았다. 딸 같아서 그런다는 아줌마들은 무슨 일이 있었는지 모르지만 여자한테 머리가 얼마나 중요한지 아냐면서 일장 설교를 늘어놓았고, 젊은 여자들은 호기심으로 날 훔쳐보았다. 머리를 반짝반짝 밀고 가을 햇살 아래 섰을 때의 그 아린 상쾌함을 지금도 잊을 수가 없다. 집으로 다시 돌아가기까지 후드티로 위장을 해야 했지만.

긴 머리에 살짝 웨이브를 준 대한민국 졸업 여대생 표준 규격의 앨범사진을 소원했던 엄마가 경천동지할 사건으로 받아들이는 건 예상된 것이었다 하더라도 학교 친구들의 반응이 이채로웠다. 대학 시절 굳이 나의 카테고리를 분류해보자면 주사파나 율동파에 해당한다고 볼 수 있었는데, 머리를 밀고 나타나자 친구들은 하나같이 아깝다며 혀를 끌끌 찼다. 그 머리면 다음 학기 등록금 예산안에서 최소한 10만 원은 깎을 수 있었는데 미장원에 돈 처바르고 학우들의 등록금 투쟁에 일조도 못 했다며, 업계 용어를 사용하자면, 학내 자주화 투쟁의 정치적인 중요성도 담보하지 못하고 사적인 의미로만 후퇴시켰다며, 그렇지 않아도 번쩍거리는 머리에 현란한 정치적 수식어를 구사하며 이 오디를 어지럽게 만들었다. 내머리는 내 거라고, 제발 내 몸뚱이를 돌려달라고 시위라도 하고 싶었지만 주사파와 율동파답게 술 먹고 친구들 앞에서 되지도 않는 발음으로 나도 니들처럼 글로벌리제이션을 반대하니 내 몸의 지역성을 인정해달라고 읍소하며 몸을 흔들어대는 걸로 타협을 맺었다. 조음이 비슷하여 오해를 불러일으킬 소지가 있어 이 대목에서 이 오디의 정체성을 짚고 넘어가자면, 달리 주사파가 아니라 술만 들어가면 사고를 쳐서, 달리 율동파가 아니라 음률에 맞추어 다소 격렬한 춤을 즐기는 터라 그리 된 것이니 과도한 정치적 해석은 하지 마시길.

아무것도 걸치지 않고 보무도 당당하게 거실로 나간다. 베란다에라도 나가 동네 사람들에게 손을 흔들며 인사를 나누고 싶다. 알몸으로 집안을 돌아다니는 재미가 쏠쏠하다. 혼자 있을 땐 샤워를 해야겠다. 안방에 달린 욕실은 백화점 바디숍 매장이다. 갱년기 여성인 엄마가 저 많은 목욕용품을 다 쓸까. 질서정연하게 서 있는 녀석들 중에서 심사숙고하여 오일 하나를 골라 온몸에 골고루 바른다. 갱년기를 맞은 엄마의 월경 경험은 어떤 것이었을까. 초등학교 오학년 때 겁먹은 얼굴로 엄마, 나, 팬티에 피 묻었어,라고 더듬거리자, 니네 반에서 일등 먹었겠네, 아니, 전교 일등도 가능하겠다. 누가 헤라클레스 아니랄까 봐 빨리도 시작하는구나! 내가 창피해서 못살아! 라며 화를 내던 엄마였다.

내 방으로 돌아와 컴퓨터를 켠다. 좋은 기분을 고양시켜줄 풍악을 아니 울릴 수 없다. 돌리 파튼의 〈피 엠 에스 블루스〉가 오늘의 내 몸 상태에 딱 어울리는 노래다. 저렇게 노래 잘하는 여자를 한국 남자들은 오직 미국에서 가슴이 제일 큰 여자로만 알고 있다. 그녀도 나처럼 피 엠 에스 블루스, 프리멘스트루얼 신드롬이 있을 때 가슴이 폭발할 것 같아 저 노래를 부르게 됐는지도 모른다. 엄마보다 나이가 더 많은 그녀는, 헛소리를 하고, 고래고래 소리 지르고, 무례하게 구는 내가 미워 죽겠다고 세상 사람들을 향해 당당히 노래하고 있지만 지금까지 나는 단 한 번도 엄마의 월경에 대한 이야기를 들어본 적이 없다. 엄마가 천기저귀를 썼는지, 일회용 생리대를 썼는지도 난 모른다. 여기저기 흘리고 다니며 혈기충천, 유혈낭자한 정체성을 붙들고 있는 이 딸은 여태 엄마가 흘린 피 한 방울 본 적이 없다. 환호성을 지르며 동감을 나타내는 여성들의 목소리가 라이브의 생생한 감동과 함께 내게도 전해진다. 생각해보니 나도 엄마에게 내 월경 이야기를 한 적이 없다. 그녀들처럼 누구에게라도, 어디에서라도 스스럼없이 나도 나의 월경을 이야기하고 싶다.

무례한 택시 기사로 하여 죽음의 공포를 경험한 분의 글을 읽었다. 글을 읽는 동안 내 심장도 벌렁거렸다. 그분에게 그런 대중교통 기사를 다시 만나면 신고하기 운동을 펼치자는 제안을 하려다, 오디답지 않게 스포츠도 아니고 무브먼트를 같이하자고 하는 게 우습기도 해, 잠시 이야기를 옛날로 달아나보련다.

늦은 밤 그 사람이 택시를 타고 떠나면 손바닥에 차번호를 적었다. 이 덜렁이, 오디가 처음부터 그런 습관이 생겨났던 건 아니다. 웬만해선 짜증을 내지 않는 그 사람이, 타고 갔던 택시의 기사들을 향해 울분을 터뜨리는 걸 몇 번 지켜보고 나서였다. 잘 들어갔어? 라고 물어, 불편했어, 란 답변이 날아오는 택시들은 돌아서 조용히 신고를 했다. 시민의식의 투철함, 그런 어마어마한 게 절대 아니었다. 그 사람을 괴롭힌다면 모든 택시 기사들을 상대로 영업정지를 먹게 할 각오가 다만 돼 있었을 뿐이다.

분출할 수 없는 분노를 먹고 토하는 것으로 풀던 이십대 초반에 내 옆에 다가와주었던 그 사람은 어느 날 웃으며 내 곁을 떠났다. '대니'라 불렀던 그 사람이 떠나고 나는 깊이를 알 수 없는 허탈함으로 음식을 먹어치우듯 게걸스럽게 선을 보고 다녔다. 그렇게 이대수를 만났고 내 인생의 마지막 남은 지푸라기로 결혼을 끝까지 밀어붙이려다 한 조각 남은 이성으로 벼랑 앞에서 가까스로 정지를 시키고 바랑 하나 등에 지고 인도로 출가했다.

블로그에 글을 올려놓고 지워버릴까 한참을 고민했다. 그새 내 공이 쌓이긴 한 건가. 대니란 이름을 꺼낼 정도로.

↘ 상투적이지만, 할머니의 명복을 빕니다. 이 말밖에는······.

그녀, 치자가 '슬픔과 눈물로 태어나······' 글에 리플을 달아주었다.

↘ 저도 상투적이지만, 늦게나마 생일 축하드려요!

'내 영혼의 검은 페이지'에, 나도 처음으로 글을 남겼다. 오디란 이름으로 인사를 남기기까지 로그인을 하지 않은 상태에서 지나가다 들른 사람으로, 쓰개치마를 쓰고 안부를 전하는 문장도 얼마나 여러 번 썼다 지웠던가. 로그인한 사람에게만 글쓰기를 허용한다는 걸 모르진 않았음에도. 그리하야 저 짧은 문장에서 딜리트 키의 유용성이란!

댓글을 달기 얼마 전부터 준비체조로다 로그인을 해서 다녀간 블로거에 판타스틱 소녀 백서를 올려놓았던지라 내 모든 헤맴을 기억하는 랜드로바 바닥처럼 이제 내가 그곳에 들를 때마다 나의 흔적은 남는다. 잠에서 깨자마자 손을 뻗어 컴퓨터를 켜고 작동되는 그 짧은 시간마저도 조바심이 난다. 리버 피닉스의 리버와 핸드폰 끝자리 네 자리를 수를 결합한 암호마저 1234나 1111 같은 번호로 바꾸든지 아니면 통과의례로 여겨왔던 패스워드마저도 없애버릴까 생각 중이다. 미친 속도라고 광고하는 초고속 인터넷도 맘

160

잡고 쫓아가면 따라갈 수 있는 극히 정상적으로 느려터진 속도가 되어 날 답답하게 만드는 요즘이다. 눈만 뜨면 그녀와 나의 블로그에 들어가 새로 올라온 댓글과 안부게시판을 확인하고 치자 화분에 물을 주는 것이 일과가 되었다.

'내 유년의 윗목'이란 글을 올렸을 무렵, 그녀가 게시판에 이런 글을 써놓았었다.

> ↘ 오디를 한자로 쓰면 상실이더군요. 뽕나무 상(桑)에 열매 실(實), 상실된, 잃어버린 유년 시절을 은유하기도 할 오디란 이름이 전 참 맘에 듭니다. 돌이켜보면 저의 유년도 실상(實狀)을 상실한 시절이었던 듯합니다.

그녀와 이웃이 되고 싶다. 처음부터 로그인한 상태로만 글을 쓸 수 있던 그녀의 블로그와 달리 게나 고둥적 존재의 보헤미안 랩소디를 존중하느라 활짝 열어놓았던 문에 나도 이제 차양을 둘렀다. 로그인을 한 사람에게만 글쓰기를 허용하고 글 포스트는 공개에서 비공개로 돌려놓는 이유가 그녀 때문이란 걸 알까.

> ↘ 문상 가주기 카페 만드시면 가입하고 싶네요. ^^

그녀가 남겨놓은 이 말이 내 마음의 보청기가 되어 귀에서 떨어지질 않는다. 정말로 카페를 만들어 번개도 치고 정모도 하면서 온오프 수륙양용전천후날개장착 제트카에로의 변신 욕구가 스멀거린다.

서른 살 생일 밤에 쓴 그녀의 밑 질긴 울음 같은 글을 읽으며 내가 할 수 있는 유일한 위로란 3호선 버터플라이의 〈꿈꾸는 나비〉를 올려놓는 일뿐이었다. 비요크의 〈All is full of love〉 뮤직 비디오 동영상을 올렸다 누가 볼세라 번갯불에 콩 구워 먹듯 삭제해버렸다. 음악을 다루는 웬만한 블로그에는 시샘이라도 하듯 올라와 있는 건데도 자기 검열의 삼엄한 망을 끝내 뚫어내지 못한 것이다. 비요크 형상을 한 두 로봇이 전선으로 연결되면서 서로에게 노래를 불러주고 기계 손으로 서로를 포옹하고 애무하며 깊은 입맞춤을 나누는 이 동영상을 블로그에 올리지 못하는 이유는 무엇인가.

단 한 번 아름답게 변화하는 꿈, 천만번 죽어도 새롭게 피어나는 꿈, 돌고 돌아와 다시 입 맞추는 사랑, 눈물 닦아주며 멀리멀리 가자는 날갯짓……

생일 축하선물로 클릭한 케이크 아이콘이 아닌 오븐에서 막 구워낸 달콤한 생크림 케이크를 들고 그녀에게 우뚝우뚝 다가가 손을 잡고 함께 춤을 출 수 있는 그날은 과연 찾아와줄까.

이토록 슬픈 그대여

"안단테, 안단테."

라르고나 모데라토 칸타빌레는 알지도 못할 사람의 입에서 느리게 기어 나오는 안단테란 말이 듣기 싫지는 않다.

"저 그림 때문이야."

투명한 잔에 보랏빛 립스틱을 선명하게 찍으며 빈 잔을 내려놓는다.

"뭐, 벽에 걸린 저것? 많이 보긴 했는데."

"저 그림만큼은 오리지널을 볼 필요가 있다고 어디서 읽은 것 같아. 금빛 옷이 살아서 황금 잉어의 비늘처럼 파닥거리며 눈을 찌른대."

"넌 역시 여류시인이야. 취하니까 더 귀엽다."

술은 마시질 않지만 와인 몇 잔에 취할 주량이 아니란 것쯤은 알고 있다. 짐짓 취함을 연기하고 있을 뿐이다. 남자 입에서 귀엽다는 말이 나온 걸 보니 나의 연기는 성공한 셈이다.

아침, 유스호스텔에서 버스 정류장까지 걸어나오며
노르웨이 여학생들에게 이제 어디로 갈 거냐고 물었다.
오스트리아의 작은 도시들을 돌 거라는 대답이 돌아왔다.
영어, 독일어, 프랑스어에 제 모국어까지 하는 사람들이니
지도에도 없는 한적한 작은 시골마을을 찾아가더라도
여행에 별 어려움은 없겠다고 그들을 부러워했었다.

우리의 언어 기호가 통하지 않은 건지, 아니면 내가 어려 보인 건지
나이 지긋한 아주머니가 가르쳐준 대로
트램에서 내렸더니 궁이 아니라 놀이공원이었다.
동물원이 있는 공원을 거슬러 벨베데레 궁으로 들어갔다.
에곤 실레의 〈포옹〉, 고흐의 〈오베르 평원〉을 지나 그 그림이 있었
다.
화집으로만 봤던 나는 먼저 크기에 압도되고 말았다.
장식파의 대가답게 금빛 옷이 살아서
황금 잉어의 비늘처럼 파닥거리며 눈을 찔렀다.
클림트의 〈키스〉만큼은 조야한 색감의 화집이 아니라
지구 반 바퀴를 돌아서라도 실물을 봐줄 필요가 있긴 하겠구나.
이 화려한 비엔나의 궁전에서 달빛을 받으며 왈츠를 추다
저 연인들처럼 진한 키스를 나누고 싶다.

그 순간, 아침에 헤어진
제 키만 한 배낭을 둘이 나눠지고 길 위에 서 있던
금발머리 여대생들이 눈앞에 스치건 왜였을까.

혼자서도 잘해요,를 입에 달고 사는 내가

따뜻한 길동무 하나가 간절해진 건 또 왜였을까.

내가 진정으로 부러웠던 건

그들의 탁월한 언어 능력이 아니었음을,

나는 키스에 찔린 눈으로 손톱의 거스러미를 신경질적으로 잡아채고
있었다.

클림트의 〈키스〉 그림 밑에 오디, 그녀는 이런 글을 남겼다. 함
께 올려놓은 드미트리 쇼스타코비치의 재즈 왈츠를 듣다 이 땅을
떠날 수 있는 날이 내 생에 단 한 번이라도 올까 싶어 신경질적으
로 나는 엄지손톱을 물어뜯고 있었다.

"와인 잘 마시는구나. 술도 귀부인 체질이야."

생각해보면 애인이라고 불리는 이 남자 앞에서 연기를 하지 않
았던 적이 있던가. 자신의 여자가 시인이길 바라는 남자 앞에서 나
는 그가 원하는 여류시인을 연기하고 있을 뿐이다. 나비넥타이를
맨 남자가 포도주를 가져와 시음을 권할 때부터 속이 거북했던 걸
까. 가본 적이 있거나 익숙한 맛을 느낄 수 있는 프랜차이즈 식당
에만 들어가, 먹어본 음식만을 주문하는 그가 낯선 이탈리아 음식
점으로 나를 이끌던 때부터 지레 겁을 먹고 있었던 걸까. 지금까지
완벽했던 연기가 오늘은 모래성으로 무너져내릴 것 같은 기미에
또 한 잔의 와인을 비운다.

나의 학원 회식 때문에 그의 연구소 엠티 때문에 미뤄졌던 약속
이 오늘에야 이뤄졌다. 생일이란 게, 서른이란 게 빛이 되었다. 어

지러운 공학용 계산기를 끼고 사는 사람답게 이자까지 쳐서 갚고 싶어했다. 그가 풀코스 정식을 시키라고 호기 있게 말했지만 내가 끝내 피자나 스파게티만 먹겠다고 하자 내 몫의 선택을 그가 했다.

영화를 봤고 식사를 하고 있으니 그가 어떤 스페셜 메뉴를 집어넣는다 하더라도 연인들의 평균 데이트 풀코스를 벗어나진 않으리라.

에피타이저인 영화 선택은 그가 한다. 예매를 하기 전 그가 나의 취향을 물어보긴 하지만 언젠가 내가 고른 영화를 보러 갔다 옆에서 꾸벅꾸벅 조는 모습을 발견하고 나선 그의 선택을 존중하기로 했다. 그가 고른 영화는 한마디로 할리우드식이다. 우리나라 영화든 유럽 영화든 국적과 감독을 불문하고 그가 고른 영화는 등장인물의 캐릭터 확실하고, 클라이맥스에 이르는 긴장관계 선명하고, 결말은 두 번 생각할 필요 없이 시원하다. 한 달에 한두 편, 그와 영화를 보고 극장 문을 나서면 복잡한 머릿속을 진공청소기가 한바탕 쓸고 지나간 느낌이다. 두 시간 사이에 세상이 달라져 있다. 하늘과 땅, 음과 양, 흑과 백, 적군과 아군으로 단순하고 선명한 세상이 눈앞에 펼쳐져 있다. 골머리를 쓰며 살아온 하루하루가 우습게 느껴진다. 영화의 힘에 탄복하며 그와 팔짱이라도 끼고 길을 걸을라치면 정의가 결국 승리한 세상은 어찌나 아름다운지.

담배 물고 총을 장난감처럼 가지고 노는 그런 남자들의 영화에만 이 법칙이 적용되는 건 아니다. 애정영화도 이 그물망을 벗어날 수 없다. 우리의 아름다운 주인공들의 사랑을 방해하는 그 누구도 우리의 적이 된다. 주인공들보다 덜 예쁘고 덜 잘생겼고 인간성도 더럽지만 우리의 주인공들이 잠깐이나마 그 적들에게 마음이 뺏길 때면 발을 동동 구르다 진정한 사랑을 알게 되고 결국은 그 사랑이 맺어질 때 세상은 아직도 살 만한 곳이 된다. 대한민국 국민이라면 응당 그래야 한다는 듯 붉은 티를 입고 거리로 달려나가던 월드컵 경기 때조차도 우리란 경계가 모호했던 내가 컴컴한 극장 안으로만 들어가면 쉽게도 내 편과 니 편을 가르고 격려와 미움을 분배한다.

그가 엄선하는 영화에 단연코 여자도 빠질 수 없다. 그도 육감적인 여자를 좋아한다. 다른 남자들처럼. 바디 라인은 전체적으로 말라야 하지만 또 그렇게 뼈만 잡혀서도 안 되고 가슴과 엉덩이에는 살이 있어 볼륨감이 느껴지는, 모니카 벨루치의 몸매에 캐리 앤 모스의 지적인 마스크를 가진 여자가 나오는 영화라면 그는 두 번 생각지 않는다. 그런 류의 여자가 나오는 영화에서 그녀가 남자로부터 성폭행을 당하고 있었다. 잠깐 눈을 감고 있으면 지나갈 줄 알았는데 서라운드 스피커에서 나오는 소리는 내 얼굴에서 핏기를 거두었고 사시나무 떨 듯 온몸에 광풍이 휘몰아쳤다. 피가 흐르던 방향을 거슬렀다. 밖으로 뛰쳐나가려 했지만 나의 좌석은 너무도 한가운데였다. 잠깐 스치고 지나갈 줄 알았던 장면은 나에겐 너무도 길었고 꽉 다문 아랫입술에선 피가 새 나오고 있었다. 그때 그의 손이 내 어깨를 더듬었다. 고개를 푹 숙이고 두 손으로 귀를 막고 있던 나는 그의 따뜻한 손길에 떨리던 가슴이 조금 진정이 되었다. 그런데 내 어깨를 감싸던 그의 손이 가슴을 더듬으며 점점 아래로 내려갔다. 스크린 속의 공포감이 현실의 불안함으로 자리를 옮겨 앉으며 나는 그의 손을 급히 잡아챘다. 강한 거부의 손짓을 그는 달리 해석했는지 내 손을 자신의 좌석 쪽으로 끌었다. 그곳엔 바지 위로 불룩 튀어나온 그의 성기가 있었다. 현실에서 고개를 돌렸을 때, 화면 속의 그녀의 눈빛은 처참하도록 공허했다.

영화를 보고 나면 다음 일정은 밥을 먹는 것인데 커다랗게 클로즈 업 되던 여주인공의 동공만이 눈에 어른거려 그날은 뜨거운 김이 모락모락 나는 돌솥비빔밥을 비빌 기운조차 없었다. 수저를 탁 놓고 있었더니 그가 다 비빈 밥을 내 쪽으로 밀어주며, 마술 걸렸어?라며 히죽 웃었다. 수저까지 내 손에 쥐어주는 그 앞에서 다시는 저런 영화는 보지 않았음 좋겠단 말은 끝내 할 수 없었다.

영화를 보고 밥을 먹으면서 그는 자신이 엄선한 영화에 대한 온갖 정보를 내 앞에 파노라마로 쫙 펼쳐놓는다. 배우의 캐스팅 과정, 배우들과 감독의 전작과 수상경력, 특수효과의 사용이나 비용, 화면 속에 등장했던 상품 광고 따위의 온갖 영화의 뒷얘기를 〈연예가 중계〉의 리포터처럼 줄줄 읊는다. 수업에 앞서 강사가 교재연구를 하듯 그는 그렇게 만반의 준비를 갖춰 내 앞에 나타난다. 강의 시간에 새로운 사실을 깨달았다는 듯 눈을 조금 크게 뜨고 고개를 끄덕거리는 학생을 보면 뿌듯함을 느끼듯 나는 그의 말에 적당한 감탄과 놀람을 나타내며 그의 노고가 헛되지 않았음을 연기한다. 그 정보란 게 인터넷에서 삼십 분만 맘 잡고 검색하면 모두 나오는 것이라 하더라도. 그날도 예외일 수 없었다. 여배우에 대한 다할 수 없는 헌사를 바치더니 강간당하는 장면을 찍고는 한동안 정신과 치료를 받았다는 등 예의 〈연예가 중계〉를 본격적으로 펼치려 하였다. 나는 겨우 몇 숟갈 뜨고 있던 수저를 놓았다. 내 얼굴색이 달라지자 그는 내가 질투라도 하는 줄 알았던지 배우잖아, 스타, 하늘의 별이라구, 하며 내 볼을 꼬집었다. 그의 손길에 내가 고개를 흔들자, 진짜 화난 모양이네, 화내니깐 더 이쁜데,라며 키득거렸다.

식사를 하고 차를 마시고 나면, 새로울 것도 기대될 것도 없는 정식 코스대로 데이트의 메인디시에 들어간다. 에피타이저나 디저트가 간혹 빠진 적은 있지만 크림 수프 하나 달랑 먹고 디저트로 뛰어 넘어간 적은 없다. 데이트 기획 회사를 차려도 될 만큼 그는 철저하다. 데이트만이 아니라 그는 매사에 빈틈이 없다. 학원에 같이 근무할 무렵 처음에 그가 결혼한 남자인 줄 알 정도로 깔끔한 옷에 다림질 자욱까지 선명한 옷을 차려입고 다녔고 책장은 언제나 가지런히 정돈이 돼 있었다.

아무리 바빠도 하루에 전화는 두 번 이상을 꼭 걸어주고 내 전화를 받지 못했을 경우엔 여유가 생기면 반드시 전화를 걸어준다. 그러므로 나도 그의 전화를 받을 수 없다거나 어쩌다 받고 싶지 않을 때라도 그의 전화에는 어떤 식으로든 예우를 갖춰야 한다.

오너드라이버인 그와 근교로 드라이브를 가기도 한다. 샤워를 마치고 주인님이 잔등에 오르길 고개 숙이며 기다리고 있는 애마처럼 그의 차는 언제나 말쑥하다. 차 안엔 언제나 까만 비닐봉투가 준비돼 있어 먼지 하나라도 눈에 띄면 잽싸게 넣었다 휴게실에서 버린다. 자신의 차를 그렇게 관리하는 만큼 그렇지 않은 차들에 대해서 불만을 털어놓기도 한다. 특히나 여성 운전자의 차가 먼지로 뒤발했을 때 그는, 저 여자는 속옷도 저렇게 며칠을 갈아입지 않을 거다,라고 으르렁거리곤 한다. 네비게이터도 장착하지 않았지만 차를 멈추고 길을 묻거나 하는 것을 본 적이 없다. 지도와 동서남북을 가리켜주는 방위계가 있는데 헤매는 게 이상한 거라고 그는 힘주어 말한다.

데이트 비용은 처음엔 그가 전액을 부담했다. 아직 안정된 직업이 없는 그에게 너무 부담을 주는 듯하여 커피 값이나 기름 값은 가끔 내가 내기도 한다. 나의 이런 작은 호의에 그가 깍듯이 감사함을 표할 때마다 나는 '삼포 가는 길'을 떠올리곤 한다. 검게 물들인 야전잠바를 입고 등장하는 70년대 소설의 주인공도 아니건만 한여름에도 군화에 두툼한 야전잠바를 입고 어슬렁거리던 남자. 데이트란 게 원래 그렇게 도토리 키 재기인지 그 남자와도 그랬다. 영화 보고, 밥 먹고, 술 마시고. 사계절이 뚜렷한 온대 지역에 살면서도 매양 한 가지 옷만 입고 나타나는 남자였던지라 그에 관한 기억이라면 먹는 것도 딱 세 가지로 각인돼 있다. 오무라이스와 진로 소주와 달걀말이. 달걀만큼 값싸고 양질의 단백질이 어디 있냐며 수저 등으로 달걀지단에 케첩을 골고루 펴 바르며 누렇게 뜬 얼굴에 화색이 돌았다. 냉면에 나오는 반쪽짜리 찐달걀, 순두부찌개 뚝배기 속에서 보글보글 끓고 있는 달걀, 라면에 넣은 달걀이 국물에 다 풀어지지 않았다면 내 몫의 달걀이더라도 내 것일 수 없었다.

야전잠바와는 만나면 걸었다. 공공근로자 신분이었던 그와 내가 차가 있을 리 없었다. 한 번은 차림새 그대로 빨치산이 되어 산 중 아지트를 향해 날아갈 것 같은 남자랑 절집을 향해 걷고 있을 때였다. 차량 통제구역이라는 콘크리트 길로 고급 승용차가 지나갔다. 남자가 이지적인 눈길로 나를 내려다보며 과업을 내렸다.

너, 빨리 돈 벌어서 차 사라. 선글라스 폼 나게 끼고, 운전대 잡고, 유리창 딱 내리고, 담배 피우는 거야. 방금 지나가는 여자 못 봤어? 운전석에 앉아 담배 연기를 내 쪽으로 날리는데 심장이 터지는 줄 알았다. 고백하자면 나는 운전하는 여자한테 페티시가 있거든. 차 사서, 짙게 썬팅하고, 바람 부는 날, 흔들리는 다리 위에서, 차 세워놓고 한 번 하자.

말을 마치자마자 야전잠바는 개울가로 달려가 목을 축였다. 그가 손바닥으로 떠 마신 물 값은 안 냈지만 절까지 가는 버스비, 입장료 모두 내가 냈다. 같은 일당 신분인데도, 남자라고 그가 몇 천 원 더 받는데도 모든 비용은 내 차지였다. 배고파 보이는 그에게 밥을 사주다, 버스비가 없어 걸어가겠다는 그에게 돈을 쥐어주다, 나의 선심은 습관이 되고 그는 어느 날부턴가 당연히 받아야 할 수혜자가 되어 있었다. 밥을 먹고 나면 식당을 먼저 나섰고 매표소에선 내 뒤에 붙었고 버스를 타면 먼저 올라갔다.

야전잠바랑 본 영화는 안티 할리우드 어법의 영화였다. 보다가 슬며시 잠이 들기도 했고 보고 나서도 이해가 안 돼 그에게 물을라치면 영화는 그냥 보고 느끼는 거라고 선문답 같은 대답이나 돌아왔다. 놀이공원에서 신나게 놀다 나온 것 같은 개운함은커녕 극장 문을 나서면 머릿속이 벌집 쑤셔놓은 듯 뒤엉켰지만 다른 세상을 엿본 흥분이 남기도 했다. 야전잠바가 골랐던 영화에 나오는 여자들은 하고 싶은 말은 두 번 생각 안 하고 내뱉고 자기 생의 고삐를 단단히 쥐고 나아갈 뿐 아니라 많은 남자들과의 육체적 관계도 거침이 없었다. 아무리 예쁘고 지적이고 전사의 외형을 가진 여자라도 결정적 순간에 이르면 남자 품으로 파고드는 지금의 남자가 고르는 영화 속 여자와는 사뭇 달랐다. 야전잠바와 지금의 남자는 언어 자체가 달랐다. 둘은 같은 화성 안에서도 다른 지역 출신임에 틀림없다. 야전잠바의 언어가 모호하고 은유적이라면 계산기는 단순하고 명쾌하다. 야전잠바는 내 언어가 지극히 노골적이고 적나라하다고 엄중히 비판을 가했고 계산기는 내 언어가 너무 어렵고 추상적이어서 무슨 소린지 모르겠다고 투덜거린다.

지금의 남자랑 강줄기를 따라 드라이브를 할 때였다. 옆 차선의 운전자 쪽 창문이 서서히 내려지더니 담배를 물고 있는 젊은 여자의 얼굴이 드러났다. 얼굴선이 고운 여자였다. 집에 차가 있었을 때 그거라도 끌고 다녀볼걸. 저주스럽기만 한 그 차를 떠올린 건 그녀를 향한 질투였을까, 흡연 욕구였을까.

완전히 맛이 갔구만. 계산기가 창문을 열고 여자를 향해 손가락질을 하며 킬킬거렸다. 그녀의 귀가 어둡길 기도했다. 나도 담배 피운다구! 큰 소리로 커밍아웃이라도 하고 싶었다. 맞담배를 피웠던 야전잠바가 그리워지기까지 하였다. 야전잠바를 그리워하게 만드는 계산기가 싫어지는 순간이었다. 그날은 꽤 멀리 나갔다. 거리상으로는 그렇게 멀지 않은데 강 허리를 붙잡느라 구불구불한 국도를 이용하다 보니 차 안에서 종일 있었다.

버벅거린다 했더니 아니나 다를까 여자잖아, 편도 1차선 도로에서 저렇게 기어가고 있으면 다른 차는 목숨 내놓고 중앙선 넘으라는 건가, 운전자가 갖춰야 할 최소한의 룰도 모른다니깐.

운전의 권태로움을 계산기는 여성 운전자를 타박하는 걸로 풀고 있었다. 어스름 무렵, 비가 뿌리기 시작했다. 언제부턴가 우리 차 앞엔 닭장차가 달리고 있었다. 쇠창살에 아무렇게나 집어넣어져서 서 있기도 힘든 닭들은 목만이라도 세상을 향해 빼놓으려 안간힘이었다. 누렇다 못해 검기까지 한 깃털 속에 언뜻 보이는 영롱한 흰 빛깔은 슬픈 전설이었다. 살아 있는 동안 스스로 원해서 교미

한 번 해보지 못하고 인간의 입으로 들어갈 알만 낳고 또 낳았을 그것들은 마지막 가는 날까지도 덮을 것 하나 없이 비를 고스란히 맞고 있었다. 섹스란 말을 휘파람 불듯 입을 동그랗게 말아 세상에 내놓던 야전잠바가 가장 좋아하던 음식을 몸 바쳐 공급해주던 이들에 대한 뒤늦은 예우로 계산기 몰래 고개를 돌려 눈물을 훔쳤다.

"와인 잘 마시네. 들어가는 길에 마주앙이나 사들고 갈까?"

그가 다시 빈 잔을 채우며 의미 있는 미소를 짓는다.

생전 먹어 보지 않은 비싼 음식이 목에 걸리기도 했지만 속이 진짜로 불편하다는 것을 깨닫는다. 올인원이나 팬티스타킹 때문만은 아닐 것이다. 야채샐러드와 양파 수프를 먹고 나선 더 이상 먹을 수가 없다. 얼마 전부터 이렇게 속이 울렁거린다. 피임약을 먹고 나서부터다. 하루에 한 알씩 시간 맞춰 먹는 것도 힘든데 속까지 편치 않다.

술만이 술술 넘어간다. 이러다 정말로 취할지도 모르겠다. 그러면 밤새 연습한 대사를 까먹고 이런 애드립을 구사하게 될지도 모른다. 당신이 알아서 피임 좀 하면 안 되겠어요? 사정하면서 쾌락의 극치도 경험하는 당신이, 어디서든 살 수 있는 그 편한 걸 제발 당신 손으로 사서 말이지요. 오르가슴이 뭔지도 모르는 내가 한 달에 고작 한두 번 일을 치르기 위해 이 고통을 겪으면서 피임을 하는 건 부당한 거 아닐까요?

정작 하고 싶은 말이 이런 말뿐일까. 대학 입학 후 동문회 선배들이 마구잡이로 청량리로 끌고 갔다고 했지. 술 깨보니 옆에서 자고 있는 가슴이 축 처진 나이 많은 여인네를 보고 질겁하여 뛰쳐나온 게 첫 경험이었단 이야길 하면서 씁쓰레할 때 나도 내 첫 경험을 이야기하고 싶었어. 하지만 문란한 여자들이 많은데 너같이 정조관념이 확실한 여자는 처음 본다는 언젠가의 말이 생각나 그만두었던가. 집 나간 동생이 그리워질 때, 날 선 작두 끝에 선 엄마의 하루하루를 더는 지켜볼 수 없다고 느낄 때 기대어 이야기하고 싶었어. 위로받고 싶었어. 그러나 작은 시골 중학교의 교장 선생님으로 있다는 아버지, 남편과 자식들에게 헌신적인 어머니 그리고 누나와 동생으로 이루어진 화목한 가정을 이야기할 때의 더없이 행복한 표정이 떠올라 매번 그만두었어. 세상 누구보다도 순결한 나의 엄마에게 닭 내가 난다고, 돼지 내가 난다고 옆에도 오지 말라고 경멸하는 누구처럼 당신도 나의 구질구질한 뒷모습을 본다면 떠나갈 테니까. 나는 세상을 저주한다고, 나는 이 세상에 태어나지 말았어야 한다고, 내가 태어나지 않았으면 우리 엄마는 지금처럼 고통의 가시밭길을 걸으며 피 흘리는 삶을 살지 않았을 거라구…… 언제, 언제쯤이면 하고 싶은 말을 다 쏟아낼 수 있을까.

"……잘 먹고 마시긴 했는데, 너무 무리한 거 아녜요?"

"제대로 먹지도 않았으면서 잘 먹긴……. 내가 돈 많이 벌어서 이런 데 자주 데려올게."

"같이 계산해요."

"넌 정말 현모양처감이야. 나중에 알뜰살뜰 살림 참 잘할 거야. 오늘은 내가 쏠 테니까 걱정 말고."

돈을 같이 내자고 한 건 그의 환심을 사기 위함이 아니었다. 현모양처란 칭찬인지 욕인지 모를 말을 듣기 위함도 아니었다. 그가 남자란 이유로 모든 비용을 감당하는 건 부당하다고 느꼈기 때문이다. 서적 구입료로 한 달에 20만 원여 이상을 지출하면서도 나와 있을 때는 한푼도 쓰지 않던 야전잠바가 부당했었듯이.

"……이것."

그릇과 술잔이 말끔히 치워지고 카푸치노의 거품을 핥고 있는 내게 그가 상자를 내민다. 그의 손이 떨고 있다. 입술 가득 거품을 묻힌 채로 저 상자 안의 것이 반지 같은 게 제발 아니길 기도한다. 그가 내미는 선물에 기쁨보다 두려움이 앞서는 것은 왜일까.

"늦었지만 생일 진심으로 축하해. 네가 이 세상에 태어나서 이렇게 내 앞에 있어주어서 정말 고마워."

기계 인간의 입에서 나온 말이라곤 믿어질 수 없는 말이 내 앞에 사뿐히 떨어진다. 어디선가 들은, 귀에 익숙한 문장이지만 내 눈엔 주책없이 눈물이 맺힌다. 우는 연기만은 한 적이 없다. 지금까지. 그건 내 마지막 자존심이므로. 결코 악어의 눈물이 아니다.

"열어봐."

다행히도 반지는 아니다. 보랏빛 귀걸이와 목걸이 한 세트가 들어 있다.

"너, 보라색 좋아하더라."

계산기에게 이런 감성이 숨어 있었나.

"여기선 쑥스럽고 집에 가서 해줄게."

"정말 고마워요……. 태어나길 잘했나 봐요. 나이 서른을 먹은 것도."

동굴을 바라본다. 어둠 속을 잘 더듬어 나가다 보면 어딘가에 분명 빛이 있을 것이다.

카드를 내밀고 고개를 숙여 서명을 하는 그의 등 뒤에서 동굴이 생각난 건 왜였을까. 그의 등이 쏟아지는 비를 그을 만큼 든든했을까. 아니면 흰 셔츠에 검은 정장을 차려입은 여직원에게 번쩍거리는 카드를 내밀면서 나르시시스트의 표정을 지어 보이는 그를 빛이 부재한 동굴로 밀어버리고 싶었던 걸까.

연기더라도 난 네가 필요하다. 네가 필요하니깐 연기를 했을 것이다. 그렇게라도 붙잡고 싶었을 테니깐. 하루에 두 번씩 전화 걸어주는 사람, 주말에 할 일을 만들어주는 사람, 어두운 극장으로 들어설 때 불현듯 긴장감을 불어넣어주는 사람…… 외로운 건, 다시 혼자가 되는 건 죽기보다 싫으니까. 돌이켜보면 삶의 어느 구석에선들 연기가 아닌 나의 모습이 있나.

이제 계산을 끝내고 오늘의 마지막 코스를 가면 계산기는 오늘 총 출자 금액을 두드려댈지도 모른다. 좋아하는 여배우가 성폭행을 당하는 장면을 보고 나서 내 몸은 굳어져가는데도 그는 다른 때보다도 완력을 사용하려 했었다. 컴퓨터를 끼고 살던 동생이 집을 나갔을 때 어쩌다 그의 컴퓨터를 사용해야 했고 비밀번호를 어찌 조합해서 들어갔던 나는 아연실색하고 말았다. 40기가 하드디스크에 차곡차곡 쌓여 있던 자료는 모두 포르노, 야한 동영상, 벗은 여자들의 사진이었다. 이 남자의 컴퓨터 하드엔 무엇이 들어 있는지 알 수 없지만, 핸드폰이나 통장의 비밀번호가 어떤 이유로 조합돼 있는지도 알 수 없지만, 무척 공을 들인 오늘 하루의 대단원을 위해 그가 동의를 건너뛴다 하더라도 오늘만큼은 그의 상처 입은 눈빛을 감싸 안을 수 있을 것 같다. 스치는 살의 느낌이 좋을 듯도 하다.

"가자."

나는 조심스럽게 그의 팔에 내 손을 가져간다. 뜨거운 여름밤이다.

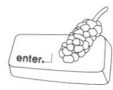

가라 생각이여 금빛 날개를 타고

가라 생각이여 금빛 날개를 타고

"허, 참, 이거, 샘플이랑 칼라를 틀리게 칠해놨네……. 이건 또 뭡니까? 블랙 체크도 안 한 겁니까? 이 구멍들이 눈에 안 보이세요?"

제주도 현무암도 아닌 것이 화면엔 송송 바람 구멍이 뚫려 있다. 팀장은 내 뒤통수에 바람의 왕래 길을 터놓을 듯 뚫어져라 쳐다본 뒤 사라진다.

창의성을 발휘해 칼라를 샘플과 다르게 칠했기로소니, 지도 숨 좀 쉬겠다고 구멍이 뚫렸기로소니, 설사 서버에 커트를 잘못 넣어다 날린다 하더라도 그게 대숩니까, 팀장님!

머리 위에서 활화산이 터졌다. 마그마의 열기를 피해 달아나려 했지만 발이 땅에 닿지 않았다. 온몸에 화산재는 뒤집어썼지만 밥을 먹지 않아도 배고프지 않다. 물을 마시지 않아도 목마르지 않다. 잠을 자지 않아도 졸리지 않다. 꿈을 꾸고 있는가 하여 몇 번 온 힘을 다하여 허벅지를 꼬집어봤지만 아픈 것이 생생한 현실이다. 어제 오후부터다.

핸드폰에는 낯선 번호가 찍혀 있었다. 여보세요, 뜸을 들이며 무성의하게 내뱉었을 때 광대무변한 우주의 수많은 별들 사이를 지나 내게 전해오던 목소리, 나야……. 블랙홀에 빠져 있던 피아노가 건져 올려지던 순간이었다.

평생 끊어지지 않을 것 같던 우리의 피아노 줄이 툭 끊어진 것도 오랜만에 걸려온 전화 한 통 때문이었다. 너, 결혼한다는 얘기하려고 전화한 거지? 공격적인 농담으로 반가운 내심을 수비했다. 상대방은 깔깔깔 요란하게 웃다 무슨 말인가를 툭 던졌다. 한 달 후에 다시 떠나기로 했다는 것이었다. 잘 생각했어, 내 목소리는 흥분으로 떨리고 있었다.

나라도 등을 떠밀어 보내려 했었다. 그곳, 피아노의 숲으로. 네가 그 숲으로 떠나던 날 공항의 이별이 모두 그러하듯이 내 눈동자에 네가 한 점으로라도 담겨 있는 순간까지는 난 손을 흔들며 환하게 웃었지. 나의 웃음이 미인대회 출전자나 나레이터 모델들의 그것처럼 찌든 훈련의 곰팡내가 나서 마음이 좋지 않았다는 글을 너는 숲에서 보내왔지만 난 그녀들처럼 연기를 한 게 아니라 정말로 네가 무척 자랑스러웠어. 바흐와 헨델과 리스트와 맘껏 뛰어놀 수 있는 그 숲으로 가기 위해 네가 그동안 얼마나 피눈물 나는 노력을 해왔는지를 누구보다도 잘 알고 있는 나로선. 보고 싶을 때 맘대로 볼 수 없는 안타까움이야 산을 이루지만 울울창창한 너의 숲을 갖기 위해선 그곳은 네가 꼭 거쳐가야 할 곳이었으므로. 그래, 실은 그날 나, 네 앞에서 미스코리아 놀이 했어. 네 앞에서 울지 않으려고 근육이 떨리도록 입을 헤 벌리고 있었어. 네가 사라지자 커피숍으로 달려가 블랙커피만 석 잔을 들이켰지. 질질 짜기보다는 인상을 구기는 쪽이 너를 위한 나의 세레모니로 더 어울릴 듯하여.

하지만 네가 돌아왔다고 했을 때 난 단숨에 달려가지 않았어. 차를 타고 가다 네가 살던 동네를 지나칠 때면, 무심코 튼 라디오에서 우리가 불렀던 노래가 나올 때면, 길을 걷다 너의 목소리가 들려올 때면 또 그렇게 주먹을 틀어쥐고 얼굴을 구겼는데도. 어느 골목을 돌다 온전히 너의 이름을 단 화장품 가게를 보고 나도 모르게 문을 밀고 들어갔다 너의 깊은 눈망울을 닮은 주인을 보고는 놀라서 뛰어나와 스산한 늦가을의 밤을 낙엽처럼 뒹굴며 울었던 적이 있었는데도. 울면서 기도했다. 내 생애 가장 절절한 기도였다. 이 눈물이 너의 숲의 가장 낮은 곳으로 흘러 들어가 거름으로 썩어가길, 내 몸이 사막이 되어 너의 숲이 푸르게 되길. 그런 네가 돌아왔는데도 하나도 반갑지 않았어.

얼마나 보고 싶었는 줄 아느냐고 울먹거리다 그것으로도 성이 안 차면 그동안 지출한 크리넥스 값이 얼마나 되는 줄 아느냐고 주먹으로 가슴을 쳐도 시원치 않을 판에 난 너를 향해 달려가지 않았다. 너는 그림자처럼 스며들어와, 네 옆으로 돌아왔다구, 숨가쁘게 속삭였지만 열매를 맺지도 못한 채 설익은 낙향을 결심한 속내는 털어놓지 않았다. 낙과의 이유를 어림짐작은 할 수 있었지만 캐물을 순 없었다. 네가 이야기하고 싶지 않아 했으니까.

한 달 후에 떠나기로 했다는 너의 목소리가 수화기로 들어오자 귓전에선 쏴아아 바람 소리가 났다. 하늘로 곧게 뻗어나간 대숲에 바람이 일듯 이명으로 울려오는 소리에 내 귀를 의심하기도 했지만 년 분명 떠난다고 했었다. 더할 나위 없는 선택이었다. 내가 그리움에 잠 못 이루고 가슴을 쥐어뜯는 한이 있더라도 너는 그곳에서 다시 시작해야 했으니까. 넌 경쾌하게 웃으며 물었지. 정말 그렇게 좋아? 그럼! 너의 상큼한 웃음에 화음이라도 넣듯 큰 소리로 따라 웃었다.

"네가 다시 비엔나로 간다는데 이보다 더 좋을 순 없지. 비행기가 그렇게 없든? 한 달까지 기다리지 말고 당장 내일이라도 짐 싸서 가지 그래? 내가 여행사에 알아봐줄까?"

"내가 언제 떠난다구 했어?"

"그럼?"

"간다구 했잖아, 간. 다. 구."

"그래, 간다구! 돌아간다구!"

"……."

"가. 라. 구!"

너는 누워 있는데 나는 서 있었다. 너는 아침인데 나는 밤이었다. 너는 얼음인데 나는 불이었다. 너는 웃고 있는데 나는 절규하고 있었다. 너는 노래하는데 나는 울고 있었다. 너는 정상인데 나는 미쳐 있었다. 너는 선 안에 있는데 나는 선 밖에 있었다.

우리의 피아노 줄은 그렇게도 어이없이, 단칼에 툭 끊어져내렸다. 너와 나를, 섬과 섬을 잇고 있던, 낚싯줄보다도 더 질기다는 피아노 줄이 끊어졌다고 판단한 사람은 물론 나 혼자였다. 침묵의 모퉁이를 먼저 돈 네가, 축하 안 해줄 거니,라고 물어왔으니깐. 달칵 소리를 신호로 전화선은, 피아노 줄은, 세상의 모든 섬과 섬을 연결해주던 비밀의 통로는 밀려드는 바닷물에 잠겨버렸다.

축하를 할 수도, 하지 않을 수도 없던 나는 도망을 가는 수밖에 없었다. 비엔나로 가고 싶었다. 네가 놀았던 숲에서 너의 손길이 닿았을지도 모를 피아노를 두드리며 너와 처음 만났던 우리들의 피아노 숲으로 숨어 들어가고 싶었다. 그 숲에 달이 뜬다면 너의 영혼이 내게 보내는 마지막 인사라 여기고 나도 그만 너를 놓아주고 싶었다. 하지만 비엔나는 너무 먼 곳이었다.

비엔나만큼이나 머나먼 곳으로 나를 데려다줄 차에 올랐다. 아루바, 자메이카, 버뮤다, 바하마, 키라고, 몬테고……. 차는 남쪽으로, 남쪽으로 달렸다. 불면증에 시달려 소주에 수면제를 뒤흔든 칵테일을 털어넣고 차에 올랐던 나는 다행스럽게도 잠에 빠져들었다. 잠을 위한 잠은 깊질 못했고 차가 흔들릴 때면 눈꺼풀을 들어 올려놓았다. 눈꺼풀이 내려앉기 전 흔들리는 차창에는 가을 햇살에 얼굴 하나가 출렁거렸다. 낯이 익긴 한데 누구인지 종잡을 수가 없었다. 누구지? 어느 순간 스르르 잠이 들었다 눈을 떠보면 옆에서 흔들리고 있는 초상. 난가? 저게 나라는 사람인가? 도저히 나는 내 스스로를 인정할 수 없었다. 나를 부정했다.

남쪽의 도시에 내렸다. 그곳은 비엔나보다 내겐 먼 곳이었다. 비엔나는 배낭여행을 하면서 점이라도 찍고 지나친 곳이었지만 그 도시는 생전 처음 발을 딛는 곳이었다. 이곳에서 무엇을 할 것인가. 머물 것인가, 떠날 것인가. 우멍한 눈으로 지명이 써진 매표소를 쳐다보는데 문득 〈삼포 가는 길〉이란 노래가 떠올랐다.

우리나라 대중가요라면 촌스러움에 치를 떠는 엄마지만, 이 노래만은 옛날에 감동적으로 읽었던 동명 소설이 떠오른다며 곧잘 부르곤 해서 그 유명하다는 소설은 읽은 적도 없지만 노래만은 잘 알고 있었다.

바람 부는 저 들길 끝에는 삼포로 가는 길 있겠지, 굽이굽이 산
길 걷다 보면 한 발 두 발 한숨만 나오네. 한 발 두 발 한숨만 나오
는 걸음을 떼어 지명에 '포' 자가 붙은 창구로 다가갔다. 출발시각
을 묻자 매표소 직원이 짙은 사투리로 지금 바로 출발한다고 하였
다. 달려나가 버스에 올랐고 차에서 내렸을 때는 짭짜름하고 후덥
지근한 바닷바람이 인사인 양 와락 달려들었다.

선착장까지 걸으며 생각했다. 가장 빨리, 가장 멀리 떠나는 배를
타고 섬으로, 나의 코코모로 들어가야지. 일찍 집을 나섰는데도 해
는 시나브로 석양을 향해 가고 있었다. 걸음을 빨리 했다. 모든 배
가 뱃고동을 길게 울리며 노을 속으로 떠나버릴 것만 같았다. 밤바
다에 여객선이 뜨기엔 이곳은 너무 작은 포구라고 단정 지었다.

가서, 섬의 한 끝이 되자. 지금 당장 떠나는 아무 배라도 타고
떠나자. 그러면 일 주일, 삼 일까지는 안 되더라도 최소한 내일까
지만이라도 뭍으로 나올 수는 없을 것이다. 그럼 됐다. 사랑도 이
젠 소용없네, 삼포로 나는 가야지.

엄마가 아니었더라면 너와 나는 만나지 못했을지도 몰라. 만났
더라도 널 알아보지 못했겠지. 엄마 때문에 너를 만났고 이제 엄마
의 애창곡을 부르며 널 보내고 있구나. 노래 가사처럼 사랑이었을
까. 너를 향한 나의 감정이 사랑일 수 있는 걸까. 세상의 그 흔한
사랑이 너와 나에게는 가능하지 않다는 걸, 네가 하늘이 내가 땅
이, 네가 달이 내가 해가, 네가 나비가 내가 꽃이, 네가 물이 내가
불이 아니듯, 그래, 이건 사랑이 아닐 거야. 사랑이란 발에 채이듯
지천으로 널려 있어 고개만 돌리면 눈에 띄고 손만 뻗으면 잡을 수

있는, 혼전만전 넘쳐나는 것이어야 해.

항구에는 배가 있었다. 아주 멀고도 작은 섬으로 간다고 하였다. 외양은 초라했지만 너에게 다가갈 수 없는 곳으로 데려다줄 배는 내겐 든든하기만 했다. 더구나 바라던 대로 삼 일에 한 번씩밖에 뜨지 않는 배였다. 표를 끊고 승선표의 빈 칸을 채워나갔다. 담배 한 대를 태울 시간은 남아 있었다. 눈앞의 바다는 눈이 시린 푸른 바다가 아니었다. 오물과 기름 덩어리가 부유하고 역한 내가 진동하는 현실의 바다 앞에서 담배를 입에 물었다.

참기 힘든 노여움이 있으세요? 목소리가 들렸다. 고개를 돌렸다. 장엄한 붉은 노을 속으로 갈매기만 날고 있었다. 폭식증은 터뜨릴 수 없는 저 깊은 곳의 분노를 향해 몸이 발언하는 거예요. 너의 목소리가 다시 들렸고 일제히 비상하는 새들의 새하얀 날개 사이로 박살이 난 메트로놈이 흩어져내렸다.

피아노 선생은 어린 내 손목 위에 고무지우개를 올려놓고 떨어질 때마다 손등에 회초리를 날렸다. 건반 위의 손의 생김이 달걀을 쥐고 있는 모양을 벗어나면 손등에 어김없이 붉은 자국이 새겨졌다. 연습해라! 연습해라! 연습해라! 손으로 입으로, 모든 감각을 동원하여 박자를 맞추던 선생은 마침내 피아노 위에서 쉬임 없이 제 갈 길을 가고 있던 기계를 집어던졌다. 메트로놈은 내 등을 지나쳐 거실 바닥에서 장렬한 최후를 마쳤다.

잡고 있던 담배 연기를 바다 쪽으로 놓아주며 손목을 들여다보았다. 그 옛날 고무지우개가 올려져 있던 곳엔 둥근 시계가 놓여 있다. 검은 시계줄 밑엔 일회용 밴드가 붙어 있다. 시계를 풀고 밴드도 조심스럽게 놓아주었다. 검은 바다를 나는 저 흰 새는 피안에

이를 것인가. 새들아, 너희들만이라도 피안을 향해 이 오욕의 검은 바다를 떠나려무나.

부두에 미만한 기름내가, 물고기 대신 쥐를 먹고 사는 흰 갈매기가, 산산조각 났던 그 옛날의 메트로놈이 그리고 떨리던 너의 목소리가 내 안에서 꾸역꾸역 나갈 곳을 찾아 꿈틀거렸다. 울컥 치밀어 오르는 욕지기는 군홧발로도 더는 누를 수 없었다. 필터를 발로 짓이기고 배표와 나의 이름과 주민등록번호가 적힌 승선표를 갈가리 찢어 바다로 날려 보냈다. 참기 어려운 분노를 표출하는, 내가 아는, 할 수 있는 유일한 짓이라곤 언제나 폭력적인 방법밖에 없었다.

너랑 영화를 보러 갔던 때가 문득 생각이 났다. 볼 만한 영화란 소문을 듣긴 했는데 차일피일 미루다 막 내렸겠군, 하고 포기하고 있었는데 관객이 몰리는 이변이 속출해 개봉관을 늘려 상영 중이었으니 운이 좋았는지도 몰랐다.

나는 강하다, 나는 아름답다, 나는 똑똑하다……. 마인드 콘트롤 테이프를 따라 소리내지만, 난 사랑하고 사랑받는다,는 구절은 차마 입 밖으로 만들어내지 못하던, 나 자신도 날 사랑하긴 힘들 것 같다는 그녀, 파니 핑크. 극장을 나오며 내 붉어진 눈동자를 보고선, 독일어 제목을 크게 읽더니 나중엔 과장된 콧소리로 프랑스어까지 소화하며 내 얼굴에 웃음을 만들어주려 애쓰던 너의 모습이 앞을 가렸다.

카이너 리브트 뮈휘! 아무도 나를 사랑하지 않는다! 혹시 거기에 감정이입한 건 아니죠? 충분히 사랑받고 있으니깐. 음악도 너무 좋았고……. 마술피리 중 밤의 여왕 아리아나, 빌리 할리데이의

러버맨도 좋았지만 그래도 에디트 피아프의 이 노래가……. 농! 히엉 드리엉, 농! 주 느 히그레트 리엉, 니 르 비엉 콩 마 페…….

농! 주 느 히그레트 리엉, 아니야, 미련은 없어! 난 아무것도 후회하지 않아! 얼굴에서 짭짤한 기운이 묻어나왔다. 단어 하나가 수면 위로 솟구쳐 올라왔다. 무지개를 그리며 흰 포말로 부서지는 분수의 물줄기는 시들어가는 내 육신에 두 음절의 단어를 흠뻑 적셔주었다. 너를 만나고 처음으로 떠올린 말이었다. 우리는 소리 없는 침묵으로도 말할 수 있는, 우리는 마주치는 눈빛 하나로 모두 알 수 있는, 우리는 연인이라고. 사랑. 난 너를 사랑한다. 사랑하기 때문에 사랑하는 거다. 이게 사랑이다. 부정하지 않을 테다. 피안으로 다가가고 있었다.

항구도시를 떠나 남쪽의 가장 번화한 도시로 나와 간신히 밤기차에 몸을 실을 수 있었다. 기차가 두 역을 지나도록 나는 피를 토하는 거친 숨을 토해내고 있었다. 항구를 떠나기로, 바다를 등지기로 작정한 때부터 줄곧 뛰고 있었다. 새벽기차에서 내려 동대문엘 갔다. 집에는 들어가고 싶지 않았다. 어디든 사람 많은 곳에서 몸을 적시고 싶었다. 혼자 있는 것이 두려웠다. 여기저기 도매시장을 기웃거리다 땀을 쏟으며 붉은 선짓국을 해치웠다. 남은 시간 동안은 걷기로 했다.

너는 눈부셨다. 먼지와 소음에 전 한낮의 서울 도심을 두 시간 넘게 횡단한 나는 네 옆에 가까이 갈 수조차 없었다. 너의 결혼식을 숨어서 지켜보며 네 옆에 서 있는 사람을 흘겨보느라 내 눈은 사시가 되었다. 네가 너무 아깝다고 땀으로 범벅인 눈 주위를 훔치기도 했었다. 머릿속에선 한겨울에 네가 쳐주던 조지 윈스턴의

〈December〉 음반의 곡이 한 곡 한 곡 흘러나와 서서히 나는 눈사람이 되어가고 있었다. 가지런한 이를 드러내며 환하게 웃는 너를 뒤로 하고 발가락 끝까지 얼어붙은 발을 간신히 떼어 예식장의 계단을 밟을 땐 마지막 곡 〈Peace〉가 흘러나오고 있었다. 사랑이란 이름으로 이제 널 놓아주겠다. 사랑으로 이제 이 지옥에서 벗어나 평화에 이르겠다. 결혼식장을 나와 생전 처음 선이란 걸 보고 다녔고 그러다 이대수란 사람과 하마터면 부부 연을 맺을 뻔하기도 했었다.

이대수는 그야말로 나한테 딱 맞는 사람이었다. 그는 모름지기 인생에 대한 치밀한 청사진을 가지고 있는 사람이었다. 딸, 아들 순서로 삼 년간의 터울로 두 자녀를 낳는다는 가족계획 아래 자녀들의 교육보험을 포함해 부부가 단계별로 들어야 할 각종 보험상품이 소프트웨어에 프로그램화돼 있어서 언제든 클릭만 하면 현실화될 터였다. 창의성을 옭아매는 한국의 열악한 교육 현실을 감안해 교육 선진국으로 자녀들의 조기 유학을 위한 해외 지사 근무도 그의 라이프플래너엔 촘촘히 그 시기와 기간까지도 기입돼 있었다. 앞으로 오 년 후, 십오 년 후, 삼십 년 후엔 자신이 어느 지역의 몇 평대 아파트에서 몇 명의 가족을 거느린 가장으로, 어떤 사회적 지위와 신분을 누리며 살고 있을지가 차트에 굵은 매직으로 일목요연하게 명시돼 있기도 하였다. 그 점이 흡족했고 마음에 들었다. 나처럼 되는 대로, 마음이 가는 대로, 발이 이끄는 대로 살지 않아서 천만다행이었다. 그는 변덕스럽고 불건전하고 퇴폐적이었던 지금까지의 나의 삶을 초지일관하고 모범적이고 정상적인 궤도의 삶으로 끌어 올려줄 구세주였다.

하물며 그 사람은 언제나, 어느 곳에 있더라도 내가 부르면 내 옆으로 달려와주었다. 당신이 언제든 날 필요로 할 때 이름만 불러 준다면 항상 그 옆에 있을 거라는 노래는 수도 없이 듣고 불렀지만 이 오디가 현실에서 그런 사람을 갖었던 것은 처음이자 마지막이 었다. 그런 그와 나는 당연히 결혼이란 공인된 사회적 형식으로 관 계에 종지부를 찍어 주위 사람들을 안심시켜야 했다. 양가 어른들 이 정통 중화요리전문점에서 만나 길일이라는 날에 결혼날짜를 잡 았다.

쿠폰을 끊어 전신 마사지를 하고 백화점 문화센터로 퀼트를 배 우러 다니며 신부수업을 하는 틈틈이 혼수용품을 보러 다니던 어 느 새벽 등허리에 바랑 하나 짊어지고 집을 나왔다. 자투리 천을 잇대어 만든 색동의 바랑은 손을 찔리며 목과 허리에 통증을 참아 가며 두 번 세 번 바느질한 것이라 튼튼했다. 퀼트로 만든 무지갯 빛 조각이불을 깃발처럼 흔들며 걷고 또 걸었다.

인도에서 돌아와 컴퓨터를 켰을 때, 이제는 그런대로 결혼 생활 에 적응했다는 너의 메일을 쓰레기더미 속에서 건져냈었다. 그래 서 행복하냐고 묻고 싶었다. 남들이 그러는 것처럼 나도, 넌 꼭 행 복해야 한다는 말도 덧붙이고 싶었다. 하지만 나는 답장도 쓰지 않 았고 전화도 하지 않았다.

세월의 강은 유유히 잘도 흘러갔고 우리를 그나마 이어주던 전 화선엔 먼지만 켜켜이 쌓여갔다. 어제 오후, 너의 전화를 받고 있 는 나를 감싸고 검은 먼지의 돌풍이 일었다. 그 대단한 위력을 가 진 돌풍이 쓸고 간 이후, 나는 조울증 환자처럼 감정을 조절하지 못하고 멍하니 시계만 지켜보고 있다. 몇 년 하고도 몇 달, 며칠,

몇 시간 만의 재회인지 손으로 꼽을 수 있는 너를, 그토록 보고 싶었던 너를, 그렇게 그리워했던 너를, 어느 누구도 아닌 바로 너를, 내가 만나는 것이다. 이제 삼십 분 남았다. 그렇게도 하고 싶었던 질문을 이제는 할 수 있을지도 모른다. 그래서 행복하냐고. 너는? 하고 되묻는다면 난 웃으면서 이렇게 말해줄 수 있는 여유도 생겨났다. 나를 수렁에서 건져주었던 사람이 어느 날 떠나자 더 깊은 수렁으로 빠졌다 이제는 그 뻘에서 거의 빠져나온 것 같다구.

하지만 의연하게 준비한 대답과는 다르게 너와의 만남은 슬픔을 남기리란 걸 알기에 영악하게도 오늘 밤 끼어들 만한 술좌석이 없는지를 미리 알아두었다. 박카스나 한 병 마시고 밤새 밀린 커트나 작업하며 일로 아픔을 극복하는 것이 의지의 한국인다운 태도가 아닌가 하고 자문도 해봤지만 주사파의 견결한 이념을 헌신짝 차듯 버리고 신한국인의 대열에 합류할 수는 없었다. 지킬 것도, 도전할 것도 없는 나약한 젊음이 이 풍진 세상에 할 수 있는 건 음주가무뿐이다. 하늘도 이런 오디를 굽어보사 종일토록 가을비까지 추적추적 내려주는 세심함을 발휘하고 있다. 그 찬란했던 가을 햇살 속으로 사라지던 네 모습을 오늘은 보지 않아도 돼서 다행이다. 네가 떠났던, 리버 피닉스가 떠났던 10월이 아직 아닌 것도 천만다행이다.

"피아노 치니?"

오 분 먼저 갔는데도 미리 와 있던 네가 불쑥 묻는다. 오랜 격절 끝에 그 흔한 안부의 말도 없이 처음 꺼내는 말이 피아노라니. 나는 대답 대신 피식 웃는다.

"쳐!"

대니의 목소리가 쟁하고 갈라진다.

"네가 치라면 쳐야지…….."

"피아노 치는 네 손이 보기 좋아!"

"……달걀을 넣어도 깨지지 않을 만큼!"

그 해 봄에도 우리는 이렇게 만났다. 핏빛 진달래가 눈을 찌르던 오후, 봄꽃에 취했는지 낮술에 취했는지 비틀거리며 언덕을 오르고 있었다. 땀이나 쭉 빼고 정신 차려서 오후 수업에 곧장 들어가면 되었을 터인데 흐린 눈동자에 음악대학이 들어왔다. 후문으로 들어오면 지나치는 곳인데도 그날따라 한 번도 들어가본 적이 없는 그곳으로 왜 발길이 이끌렸냐고 누군가 물어본다면 설명할 길이 없다. 인연의 끈이 끌어당겼나 보다고 남들이 하는 그럴듯한 말이나 당겨 댈 수밖에.

그곳에 피아노가 있었다. 오랜 세월 붙박이 가구로 역겹게 보아온 피아노였다. 의자에 앉아 뚜껑을 여는데 진달래꽃이 한아름 화르르 피어났다, 그날 오후엔. 미레미레미시레도라……. 몸이 기억하고 있는 건반으로 손가락이 옮겨다녔다. 〈엘리제를 위하여〉로 시작해서 모차르트나 베토벤의 소나타, 하농의 손가락 연습곡 따위를 토막 내며 내려쳤다. 보석들을 되는 대로 칼질을 하다가 칼이 허공에 뜬 순간 무슨 소리가 들렸다. 죽은 생선의 내장이나 가르는 장사치의 칼질 소리와는 격이 전혀 다른 소리가 벽을 뚫고 내 귀에 들어왔다. 쇼팽의 곡이었다. 피아노에 걸터앉을 수 있는 코흘리개 시절부터 그렇게 혹독하게 훈련을 했는데도 절대음감은커녕 상대음감마저도 없는 나이지만 옆방의 피아노 소리가 범상치 않다는 정도는 알 수 있었다.

훔쳐보았다. 피아노 연주회를 가보지 않은 것은 아니었다. 흰색 드레스에 까만 구두를 신고 두 눈만 껌벅이며 인형처럼 앉아 있어야 했다. 틀어올린 머리를 긁적이거나 다리를 흔들면 곧장 맵짠 손바닥이 날라왔다. 다른 친구들은 놀이공원에 가서 신나게 놀거나 집에서 만화영화라도 실컷 보는 어린이날에, 어린이를 위한 사랑이 담긴 음악 어쩌구 했던 음악회는 다시 돌아가고 싶지 않은 내 어린 날의 백미였다. 장난감이었다. 놀고 있었다. 아니, 피아노로 요리를 하고 있었다. 냄새를 맡고, 주물러보고, 칼질을 하고, 이것 저것 섞어 넣고, 간을 보고 있었다. 한때는 전기톱과 드릴로 박살내고 싶던 피아노는 침이 꼴깍 넘어갈 만큼 먹음직스런, 먹으면 위로가 될 것 같은 음식을 만들어내고 있었다. 남의 시선 따윈 안중에도 없이 집념과 열정으로 성찬을 준비하고 있는 요리사를 교정에 진달래가 흐드러진 그 오후에 숨죽여 쳐다보고 있었다.

그곳으로 발길이 찾아들었다. 먼지 나는 대지에 촉촉이 봄비가 내리던 날이었다. 피아노가 있는 강의실마다 학생들이 연습을 하고 있었지만 피아노의 요리사는 보이질 않았다. 운 좋게도 피아노 하나가 남아 있었다. 손가락을 우두둑 꺾고 〈엘리제를 위하여〉, 〈비엔나 행진곡〉, 〈코시코스의 우편마차〉를 질퍽거리며 치고 있었다. 인기척이 느껴졌다. 용기를 내어 고개를 들어보니 피아노의 요리사가 서 있었다. 너무 놀란 나머지 벌떡 일어섰다.

"죄송해요. 비어 있어서……."

"손 모양이 좋네요. 어렸을 때 많이 쳤나 봐요."

나는 달아오른 얼굴에 대답도 못하고 고개만 끄덕였다.

"좀 전에 '소녀의 기도' 치시던데……."

요리사가 〈소녀의 기도〉를 치기 시작했다. 상고머리 소녀였을 때 나도 기도했었다. 회초리 자국이 선명한 손을 그러쥐고, 이런다고 내가 피아니스트가 되는 게 아니란 걸, 나는 엄마의 못다 이룬 꿈을 이루기 위해 이 세상에 태어난 게 아니란 걸, 피아노 선생인 엄마가 제발 알게 해달라고 신에게 빌었다.

"어렸을 때 학예회에서 이 곡을 쳤었는데……. 오랜만이라 잘 안되네요."

오롯이 나만을 위한 피아노 연주에 나는 감사의 박수조차 보내질 못하고 참으로 청승스럽고 당황스럽게도 두 눈엔 눈물이 다 고여버렸다.

한동안 나는 그 사람을 그렇게 '요리사'라고 불렀다. 봄에서 여름으로, 그리고 가을로 계절은 나뭇잎 사이로 쉽게 오갔지만 요리사와 나는 피아노를 사이에 두고 두 번을 조우했을 뿐이다. 삽상하다 못해 한기가 느껴지는 가을 초입의 신새벽에 은행나무 아래서 맞닥뜨리기까지 우리는 서로의 이름조차 알 리 없었다.

푸른 기운이 아직 남아 있는 은행잎이 머리띠 위로 하늘하늘 내려앉았다. 당시 나의 커다란 머리를 두르고 있던 띠는 물방울무늬의 옥양목도, 부들부들한 실크도 아니었다. 만국기가 내걸린 가을 운동회 날도 아니었건만, 청군 백군, 아군 적군을 갈라 한판 붙을 때나 사용하는 흰 광목을 질끈 머리에, 정확히는 이마에, 두르고 있었다. 철야농성을 하고 학생회관에서 사발면 상자를 들고 나오던 참이었다. 설정대로 이마엔 붉은 사자성어 구호가 적혀 있었다. 요리사가 날 알아보고 눈이 휘둥그레졌다. 그런 요리사를 바라보는 내 눈은 화등잔만 해졌다. 어떻게,란 소리가 약속이나 한 듯 둘

의 입에서 동시에 터졌다. 내 행색만으로도 요리사는 상황 파악이
끝났지만 그 반대는 성립하질 않았다. 시험철도 아닌데 안개 자욱
한 새벽 교정에 요리사가 서 있는 게 이해가 되질 않았다. 요리사
는 행색으로도 말로도 설명하지 않았다. 다만 며칠 후에 시간이 있
으면 피아노가 있는 강의실로 놀러 오라는 말을 흘렸을 뿐이다.

피아노 앞에 앉아 있던 요리사가 〈허공에의 질주〉란 영화를 보
았냐고 대뜸 물었다. 리버 피닉스의 왕 팬이라 그의 영화는 다 찾
아서 보았다고 하자 요리사의 얼굴이 환해지며 영화에서 리버 피
닉스가 연주하던 베토벤 피아노 소나타 비창의 2악장을 치기 시작
했다. 반전운동을 했던 운동권 부모를 둔 열일곱 살 눈 맑은 소년
대니. 아들의 자유의지와 사회적 대의 앞에서 갈등하던 부모가 내
렸던 선택. 연주에 대한 답례라며 요리사를 끌고 가다시피 해서 들
어간 술집에서 빈대떡에 동동주를 앞에 놓고 둘은 또 얼마나 리버
피닉스의 요절을 안타까워했던가.

난 도로의 감식가야. 평생 길을 맛볼 거야. 인도 북부 다람살라
의 티베트 사원 앞에서 오체투지를 흉내내다 문득 내 안에서 울리
던 소리. 아이다호로 가는 길 위에서 리버 피닉스가 뱉어내던 말.
양 팔꿈치와 양 무릎과 이마를 땅에 대며 간구했다. 영영 돌아가지
않는 여행자가 되게 해달라고.

"……결혼해서 좋아?"

"……가끔 네가 만들어주던 김치볶음밥 생각이 나기도 해."

"그래, 난 희망사항의 모든 조건을 완벽하게 갖춘 여자지. 청바
지만 잘 어울리고, 만들 줄 아는 건 김치볶음밥밖에 없고, 목젖이
드러나도록만 웃어제끼고 …… 네가 끓인 된장찌개도 먹을 만했

어."

"우리 둘이 살던 때가 그리워지기도 하고……."

대니의 꿈꾸는 눈동자에 감정 조절에 실패한 나는 헛기침을 한다.

"……행복하지?"

"행복? 너, 아직도 결혼이, 삶이 재미로 사는 줄 알아? 힘 모아 사는 거지."

누군가와 너무도 똑같은 대사에 대니를 따라 키득거린다.

"행복해……."

"너도 좋은 사람 빨리 만나."

대니가 손을 흔들며 돌아선다.

무심히 돌아서는 저 발길 앞에 달려가 소리치고 싶은 적이 얼마나 많았던가. 하지만 이제는 아니다. 그저 영화의 마지막처럼 이런 인사를 길 위에 띄운다. Have a Nice Day…….

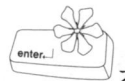

작은 꽃들이 잠을 자는데……

여름이 속절없이 가버렸다. 반팔 티셔츠로는 점령군으로 밀려오는 한기를 막아낼 수 없다. 무방비하게 드러난 살을 손바닥으로 쓸어보지만 역부족이다. 계절이 이렇게 쉽게 오고 간다는 걸 머릿속으론 모르진 않지만 몸은 늦되어 통증이 뜸을 놓아주어야 온전히 받아들인다.

점령군을 인정할 수 없는 유격대의 저항인지도 모른다. 깊은 골짜기로 후퇴하면서도 이대로는 적군을 받아들일 수 없다는 유격대원의 처절한 심정으로 내 몸은 지금 투쟁 중이다. 소슬바람이 불어온다는 건 시험이 목전에 임박했음을 의미한다. 저항해야 한다!

어느 시인처럼, 그 드물다는 굳고 정한 갈매나무를 생각하며, 운수납자가 되어 만행할 수 있다면. 어디 조용하고 물 맑고 공기 좋은 절에 틀어박혀 남은 기간이라도 용맹정진할 수 있다면. 스무 살 이후로 많든 적든 돈을 벌면서 살아온 나로선 연목구어다. 절집에, 하다못해 고시원에라도 들어갈 돈이 있으면 엄마에게 치과 치료를 받게 해드리고 싶다. 엄마가 구매하는 상품과 용역은 무엇 하나 정상적인 경로로 유통되는 것들이 없다. 화장품이나 파마는 그렇다 쳐도 육체의 병조차도 엄마는 부적절한 경로로 해결한다.

얼음주머니로 고약한 치통을 어찌 견뎌보려던 엄마는 결국 문고리에 실을 묶고 주저앉는 길을 택했다. 오 년 전에 무면허 의료인에게 세운 이 두 개도 타들어가고 있다. 치과 전문의에게 치료를 제대로 받아도 제때 보수공사를 해주지 않으면 탈이 나기 십상인데 떠돌아다니는 의료인에게 무슨 애프터서비스란 걸 기대할 수 있겠는가. 진통제로 고통의 강을 건너보려고 애를 쓰지만 시나브로 깊어져가는 물로 속은 쓰리고 구역질이 터져나오며 숨은 금방이라도 끊어질 듯 거칠어져만 간다. 하지만 엄마는 이까짓 이 좀 아프다고 치과에 돈을 들이붓냐고 절대로 당신 몸을 위해선 병원행차를 하려고 하지 않으신다.

동생이라도 돌아온다면 어떻게든 방법이 있을 텐데. 치과보다 세 배는 싸게 했다며 엄마가 득의의 미소를 띠며 우리에게 새로 한 이를 보여줬을 때 동생은 현대의학을 위협하는 야매의학의 눈부신 발전상이라며, 이제 야매가 아트의 경지에까지 이르렀다며 키득거렸었다. 넌 걱정도 안 되냐며 내가 짐짓 눈을 흘기자, 나도 이런 기술이나 한번 배워볼까 하고 한 술 더 뜨고 있었다. 동생이 옆에 있다면 네가 그때 악담을 해서 엄마의 이가 결국 이렇게 된 거라고, 동생의 등이라도 한 대 찰싹 때려주고 싶지만 동생은 아직까지도 소식이 없다.

동생 때문에 엄마의 이는 타들어갔을 것이다. 아니다. 난 정치가가 아니다. 내 탓이다. 그 남자 탓이다. 나쁜 남자 탓이다. 나쁜 남자를 선택한 엄마 탓이다. 오래전에 나는 엄마에게 나쁜 남자와의 인연을 끊으라고 읍소한 적이 있다. 엄마는 이제 와서 누구를 탓하겠냐며, 팔자 탓으로 돌렸다.

학원에서 아이들을 가르치기 시작한 지 얼마 안 되었을 때였다. 남자애가 앞에 앉은 여자애 등을 툭툭 치며, 자야, 자야, 애자야, 하고 불렀다. 아이들 이름을 다 외우기 전이라 여자애 이름이 애자인 줄 알았다. 20세기 후반에 태어난 아이의 이름치곤 퍽이나 고전적이라 슬며시 웃음이 나왔다. 남자애는 계속 애자야, 하고 불렀지만 여자애는, 그만 하라니깐! 하며 소리를 버럭 질렀고 다른 애들은 둘을 흘깃거리며 책상을 치며 웃었다. 넌 애자한테 무슨 볼일이 있어서 그러는 거야? 내가 남자애를 향해 소리치자 아이들은 발을 구르며 웃었다. 저, 애자 아니란 말예요! 쨍, 앙칼진 소리가 유리 파편으로 교실 안에 튀었다. 남자애가 부른 애자란 장애자의 은어란 걸 그날 처음으로 알았다. 이런 말은 함부로 쓰면 절대 안 되는 거라고 학생들 앞에서 목이 타도록 얘기를 했지만, 돌아서면 그년 정말 애자야,란 말을 자연스럽게 내뱉을 어린 남자애들한테 처음으로 공포를 느낀 날이기도 했다. 수업이 끝나도록 눈물이 가시지 않은 여자애에게 뭐라고 위로의 말을 건네긴 했지만 나의 엄마 이름이 '정애자'란 말은 입에서 차마 떨어지질 않았다. 진짜로 엄마는 아이들의 은어처럼 애자인지도 모른다. 부모가 지어주신 그 이름처럼, 모든 것을 팔자 탓으로 돌리는 그 의지박약함이.

밑 빠진 독에 물 붓기다. 새벽부터 밤늦게까지 총총거리며 일을 해도 돌아오는 건 빚쟁이들의 행악뿐이다. 매양 퉁퉁 부어 있는 손이 온종일 사우나탕에서 노닐다 그런 것이라도 하다면. 남자는 늘 사고를 치고 엄마는 수습한다.

집에 차가 있던 적이 있다. 차를 살 형편도 아니었다. 니들 에미가 버스 타고 새벽시장에 오가는 게 힘들어 보여 하나 장만 했다고, 남자는 제가 벌어 산 것인 양 큰소리를 쳤다. 물론 명의는 남자의 이름이었지만 할부금은 엄마가 벌어서 갚아야 하는 것이었다. 앞으로는 새벽에 일어나 차로 장을 봐오겠다고 호언하던 남자는 시트의 비닐커버가 벗겨지기 전 딱 두 번 그 일을 하고서 일 년이 넘도록 우려먹었다. 남자가 코를 드르렁 골며 잠에 떨어져 있는 동안 엄마는 무거운 몸을 일으켜 다시 새벽길을 나섰다.

차는 남자를 제외한 가족에겐 무용지물이나 마찬가지였다. 제 먹은 밥 그릇 하나, 제 누울 방 한 번 안 닦는 사람이 차는 쓸고 닦고 기름칠 하며 애지중지 모셨다. 남자는 운전대에 흰 손을 얹고, 입엔 담배를 꼬나물고, 콧등엔 검은 선글라스를 걸치고, 먹잇감을 사냥하러 다녔다. 차는 무용지물이 아니라 백해무익이었다.

나는 밤마다 송곳으로 타이어를 진하게 애무해주고픈 충동을 느꼈다. 충동을 자제할 것이 아니라 그렇게 했어야 했다. 남자는 자신의 삶의 행로만은 일탈하지 않고 끝내 사고를 쳤다. 음주운전에 사람이 상했다. 대박이었다. 피해자 가족들에게 제발 합의를 해달라고 엄마가 울면서 무릎 꿇고 빌었다. 엄마의 머리카락이 뭉텅 뽑혀나가고 가슴에 구둣발이 날아올 때, 경찰서 유치장에서 조사를 받던 남자는 탁월한 수완을 발휘하여 누런 변기 위에 쪼그리고 앉아 담배를 태우고 있었을 것이다. 구속을 면키 위해, 알코올의 수치를 기록상 떨어뜨리기 위해 담당 경찰들의 호주머니로는 또 얼마나 많은 액수의 돈 봉투가 들어갔던가. 가게까지 팔아치워가며 합의하지 말았어야 했다. 음주운전이란 중대 범죄를 저지른 남자는 당연히 자신의 죗값을 치러야 했다. 평소 소행으로 보건대 남자는 교도소에서도 분명 물을 만난 고기처럼 잘 놀고 잘살았을 것이다. 그렇더라도 빨간 줄이 그어지면 앞으로 사회 생활에 지장을 초래하지 않겠냐고 누군가 항변해온다면 난 이렇게 큰 소리로 대답했을 것이다. 사회에서 퇴장하는 게 그 남자가 사회에 기여할 유일한 방법이거든요!

남자에게서 벗어나지 못한다면 엄마는 지금까지 그래 왔던 것처럼 여생도 버는 족족 빚을 갚고, 완력에 의해 머리카락은 한 움큼씩 뽑히고, 환갑도 되기 전에 이 빠진 할머니가 되어 틀니를 소제하고 있을 것이다. 엄마는 언제쯤 알게 될까. 남자는 제 삶을 배반하지 않는다는 것을, 남자는 절대로 변하지 않는다는 것을, 목이 빠지게 기다려봐도 제 몸을 던져 항아리 바닥에 뚫린 구멍을 막아줄 두꺼비는 나타나지 않는다는 것을, 엄마는 고통받기 위해 선택되어진 인간이 아니란 것을.

지상에서 지하로 내려간다. 가을은 이곳에는 미처 이르지 못했다. 나갈 곳을 찾지 못하는 답답한 공기와 붐비는 사람들로 냉기는 덜하다. 지상의 도시도 언젠가는 열섬현상으로 봄이나 가을이 사라져버릴 것이다. 계단조차 밟지 못하고 지하로 미끄러져 내려가야 했던 그해 겨울은 혹독했다. 지상의 두 칸짜리 전세방에서 한 건 크게 터뜨린 남자로 하여 지하 단칸 월세방으로 급강하했다. 사람의 몸이 추위에 상하는 것보다 보일러가 얼어터지지 않는 것이 우선 순위였다. 기온은 보일러를 위한 최저온도에 세팅되어져 사람들은 얼음장 위에서 자고 깨어났다. 추운 날은 소변도 자주 마렵다. 외투 껴입고 열쇠 찾아들고 때론 고양이의 호의적이지 않은 눈초리와도 대면하며 지상에 있던 공동화장실로 종종거리는 게 지긋지긋해질 무렵 방문 옆 수챗구멍에선 지린내가 진동했다.

사람들이 정말 해도 너무한다, 이건 사람의 탈을 쓴 악귀야, 악귀!

엄마는 볕이 들지 않는 지하방에서 소주병을 앞에 놓고 가슴을 쳤다. 그런 한풀이조차도 남자가 없어서 가능한 일이었다. 그 퀴퀴하고 어둡던 방의 기억엔 남자가 없다. 갈 곳이 많아 편리한 남자였다. 한때 아내란 이름으로 불렸던 여인이, 호적상의 남편이자 귀한 자식의 아비를 오매불망 기다리고 있는 고향집의 아랫목을 차지하고 있었을지도 모른다. 선지와 콩나물 해장국을, 재떨이와 간장종지를, 허리띠와 야구방망이를 고르듯 남자에겐 너무나 가볍고 편한 고향이란 것, 여자란 것, 가정이란 것.

남자가 볕 좋은 곳에서 등 따시고 배부르게 죄행의 대가를 치르는 동안 엄마는 비싼 미백 화장품을 쓰지 않아도 얼굴이 하얗게 탈색되어갔다. 사는 꼴이 우리랑 별반 다르지 않아 말이 통할 것 같아 그나마 다행이라고 피해자와 가족을 처음 만나고 가슴을 쓸어내렸던 엄마였다. 그러나 사람들의 얼굴이 만날 때마다 점점 달라져가고 있다고 엄마는 겁에 질려 말을 더듬었다. 피해자 본색이었다. 피해자는 남자가 음주운전이었다는 것을 알고 나중엔 해결사까지 동원하여 더 많은 돈을 갈취하려고 으름장을 놓았다. 없는 사람들끼리 서로의 아픔을 달랠 수 있을 거라고 믿었던 엄마의 현실 감각은 'ㅆ'으로 시작하는 욕을 듣고서야 번쩍 깨달음을 얻었지만 이미 늦은 일이었다.

가진 게 없는 사람이 자신보다 더 가진 게 없고 약한 사람을 만

199

나면 손을 내밀어 잡아주는 게 아니라 손을 내밀어 뺨을 후려치는 인간들도 세상에는 많다는 걸, 밑창이 따로 노는 낡은 운동화를 신고 다니며, 해져서 기운 속옷을 입고 다니며 여고 1학년 때 깨우친 진실이었다. 힘이 없는 사람이 그러하니 힘이 있는 사람이 약한 사람을 다루는 방식은 물어보나 마나였다.

힘 있던 그들, 경찰들은 역시 민중의 지팡이였다. 굽은 허리를 받쳐주어 힘든 길을 편히 갈 수 있게 도와주기도 하지만 유사시엔 치명적인 무기가 될 수 있는 지팡이의 본질을 한 점 숨김없이 드러내주었다. 한 사람은 졸지에 큰일을 치르고 있는 여동생을 위로하는 오빠로, 다른 한 사람은, 내가 취조만 했다 하면 시뻘건 물을 콸콸 토해냈다는 안기부 수사관으로 환상적인 팀플레이를 구사하며 엄마의 피 묻은 돈을 울궈내던 경찰들은 민중의 지팡이가 되겠다는 투철한 사명감으로 무장하고 있었을 뿐이었다. 엄마는 어떻게 된 게 우리는 사돈네 팔촌을 아무리 뒤져봐도 힘깨나 쓸 수 있는 사람이 아무도 없냐며 소주병을 슬프게 붙었다. 사돈네 팔촌까지 이 잡듯 뒤졌다면 그 어딘가에는 경찰관의 가장 낮은 계급이라는 순경이나 하다못해 경찰대학교 재학생이라도 하나쯤 건질 수 있었을지도 모른다. 하지만 그들이 묽은 피 한 방울이 섞였다는 그 이유 하나만으로 헐벗은 우리를 도와줬을까.

지하의 지옥에서 한철을 보내고 새 학기가 시작되었다. 단골들도 전부 포기하고 규모도 줄여 새롭게 식당을 연 엄마가 그 바쁘고 정신없는 와중에도 잊지 않고 챙겨주는 도시락이 싫었다. 기죽지 말라고 엄마는 꼬깃꼬깃 접힌 천 원짜리를 몇 장 쥐어주기도 했다. 몇 번 안 받겠다고 팽개쳤더니 돈이 적어서 그러는 줄 알고 5천 원짜리를 막무가내로 호주머니에 집어넣었다.

지하의 현관문을 비틀어 열고 지상으로 오를 때마다 날자, 날자, 오늘은 제발 날자꾸나,라고 속삭였다. 학교 옥상이든, 고층 아파트 창문이든, 높은 산 절벽이든 어디든 좋았다. 지하에서 지상으로, 지상에서 천국으로, 영원으로 올라가고 싶었다. 날더라도 근사한 데서, 찰나더라도 훨훨 날갯짓을 하고 싶었다. 비행에 필요한 돈을 모았다. 지상에 온갖 꽃들이 만개하기엔 아직은 이른 봄날, 여의도 63빌딩으로 갔다. 투명 엘리베이터 밖으로 보는 세상은 참을 수 없을 만큼 어지러웠다. 미식거리는 속을 쓰다듬으며 강변으로 달려나갔다. 잃어버린 양 한 마리를 구하는 것은 온 우주를 구하는 것과 같다는 어진 목동은 그곳에 없었다. 갈릴리 호숫가가 아니고 한강변이라서 그랬을까. 희번덕거리는 남자들이 여기저기서 내 몸을 훑으며 접근해왔다. 술이란 걸 마시고 취해보고도 싶었다. 이보다 더한 진창이, 바닥이 어디 있으랴. 그래도 내려가야 할 곳이 남아 있다면 끝까지 가보자. 이왕, 두어 낱으로 남은 살 날, 이런들 어떠하리, 저런들 어떠하리……. 저 낮은 곳을 향해 스산한 바람이 부는 강변을 천천히 걸어갔다. 한 남자가 날 향해 해맑게 웃었다. 그 가면을 피하려고 고개를 깊이 숙였다. 문득 발밑에 보랏빛이 스치었다. 아, 제비꽃이었다. 눈을 들어 강을 보았다. 보라색 입술과 심장을 가진 엄마가 강으로 천천히 걸어 들어가고 있었다. 흐르는 강물은 엄마의 흰 발목을, 앙상한 허벅지를 쓸고, 심장 가까이 이르고 있었다.

나는 강을 등지고 달리기 시작했다. 강변을 벗어나고서야 긴 숨을 토해냈다.

다음날 학교에 갔다. 대학이 아닌 취직을 하려고 실업계에 간 나였다. 취직을 잘하려면 성적도 중요하지만 출석 일수 또한 중요했다. 전날 무단결석도 했겠다, 자포자기의 심정으로 체육복을 뒤집어쓰고 아침부터 병든 닭처럼 꾸벅꾸벅 졸고 있었다. 담임이 상담실로 불렀다. 손바닥, 엉덩이, 종아리를 안쓰럽게 쓸어주는 선생 앞에 섰다.

너, 어제, 죽으려고 한강에라도 간 거 아냐? 살기 싫냐?

조롱도 아니고 농담도 아니었다. 그의 목소리엔 측은지심이 실려 있었다. 그가 흔들리는 내 눈동자라도 보았을까.

사는 게 즐겁기만 한 사람이 어디 있겠냐. 힘들더라도 견뎌야지.

내 사정을 누구에게도 말한 적이 없었으므로 그가 내 속사정을 알 리 없었다. 그럴듯한 결석의 변도 만들어놓았지만 그는 결석 사유도 묻지 않았다. 매 대신에 내 어깨를 툭툭 쳐주었다. 그 선생이 아니었으면 나는 63층은 너무 높으니까 인근의 고층 아파트로 비행 장소를 옮겼을 것이다. 젠장, 엄마의 얼굴이 또 어른거리더라도 이것이 내가 당신을 사랑하는 방식이라고 노트라도 한 장 찢어 괴발개발 휘갈겨놓고는 훌쩍 날아올랐을 것이다. 그는 국어 선생이었다.

문서 실무나 상업부기를 배우던 내가 국문과를 선택했다. 엄마는 내가 국문과에 합격했다고 하니깐, 직장 다니면서 언제 공부했냐고 기쁨과 안타까움으로 눈이 붉어지더니 이왕 공부할 거면 법과대학 같은 델 들어가지 그랬니?라며 민초 본색을 감추질 못했다. 엄마의 그 말에 맘껏 웃어주었다. 대학에 입학할 때는 세상이 그래도 아직은 살 만한 곳이라고 온기를 나눠주던 그 선생처럼 나도 모국어를 가르치며 상처받은 어린 영혼을 다독여주고 싶었다. 청운의 꿈이었다.

봄 하늘의 아련했던 푸른 구름은 잿빛 먹구름으로 변해 비를 뿌리고 있다. 교직을 이수했지만 아직도 난 학원가를 전전하고 있다. 적성이니 뭐니 그런 거 따지지 말고 죽기 살기로 공부해서 경찰대학에나 갈 걸 그랬다. 딸이 순경보다도 몇 단계 높은 경위로 파출소 소장이라도 하고 있으면 엄마는 구정물에 더 손을 담그지 않고 있어도 될 터인데. 꿈은 바라기 위해서 있다지만 아직도 선생님이 되지 못한 나는 불안하다. 그 길에 이르는 시험이 겨울의 초입에 있다.

출입문에 서서 초행길인 듯 전철 노선도를 물끄러미 바라본다. 안드로메다 은하에서 온 외계인처럼, 다른 대륙에서 건너온 이방인처럼, 시골에서 막 상경한 주변인처럼 나는 고개를 끄덕이며 역 이름을 읽는다. 장발산, 재미있는 이름이다. 잘못 읽었다. 정발산. 한편에선 임꺽정이나 장길산이 다른 한편에선 봉두난발한 미친 여자가 히죽 웃는 모습이 떠오른다. 장승배기, 망월사, 돌곶이. 바덴바덴, 브루클린, 햄스테드 히스, 아디스아바바. 오지 않는 엄마를 기다리며 동생이랑 사회과부도를 펼쳐놓고 지명 찾기 놀이를 하던 저녁 때처럼 어지러운 지하철 노선도를 베고 스르르 잠이 들 것 같다.

지축을 흔들며 내 잠을 흔드는 손이 있으니 바로 그건, 지축역. 그곳에 살던 사람을 안다. 지금도 그 사람은 그곳에 살고 있을까. 나이 많은 여대생은 인기가 없었고 대학 생활은 생각보다 재미가 없었다. 그때 뚜벅뚜벅 걸어와 잠든 내 손을 흔들어준 이가 있었다. 내가 주춤주춤 다가갔는지도 모르겠다. 최지우가 '실땅님'이라고 발음할 때마다 비웃음이 나오기보다는 씁쓸해졌던 건 그 남자도 실장인 탓이었다. 드라마 속 실장들은 모두 재투성이 신데렐라 앞에 짠 하고 나타나는 백마 탄 왕자이듯이 그 남자도 내게는 꿈에 그리던 왕자님이었다.

백화점, 호텔, 광고 같은 잘나가는 업계는 아니었지만 그도 기획실장이었다. 재벌 2세도 물론 아니었지만 가난한 여주인공을 물심양면으로 도와주는 능력 있고 멋진 남자였다. 다른 친구들은 돈 많이 주고 근무조건 좋다는 대기업에 들어가지 못해 안달할 때 어느곳에 취직하든 책상 닦고 커피 나르는 미스 리 신세는 판박이일 거라 잘난 척을 하고 대형 서점에 자리를 잡았었다. 틈틈이 책을 읽으리라던 다부진 소망은 먼지와 신경통 속에 사그라들 무렵 매장에서 기획실로 신분 상승을 이루었다. 책과 씨름하느라 하루 일과가 끝나면 수저도 못 들 만큼 힘들었던 어깨 통증에서 벗어날 수있게 해준 사람이 그 사람이란 것도 나중에 알았다.

졸업도 하기 전 실습을 나갔을 때부터 직장 상사란 남자들의 끊임없는 추근댐에 시달렸다는 아이들의 풍문은 차고 넘쳐났다. 하지만 성교육 시간은 여전히 정자와 난자가 결합해 생명이 탄생하는 거라는 걸 반복했다. 우습기도 하였다. 반 안에 몸으로 실습을 해본 아이들도 한둘이 아닐 텐데, 아니, 불행하게도 낙태의 악몽도 경험한 아이들도 있을 수 있는데도 불구하고, 간호사라는 성교육 강사는 흠이 없는 물건이어야 한다며 혼전순결만을 부르르 떨며 외쳐댔다.

그는 나의 키다리 아저씨였다. 아침이면 커피를 대령하라 명령하지도 않았고, 회식 자리에선 옆에 앉아 술을 따르라고 귀찮게 하지도 않았고, 취했다는 그 만병통치 변명으로 노래방에서 끌어안지도 않았다. 어떤 것도 내게 바라지 않았다. 수능시험을 한 달 앞두고 회사를 그만뒀을 때는 거액의 도서상품권을 선물로 주며 책 사서 시험공부 열심히 하고 꼭 원하는 대학에 합격해서 연락하라고 맞잡은 손을 흔들었다. 누구에게도 입시를 준비한다는 말을 한 적이 없는데 그는 벌써 알고 있었다. 그 옛날의 국어 선생님처럼.

헤어지면서 이런 말도 덧붙였다. 어려울 때면 연락하라고, 어디 전화할 데가 없어도 연락하라며 명함에 집 전화번호까지 적어 건네주었다. 미팅을 나갔다 세상 물정 모르는 젖비린내 나는 남자들을 만나고 돌아설 때면, 온전한 하루가 과분하다면, 단 몇 시간이라도 축제를 향유하고 싶어 주위를 돌아보다 덩그러니 혼자임을 느낄 때면, 아직도 그 남자의 번호를 외우고 있는지 입 밖으로 숫자를 가지런히 펼쳐놓곤 했다. 그럴 때면 언니들이 소리를 줄여 소곤대던 소리가 귀에서 맴돌았다. 실장님, 가정적으론 별로 행복하지 않대. 잘생겼지, 돈 많지, 거기다 매너까지 좋은 우리 실장님 되게 안됐다.

혹시라도 만나게 될까 봐 그가 실장으로 있는 서점 근처에는 얼씬도 안 했다. 두려웠다. 한 번 들어가면 다시는 돌아가는 길을 찾을 수 없는 짙은 숲에 발을 들여놓게 될까 봐. 그 남자가 지축에 살았다. 같이 놀 친구도, 갖고 놀 돈도 없던 늘 그 밥에 그 나물이던 어느 날, 도서관의 참고열람실에서 백과사전을 뒤적거리던 나는 영감이라도 얻은 듯 급히 손을 놀려 '지축'이란 단어를 찾고 있었다. 지리학적으로 남극과 북극을 관통하는 축을 말한다.

헤드폰을 귀에 꽂고 시디플레이어를 작동시키며 실장이란 남자는 그가 말한 대로 지축역에 진짜로 살았을까 하는 의문을 처음으로 해본다.

오디, 그녀가 트레이시 채프먼(Tracy Chapman)의 노래와 사진을 올리면서 이런 글을 남겼다. 누군가 채프먼의 사진을 처음 봤을 때 직업은 권투선수, 성별은 당연히 남자인 줄 알았다고 해서 세상 사람들의 편견의 눈은 이리도 비슷한가, 하며 싱긋 웃은 적이 있다고.

오디, 그녀의 보물섬 깊은 곳에는, 이런 노래들,이란 제목을 달고 노래가 몇 개 숨겨져 있었다. 새비지 가든(Savage Garden)의 〈Two Beds and a Coffee Machine〉, 숀 콜빈(Shawn Colvin)의 〈Sunny Came Home〉, 트레이시 채프먼의 〈Behind the Wall〉, 수잔 베가(Suzanne Vega)의 〈Luka〉 그리고 딕시 칙스(Dixie Chicks)의 〈Goodbye Earl〉이 친절하게도 우리말 가사와 함께 올라와 있었다. 〈굿바이 얼〉은 영화 〈프라이드 그린 토마토〉 포스터와 함께 올려놓으며 '쿨하기 그지없는 이 노래를 듣고 있노라면 휘슬 스탑 카페에 들어가 다정한 그녀들, 잇지와 루스에게 튀긴 토마토를 주문하고 싶다'라고 써놓았었다.

그녀의 글에서 〈삼포 가는 길〉이란 노래가 나오는 걸 보고 내 눈을 의심하기도 했었다. 오디, 그녀는 정말 나를 알고 있는 사람이 아닐까. 아니, 그럴 리가 없다. 내가 그녀의 섬에 발을 딛기 전부터 그 음악들은 거기 있었고 야전잠바 이야기는 그 누구에게도 한 적이 없다. 그럼, 나를 기다리고 있었던 걸까. 그녀는 그곳에서 오랫동안 나와 같은 그녀들을 기다리고 있었는지도 모른다. 이민족의 침탈로 굴욕스런 슬픈 전설을 가지게 된 동족을.

그녀의 방을 기웃거리고 있노라면 나도 뭔가 긁적거리고 싶어져, 계산기와 밤을 보내고는 글을 하나 블로그에 올릴까 하다 그 정체 모를 뒤엉킨 감정을 헤집어볼 엄두가 나질 않아 그만두었다. 아니, 비겁한 자기검열의 거미줄을 끝내 뚫지 못했는지도 모른다. 언젠가는 지축, 야전잠바 그리고 계산기에 대한 얘기마저도 대수롭지 않게 뱉어낼 수 있을지 모른다. 옛날 실력을 유감없이 발휘하여, 지출을 표시하는 대변과 수입을 표시하는 차변을 일목요연하게 정리한 관계의 대차대조표도 첨부파일로 작성하여. 그 언제가, 그리 멀지 않았음도 나는 감지하고 있다. 당장 오늘밤이 될 수 있다는 것도.

↘ 대니란 분 무척 멋있었을 것 같네요. 오디 님의 마음을 사로잡은 분이셨으니. 이제야 자기소개 사진을 이해했답니다. 차마 물을 용기가 나지 않았거든요. 길 위의 리버 피닉스! 〈아이다호〉와 〈허공에의 질주〉, 다시 보고 싶은 영화들이죠……
저도 언젠가 피아노를 배우고 싶네요. 어렸을 적 레이스 달린 흰 원피스에 곱게 땋아내린 갈래머리를 나풀거리며 피아노 가방을 들고 다니던 아랫동네의 여자애가 생각이 납니다. 그 집 앞을 지나노라면 담장 너머 들려오는 그 애의 피아노 소리에 발이 자꾸만 뒤처지곤 했지요. 흰 머리를 날리며 피아노 치는 여자도 나쁘지는 않겠죠?

'가라 생각이여 금빛 날개를 타고' 글 밑에 내가 남긴 글이다.

실은 이 글을 올리고 내가 그녀의 아픔을 너무 가벼이 생각한 건 아닌가 하는 염려에, 더욱이 대니란 이름까지 적은 게 아무래도 맘에 걸려, 다시 그녀의 방에 들어갔을 땐 이미 그녀의 글은 비공개가 되어 있었다. 그녀가 내 진심을 헤아려주면 좋으련만……. 그녀와 친구가 되고 싶은 내 진심을……. 아무렇지 않게 던지는 한마디의 말로도 한순간에 지친 일상이 전복돼버리는 그런 친구가……. 아니, 그녀는 나에게 이미 그런 친구란 걸 알고나 있을까, 아직 만나지 못한 나의 오르페오란 걸……. 그녀가 올려놓은 노래 하나, 그림 하나, 글 한 줄에도 얼어붙었던 마음이 후더워지고 살아갈 힘을 얻는다는 것을…….

지난밤 나는 벽 뒤에서 터져나오는 절규의 목소리를 들었어요. 잠을 이룰 수 없는 또 하루의 밤이었죠. 경찰에 전화해봤자 소용없어요. 설령 나타난다고 하더라도 상황이 다 끝난 다음에 그 잘난 얼굴을 보일 테니깐.

세상을 향해 조곤조곤 펼쳐놓는 채프먼의 말에 귀를 기울이고 있는데 누군가 또 그렇게 툭 치고 지나간다. 경계태세를 강화하지 않은 탓이다. 내가 예민한 거라고 더 자책하지 않는다. 사는 게 나 못지않게 팍팍해서 그럴 거라고 세상에 도통한 척 너그럽게 인심을 쓰지도 않는다. 내가 동네북이야? 나는 이제 화를 낼 것이다. 나의 시선은 누군가를 쫓아간다.

사내는 다음 칸의 출입문에 선다. 그는 계절에 어울리는 갈빛 트렌치코트를 걸친 스타일리스트이다. 눈길만이 아닌 몸까지도 조금씩 남자를 따라간다. 사내가 치마를 입은 여자의 뒤로 바싹 다가가고 있다. 사내의 다리 사이로 스타킹을 신은 여자의 종아리가 보인다. 사내가 트렌치코트 자락을 확 펼친다. 옷으로 만리장성의 장막이라도 치려는가. 값비싼 소품의 활용에도 불구하고 그의 손이 바지의 지퍼 쪽에 가 있다는 건 뒤에서도 훤히 보인다. 사내의 하체가 서서히 움직인다. 남자의 움직임이 눈에 띄게 달라진다. 아니,

그는 규칙적으로 운동을 하고 있다. 여자가 겨우 고개만을 뒤쪽으로 돌린다.

옅은 화장을 하고 앳돼 보이는 그녀는 겁에 질려 있다. 블로그에 올린 글을 읽고 펑펑 울었던 적이 있는 익명의 그녀가 그녀라면, 밤의 놀이터에서 서로 등을 돌리고 담배 연기를 고즈넉이 날려 보냈던 긴 실루엣을 가졌던 그녀가 지금의 그녀라면, 고개를 푹 숙이고 새벽 골목길을 총총히 빠져나가던 그녀가 눈앞의 그녀라면……. 그녀는 지금 폭력을 당하고 있는 나일 뿐이다. 난 도망가지 않는다. 더는 도망칠 곳도 없다. 심호흡을 하고 침을 꿀꺽 삼키고 일어난다.

"수, 수…… 수진아……."

용수철처럼 튀어나가 남자를 제치고 그녀에게 다가간다.

"여, 여기서 다 만나네……. 오랜만이다……."

여자의 손을 그러쥐자 남자는 바람처럼 움직여 사라져버린다. 눈물이 그렁한 그녀의 손을 말없이 가만히 잡고 있다. 전철 문이 열리자 그녀가 내 손을 잡아 이끈다.

플라스틱 의자에 주저앉자 우리가 탔던 전철이 지나간다. 그 순간 난 보고야 말았다. 출입문에 바투 붙어서 우릴 향해 싸늘한 미소를 던지는 품격 높은 외양을 가진 남자를.

"저……놈…… 신고해야…… 하는 건데……."

신고까지 할 용기가 없다는 걸 모르진 않지만 얼굴을 감싸고 부들부들 떨고 있는 이 친구에게 무슨 말이든 해주고 싶었다.

"……고마워요……."

미소가 함초롬하다.

"……오늘 소개팅이 있어서…….."

가방으로 덮고 있는데도 그녀는 무릎 위의 치마를 계속해서 잡아당긴다. 그런 그녀의 모습을 애써 외면한다.

"남자애가 지 잘난 척만 해서 엄청 재수 없었는데……. 거기다 변태새끼까지…….."

그녀의 얼굴에 살의가 번뜩인다.

담배 생각이 간절하다. 하지만 쏟아질 시선을 온전히 감내할 자신이 없다. 공공장소에 금연구역이라는 권력까지 가지고 있는 이곳에서 버틸 힘이 내겐 없다.

"……정말 고마웠어요. 언니 아니었으면…….."

자매의 눈동자에는 아직도 물기가 남아 있다.

"……혹, 언니…… 담배…… 있어요?"

우리는 일어나 자리를 옮긴다. 플랫폼의 가장 구석진 의자로. 우리는 담배를 나눠 피운다. 담배를 배운 지 얼마 되지 않은 듯, 아니 난생처음 담배를 입에 대본 듯 그녀가 눈물까지 쏟아내며 기침을 한다. 나는 이어폰 한쪽을 그녀에게 내민다. 이런 나의 모습을 누군가에게 보여주고 싶다. 나 잘했죠,라고 물으며 한아름의 칭찬을 받고 싶다. 어느 봄날 경춘선 기차에서 만났던 그녀에게, 지하철 내 치한 신고번호를 큰 소리로 묻던 그녀에게, 그런 노래들을 종합선물세트처럼 푸짐하게 올리며 은유적으로 폭력을 외면하지 말라고 말해왔던 그녀에게…….

"……누구예요?"

"트레이시 채프먼이라고…….."

우리는 딱정벌레처럼 벽에 붙어, 〈벽 뒤에서(Behind the Wall)〉

를 함께 듣는다.

전철을 다시 탔고 이름도 아이디도 닉도 모르는 그녀가 먼저 내리며 환한 미소로 나에게 손을 흔들었다. 이맘때쯤 하늘하늘 피어나는 코스모스를 보았던가. 화답으로 손을 흔들며 그녀가 오늘 밤 편안히 잠자리에 들기를 기도한다.

그녀는 살며시 문을 열어, 그 남자가 자고 있는지 확인합니다. 그리곤 바닥에 나뒹굴고 있는 깨진 유리와 가구 조각들을 줍죠. 하룻밤의 반은 잠들지 못하고 비명을 지르곤 한답니다. 숨기려 애쓰는 또 하나의 멍, 만들어야 하는 또 하나의 알리바이, 어둠 속의 외로운 또 하나의 고속도로……. 부드러운 목소리로 두 남자가 부르는 두 개의 침대와 커피 머신…….

또 하나의 노래가 있다. 검은 양복을 입은 중년의 남자 면접관이 날 쪼아보며 이름을 물을 때 하마터면 입에서 튕겨나오려던 대답, 마이 네임 이즈 루카……. 그 노래, 루카.

집으로 가는 길 위에서 나, 치자, 루카, 써니, 잇지, 루스, 메리언, 완다는 기도한다. 세상의 모든 그녀들이 오늘만은, 단 하루만이라도 깊고 평화로운 잠에 들 수 있게 해달라고, 어떤 이유로도 한밤중에 단잠을 방해받지 않게 해달라고.

벌써 집 앞이다. 또각또각 인기척을 만들어내는 게 싫어 구두를 벗고 계단을 오른다. 열쇠를 꺼내는데 무슨 소리가 들린다. 이건, 이건…… 동생의 목소리다.

동생이 돌아왔다! 내 동생이 돌아왔다! 휴우…… 살았다! 이제 엄마를 모시고 치과에도 갈 수 있겠구나.

서둘러 열쇠를 집어넣으려다 동생의 목소리가 가까워 현관문을 주먹으로 가볍게 친다. 누나야, 누나가 왔어, 어서 문 좀 열어,라고 속삭이며.

"당신이 사람이야!"

주먹을 다시 치려다 난 그만 얼어붙고 만다. 동생은 그렇게 외치고 있다.

"당신이 애비냐구!"

"이 자식이 지금 어디서!"

남자의 육두문자에 이어 둔탁한 소리가 난다.

"당신 같은 사람 잡아가는 법도 있다더라. 가.정.폭.력.방.지.법. 이라고 들어나 봤어?"

동생의 절규 사이로 흐느낌이 들려온다. 들고 있던 구두가 툭 떨어진다.

"이 자식아, 그래, 경, 경, 경찰에 신고해라, 해!"

발음이 엉키고 있는 남자의 온몸은 술로 뒤발돼 있을 것이다.

"나, 나는…… 괜, 괜, 괜찮다……. 괜찮으니…… 제발……."

엄마의 울먹이는 소리를 더 듣고 있을 수가 없다. 뒤를 돌아 계단을 내려온다. 골목 어귀에서 멈춰 선다. 부들부들 떨리는 손으로 가방을 뒤진다. 벽이 뒤에 있다. 담배에 불을 붙인다. 발바닥이 따갑다. 맨발이다. 식칼을 들고 쫓아오는 남자를 피해 맨발로 달린 적이 있다. 엄마의 손을 잡고 무작정 집 뒤의 야산으로 내달렸다. 피 냄새 나는 숨을 토하며 올려다본 하늘엔 서울의 달이 떠 있었다. 엄마를 끌어안고 벌거벗은 나무들 사이로 본 그 겨울의 초승달은 식어가는 우리 몸처럼 얼어붙어 있었다.

골목 초입으로 경찰 사이렌 소리가 요란하게 들린다. 이웃들은 신고할 리가 없다. 오늘 같은 밤에 밖으로 뛰쳐나갔다 팔짱을 끼고 쑤군덕쑤군덕대는 이웃집 여자들의 이야기를 들었다. 저 집 여자가 또 무슨 분란을 일으킨 모양이야, 남자 분이 오죽했으면 또 저렇게 시끄럽게 하겠어. 그렇게 점잖으시고 교양 있는 분이, 여자가 다소곳하게 생긴 게 남자들이 꼬이게 생겼더라구, 거기다 술집까지 하고 있으니. 술집이 아니라 식당이잖아. 말이 식당이지 다 술손님들이라구…… . 그런 날이면 그녀, 루카처럼 동네 사람들의 호기심에 찬 눈초리가 어김없이 꽂힐 터였으므로 신새벽에 길을 나서곤 한다.

정말로 동생이 신고라도 한 건가. 혹여 그랬더라도 저들은 좀 조용히 나타날 수 없을까. 이웃들의 쑥덕거림과 온당치 못한 말들로 입게 될 피해자의 고통은 조금치도 안중에 없는 걸까. 온 동네를 들쑤시고 나타났더라도 이건 남편과 부인의 문제니깐 우리가 관여할 바가 아니라고 돌아가버릴 거면서. 자유의 여신상이 굽어보는 그 대단한 나라 미국도 이곳과 별반 다르지 않다는 채프먼의 노래를 들으며 위안이라도 삼아야 하는가.

경찰차는 사이렌을 울리며 내 앞을 지나 다른 골목으로 접어든다. 뭘 이만한 거 가지고 신고까지 하고 그래요? 아줌마가 뭘 잘못한 게 있으니깐 남편 되시는 분이 화가 나셨겠죠, 참을 인 자 세 번이면 살인도 면한다잖아요,라며 훈육과 계도의 지팡이를 친절과 봉사스럽게 휘두른다 하더라도 내 앞을 스쳐갈 때 무작정 잡을 걸 그랬나 보다. 이렇게 또 그들은 유유히 사라져버렸다. 공권력이 엄히 다스려야 할 중대한 폭력사태를 수수방관하고서!

다세대주택의 입구로 검은 물체가 튀어나온다. 남자인가. 아니다. 몸집이 동생에 가깝다. 만취한 사람처럼 비틀거리며 내려간다. 그런데 그 애는 밤길에 무언가를 흘리고 있다. 뚝뚝, 피가 팔뚝에서 떨어지고 있다. 엄마가 울부짖으며 동생을 따른다. 동생도 나처럼 제 몸에 칼을 댄 것이다.

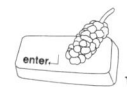

멈추어라, 이제는 멈추어라,
가혹한 열정의 잔인한 기억들

〈사우어 타임즈(sour times)〉를 반복해서 듣고 있노라니 먹지도
않은 약 기운이 온몸으로 스멀스멀 퍼져가고 있다. 잠 못 드는 이
새벽, 담배와 술이 없이도 이렇게 몽롱해질 수 있다는 건 얼마만
한 축복인가. 머지않아 다행스럽게도 시체가 될 듯하다.

그렇게 기다리던 동생이 집에 돌아왔다.
누나에게 줄 생일선물로, 3호선 버터플라이의 〈스물 아홉, 문득〉을
들고서.

거짓말처럼 온 만큼만 더 가면 음…….
난 거의 예순 살, 하지만 난 좋아, 알 것 같아.
난 말해주고 싶어 나에게, 그동안 너 수고했다고…….

하지만 이 노래를 선물 받을 사람은 그동안 나보다 수고가 많았던
그 애인 듯하다. 그 애는 지금 아프다. 남상아 목소리만이 유일한 위로

다. 허클베리 핀과 3호선 버터플라이 시디가 환자이길 거부하는 그 애의 머리맡을 지키고 있다.

음악만이 모든 것을 치유하고 자신을 구원해줄 거라고 믿는 그 애는, 짐승들이 혀가 닳도록 핥고 또 핥아 제 몸의 상처를 치유하듯 음악을 듣고 또 듣는다. 그런 동생으로 하여 그녀도 알았다.

지축을 흔드는 탄식, 베스 기번스. 언젠가 동생한테 이 음반을 선물받고선 며칠간 식음을 전폐하면서 듣다간 눈에 띄지 않는 곳에 처박아두었다. 그녀의 목소리를 다시 들으려면 단단한 겹옷이 필요했으니깐. 깊숙이 숨겨둔 것이 가시처럼 더욱 눈을 찔러 와, 손을 뻗어 시디를 끄집어내어 플레이 버튼을 눌러버린다면 우울함이 치사량에 이르리란 걸 감지하고 있었으므로. 한밤중의 목메임은 새벽으로 이어지고, 낮은 밤이 되고, 날은 일 주일이 되고, 일 주일은 열흘, 보름으로 걷잡을 수 없어지리란 걸 그녀의 목소리를 처음 듣던 순간 예감하고 있었으므로.

힘든 하루의 뒤끝이었을까. 사납지 않은 날을 손에 꼽는 게 쉬운 일일 테지만 유독 시리고 추운 날이었을까. 손목을 쓰다듬고 있는 나를 보았다. 다음 순간 이 구차한 벼랑 끝의 삶을 하루 더 연장하는 게 무슨 의미가 있을까, 하고 눈으로 면도칼을 찾고 있는 내가 보였다. 귀를 틀어막은 헤드폰에서는 그녀의 신산한 시절들이 터져나와 심장을 때리고 있었다.

그녀의 노래는 벼랑 끝에 위태롭게 놓인 한 손마저도 번번이 놓아버리게 만들지만 나는 그녀에게서 벗어날 수 없다. 앞으로도 그녀가 나를 자유롭게 하지 못하리라. 이 지긋지긋한 삶을 살아가는 한은 나는 그녀에게 감금되어 있다.

이런 글과 함께 그녀, 치자가 포티스헤드(Portishead)의 음악을 올려놓았다.

대니를 만나고 돌아선 지도 꽤 많은 날들이 지났는데도 나는 여전히 수습이 안 되고 있다.

아무도 나를 사랑하지 않는다,는 베스의 떨리는 목소리를 그녀의 블로그에서 예기치 않게 맞닥뜨리며 몇 해 전 이맘때의 기습적인 한 만남이 수면 위로 차고 올라왔다. 대니와의 기억은 왜 이리도 가을, 그것도 10월과 연결이 돼 있는 걸까.

어느 복잡한 거리를 걷다 레코드 가게에서 무슨 소리를 들었다. 노래인지 절규인지 모를 소리를 듣는 순간 내 두 다리는 그 자리에 뿌리를 내리고 움직일 줄 몰랐다. 눈앞의 풍경들이 아뜩해졌다. 갑자기 우뚝 서버린 나와 부딪힌 어떤 이가 내게 버럭 화를 내기도 했었다. 어느새 젖어 있던 얼굴을 남몰래 훔치고 가게로 들어가 그 음반을 샀다. 포티스헤드의 로즈랜드 라이브 공연 실황 음반이었고 그 노래가 〈사우어 타임즈〉였다. 그 가을을 나는 베스 기번스(Beth Gibbons)라는 저주받은 약으로 견뎠다. 대니의 결혼 무렵이었다.

그녀는 하필, 제니스 조플린과 리버 피닉스가 헤로인으로 죽은, 대니가 결혼을 한 이 10월에 이 음악을 올린 걸까. 나를 다 알고 있는 사람이기라도 한 것처럼. 젖 먹던 힘을 다해 그렇게 도망쳤는데도 결국 난 모퉁이를 돌다 베스와 꽝 하고 다시 부딪치고 말았고 10월은 내 옆에서 어지럽게 흩어지고 있다. 더 도망갈 곳이 없다.

↘ 저랑 이웃 맺으실래요? ……실은 친구가 되고 싶은데…….

쪽지가 와 있었다.

대니와의 재회의 글을 새벽녘 올리고 누웠는데, 단숨에 써 내려간 문장들이 가시가 되어 몸을 찔러왔다. 안 되겠다 싶어, 삭제하려고 다시 들어갔을 땐 그녀가 글까지 남기고 떠난 뒤였다. 그녀가 읽었다는 걸 확인하는 순간 왜 눈물이 핑 돌았을까. 글을 비공개로 바꿔놓고 그녀에게 쪽지라도 보낼까 하다, 대범과 소심을 우왕좌왕하는 이 오디, 그만 소심함을 택해 그녀에게 어떤 말도 건네질 못했다. 그런데 그 며칠 후 그녀가 먼저 내게, 우리 이웃 하자고, 친구 하자고, 손을 흔들었다.

친구, 그녀는 내게 친구가 되고 싶다고 했다. 친구란 나의 모든 것을 보여주어도, 설사 내가 정신을 놓더라도 언제나 든든한 내 편이 되어주는 존재가 아닐까……. 이제 나도 대니 이야기를 먼지 털 듯 툭툭 털어놔야 할 때가 온 듯하다. 이 글은 나의 유일한 이웃인 그녀에게만 공개하는 글이 될 것이다.

판타스틱 소녀 백서

2004/10/17 04:32

나의 대니는 청운의 꿈을 안고 이 땅을 떠났다 일 년도 못 되어 공부를 작파하고 돌아왔다. 떠날 때도 청운의 꿈이 있기나 했을까. 비행기에서 푸른 구름을 만나자 버럭 겁이 나 꿈 같은 건 그때부터 포기한 건 아니었을까.

건반 연습판으로 피아노를 배워 줄리아드 오디션을 통과했던 영화 속 대니처럼, 전공교수에게 레슨 한 번 받지 못하고도 피아노과에 당당히 합격했던 나의 대니였다. 집에 그랜드피아노가 없던 유일한 전공학생이었던 대니는 학교 연습실의 그랜드피아노를 차지하기 위해 대학 입학 이후 고등학교 때도 안 하던 새벽별 보기 운동을 하며 학교에 왔다. 업라이트피아노와 그랜드피아노는 건반의 터치와 울림 자체가 달라서 업라이트에 익숙해진 감각으로 그랜드피아노에 적응하자면 몇 배의 시간과 노력을 기울여야 했기 때문이었다.

무엇을 쟁취하기 위해 밤까지 패며 그 가을날 투쟁했는지는 모르지만 의미 있는 싸움이었다. 철야농성이 아니었다면 이 오디가 그 이른 아침 교정을 어슬렁거릴 일이 있었을 것이며, 대니가 경보 선수처럼 빠른 걸음으로 날마다 그 시간에 땀을 흘리며 은행나무 아래를 지나갔다 하더라도 나와 대니의 극적인 만남은 예비되지 못했을 것이다. 햇살마저 노랗던 다음 해 가을, 나는 대니와 어깨를 나란히 하고서 말끔하게 밀어버린 머리에 벙거지를 눌러 쓰고 은행나무 밑을 지나갔다.

그 일 년 사이 나는 스트레스성 폭식증에서 독립할 수 있었고 레인맨으로부터도 벗어날 수 있었다. 길을 건너다가도 신호등이 빨간불로 바뀌면 우뚝 서버리는 영화 속 고집불통 캐릭터와는 아무 상관이 없이 그저 소나기 쏟아지던 날 첫 대면을 했기에 레인맨일 뿐이다.

별안간 회색 콘크리트가 균열이라도 날 듯 도시에 비가 쏟아졌다. 삽시간에 그 많던 사람들이 어딘가로 사라져버렸다. 거리엔 빗소리와 그 비 사이를 가로지르는 차들의 마찰음뿐이었다. 굴다리 밑에서 비를 피하던 나는 지축을 흔들며 다가오는 기차 소리를 들었다. 몸을 움찔거리며 눈을 감았다 떠보니 우산 하나가 빙글빙글 돌아가고 있었다. 파란색에 검정 실선이 그어진 우산이었다. 화사한 봄에 어울리지 않는 칙칙한 색조이긴 했지만 '보슬보슬'이나 '추적추적' 이런 의태어를 구사하며 대지를 적셔야 할 봄비가 대지를 후벼파고 있는 상황이 선택의 갈등을 줄여주었다. 더구나 우산은 맞춤하게도 내가 가고자 하는 방향으로 나아가고 있었다. 우산 속으로 뛰어들었다.

불시의 습격에 일순 당황하더니 내 쪽은 보지도 않고 우산 한쪽을 내주던 주인은 강의를 들으러 가던 참이었다. 나도 그 시간에 강의가 있긴 있었다. 들어가는 강의보다 그렇지 않은 강의가 더 많았던 질풍노도의 시기였으므로 동아리방에 들어가 쏟아지는 비를 배경음으로 글로리나 태울까 생각 중이었다. 글로리를 태우면 대머리가 된다는 악성 루머가 창궐하고 있다며 남자 선배나 동기들은 날 쪼아댔지만 그건 마일드세븐의 영업사원이나 여성의 흡연을 도저히 못 봐주겠는 밴댕이과 남자들의 음모라고 일축하고 내 뜻을 굽히지 않고 있었다.

우산 주인이 들어가야 할 강의실은 교정 초입에 있었다. 이제 고개를 까닥하고 아직도 왕성하게 쏟아지고 있는 빗속으로 뛰어들면 그만이었다. 옆에서 웅얼거리는 소리가 들렸다. 귓속까지 빗방울이 스며든 모양이라며 귀를 털려는 내 앞으로 우산이 돌진해왔다. 이, 이거…… 쓰, 쓰세요,는 환청이 아니었다. 살신성인의 현신에 어리둥절하고 있는 사이, 한쪽 어깨는 비로 완전히 유실된 그가 서서히 내 앞에서 사라져갔다. 그렇게 처음 만났다. 시작은 그럴듯했다. 살수차로 물을 뿌려가며 찍는 우산 속 로맨스 영화의 주인공들 못지않았다.

흔들렸다. 목숨을 초개와 같이 버리겠다는 사람은 있어도 비 오는 날 우산을 어찌 지푸라기로 볼 수 있겠는가. 우산 속에서 시선 둘 데가 없어 보아둔 그의 얼굴은 부실한 기억력으로 점점 지워져 가고 있었다. 다시 만나 발이라도 밟게 된다면 얼굴을 붉히며 총총히 사라질 게 뻔했다. 천우신조의 기회를 무심히 놓아버리는 우를 범한다면 소나기라는 환경설정까지 해준 하늘에 배은망덕한 노릇일 터이므로 그를 찾아나섰다. 일 주일 후 같은 시간에 연분홍 꽃잎이 흩날리는 봄날 우중충한 우산을 피켓처럼 들고 그가 홀연히 사라졌던 강의동 앞에 섰다. 주사위는 던져졌다. 나머지는 운명에 맡기자.

일인시위 덕분에 그가 먼저 날 알아보았다.

"저, 저도…… 기, 길에서 주, 주운 거라 ……도, 돌려주지 않으셔도 되는데……."

"그렇더라도……."

이 오디도 눈을 내리깔며 말없음표로 문장을 마무리했다. 눈조차 마주치지 못하고 말을 더듬거리는 남자가 신선했다. 운명이었다.

레인맨은 비교적 착했지만, 애정질 영화를 통해 쌓이고 쌓인 나의 판타지는 현실화시켜줄 수 없었다. 그는 우선 돈이 없었다. 곰인형과 꽃다발은커녕 밥 한 번 사줘본 적이 없었다. 분위기 있는 레스토랑에서 칼질까지는 바라지도 않는데 학교 식당에서 돈까스 한 번 사준 적이 없다. 밥을 사준 쪽은 언제나 나였다. 나중엔 전자오락실에서 눈썹 휘날리며 슈팅게임을 하는 그를 위해 김밥을 날라다 주었다. 그가 돈이 아예 없는 것은 아니었다. 공대생답게 고등학생들 이과수학 과외로 벌어들이는 돈은 솔찮았다. 돈의 용처가 따로 있었다.

처음 한 이 주일쯤 연락이 두절됐다 영락없이 영화 〈남부군〉에 나오는 지리산 빨치산의 형상으로 내 앞에 나타났을 때, 레인맨의 입에서 이런 대사가 나올 줄 알았다.

나, 다시, 돌아갈래!

하지만 바싹 마른 입술을 부딪쳐 그는 이런 말을 만들어냈다.

하이텔과 천리안의 아지트를 사수하다 실탄을 챙기고 용산으로 실전을 나갔어.

한 손을 들어 인정해주지 않을 수 없었다. 연락 두절 이후, 두 눈만 여름날 반딧불 똥구멍스럽게 반짝반짝 빛을 내며 나타나는 그의 밝히고 싶어하지 않는 사생활을, 컴퓨터와의 자위에 탐닉했다 돌아오는 그의 기괴한 성생활을.

섹스가 끝나면 동물은 슬프다는 명제처럼, 쌓인 욕망을 말끔하게 털고 난 후의 허탈을 그는 내 앞에서 장황하게 떠벌이는 것으로 풀었다. 두 스티브들이 차고에서 개인용 컴퓨터를 만드는 것으로 시작했다는 애플사에 대해, 빌 게이츠가 도스 운영체제와 관련하여 IBM사와 체결한 탁월한 계약에 대해, http라는 프로토콜이 보여주는 멋진 신세계에 대해 그는 유장하게 침을 튀겼다. 그리고 내가 그 이야기에 몰입한다고 느낀 순간, 고개를 푹 꺾으며 고백했다. 나, 뜨거운 국물에 밥 한 그릇 먹고 싶어! 컴퓨터 업그레이드에 전 재산을 올인하고 내가 사주는 붉은 순두부찌개를 땀을 삐질 삐질 흘리며 먹고 있는 그를 보고 있노라면 인생에 치명적인 오류 로그를 작성하고 있는 사람은 그가 아니라 바로 나라는 생각이 어김없이 찾아들었다.

그는 또한 콤플렉스 결정체였다. 매사에 자신 있는 것처럼 큰소리 치면서도 집안 배경, 외모, 대학이든 그 무엇 하나 맘에 드는게 없었다. 기계공학과, 내가 보기엔 별로 나빠 보이지 않는 자신의 전공마저도 '개과'라고 줄여 부르며 우리 개들의 쓸모라곤 인해전술밖에 없어, 발에 차이잖아,라며 자조했다.

나도 우리 학교 싫어,라고 털어놓고 싶지만, 우리 학교가 어때서, 사람이 위만 보고 살 수 있니, 발 아래도 보면서 살아야 균형을 잡지,라며 어렸을 적 화장실에서 읽은, 삶을 긍정하라는 요지의『샘터』나『리더스 다이제스트』를 읊어주었다. 외모만 해도 봐줄만한 구석도 있어서, 너 잘생겼어, 라고 처음엔 사기 진작 차원에서 고의적으로 반복어법을 구사했지만 시간이 갈수록 징징대는 애라도 달래듯 무수히 날려야 하는 립 서비스에 내가 이 짓을 언제까지 해야 하나 하는 자괴감이 고개를 쳐들었다.

학생식당의 밥값이나 우유값만이 아니라 비디오방, 모텔 숙박료도 모두 내 차지였다. 당연히 피임도 내 몫이었다. 각종 영역에 걸친 나의 립 서비스에 답례조차 받아보질 못했다. 처음 관계를 갖던 날, 겉으로는 별거 아닌 척했지만 이 오디도 떨고 있었는데 그는 오직 나의 커다란 가슴에 눈을 박고 입을 쩍 벌리고 있었다. 그의 다물 줄 모르는 입을 보며 살진 돼지인 내 몸이 혐오스러웠다. 내 몸이 아름답다고 한 번 말해준 적도, 말이 힘들다면 몸으로 보여준 적도 없으면서 밝히긴 엄청 밝혔다. 사람들이 들락거리는 남녀 공용 공중화장실에서 국물에 불어터진 그 시커먼 오뎅을 나에게 내밀며 육박전을 시도할 때, 도루코 칼이라도 손에 쥐고 있었다면 금

넘어왔다고 단호하게 잘라버렸을 것이다.

이를 갈면서, 때론 살의까지 느끼면서, 견딜 수 없을 만큼 먹었다 손가락을 넣어 토하기를 반복하면서, 레인맨과 해까지 넘겨가며 끌었던 이유는 무엇이었을까. 삽입성교의 첫번째 파트너였다든가 하는, 번갯불에 콩 구워 먹듯 벌어진 근대화 과정의 일등주의의 잘못된 편견은 애시당초 없었다.

버리기엔 아까운 장점이 그에겐 있었다. 그는 나의 단 하나의 말상대였다. 여느 남자들처럼 다 이해하는 것처럼 굴다가도 막상 자신의 여자친구가 담배를 물면 이런저런 이유로 금연을 권장하는 파렴치한 짓은 하지 않았다. 엄마의 언어 폭력을 일기장이 아닌 처음으로 사람에게 털어놓을 때, 그는 온몸을 열어 잘 들어주었다. 엄마를, 어른들을 이해해라, 따위의 바른생활 교과서도 낭독지 않았다.

부모에게서 받지 못한 사랑을 남자에게서 받고 싶었을 것이다. 코스모스처럼 연약한 여인이 되어야 그 사랑을 받을 수 있다는 것도 알고 있어서 그즈음 난 더 많이 게워냈다. 미래를 함께 한다든가 하는 걸 한 번도 생각해본 적이 없는데도 마치 영원이라도 함께 할 것처럼 진실을 연기했다. 외로움이 감독 지도하는 연기. 그와의 관계에서 한 번도 오르가슴에 도달한 적이 없는데도 식당의 샐리처럼, 포르노그래피의 여배우들처럼 연기했었다. 이 남자라도 붙잡고 있어야 중력의 법칙이 계속 적용될 것 같은 두려움에, 섹스는 별로여도 살과 살이 닿는 느낌은 싫지 않다고 스스로에게 변명했었다. 세상에 이렇게 나를 잘 알고 아껴주는 사람을 놓아버린다면 우주의 미아가 되고 말 것이라고, 완전한 사랑이란 영화나 드라마

속에서나 존재하는 거라고 날 위로했었다.

대니와의 만남이 쌓여가면서 그와 이별할 떡잎을 틔웠다. 너는 아니다,고 초저녁에 판정을 내렸는데도 관습에 끌려다녔다. 브레이크를 아무리 밟아도 제어가 되지 않을 때, 내가 아는, 할 수 있는 유일한 짓은 자학이다. 자학은 술과 더불어 완성된다. 끝까지 살아남는 남자가 나랑 자는 것은 술판의 룰스 오브 인게이지먼트였다. 선배든, 후배든, 동기든, 여자친구가 있든, 없든, 잘생겼든, 못생겼든, 키가 크든 작든, 어떤 것도 가리지 않았다. 아, 나는 박애주의자였던 것이다. 예수와 석가의 현신이었다고 자부했지만 어떤 이들은 이 오디를 '나는 이불', '대걸레'라고 불러주기도 했다. 호혜평등에도 원칙이 있었다. 한 번 잔 놈과는 다시 자지 않는다는 것. 여자친구가 있는 애들한테는 잊지 않고 이런 말을 남겼다. 걔 요즘 힘들어 하더라, 좀 잘해줘라. 언행일치를 하기 위해 나도 레인맨에게 돌아가 밥을 사주고 맞담배를 피우며 쓴웃음을 교환했다. 천리를 간다는 발 없는 말이 그에겐 미처 당도하지 못했는지 나의 사생활에 사시미를 번쩍 들고 회를 뜨지는 않았지만 스키다시로 짜증은 많이 부렸다.

참기 힘든 노여움이 있으세요? 대니와 가꾸는 피아노 숲이 점점 푸르러지던 어느 오후에, 대니가 피아노를 덮으며 라르고로 물어왔다.

학교를 내려가다 우연히 들었어요. 뒤에서 걸어오던 남학생들의 이야길. 일부러 그런 건 아니에요. 워낙 큰 소리로 떠들어서. 아니, 익숙한 이름 하나가 귀에 꽂힌 후부터 제 걸음걸이가 늦춰진 것도 같네요…… 이런 말 하면 기분이 많이 상할 텐데…… 미안해

요······. 그 사람들이, 너도 잤냐? 짜식, 그럼, 너도야?라고 킥킥대
면서, 대준다는데 싫다는 남자 봤냐? ······그 다음엔 도저히 말로
못 옮기겠네요······. 이 이야기도 마저 할게요. 화장실에서 음식물
토하는 소리를 들은 적이 있어요. 같이 식사하러 갔을 때······. 신
경성 폭식증 같은 게 있는 것은 아닐까 걱정했지만······. 폭식증은
터뜨릴 수 없는 저 깊은 곳의 분노를 향해 몸이 발언하는 거예요.
참기 힘든 분노나 노여움이 있더라도 자신의 몸을 해쳐 살을 가르
고 가시를 바를 생각은 하지 마세요.

열등의식 좀 홀홀 털어버리고 다른 여자를 만나거든 제발 잘해
줘라!

봄, 여름, 가을, 겨울, 다시 봄이 오고 여름이 왔다. 처음처럼 비
가 오는 날 한 시대의 종말을 고했다. 라임이라도 맞출 의도였는지
마지막 날도 나는 우산을 갖고 있질 않았다. 자위 용도로 쓸 여자
누드 사진을 파노라마처럼 미끈하게 펼쳐볼 방도를 찾다 컴퓨터의
블랙홀에 빠졌다는 소년은 이제야 털어놓는 나의 마지막 부탁에
굵은 뿔테 안경만 추켜올렸다.

능숙한 솜씨로 키보드를 두드릴 때면 피아노 소나타라도 울려퍼
질 것 같던, 나로 하여금 컴퓨터를 가지고 놀고 싶다는 강렬한 유
혹으로 밀어넣던, 길고 가느다란 손가락들은 우둑우둑 부러지는
소리를 냈다. 'html'이란 용어를 처음 듣게 해줬던 입술은 안녕이
란 말을 링크하기엔 너무 메말라 있었다. 다만 빗속으로 나서는 내
게, 예의 웅얼거리는 소리에 이어 자신의 우산을 건네주었다. 웃으
며 사양했다. 폭우가 쏟아지더라도 이제 더는 우산은 필요 없었다.
빗속을 걸었다. 빗속에서 노래했다. 빗속에서 소리쳤다. 속옷까지

적시더라도 별거 아니었다. 해가 나면 짜서 말리면 그만이었다.

엄마는 피아노를 전공했어요. 여고 시절 선생님을 남편으로 맞았으니 어렵게 배운 전공을 써먹을 기회나 있었겠어요? 엄마는 그 한을 집안의 유일한 딸인 내게 풀었어요. 엄마가 어쩌다 흘러내린 머리를 올리기 위해, 악보를 넘기기 위해 손만 들어도 가슴이 철렁했어요. 등허리에 불벼락이 내리겠구나, 메트로놈이 또 하나 박살나겠구나. 엄마가 쥐고 있는 회초리를 볼 때마다 등허리에 식은땀이 흐르고, 악보는 흐릿해져가고, 손가락은 딴 짓을 하고 그럴수록 손등에 회초리 자국은 늘어가고…… 불행히도 난 모차르트도 베토벤도 아니었거든요. 피아노는 내게 공포였어요. 피아노가 있는 거실엔 혼자선 나와 있지도 않았어요. 그쪽으론 눈길조차 주기 싫었어요. 학교에서 돌아와 인사도 안 한다고 거실 소파에 앉아 있던 어른들한테 혼도 많이 났어요.

신경성 폭식증이란 걸 알게 된 게……. 가까운 사람 중에 그런 사람이 있었어요. 부족한 거 하나 없이, 누릴 것 다 누리고 살던 사람이 하루아침에 아버지 사업이 망해 집안의 그럴듯한 물건마다 빨간 차압 딱지가 붙고, 빛이 새어 나가지 못하도록 창이란 창엔 군용 담요가 씌워지고, 생쥐처럼 집에도 몰래 기어 들어갔다가 발소리를 줄여 나와야 하고……. 엄마가 요리책을 봐가며 아무리 영양 많고 맛 좋은 음식을 만들어놓아도 젓가락 한 번 가면 끝이어서 왜 그렇게 입이 짧냐고 근심을 샀던 사람이 이제 아무리 먹어도 배가 고프기 시작한 거예요. 엄마는 더는 예쁜 앞치마를 두르고 색색의 재료를 저울에 올려가며 리드미컬한 칼질과 군침 도는 냄새로 온 가족들을 설렘과 기대가 만발한 식탁으로 불러모을 수가 없는

데……. 실은 마호가니로 짠 식탁마저 빚쟁이들에게 빼앗겼으니 그 찬란했던 성찬은 다시는 돌이킬 수 없는 아름다운 추억이 되어버렸죠. 고추장과 밥 한 그릇이 전부인 앉은뱅이 상 앞에 앉을 때마다 스쳐간 영상이 가슴을 치고……. 왕자였다 하루아침에 거지가 된다면 누구라도 다시는 오지 않을 옛날이 눈물겹도록 간절한 건 당연하겠지만 이 사람은 달랐어요. 어느 날부터 배에 걸신이 들렸어요. 돈이 생기면 떡볶이, 순대, 튀김, 핫도그를 달고 다녔고 운이 좋으면 콜라에 피자를 먹을 수 있었죠. 집에 돌아오면 소화되지 않은 그것들을 죄다 토해내고……. 속이 비면 허전해서 다시 먹고……. 점점 살이 쪄가자 가족들은 기겁을 했죠. 미스코리아에 나가겠다던 애가 왜 이러냐고, 제발 그만 먹으라고 엄마는 그 사람을 붙잡고 서럽게 통곡을 하고……. 하지만 전 가늘고 길어 거미 같던 예전의 그 사람의 몸보다 포동포동 부드럽게 살이 오른 달라진 몸이 솔직히 더 좋았어요. 뼈가 툭툭 튀어나온 각진 몸보다 원처럼 부드럽고 따뜻하게 출렁이는 몸이……. 르누아르 그림의 여자들처럼…… 몸이 참 예뻐요.

어렸을 적부터 싫기만 했던 내 몸이, 더구나 게걸스러운 눈빛으로 레인맨이 내려다볼 때마다 도려내버리고 싶던 커다란 가슴이 적어도 혐오스럽지는 않게 되었다. 정신과의사와 상담 없이도 먹고 토하던 병을 고쳤다. 어깨 위에서 찰랑거리던 단발머리를 밀어버린 것은 그 해 가을이었다.

대니랑 둘이 살고 싶어서 머리를 밀었다. 겉으로는 이성과 합리가 흐르는 땅처럼 보이지만 안으로는 말이 통하지 않는 집에서 합법적으로 탈출할 수 있는 방법은 포클레인으로 무조건 밀어붙이는 방법뿐이었다. 어쭙잖지만 대니를 도와주고 싶었다. 그랜드피아노를 쟁취하기 위해 눈물겨운 투쟁을 벌이고 있는 대니를 학교에서 엎어지면 코 닿을 곳에서 살게 해주고 싶었다. 졸업 학년을 앞두고 더욱 연습량을 늘리느라 지하철조차 놓쳐 심야택시를 타고 집으로 돌아가야 하는 대니의 귀로가 내 졸업 후의 진로보다 걱정이 되었다.

머리카락을 허공으로 날려버린 나의 전술은 주효했다. 살이 빠져가자 내가 널 낳은 후 최초로 인간의 형상으로 보인다며 희희낙락하고 있던 엄마의 후두부를 한 방에 날려버린 것이다. 여기저기 은밀히 선을 대어 공작을 진행 중이던 엄마는 무슨 일이 있는 거냐고 울부짖었다. 졸업을 해도 취업전선에 뛰어들 실력조차 되지 않는다고, 천신만고로 취업이 된다 하더라도 결혼이란 안정적인 직장에 비할 수가 없다고, 딸의 실력과 장래를 예단하고 접선 날짜도 상대방과는 수시로 조율하면서도 정작 당사자인 딸의 의견은 묻지도 않고 일방적으로 진도를 빼던 엄마에겐 마른하늘의 날벼락도 조족지혈이었다. 엄마가 그렇게 혼비백산한 모습은 엄마의 자궁에서 나와 세상을 본 이후로 처음이었다. 치사량에 달하는 딸을 향한 엄마의 낯선 불안에 속으로는 뜨끔했지만 그렇다고 머리카락을 다시 심을 수도 없었다. 꾸역꾸역 올라오는 불안을 잠식하기 위해 겉으로는 더욱 과격해졌다. 결국 엄마는 전세금을 내놓았고 학교 앞 다세대주택 방 한 칸에서 지하 생활이 시작된다.

대니의 결혼을 앞두고 남쪽으로 가는 버스에 오르기 전, 나는 왼쪽 손목을 면도칼로 그었다. 10월이었다. 생에 두번째 자살을 시도했던 때는. 언젠가 길에서 만난 그녀가 헤어지면서 건넨, 손때가

까맣게 묻은 시집의 '10월'이란 시를 읽다가 한순간 가슴이 먹먹하였던 것은, 한때 절망이 내 삶의 전부였던 적이 있었다,란 시인의 말은 바로 나의 10월을 이르기 때문이었다.

담배 반 갑을 피우고, 정맥인지 동맥인지, 조곤조곤 뛰고 있는 혈관에 눈을 질끈 감고 칼날을 올려놓았다. 포티스헤드의 〈로드(Load)〉, '길'이 흐르고 있었다. 내 옆에 아무도 없어요, 어느 누구도 보이지 않아요……. 이번엔 유서 한 장 쓰지 않았다. 할머니, 아빠, 엄마, 오빠에게 길고도 긴 편지를 남겼던, 말로는 죽겠다고 하면서도 죽기 싫었던 게 역력했던 사춘기 소녀가 더 이상 아니었다. 생각보다도 혈관 위의 살갗은 두꺼웠다. 붉은 피가 흐르고 뜨거운 흐름이 팔목을 스치는 것을 느끼며 잠을 자기 위해 애썼다. 다시 눈을 뜨거든 다른 세상이길 바라며.

대니를 애타게 부르고 있었다. 다시 내게 돌아와줘, 내게……. 눈을 뜨자 빙글빙글 도는 내 방 천장이 보였다. 내 영혼이 미련이 남아 아직 이 방을 떠도는 것이길 바랐다. 그러나 내 몸에서 나온 피는 손목 밑에 깔아논 수건 한 장만을 적시고 팔목엔 핏덩어리가 두껍게 엉겨 있는 걸로 상황이 종료됐다. 정맥도 동맥도 잘리지 않았고, 과다출혈로 인한 쇼크 같은 것도 오지 않았다. 웃었다. 한참을 회전목마처럼 빙글빙글 도는 팔목을 내려다보며 웃었다.

기실 이번에도 진정으로 죽고 싶지 않았던 걸까. 피가 흐르는 손목을 뜨거운 욕조에 담그지도, 동맥까지 푹 찔러버리지도, 수면제를 먹고 비닐을 뒤집어쓰지도, 베란다에서 허공으로 나르지도 않은 걸 보면. 두번째의 자살도 실패했다. 한 약국에서 세 알씩 사서 모아 스무 알을 삼켰던 수면제는 심한 두통과 함께 깨어났다. 나중에 알았다. 설사 몇백 알을 구했다 하더라도 수면제로 죽을 수 있는 유일한 방법은 계속 먹다가 배 터져 죽는 것뿐이라는 의학 상식을. 팔목에 상처가 덧나지 않도록 약을 바르면서 죽지 않았음에 안도했던가. 밴드를 붙이고 창문을 열었다. 이승에서 다시 맛보는 담배는 소량의 출혈로 어지러움이 증폭되어 잠시 나를 다른 세상으로 데려다주었다.

지상의 어지러운 발소리와 떠날 줄 모르는 우물 내와 벽지를 들뜨게 하는 습기가 공존하더라도 대니와의 동거는 행복했다. 그곳에서 대니가 차려줬던 생일 파티는 내 생애 최고의 것이었다. 생활비도 반반씩 분담했고 식단을 짜서 이 주일에 한 번씩 마트를 습격해 냉장고를 가득 채워놓고 음식을 만들었다. 엄마로부터 돼지우리 속 돼지란 최고의 명예를 걸머졌던 내가 부지런히 쓸고 닦았다. 달라진 품성에 스스로 감탄하며 흡족했더랬다. 나도 이렇게 인간이 될 수 있구나. 하지만 어느 날 일어난 한 사건으로 난 고매한 인간의 길에서 중도하차하고 말았다.

볼 일을 보려는데 대니가 화장실을 사용하고 있었다. 물 흐르는 소리가 들렸다. 정확히는 대니의 오줌 누는 소리였다. 그 순간 어떤 상상이 번개처럼 스쳐가며 몸에 전율이 왔다. 담배도 피우지 않았는데 머리가 핑 돌았다. 그 자리에 그만 주저앉고 말았다. 그날 이후로 대니를 향한 나의 표정은 무뚝뚝해졌다.

옷도 대니 앞에서 갈아입질 못했다. 잠들기 전 베개 싸움이며, 스트레칭 한다고 발을 뻗어 서로의 몸을 간지럽히던 장난조차 이제 더는 할 수 없었다. 휴일날 같이 목욕탕에 가자는 대니에게 신경질을 내서 원성을 샀고, 옷을 홀러덩 벗고 돌아다닌다고 대니에게 짜증을 부렸다. 밤에 잠이 오질 않았다. 수면 방해의 원흉이라고 선을 잘라버려야 한다고 했던 그 가로등 불빛에 비치는 대니의 자는 모습을 하염없이 보고 앉아 있었다. 이불 밖으로 나온 발을 쓸어주고픈, 가만가만 손을 잡고픈, 그 입술에 내 입술을 갖다주고픈 내 안의 나와 싸우느라 내 청춘의 기운은 스러져갔다. 그랬다. 여자인 내가 사랑한 사람은 여자였다. 아니, 대니였다. 세상의 좋다는 그 하많은 수식어로도 부족한 나의 사랑, 나의 대니.

돌아온 여름에 유럽으로 배낭여행을 홀로 떠났다. 하지만 내가 그곳에서 만난 것은, 아니 내 눈에 콕콕 들어와 박혔던 것은 커다란 배낭을 나눠 메고 길 위에 있는 여자들이었다. 친구인지 연인인지는 알 수 없지만 그들이 교감하는 따뜻한 눈빛을 훔쳐볼 때마다 떠오르는 건 오직 한 사람의 얼굴이었다.

내 감정을 알 리 없는 대니는 공부를 작파하고 돌아와 유학 준비 과정 중에 만난 남자랑 결혼을 했다. 대니가 설사 알았다고 한들 무엇이 달라졌겠는가. 순정한 한 시절이 몰매 속 욕정으로만 기록될 추한 결별 외에는.

선을 몰아쳐보고 이대수랑 결혼 날짜를 잡아놓고 혼수란 걸 준비하고 다녔다. 밤마다 가계부를 펼쳐놓고 지출에 골머리를 앓으면서도 회수가 가능한 돈이란 걸 알기에 엄마는 갈수록 가속도를 내고 있었다. 가구점에서였다. 엄마가 침대는 스프링이 많이 들어가야 탄력성이 좋다며 매트리스를 이것저것 손가락으로 찔러보고 있었다. 손가락이 들어가지 않는 게 스프링이 촘촘한 모양이라며 나더러도 시험해보라고 했다. 침대 모서리에 걸터앉아 진열된 식탁과 의자들을 보는데 눈물 한 방울이 툭 털어졌다.

결혼이 무슨 재미로 사는 줄 알아요? 힘 모아서 애 낳고 사는 거지.

내 손을 잡고 결혼이라는 울타리로 데려가줄 남자의 말이 스쳐 지나갔다.

그 남자랑 저기 식탁에 마주 앉아 밥을 먹고, 소파에 앉아 텔레비전을 보고, 이 침대에 누워 잠을 자고, 눈을 뜨는 일상을, 죽는 날까지 함께 나눌 수 있을까.

"나…… 안, 안, 안 할래."

철없는 아내는 침대 스프링을 박차고 일어나 금을 밟고 선을 넘었다.

내 인생의 하드디스크에 결혼이라는 프로그램을 설치하지 않은 걸 지금까지 후회한 적은 없다. 다만 아직도 견고한 성으로 남아 있는 자학하는 습성이 안타까울 뿐이다. 거친 버릇을 다 떨쳐버리지 못한 스스로가 이 10월, 더욱 초라해 보일 뿐이다.

굿바이 얼!

"이, 호로새끼 같으니라구!"

"그래! 나! 애비 없는 자식이다!"

"이놈이! ……나가! 새꺄!"

다음 순간, 동생의 얼굴은 피칠갑이 된다. 날렵하게 몸을 피했지만 남자가 던진 재떨이의 파편이 동생의 얼굴에 박힌 것이다. 동생의 손 위로 피가 뚝뚝 떨어진다.

엄마가 방문 앞에 버티고 있는 나를 밀치고 뛰쳐나간다.

"나, 나, 여깄어요!"

"이년이 생쥐처럼 어디 숨어 있다……."

발에 유리조각이 밟히거나 말거나 동생 쪽으로 급히 다가가 허리를 접고 당신의 성치 않은 이로 속옷을 찢는 엄마의 허리 위로 구둣발이 날아든다. 엄마가 고개를 바닥에 박고 퍽 고꾸라진다. 유리조각이 어지러운 바닥으로 남자의 냄새나는 발이 엄마의 얼굴을 짓뭉개려 올려진 순간 동생의 발이 먼저 허공을 가른다. 남자가 비명과 함께 나가떨어지자 동생은 엄마를 일으켜 세우고 엄마는 동생의 얼굴을 보며 발을 동동 구르고 나는 허둥지둥 구급약 상자를 찾는다.

그때였다. 남자가 식칼을 들고 우리 세 사람 앞에 선 것은.

인간의 탈을 쓴 야수의 눈동자를 하루이틀 보아온 것도 아니지만 칼을 흔들고 있는 남자의 눈에선 이상한 광채가 난다. 개개 풀어진 눈을 홉뜨고 가소롭다는 듯 우리를 내려다보는 남자의 아랫입술이 튀어나왔다.

"다, 다…… 죽자, 죽어!"

남자가 마루에 침을 탁 뱉는다.

이미 실내에 가득 찬 술냄새로 하여 남자뿐만이 아니라 우리 모두 취한 듯하다.

"차라리 날 죽여요!"

엄마가 울부짖는다.

"저건 애비도 아냐, 상대할 가치도 없어. 엄마, 나갑시다!"

동생이 칼을 들고 설치는 남자의 생쇼를 더 봐줄 수 없다는 듯 엄마를 흔든다.

"니, 니들이 가긴 어딜 가?"

남자가 게거품을 물며 엄마의 가슴을 향해 칼을 번쩍 들어 올린다. 엄마의 몸이 본능적으로 움찔한다고 느낀 순간 남자는 등을 대고 바닥에 누워 있다. 이번에도 동생의 날쌘 몸이 술독에서 개헤엄을 치고 있는 남자보다 먼저다. 칼은 피 흐르는 동생의 손에 쥐어져 있다.

"……알아? 너만 생각하면 내 피를 다 뽑아버리고 싶다구!"

김치 냄새가 배어 있는 칼은 이제 총이 되어 남자의 목에 겨눠진다. 죽음의 공포에서 여태 떨고 있는 엄마는 더는 동생을 말리지도 않고 망연자실 굳어 있다. 구차한 목숨을 연명하겠다고 제 아들에게 파리 발 드리듯 손을 싹싹 비비며 빌고 있는 남자를 나는 숨소리조차 내지 않고 지켜보고 있다. 〈보헤미안 랩소디〉를 들을 시간이군. 이제 우리도 좀 쉬어야겠어. 굿바이! 탕! 총소리가 귓전에 울린다.

놀라서 몸을 세차게 흔든다. 온몸이 뜨겁다. 창밖으로는 63빌딩이 보인다. 꿈이었다. 쥐고 있던 붉은 로트링펜은 바닥에서 그네를 타고 있다. 펼쳐놓았던 책엔 침 자욱이 묻어 있고 한 손은 쥐가 나 얼얼하다.

모의고사를 앞두고 새벽부터 나와 빈 강의실을 차지하고 있었다. 자리 차지만 하고 있던 강의실을 나와 빈 컴퓨터 앞에 앉는다. 주소창에 블로그 주소를 치고 내 방으로 들어온다. 포스트 쓰기를 누르고 글쓰기를 하고 있노라니 꿈속에서 보았던 사람들의 표정이 다시금 선명히 살아난다. 모든 것을 포기해버린 엄마, 분노로 일그러진 동생, 반성의 빛은 티끌만치도 없이 비굴한 웃음으로 목숨을 흥정하던 남자……. 무섭다고 눈을 감고 외면하지는 않았다. 눈을 똑바로 뜨고 지켜보고 있었다. 희미하게 웃고 있기까지 했다.

새벽 지하철에서 누군가 떨어뜨리고 간 신문을 습관적으로 집어들었다. 펼쳐들고 활자를 해독하다 그만 소스라치게 놀라고 말았다.

아버지가 식칼을 들고 쫓아오던 꿈이 생각나 와들와들 떨었다. 그냥 모든 것을 다 놓아버리고 가고 싶다. 다 죽이고 나도 죽으면 그뿐이라는 아버지의 눈빛은 공포, 그 자체였다……. 아주 어렸을 적엔 엄마가 맞고 있는 것을 눈앞에서 보면서도 아버지가 무서워 모른 척하고 있었고 조금 더 커서는 일부러 아버지 편을 들었다. 그러면 바보 같은 엄마가 조금 덜 맞을까 봐. 아버지는 그렇게 엄마를 때린 후엔 꼭 우리들이 지켜보는 앞에서 엄마를 끌어안고, 너는 내 운명이다,라고 말하며 입을 맞추었다……. 아버지는 글라스에 소주를 따라놓고 엄마와 우리들에게 맞을 때 술에 취하면 고통이 덜할 테니 마시라고 강요했다. 우리가 거부하면 우리들의 손과 발을 스타킹으로 묶고 가죽 허리띠로 내리치면서 기어이 마지막 한 방울까지 마시게 했다. 나중엔 일부러라도 술에 취하고 싶었다……. 화장품이 그렇게 고마울 수가 없다. 바르고 또 바르면 시퍼런 눈 밑의 멍을 지울 수 있으니까……. 숨이 막혀서 견딜 수가 없다……. 아버지 없는 세상에서 살고 싶다…….

기자에게 보여준 적도 없는데, 위험수위에 이른 가정폭력이란 제목을 달고 내 눈물의 일기장이 활자화되어 있었다. 술만 마시면 엄마와 딸들에게 폭력을 휘두르는 남자를 아버지로 두었던 그녀, 어느 새벽녘 밤새 자신과 딸들을 두드려팼던 것으로도 모자라 식칼을 들고 딸들을 찔러버리겠다고 길길이 날뛰는 남편을 살해한 그녀의 엄마……. 활자가 어룽거려 그만 신문을 접어야 했다.

저 집의 딸들과 엄마도 언제부턴가 잡다한 집안 용품의 용도를 새로운 시각으로 보게 됐으리라. 사기그릇을 아무리 던져도 깨지지 않을 스테인레스로 바꾸고, 반짝반짝 영롱한 유리로 된 재떨이는 나무재질로 바꾸고, 목욕탕이든 안방이든 거울은 얼굴만 겨우 보이는 걸로 바꾸고, 식칼은 사용하고 나면 신문지에 싸서 은밀한 곳에 숨기고……. 밤마다 서로의 볏단을 쌓아주었던 사이좋은 형제처럼, 어느 날 엄마와 나는 집 안의 구석구석을 뒤져 흉기가 될 싹이라도 보이는 것들은 슬쩍 없애거나 바꾸어온 서로를 알아보게 되었다. 그런데도 어느 날이면 유리 재떨이가 안방에, 낚싯대가 거실 한구석에 다시 놓였고 야구방망이가 장롱 앞을 지키고 있었다.

동생이 집에 있으면 그나마 안도가 되었다. 엄마와 나는 지금까지 누구도 이런 말을 입 밖에 낸 적은 없었다. 동생이 있어서 우리가 아직 숨이 붙어 있다고……. 엄마가 우회로를 탄 적은 있다. 난 뱃속에 니들이 들어 있을 때 아들이든 딸이든 건강하게만 태어나게 해달라고 빌었는데 그래도 아들 하나를 낳길 잘했구나 하는 생각이 든다,라고. 그 말을 했던 건 남자의 폭력을 피해 엄마와 내가 거친 숨을 몰아쉬며 맨발로 동네 야산으로 달음질쳤던 며칠 후였다.

"누나, 엄마 모시고 빨리 나가!"

중학생이었던 동생을 괴물과 혼자 대적하도록 남겨두고 우리 모녀는 떨어지지 않는 발걸음을 떼었다.

"이 못난 에미가 내 귀한 새끼까지 잡것다……."

죽더라도 다시 돌아가겠다고 엄마가 집 쪽을 향해 주저앉았다.

"엄마, 쟤, 합기도 유단자야!"

그때까지도 엄마는 까마득히 모르고 있었다. 동생이 오직 하나의 목적으로 오랫동안 무술을 연마해왔다는 것을.

동생이 언제부터 도장에 다니기 시작했는지는 나도 모른다. 또래들이 오락실에 주저앉아 동전 쌓아놓고 침 게게 흘려가며 버튼 누르고 있을 때 동생은 태권도장이든 합기도장이든 분노의 발길질을 날릴 수 있는 곳이라면 그 어디든 찾아들어가 땀을 흘렸을 것이라고 추측할 뿐이다. 무슨 돈으로 배웠느냐고 물어보지도 않았다.

남자의 돈을 훔쳤을 수도 있고 동네 조무래기들의 코 묻은 돈을 뜯어내기도 했을 것이다. 후일엔 유단자가 되어서 어린애들을 지도해주는 몫으로 돈조차 필요 없었다.

아들이 있어 든든하다는 엄마의 고백을 충분히 공감하는 한편으론 섭섭함을 떨칠 수 없었다. 누나는 걱정하지 말라고, 이 동생이 항상 지켜주겠다고, 동생이 가끔 하는 말이었다. 엄마의 고백을 들으며 동생만 믿고 있을 게 아니라 나도 뭔가 배워볼걸 그랬나, 하는 후회가 처음으로 들었다. 긴 한숨과 함께 엄마의 다음 말이 이어졌다.

"딸들만 있는 에미는 어쩐데냐."

"딸들의 운명을 봐서 안 살면 되지."

제멋대로 튀어나오려는 그다음 문장을 막아내려고 짜증으로 문장의 마침표를 서둘러 찍었다.

몇 년 지나 성인의 육체로 성장한 동생이 생애 최초로 남자와 제대로 한 판 벌이고 집을 나가버리자 엄마의 말은 씨가 되었다. 집에는 괴물과 여자들만 남았다. 엄마를 때리는 괴물에게 대들었다 휘두르는 몽둥이에 온몸에는 붉으락푸르락 멍꽃이 피어났다. 밤새 계란과 안티프라민을 붙들고 씨름해봐도 눈 위의 꽃은 화사하게 피어날 뿐이었다. 그렇다고 직장에 빠질 수도 없었다. 어느 날 갑자기 겹겹으로 두꺼워진 피부에 진한 색조화장으로 덧칠을 하고 출근하자 만나는 사람들마다 오늘 데이트 있냐고 진지하게 물어왔다.

생존의 기로에 서서 동네 합기도장에 등록을 했다. 너무 늦은 것 같지만 괴물 앞에서 뱃속에서 올라오는 기합 소리라도 제대로 낼 수 있다면 수강료가 아깝지 않을 거라 생각했다. 수강료는 제값을 톡톡히 했다. 내가 도장에 등록하자 같은 도장에 다니던 동생 친구가 긴급 비상망을 복구해 동생에게 연락을 취했고, 사태의 심각성을 깨우친 동생이 집으로 돌아왔던 것이다. 고등학생이었던 그때를 시작으로 동생의 가출은 취직이나 군대를 이유로 합법적으로 이루어지기도 했지만, 법적인 경계를 막론하고 동생의 부재는 남은 여자들에게 곧 실존 자체의 부재를 의미해 우리도 그를 따라 바랑을 등에 지고 출가를 해야 했다.

창밖은 눈이 부시다. 황금가지에 두 눈이 찔린다. 볕 좋은 가을날이다. 내년 이맘땐 또 어느 곳에서 불타는 은행잎을 보며 명치끝에 통증을 느끼게 될까. 내년엔 어엿한 선생님이 되어 아름드리 은행나무가 있는 마당 깊은 교정에서 오늘을 추억할 수 있다면. 작년 가을엔 어디에서 가을 볕에 출렁이는 노란빛을 보았던가. 반 고흐의 노란색으로 가득 찼던 그런 가을도 내겐 있었다. 덕수궁 돌담길에서 노래처럼 영화처럼 그리운 사람을 재회했던 그 가을. 그날 나는 고흐란 사나이가 했다는, 인생의 고통은 살아 있는 그 자체, 라는 말을 떠올리며 이 고통을 끝장낼 것인가 말 것인가를 되뇌며 모자를 푹 눌러쓰고 터벅터벅 길을 걷고 있었다.

어쩌다 고개를 들었을 때 그가 내 앞으로 걸어오고 있었다. 얼굴에 회반죽을 하고 출근했을 때 오로지 그 사람만 심각한 낯빛으로 물었었다. 어젯밤에 무슨 일 있었어? 그 남자의 깊은 눈동자가 나를 이미 알아버린 것 같아 두려웠다. 연락하라고 했지만 그에 관한 모든 정보를 지웠다. 대학 2학년 가을이었다. 모른 척 눈을 내리깔았다. 그가 나를 스쳐 지나갔다. 가슴에 싸한 통증이 동심원의 파문으로 번지려는 순간, 그가 내 이름을 불러주었다.

그 사이 그는 규모가 더 큰 서점으로 옮겨 가 있었고, 유명해져 있었다. 각종 매체에 책이나 출판에 관한 글을 쓰고 강의를 나가고 있었다. 그의 원고작업을 도와주며 용돈도 벌었다. 언니들의 말이 맞았다.

애정이 없는 결혼 생활이라고 했다. 결혼도 선택이 아니었다고 했다. 군대로 면회 온 여자와의 하룻밤 풋사랑이 덜컥 임신이 되어 할 수 없이 한 결혼이라고 했다. 마음 깊이 연모했던 친구의 누이와는 손 한 번 못 잡아보고 부인은 얼굴이나 겨우 알고 있는 대학 후배였다고 했다. 햇볕 쏟아지던 그의 새로운 사무실에 원고를 들고 갈 때면 여자들의 질시에 찬 시선이 쏟아졌다. 그 깊은 눈동자에 슬픔을 싣고서 말했다. 여자한테 치일 대로 치여서 섹스는 별로 좋아하지 않는다고. 그 남자만 그랬던 건 아니다. 야전잠바도 섹스는 원하지도, 좋아하지도 않는다고 했다. 야전잠바의 애를 지워야 했던 나는 섹스에 미친년이기라도 했던가.

난 불행해지길 원했어. 그래서 도둑질도 하고 간음도 하고 데모도 했지. 내 실존이 나를 비극으로 이끌었던 거야.

상처 입은 눈동자로 세상을 조롱하던 문학청년 야전잠바에게 실패한 사랑의 이력은 필연이었다. 여 선배를 흠모했다고 했다. 실장이 세련된 매너와 화술로 나의 마음을 녹여주었다면, 스스로 불행을 택한 거칠 것 없는 야전잠바는 오만함 속에 깃든 사소한 친절이 날 움직였다.

사랑에 실패한 비운의 남자들이여, 모두 내게로 오라. 내가 지친 너희들을 쉬게 하리라. 너희들은 내게로 와 새로운 생명을 얻어 풍성하게 되리라.

나는 고통받도록 선택되었다. 나는 신의 아들, 예수가 되었다. 사랑에 지친 남자들에게 쉴 곳이 되어주기 위해 세상에 보내졌다는 변종 예수 콤플렉스에 빠져 있었다. 엄마의 삶에 그렇게 진저리를 쳤으면서도 나도 닮아가고 있었던 거다. 남자도 엄마에게 첫사랑에 실패한 비련의 사나이로 접근했었다고 한다. 장날을 쫓아 산지사방을 들쑤시고 다니는 장돌뱅이 주제에 허여멀쑥한 얼굴과 가느다란 손가락, 호리호리한 큰 키가 예사롭지 않았다고 한다. 아무리 까치발을 들고 키를 늘려보아도 닿을 수 없는 곳에 있는 첫사랑을 마침내 떠나보내야 했던 순정 어린 남자를 향한 소녀의 아스라한 신비감이 엄마의 인생을 오늘에 이르게 했다. 남자는 첫사랑에 실패하기는커녕 정녕 첫사랑이었는지 아니었는지는 확인할 길이 없지만 정식으로 혼인한 부인과의 사이에 아들까지 두고 있던 유부남이었다. 그 사실을 알았을 땐 이미 뱃속에 내가 들어 있었다.

엄마는 얼마나 불안했을까. 뱃속의 애는 하루가 다르게 크고 있는데 이미 가정이 있는 남자라니 결혼은 꿈꿀 수도 없으면서 가족들에겐 곧 결혼을 할 거라고 거짓말을 해야 하고, 어디 도망이라도 가 혼자서 애를 낳더라도 법적으로는 그 무시무시한 사생아가 되어야 한다는 현실에 엄마는 먹지도 자지도 못했을 것이다. 아니, 우물에 몸을 던질까, 벼랑에서 허공으로 몸을 날려버릴까, 달리는 기차에 뛰어들까 무수히 갈등했을 것이다. 날 낳고도 제대로 된 미역국 한 그릇 얻어먹지 못했을 것이고 하루하루가 가시방석이었을 것이다. 그러다 남자가 와서 같이 도시로 떠나자고 했을 때, 엄마는 살았구나, 하고 만세를 불렀을 테지만 이때부터 엄마의 삶은 죽음이었다.

딸의 운명을 생각해서라도 엄마는 어린 날 들쳐 업고라도 남자에게서 벗어나야 했다. 엄마는 남자가 불쌍해서 그럴 수가 없었노라고 했다. 술이 취하면 괴물로 돌변하더라도 술이 깨면 온갖 죽이란 죽은 다 갖다 해 바치며, 당신은 내가 살아가는 이유라고 더듬더듬 말을 번지며 우멍한 눈길로 엄마를 바라보는 그 눈동자를 두고 발이 떨어지지 않았다고 했다. 엄마는 그래서 동생을 낳았고, 두 아이를 양손에 잡고 하늘로 오를 수 있었는데도 엄마는 선녀 옷을 제 손으로 불태워버렸다.

나에게 그렇게 공을 들이던 실장도 내가 제 수중에 들어왔다고 판단된 순간 표정이 달라졌다. 그 누구와도 공유한 적이 없는 내 깊은 곳의 아픔까지도 보여주었는데 그는 차갑게 변해 있었다. 실장한테 데인 흉터가 남아 있어 너무도 힘들게 마음의 문을 열었던 야전잠바도 더하면 더했지 덜하지 않았다. 내 깊은 곳의 흉터를 보여주기만 하면 그 긴 혀로 정성스럽게 핥아줄 것 같던 사람들은 하나같이 떠나갔다. 수많은 망설임과 주저 끝에 내 흉물스러운 모습을 드러내면 그들은 뒤도 돌아보지 않고 내 곁을 떠나갔다. 있으나 존재하지 않던 아버지란 실존을 실장이란 남자에게서 보았는지도 모른다. 그래서 매달렸을 것이다. 결혼 같은 거 안 해도 좋으니 평생 곁에 머무를 수 있게 해달라고 애원했었다. 눈물로 호소했었다. 실장이 어이없다는 듯, 뭐 이런 애가 다 있냐는 듯 날 내려다보면서 두 눈을 똑바로 뜨고 이런 문장을 날렸다.

난 부인과 내 아들을 사랑한다.

저 한 문장을 듣기 위해 너무 오랜 세월을 돌아왔구나.

백마 탄 왕자는, 키다리 아저씨는 현실에는 존재하지 않는다는 육백만 불짜리 교훈을 그 뛰어난 표정 연기와 대사로 내게 각인시켜주었던 남자를 보내면서 동생이 피우던 디스를 물었다. 연기는 어떻게 들이마시고 내뱉어야 하는지, 어떤 손가락을 이용해 재를 털고 불을 꺼야 하는지, 아무도 내게 가르쳐주지 않았지만 유치원에서 배우기라도 한 것처럼 난 능숙하게 해냈다.

맞담배를 피우던 야전잠바에겐 매달리지 않았다. 매달렸을지도 모른다. 중중인 예수 콤플렉스로 하여. 그런데 한 사마리아 여인이 날 구해주었다.

임신진단키트에 두 줄이 나타났을 때 노란 하늘 사이로 누렇게 뜬 엄마 얼굴이 나타났다. 여자 이름의 간판을 내건 산부인과를 선택했다. 내 자궁 안에 생명이 깃들어 있다는 것을 아는 사람은 하늘 아래 나 혼자였고 혼자서 병원 문을 밀었다. 엄마처럼 살고 싶지 않았다. 능욕당한 어미대의 삶을 더는 단순 재생 반복하지 않을 테다. 인간으로 진화하고 말 테다.

옷과 소지품을 대기실에 두고 수술실로 들어갔다. 수술을 끝내고 회복실로 간호사가 옷가지와 소지품을 가져다주었다. 아픔인지 슬픔인지 모를 눈물을 한소끔 흘리고 잠에 떨어졌다 깨어났다. 굳이 미역국이 아니더라도 뜨거운 국물이 먹고 싶었다. 약을 챙기며 가방을 여는데 느낌이 이상했다. 수술비를 치르고 남았던 지폐 두어 장이 보이질 않았다.

갈 곳을 잃어 병원 로비에 멍하니 주저앉았다. 전날 그곳에서 보았던 한 여인이 떠올랐다.

아줌마……. 조심 좀 하지 그러셨어요……. 수술하신 지 몇 달

안 되셨잖아요?

그러게, 두 달 만에 또 들어섰다니깐. 밭이 너무 좋아서 그래. 긁고 나면 이상하게 더 잘 들어서더라구! 깨끗해져서 그런가? 내일 아침 일찍 긁을 수 있겠지?

밥 먹고 똥 싸는 일상사라는 듯 거침없는 말투였다. 별거 아닌 거로구나, 죄의식의 지옥에 떨어져 있던 나는 그 여인으로 하여 지상으로 오르는 계단에 발을 올려놓을 수 있었다. 몸에선 크레졸 냄새가 풍겨 나오고 추레한 옷차림에 비해 짙은 화장이 이물스러웠던 그녀와 나는 수술 예약이 앞뒤로 이루어졌다. 하룻밤을 보내고 다시 로비에서 만난 여인은 소독 냄새는 여전했지만 얼굴엔 화장기가 전혀 없었다. 날 향해 어색하게 웃는 그녀의 눈 주위가 거무스름한 것은 기미 탓이라 여겼다. 여인이 바로 내 뒤를 따라 수술 대기실로 들어왔었다.

별거 아닌 거라고, 누군가 죽든 떠나든 삶은 계속되어야 하는 거고, 남의 돈을 훔쳐서라도 굶주린 내 뱃속에 우걱우걱 밥을 집어넣어야 하는 거라고.

담배 좀 작작 피워, 이년들아. 밀걸레를 왁살스럽게 내 발치로 들이밀며 소리친 여인네가 그녀였을지도 모른다. 코가 짓뭉개지도록 왁스를 뿌려가며 반짝반짝 윤이 나도록 화장실 청소를 해놓자마자 몰래 기어 들어가 너구리굴로 만들어버리는 나 같은 년들은 그녀에게 재수 없는 요즘 젊은 것들이었을 것이다. 그녀의 짐작은 헛되지 않아 내 가방을 뒤졌을 때 담배쌈지가 나오자 회심의 미소를 지었을지도 모른다.

푸석푸석 메마른 빵 한 조각 없는 그녀에게 나는 장미꽃 향기에 취해 있었던 사람인 거다. 아직도 슬퍼할 기운이 남아 있어 두 볼에 짠 내가 남아 있는 나에게 인생 선배로서 한 수 가르쳐주고 싶었을 것이다. 물 위를 걷는 방법을.

그녀의 가르침은 헛되지 않았다. 잔돈은 남겨놓는 치밀함까지 발휘한 그녀 덕분에 좁아터진 분식집에서 뜨거운 라면 국물을 집어넣으며 땀은 흘렸지만 눈물을 쏟을 여유는 더는 없었다.

세상의 온갖 고통을 두 어깨에 짊어진 듯, 풍부한 우수를 연출하지만 결국 그 고통은 타인에게 고스란히 전이해버리는 존재들이었다. 실장에게도, 야전잠바에게도 난 그들의 그 타인이었다. 살점이 떨어져나가고 피가 강물처럼 흐른대도 세상에 상처받은 불쌍한 영혼들의 죄를 대속키 위해 세상에 온 예수, 그 신의 아들과 감히 자신을 동일시했던 나는 그들의 타인에 지나지 않았다. 엄마도 남자에게 그 타인이었을 뿐이다.

예수를 버렸다. 구미호가 되기로 했다. 세상의 늑대들에게 본연의 여우가 되기로 한 것이다. 백 년을 살 때마다 꼬리가 하나씩 늘어 천 년이 되면 인간으로 변한다는 납량특집 〈전설의 고향〉 속의 그 앙큼하고 어여쁜 여우가 되기로 했다. 그렇게 지금의 남친, 계산기를 만났다.

남자의 주사에 이가 갈려 원체 술은 싫어하기도 하지만 어떤 유혹에도 계산기 앞에서 소주 한 잔, 맥주 두 잔을 넘어서질 않았다. 당연히 담배는 피울 줄 모르는 것이었다. 계산기가 속이 타서 줄담배를 피워대면 콜록콜록 기침을 해대는 연기까지 했다. 첫번째 크리스마스 선물론 연구실에서 입으라고 조끼를 떠 주었다.

계산기와의 관계에서 내 연기의 절정은 섹스였다. 물론 밀고 당

기는 오랜 줄다리기는 필수였다. 몸에서 비누 냄새가 점점 강해지
더니 여름도 아닌데 어느 날은 계산기의 몸에서 밤꽃 냄새가 피어
났다. 나를 향한, 나의 육체를 향한, 계산기의 타는 목마름이 피를
토할 무렵 관계를 가졌다. 관계 후 계산기답게 모텔의 침대 시트를
찬찬히 살피던 그의 입이 귀에 걸렸다.

너같이 정숙한 여자는 처음 봤어!

왜요?

사타구니가 쓰라려 서 있지도 못하겠다는 듯 잔뜩 인상을 쓰며
심드렁하게 물었다.

여우의 순결에 광분하는 늑대를 새삼 지켜보며, 역사의 시곗바
늘이 구미호가 등장하는 〈전설의 고향〉으로 거꾸로 가고 있는 듯
하여 작전 성공이라는 쾌재보다는 씁쓸함을 감출 수 없었다. 뭔가
아쉬워하는 슬픈 내 표정이 사위어가는 불꽃을 다시 살려내기라도
했는지 계산기는, 걱정 마, 내가 잘할게,라며 가슴이 으스러지도록
나를 끌어안았다.

두 손을 번쩍 들고 피를 토하며 아예 만세 삼창을 하지 그러냐!
난 숫처녀를 따 먹었다! 먹었다! 먹었다! 니들이 다 그렇지. 순결?
웃기고 자빠졌네. 니들이 그렇게 환장해마지 않는 내 순결은 선운
사 동백장에서 붉은 꽃잎으로 날아갔다구. 바람 불어 설운 날이 어
쩌구, 이 목숨 다하는 순간까지 너는 나의 한 송이 동백꽃이 어쩌
구 하면서 술 취한 유부남이 옆에서 하도 말도 안 되는 작업 용어
를 구사하며 후까시를 잡기에 까짓것 이루어질 수 있는 사랑, 이루
어 질 수 없는 사랑, 사랑에 언제부터 누가 그렇게 금을 그어놨냐
고 술도 취했겠다, 훌훌 옷을 벗었다. 그래서 신났냐구? 지랄! 무

서웠어! 송창식의 〈선운사〉와 막걸리집 여자의 육자배기 타령에서
헤매다 눈을 떴을 땐 공포와 고통뿐이었어. 니들이 그걸 알겠어?
오직 구멍 찾아 볼일만 해결하면 만사형통인 단세포 생물들이. 지
금 네가 보고 있는 건 안타깝게도 달마다 있는 생리혈이란다. 이걸
어쩌니? 그게 비쳤다고 그렇게 길길이 날뛰는 걸 보니 준비해둔
다른 연기는 꺼내지 않아도 되겠구나.

영화처럼 그 상황으로 다시 돌아갈 수 있다면 이 치자도 그녀, 오
디처럼, 사이다처럼, 벌처럼 한 방 톡 쏘아줄 수 있을지 모르겠다.

세상 어디에도 진실은 없다. 애교와 내숭으로 현상 유지되는 관
계만이 있을 뿐이다. 그의 소유물로 사는 것도 나쁘진 않다. 나는
그가 애지중지하는 또 다른 노트북일 따름이다. 나의 상처를 드러
내 보인다면 그는 배신당했다고 여길 것이다. 내가 진실해지면 그
는 떠날 것이다.

이제 계산기에게 학원에서 공부 중이라고 관리 차원에서 안부전
화를 넣어주고 썩은 하수구 냄새를 맡으며 천 원짜리 김밥이라도
주문해야겠다. 역한 냄새 때문에 먹은 것을 되새김질하더라도 천
원에 밥을 먹을 수 있는 곳은 그곳뿐이므로.

개인 사정으로 당분간 문을 닫습니다.

지나가는 강사들에게 가볍게 목례를 하고, 여기저기 게시판에서
도 필요한 것만 족집게로 능숙하게 집어내면서, 이 바닥 생활에 물
이 오른 자태로 학원을 빠져나왔다. 뒷골목으로 발을 옮기는데 머
리에 꽃을 꽂은 여인이 내 앞을 스쳐갔다. 흰나비가 붉은 꽃 위에
앉았다 날아갔다. 눈을 다시 크게 떠보니 코카콜라 붉은 캔과 흰
티슈가 불러낸 호접지몽이었지만 문득 그곳이 그리워졌다.

오늘따라 지독한 썩은 냄새에 욕지기를 느끼며, 다음번엔 가판대에서 한쪽엔 설탕과 머스터드 소스가, 다른 한쪽엔 계란 프라이에 케첩이 발라진 토스트를 먹어야겠다고 벼르자 그곳의 짙은 향기가 더욱 간절해졌다. 요즘 자주 가서 놀지를 못했던 자주와 노라로 발길을 향했다.

보랏빛 소국 한 다발을 사서 식당의 펑퍼짐한 항아리에 넣어야지. 그러면 식은땀을 흘리며 비곗덩어리를 썰다, 배추에 간을 하다 엄마는 문득 봄부터 울어대던 소쩍새와 먹구름 속에서 포효하던 천둥의 소리를 들려주던, 세상을 알기 전의 고향집 거울 앞에 다시 설 수 있게 될지도 몰라.

여름이 사그라들 무렵, 치자 화분을 사러 갔을 때 탱크톱에 핫팬츠를 입은 그녀에게서 막 구워낸 빵 냄새가 났다. 여기 어디 있을 거라며, 구석을 뒤지는, 갈색으로 그을린 그녀의 긴 팔과 다리에서 향긋한 단맛이 맡아졌다. 누렇게 뜬 꽃잎 몇 낱이 화려했던 시절의 흔적 기관으로 남아 있는 벽돌색 화분을 새빨간 탱크톱 위로 들어올리며 그녀의 빨간 입술이 흔들렸다.

차진 흙으로 바꿔서 볕 좋고 바람 님이 가끔 소풍 오는 곳에 두시면 내년 여름엔 눈부신 백설의 꽃을 꼭 볼 수 있을 거예요.

끝물이라 그냥 가져가라는 그녀에게 던힐 라이트 두 갑을 사서 내밀었다. 하나만, 한 번만 주면 정이 없다는 엄마의 말을 상기하곤.

개인 사정으로 당분간 문을 닫습니다.

소리내서 음절 하나를 또박또박 다시 읽었다. 나의 안젤라, 그녀에게 무슨 일이 생긴 걸까? 그녀도 나의 엄마처럼 시름시름 앓고 있기라도 한 걸까. 미련처럼 꽃집 안을 기웃거리다 따뜻한 남쪽나라의 푸른 열정을 아직은 간직하고 있는 야자나무 이파리를 보고 등을 돌렸다.

머릿속엔 털이 북실북실한 벌레들이 그득하지만 어둠이 땅에 찾아들도록 시늉으로라도 모의고사 문제집에 머리를 깊이 박고 있다 짐을 꾸려 학원을 나왔다.

엄마는 아프다. 지금까지도 타이레놀의 힘으로 버텨왔지만 동생이 돌아오자 탕개가 끊어진 듯 자리보전을 하는 시간들이 늘어가고 있다. 그렇다고 아예 일에서 손을 뗄 수는 없어 기신기신 꾸려가다 보니 식당은 환자가 될 복은 평생 누리지 못할 동생 차지가 엉거주춤 되어가고 있다.

어려서부터 나보다도 음식 만드는 걸 좋아하던 애였다. 동생이 여자들에게 인기가 있는 이유 중의 하나는 한국 남자치곤 희귀하게도 장금이처럼 음식을 그릴 줄 아는 남자라는 점이다. 인터넷 요리 사이트를 요리조리 검색하여 여성지 화보에 나오는 도시락을 싸들고 놀이공원에 나타나는 남자에게 어느 여자인들 감격지 않을 수 있겠는가. 황홀한 밥 한 끼에 눈이 먼 여자들은 지갑을 열어 그 비싼 자유이용권 두 장을 주저 없이 끊을 것이다. 피시방 아르바이트든 택배회사 직원이든 동생도 항상 돈을 벌고는 있었지만 음반사 모으기와 명품 브랜드 치장으로 수중엔 돈 한 푼 없었다. 사람의 입에 들어가는 음식으로 장난치지 마라,고 엄마와 나는 충고를 했지만 동생은, 음식은 사랑이란 거 모르냐고, 애정이 없으면 이런 맛과 때깔이 나올 수가 없는 법이라며, 맛 좀 보라며 우리의 입을 막고 나섰다. 동생의 장난에 웃다가도 숨이 턱 막혀오는 순간이 있다. 동생의 믿지 않은 미소 뒤에 어른거리는 짙은 그림자 하나…….

엄마가 동생 방에 누워 있다. 잠이 든 엄마의 입에서 신음 소리가 나온다. 소리를 죽여 씻고 나서 컴퓨터를 켠다. 내 방에 다시 들어왔다. 지금쯤 커트 코베인 티셔츠를 입고 술손님들에게 안주를 나르고 있을 동생을 위해 뮤즈의 〈시간이 없다〉와 스타세일러의 〈그녀는 그저 울고 있었다〉를 포스트에 담는다. 내 방에서 볼일을 얼추 다 보고 훌쩍 문턱을 넘어 오디의 방으로 건너간다.

메리언과 완다는 고교 시절 내내 가장 친한 친구였다는 가사로 시작하는 딕시 칙스의 굿바이 얼을 검색창에 치는 건 낮의 악몽 때문일까. 처음, 오디 님이 친절하게 달아놓은 우리말 가사를 읽다 오소소 소름이 돋았었다. 너무도 직설적인 화법에. 이 노래를 듣고 있노라면 눈앞에 영화들이 스쳐간다. 프라이드 그린 토마토, 델마와 루이스, 시카고……. 아니다, 영화는 알리바이일 뿐이다. 내가 이 노래를 듣고 소름이 돋았던 것은 세상에는 나와 같은 꿈을 꾸는 여자들이 너무도 많다는 공범의식 때문이었다.

……단짝이었던 메리언과 완다, 학교를 졸업하자 완다는 고향에 남고 메리언은 새로운 세상을 찾아 고향을 떠난다. 완다는 눈을 씻고 뒤져봐도 보이는 남자라곤 얼뿐이어서 그와 결혼을 하지만 이주일도 지나지 않아 그녀의 불행은 시작된다. 법원의 접근금지 명령조차 어기고 얼이 또 폭행을 하여 완다가 중환자실에 입원해 있다는 이야기를 전해들은 메리언은 한밤중에 비행기를 타고 날아온다. 메리언은 완다의 손을 꼭 그러쥐고 모종의 거사를 도모하는데 그 프로젝트의 이름이 바로 '굿바이 얼'이다. 경찰까지 따돌리고 깔끔하게 프로젝트를 성사시킨 그녀들은 고속도로 근방에 땅을 사

서 햄과 딸기잼을 팔며 이제 다시는 한밤중에 잠을 설치지 않아도 되는 평화로운 삶을 살게 된다…….

오디, 그녀의 블로그에 새로운 글이 올라오질 않았다. 이웃공개였던, '멈추어라, 이제는 멈추어라……' 글 이후로 그녀는 평화를 얻은 걸까, 아니면 여전히 내전 중인 걸까. 며칠 전 이웃공개로만 올렸던 내 글을 그녀가 봤을까. 야전잠바와 계산기의 효능을 비교 분석하고 별책부록으로 지축까지 끼워넣어, 내 인생의 남성 삼 종 세트를 보기 좋게 전시해놓았던 내 포스트를.

오디, 그녀는 지금 평화는커녕 무심코 전화기를 들다, 문고리를 잡다 폭발하는 일상의 부비트랩에 아연실색하고 있는지도 모른다. 남 앞에서는 절대 울지 않을 그녀는 라디오헤드나 포티스헤드를 들으며 울음을 삼키다 자기도 모르게 욕실로 향할지도 모른다. 욕 조 앞에서 면도칼을 들고 시선을 밑으로 떨구던 그녀가 씨익 웃으며 손을 번쩍 들어 날선 면도날에 베일까 전전긍긍하며 겨드랑이 털을 깎게 되길.

겁내지마, 과거는 죽음 뒤의 뼈 같은 거야. 미래가 네 앞에 있어. 과 거와 미래가 항상 함께하면서 가끔 너랑 대화를 할 거야. 계속 앞으로 만 가. 시계는 보지 마. 알겠지? 항상 지금이란 시간만 가져……. 오디 님, 이제 어떤 미련이나 후회는 없으……

안부게시판에 오르페오가 파니를 떠나면서 했던 말을 적는다.
손을 둥그렇게 모으고 자판 위에서 경쾌하게 피아노를 치고 있는 데 소리가 들린다. 아름다운 피아노 선율이 아닌 요란하고 어지러운 발소리가. 심장이 벌렁거린다. 무사하지 못할 것 같다. 남자의 이목구비를 빼닮은 동생은 일용할 양식을 위해 아직 분투 중이다.

남자는 어제도 제 손으로 쑨 죽을 엄마의 입에 떠 먹였다. 죽 그 릇을 발로 걷어차버리지 않은 건 순전히 엄마 때문이었다. 엄마가 행여 덜 맞을까 싶어 남자 편을 들던 어린 시절처럼. 폭풍이 오리 란 걸 알면서도 태연한 척, 행복한 척 얼굴에 반가사유상의 미소를 지어야 하는 엄마의 고통을 남자가 알 리 없다.

잠시 정적이 인다. 동네가 시끄럽게 '문 열어!'를 외치기 바로 직전이다. 얼마나 큰 바람이 휩쓸고 지나가려고 이다지도 바다는 고요한가. 현관에서 고함 소리와 발길질 소리가 난다. 나와 엄마를 가볍게 패대기쳐버릴 태풍이 드디어 상륙했다.

엄마, 조금만 더, 깊이 잠들어주세요. 엄마가 잠든 사이 제가 말 끔히 해결해놓을게요.

핸드폰 폴더를 연다. 저장된 동생의 번호를 누르려다 눈을 감고 심호흡을 한다. 창문턱에 놓인 치자 화분을 본다. 1…… 1…… 2……. 내 생애 처음으로 범죄에 대한 신고를 한다.

나는 후들거리는 손으로 마우스를 잡고 쪽지 보내기를 클릭한 다. 키보드에 비바람이 몰아친다.

혹 거기 계세요? 지금, 당장, 제게 쪽지를 보내주세요.

컴퓨터가 박살나기 전에. 어서요!

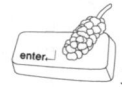
제 갈 길을 가라, 남이야 뭐라든!

담배 연기를 제 갈 길로 놓아주고 애인의 귀에 콧바람을 불어넣으며 속삭인다.

인간이란 자기의 운명을 지배하는 자유로운 자를 말한단다.

한때는 존경도 했지만 이제는 명예의 전당에서 끌어내려진 남자의 말을 계속 주워섬길 만큼 오늘 일진이 사납긴 하나 보다. 인간에 의한 인간의 착취 사회의 종말을 예언했지만 애석하게도 그 남자가 말하는 인간 안에는 여자들은 포함되지 않은 듯하다. 부인이 가난과 싸우며 양말을 깁고 있는 동안 남자는 하녀와의 사이에 애도 낳으며 타고난 부르주아지의 취향을 한껏 발휘하며 자기 운명을 꽉 틀어쥐고 자유롭게 살다 간 걸 보면. 그의 부인은 칠 년간의 긴 약혼 기간에는 남자가 혹 자신을 버리기라도 할까 봐 남자의 사랑 속에서 모든 것을 잊어야 한다고 한탄하며, 결혼 후에는 세상과 싸우는 남자 옆에서 그의 악필을 정서하는 비서의 역할까지 수행하며 악전고투의 삶을 살았지만 역사는 남자만 기억할 뿐이다.

위대한 철학가이자 혁명가라는 남자도 그러했거늘, 하물며 니들의 사고에 여성이 있을 수 있겠니? 그래, 나도 알아. 우리나라 애니 산업이 아직까지는 세계 3위라지만 일본이나 미국에서 날아온 원화에 캐릭터의 반복 동작이나 그리고 색칠하는 단순 노동집약적 하청작업이라는 것을, 이제 이것도 중국이나 필리핀으로 시장이 옮겨가고 있어 주문을 따내기도 쉽지 않다고 침을 튀기는 너희들의 말이 진심이라는 것도. 그래서 비행기 타고 외주가 들어오면 이틀이 됐든 반나절이 됐든 주문자가 원하는 시간 안에 작업을 완료하기 위해 도깨비방망이를 두드려야 한다는 것도.

팀장에게 잘 보인 누구는 쉬운 커트(cut)에 양도 많이 할당 받아 같은 시간 일하고도 듬뿍 돈을 받아가더라도, 미용실도 아니건만 장당 커트료 오십 원을 놓고 치사비굴모드로 보스의 오른팔과 부딪쳐야 하더라도, 주기적으로 돌리는 성인물의 커트가 어렵고 짜증이 나더라도, 이 바닥이 그 바닥이라 직원들 월급 떼어먹고 도망가는 회사들도 많아 비록 저임금일망정 그나마 꼬박꼬박 내 노동에 대한 대가를 쥐어주는 것에 위안을 삼으며 견뎌왔다. 하지만 이 단순반복 노가다를 철야까지 마다하지 않으며 지금까지 버텨온 건 안정적으로 공급되는 쥐꼬리 양식 때문만은 결코 아니었단다. 이 오디에게도 꿈이 있었단 말이다! 밤이면 창문 열고 달님에게만 살포시 소원을 얘기하는 소녀는 더 이상 아니므로, 이 오디, 니들에게도 분명히 말했었다. 토끼의 간처럼 상황에 따라 넣었다 뺐다 하는 것이 너희들의 메모리라는 걸 익히 아는지라 외국어 습득용 어학기처럼 정확한 발음으로 반복학습도 시켜주었다. 나는 감독이 되고 싶습니다. 나는 감독이 되고 싶습니다. 나는 감독이 되고 싶습니다,라고.

잘 닦인 번듯한 길만 가는 사람이 있는가 하면, 내가 가면 길이다,라는 사람도 세상에는 있듯이 애니메이션 감독이 되는 방법 또한 마찬가지다. 어떤 사람들은 곧바로 자기 작품을 만들어 세상에 내놓고, 또 어떤 이들은 처음부터 한 계단씩 천천히 밟고 올라간다. 별반 실력이 없다고 믿는 나로선 모든 과정을 경험해보고 싶었다. 배경, 원화, 동화, 디지털뿐만이 아니라 촬영과 편집, 음향효과 넣는 작업까지도. 네버랜드에 사는 슈퍼맨을 만들 자신까지는 없었지만 한 칸 한 칸 화려한 색깔의 교향곡을 만들어 원더랜드에 사는 앨리스를 만들어내고 싶다는 소망은 있었다. 하지만 이곳에서 내가 그 모든 과정을 경험할 가능성은 없어 보인다. 회사 규모가 작아 편집이나 음향작업은 하지 않는 탓도 있지만 내가 모니터 앞에서 색이나 열라 입히는 디지털부를 벗어나 촬영부 같은 곳에 편입될 가능성은 영 퍼센트라는 걸 알았기 때문이다.

일본에서 애니메이션을 공부하다 왔다는 남자애가 얼마 전에 디지털부에 들어왔었다. 예술을 해보겠다고 들어와서 노가다급 단순노동에 일로 매진해야 하는 제 신세를 처량하게 여겨, 제 놀던 물로 다시 돌아가야 한다고 철길 위에서 안면근육을 요란하게 흔들어가며 소리치곤 했다. 그럴 때마다 그가 달려오는 기차에 산산이 부서지기라도 할까 봐 그의 허리를 칭칭 휘감는 손이 있었으니…… 보스의 오른팔이다. 사장의 아들. 트렌드에 적극 협력하는 의미에서 우리는 그도 실장이라고 부른다.

내가 촬영이나 편집을 배우고 싶다고 했을 때는 사흘 삶은 호박에 이도 안 들어가는 소리로 여기더니만 남자애한테는 곧 촬영부로 옮겨주겠다, 편집일도 배우게 해주겠다, 여기서 잘하고 있으면 일본 회사도 알아봐주겠다,고 입에 다디단 사탕을 계속 넣어주었다. 건강하고 문화적인 생활을 유지하는 데 필요한 최소한의 비용이라는 최저생계비의 개념에는 턱없이 부족한 얇은 월급, 불시의 철야를 비롯해 주인님의 불규칙적인 생활 패턴을 소화하느라 제 딴엔 한껏 신축성을 발휘하다 그만 갈가리 찢긴 온갖 장기들, 기타 사항으로 앞날이 보이지 않는 짓 그만둘 수 없냐고 엄마로부터 시달리느라 겪었던 정서적 장애……. 이 모든 산과 물을 건너 여기까지 왔건만 이 오디에게는 어이하여 사탕 하나 없단 말인가! 나에게도 사탕을 다오! 단것이라면 이 오디도 사족을 못 쓴단 말이다!

하지만 알지. 너희들은 우리들에게 웬만해선 눈먼 사탕 하나 주지 않는다는 것을. 알고 있었는데도 이렇게 또 몸으로 부딪히면 한 줄기 서글픔이 스친단 말이지. 내가 나가겠다고 하자 회사에서는 표정관리를 하며 건성으로 붙잡는 시늉을 하더니 싱싱한 남자를 내 자리에 뽑는 개가를 올렸다. 단지 그대가 남자란 이유 하나로 옆에 끼고 엄청 키울 것이다. 나도 그렇담 외주작업에 목매달지 않고 자체에 편집이랑 음향팀이 있으며 여성도 능력으로 평가받는 큰 회사로 자리를 옮겨앉는 것으로 이 복수극의 피날레를 장식할 것인가. 그것이 과연 가능할지도 의문이지만, 더 많이 헤매어보는 수밖에.

헤매어보지 않고 어떻게 분별에 이를 수 있으랴,고 당신이 말했다지. 당신이 한 말이라면 밑줄 쫙쫙 그어가며 외우고 여기저기 게시판 포스트에 인용하길 좋아하는 일군의 세력들이 이 땅에는 암약하는 덕분에 나도 당신이 한 말이라면 A4 용지 한 장 정도는 거

뜬히 메울 자신이 있다구! 이제 보니, 제 갈 길을 가라, 남이야 뭐라든! 이건 당신이 한 말도 아니었네그려. 날씨가 사나운 탓인가, 일진이 흐린 탓인가, 살아서는 다시 만나지 못할 애인과의 작별을 앞에 두고서인가, 아니면 의료보험도 되지 않는 곳에서 몸 바쳐 일하다 의식의 혼수상태가 온 것인가. 웬 횡설수설인가.

나이 서른이 되도록 여전히 헤매고 있고 분별은 영 와줄 것 같지 않다. 패배했다. 인정한다. 나의 패배를. 싸워야 하는지도 모른다. 아니, 이를 악물고 싸워야 한다. 투덜이 스머프처럼 투덜거리지만 말고 정정당당히 앞에 나가서 싸워야 한다. 나에게도 기회를 달라고! 여성들에게도 꿈을 펼쳐 보이게 해달라고! 하지만 내 배터리는 주인도 모르게 슬금슬금 방전돼버렸다. 싸울 힘이 남아 있질 않다. 시인한다. 나, 지금 꼬리 자르고 도망간다.

지금까지 난 무엇을 하며 살았던가. 변변한 직장에 다녀본 적도 없다. 벌어논 돈도 없다. 내세울 만한 학력도 없다. 애인은 고사하고 언제든 내 편이 되어줄 친구 하나 없다. 지금은 그렇다치고 그렇담 내일엔 장밋빛 미래가 기다리고 있는가. 목에 힘주고 명함을 내밀 만한 사회적 권력을 가질 수 있게 될 것인가. 결혼은 해서 남편과 자식은 생길 것인가. 이런 어마어마한 건 고사하고라도 다시 한 번 유럽여행을 다녀올 수 있을까. 추운 겨울에 인도로 피한여행을 떠날 수는 있을까. 미국은 비자도 나오지 않을 테니간 아예 고려 대상에 넣지 않는다 하더라도, 캐나다나 호주의 때 묻지 않았다는 대자연 앞에는 서볼 수 있을까. 내 생에 단 한 번이라도 승리는 와줄 것인가. 패배와 도피만이 내 길에 있다. 내일은 없다.

오직 확실한 내일이라곤, 내년 봄엔 여기 이렇게 앉아 예쁘고 앙

중맞은 우리 꽃을 다시는 볼 수 없다는 것뿐이다. 물기라곤 전혀 없이 서걱거리고 있는 저 마른 풀에서 연초록 새순이 나와 꽃대가 올라갈 쯤엔 나는 어디서 무엇을 하고 있을까.

이 지옥에서의 한철을 견딜 수 있었던 건 다 너 덕분이었다……. 잘 있어…….

키를 낮춰 그동안 나의 애인이 되어 주었던 돌장승의 이마에 입을 맞춘다.

안녕! 비밀의 화원!

담뱃불도 끄고 이제 짐을 꾸려 떠날 시간이다.

어디로 갈거나, 이제. 동료 간의 애틋한 정도 없었던지라 떠나는 사람이나 남아 있는 사람이나 덤덤하다. 술 한잔 하고 싶은 사람도 술 한잔 하자는 사람도 없다. 어깨 위의 토닥토닥 따뜻한 위로의 손길은 가당치도 않고 술이나 취해 실실 쪼개거나, 버럭 소리를 지르거나, 왈칵 쓴 물을 토해내고픈데 딱히 불러낼 술친구 하나 없다.

떠오르는 사람이 아예 없는 것은 아니다. 한 사람이 있다. 만날 수도 없지만 만나서도 안 되는 단 한 사람. 내 마음이 또 그렇게 흘러가고 있다는 것을 알았다. 대니를 향했던 그 감정의 여울을 따라. 나를 휘감고 소용돌이칠 여울목이 두려웠다. 다시 한 번 그런 격랑을 치를 기운이 내겐 남아 있지 않았다. 나의 사랑, 나의 대니처럼 또 그렇게 한 사람을 잃고 싶지 않았다. 그 사람의 행복을 위해서 나는 이제 그만 물러나는 게 온당했다. 하여 접속을 끊었다.

내가 본 그 사람의 마지막 흔적은 이제 기운을 차렸다며 오랜만에 올린 긴 글이었다. 야전잠바와 계산기의 영화 취향과 돈 씀씀이와 언어 사용과 그 밖에도 둘의 공통점과 상이점을 해부해놓았다. 별거 아니라는 듯, 가볍게 먼지라도 털 듯 툭툭 털어놓은 글의 말미에 '지축'이란 인물에 대해서도 언급해놓았다. 이웃만 볼 수 있도록 설정을 해놓고 경쾌하게 써 내려간 그 글에서 내가 느낀 건 그녀의 글쓰기가 달라져가고 있다는 것이었다.

글만 달라지고 있는 게 아니었다. 그녀는 이제 외면하지 않고 두 눈 부릅뜨고 폭력과 대면하려 애쓰고 있다. 지하철에서 우리의 수진이에게 달려가 손을 내민, '생애 최초로 맞선 폭력'이란 제목으로 올라온 그녀의 글에는 변화를 향한 안간힘이나 열망 같은 것이 고스란히 묻어 나왔다. 그 글 밑에 '치자 님, 넘 멋져요!'라고 리플을 달곤 그것만으로는 이 프로가 부족하여 쪽지라도 보낼까 하다 그만두었다. 무모함도 약에 쓰려면 없었다.

그녀는 변하고 있다. 글에서도 삶에서도. 그녀 안의 안간힘이나 열망이 그녀를 앞으로 나아가게 할 것이다. 그녀는 나아가고 있는데 나는 주저앉았다. 그녀는 이제 웃으며 손을 내미는데 나는 패배했다고 울상 짓고 있다. 그녀는 전사가 될 채비를 하고 있는데 그녀가 아마존의 전사라고 불러주었던 이 오디는 뒷걸음질 치고 있다. 하지만 더는 자학하지 않겠다. 그녀의 변화가 나 때문일 거라고, 물론 그럴 리도 없지만, 과대망상에 사로잡힌 돈키호테 놀이도 하지 않겠다. 그녀가 어떤 사건으로 하여, 누구로 하여 힘을 얻었는가는 중요하지 않다. 그녀가 힘을 얻었으면 된 것이다. 그거면 됐다. 나는 그저 멀리서 그녀를 지켜보면 된다. 지금은 이렇게 멀리서도 그녀를 지켜볼 수 없지만.

내 사랑 대니를 고백하는 글을 이웃설정으로 올리고 나서 블로

그는 깨끗이 손을 씻으려고 했다. 하지만 금단현상으로 수전증이 심해서 손이 제대로 씻어지지가 않아 그 뒤로도 몇 번 들락거리다 그녀의 '내 인생의 남성 삼 종 세트' 글을 읽었던 것이다. 이웃은 그녀뿐인 나로선, 게다가 조회 숫자는 1로 찍혀 있는 걸로 봐선, 그녀는 무덤까지 가져가려던 이 오디의 비밀을 아는 유일한 사람이 되었다. 글을 올리고 손으로 무덤을 파고 들어가고 싶은 괴로움과 훨훨 날아갈 것 같은 개운함 사이에서 싸우느라고 그나마 남아 있던 배터리는 바닥을 드러냈을 것이다.

이런 흐린 날 얼굴을 마주하고 차 한잔 마실 수 없다면, 지나가는 뒷모습이라도 스칠 수 없다면, 목소리만이라도 들을 수 없다면, 그녀의 글이라도 읽을 수 없다면, 글이라도 쓰고 싶다. 지금 너무 힘들다고. 그러면 그녀가 쪽지라도 보내주지 않을까. 위로의 음악이라도 올려주지 않을까. 한 줄짜리 답변이라도 써주지 않을까. '1'이란 숫자로라도 흔적을 남겨주지 않을까. 그러면 되는데……. 방전된 내 배터리는 빵빵하게 충전될 수 있는데…….

쓰던 컴퓨터를 마지막으로 정리하며 그녀의 방에 숨어 들어가고 픈 유혹을 가방에서 시집 하나를 꺼내는 것으로 막아냈다. 백석 시집을 품고 회사를 떠났고 전철에 올랐다.

……나는 이런 저녁에는 화로를 더욱 다가 끼며, 무릎을 꿇어보며,

어디 먼 산 뒷옆에 바우섶에 따로 외로이 서서,

어두워오는데 하이야니 눈을 맞을, 그 마른 잎새에는,

쌀랑쌀랑 소리도 나며 눈을 맞을,

그 드물다는 굳고 정한 갈매나무라는 나무를 생각하는 것이었다.

"……하이게이트가 시내보다는 치안이 불안한 측면이 있긴 하지. 웃기는 게 입구에서 머리가 하얗게 센 동네 할머니들이 1인당 2파운드씩 입장료라는 걸 받는 거야. 그게 순전히 나 같은 가난한 방문객들의 지갑만 노린 거더라구. 영국 정부나 그 동네에서 우리의 마르크스 선생에게 뭐 대단한 걸 해줬다고 일부러 찾아온 여행객만 골라 돈을 받는지……. 더 웃기는 건 한 할머니가 카메라 가져왔냐고 묻기에 엉겁결에 그랬다고 했더니 그럼 1파운드 더 내라는 거야. 내 참! 니들도 런던 가서 마르크스 묘지에 가려거든 카메라는 가방에 감추고 가라."

그 맑고 거룩한 눈물의 나라에서 온 사람이여, 그 따사하고 살틀한 볕살의 나라에서 온 사람이여……. 시집 한 구절을 되뇌며 술집 문을 밀었다. 오늘 같은 날, 아무 생각 없이, 미쳐버리도록 술이나 마시기 딱 좋은 모임을 발견한 건 먼지가 부옇게 낀 메일박스였다. 다행히도 그들은 오늘 같은 밤, 이 오디가 꼭지가 돌아버리도록 술 마시기 딱 좋은 화제를 골랐다.

내가 나타나자 사람들은 인사를 건넨다.

여전하다……. 사람들은 여전히 여전하다고 여일하게 내게 인사를 한다.

뭐가 여전하다는 건지, 물을 새도 없이, 좌중이 잠시 중단됐던 화제의 트랙 위로 올라타길 원하자 학회가 있어 런던에 다녀온 선배는 다시 공동묘지로 돌아간다. '철학자들은 다양한 방식으로 세계를 해석해오기만 했다. 그러나 중요한 것은 세계를 어떻게 바꾸는가이다'라고 씌어진 묘 앞에 붉은 달리아 한 송이를 바치고, 어학연수 받으러 온 이탈리아 대학생들, 알제리에서 온 노동자들과 자본론에 대해 토론을 벌였다는 이야기가 이어진다.

넌 여전히 그 몸매로구나, 넌 여전히 그 얼굴이구나, 넌 여전히 밝구나, 넌 여전히 철이 안 들었구나……. 넌 여전히 헤매고 있구나…….

이 오디, 프로이트니 융이니 하는 것들은 알지도 못하고 알고 싶지도 않지만 너희 눈에 그렇게 보인다고 말하는 것은 나에게서 그런 모습을 보길 원하는 거란 것쯤은 알고 있다.

그래, 너희들의 심기를 불편하게 하지 않고, 너희들이 느긋하게 관람하길 원하는, 나의 페르소나를 골라 보여주마.

런던에서 시작한 화제는 북쪽으로 올라가 버밍엄대학의 컬처럴 스터디즈로 옮겨가더니 대륙으로 건너가 프랑크푸르트 학파의 대중문화에 관한 논의로 말을 갈아탄다.

문화가 어떻게 자본주의적으로 생산, 유통, 소비되는지에 대해 너희들이 아무리 머리를 싸매고 고민하고 게거품을 물며 토론을 하고 피를 토하며 이 구조에 저항한다 하더라도 나는 너희들이 한 짓을 다 알고 있다. 학부 시절 너희들은 어떤 녀석이 군대 간다니깐 돈 모아서 여자를 사게 해주었고, 대학을 졸업하고 조교가 된 어떤 녀석은 여자 밝히는 교수 모시고 룸살롱 가서 버라이어티쇼를 관람하고, 직장에 자리 잡은 어떤 녀석은 거래처 협찬으로 무제한의 술과 여자 서비스를 받은 전력이 있다는 것을……. 남자로 태어나서 미안하다며 술 먹고 고해성사하는 한편으론, 축제 때 허옇게 밀가루 뒤집어쓰고 파전 부치는 일은 당연히 여자의 할 일이라 여긴 너희들이었으니……. 자신들의 소행에 죄의식조차 없다고 분개하는 이 오디가 더 우스운지도 모르지.

아도르노, 베냐민, 하버마스와 대중문화, 아우라, 정치의 예술화, 예술의 정치화, 문화의 몰락이 만나 난무를 춘다. 대니를 만난 날도 술자리를 예비해놓았듯이 같은 이유로 오늘로 퇴사 날짜를 정했는지도 모른다. 정치와 예술, 예술과 정치,라는 지상 최고, 동급 최강의 섹스 파트너와의 잠자리에 이 오디도 끼어들지 않을 수 없다. 말이 많아지면 술이 빨라지고 술에 가속도가 붙으면 담배가 중력을 잃고 떠다닌다.

육체와 의식이 우주인처럼 부유하자 한 애가 꽂혔다. 여기 모인 남자들 중 나와 섹스를 한 적이 없는 소수이며, 집안에 말 못해서 죽은 귀신이라도 있었는지 달변가들 속에서 그저 묵묵히 듣고 있는 소수이며, 정기적인 모임에서 나처럼 어쩌다 얼굴을 내민 소수이기도 하다. 저 애가 웬일로 나타났을까. 도대체 얼마만인 거지? 양복에 넥타이 차림인 걸 보면 직장인인가?

뭐? 데킬라와 하이네켄이 어떻게 됐다구? 뭐? 해체?

방금까지 들뢰즈적 실천이 어떻구, 푸코의 담론이 어떻구 하더니 언제부터 화제가 술로 술술 바뀐 거야?

화장실에서 꾸벅꾸벅 졸다 바람이나 쐬러 휘청휘청 밖으로 나온다.

찬바람을 맞으며 담배를 하나 물고 있노라니 피식 웃음이 나온다.

데리다와 하이데거가 술을 많이 드셨군…….

"재밌는 일 있어?"

그 애가 옆에 앉는다. 습관적으로 담배를 내밀다 싱겁게 웃고 만다.

"여전히?"

"……응. 몇 번 시도했는데……. 누구만큼 담배를 맛있게 못 피울 것 같아……. 그만뒀어."

"누구?"

"알잖아."

그 애가 팔을 툭 친다. 갑자기 걷잡을 수 없는 웃음이 터져나온다. 멈출 수가 없다. 온몸으로 파도를 타가며 한 손으로는 그 애를 때려가며 세차게 웃는다. 데리다, 하이데거뿐만이 아니라 이 오디도 취했군.

그 옛날 동아리방에서 너의 손은 나의 재떨이가 되어주곤 했지. 사람들이 그렇게 놀리는데도 너는 아랑곳하지 않았지. 곱상한 너의 외모 어디에서 그런 모욕을 견뎌내는 힘이 나오는지 신기했던 나는, 담배를 입에 물고 더 큰 소리로 "재떨이!"라고 외치곤 했었지.

언젠가 동아리방에 둘만 있었을 때, 나는 네가 또 그 재떨이 노릇을 할까 봐 담배 쌈지만 만지작거리고 있어야 했어. 참을 수 없었지. 흡연 욕구가 아니라 실내에 흐르던 이상한 공기가. 담배쌈지를 들고 나가려 하자 등 뒤에서 들리던 네 목소리…….

너, 그러지 마……. 그렇게 살지 마……. 내가, 내가…… 너…… 좋, 좋아한단 말이야…….

못 들은 척 방을 나와 술을 진탕 마셨을 테고 그리고 그다음은 어찌할 수 없는 자학 코드로 아무 남자랑 붙잡고 잠을 잤겠지. 나중에 들었어. 네가 군대를 가게 되어 또 그렇게 애인이 없는 너를 위해 관습법으로 돈을 걷어주자 네가 단호히 거부했었다는 것을. 거부의 변이란 게 좋아하지 않는 사람과는 섹스를 할 수 없다는 것이었다나 뭐였다나. 학우들의 국군장병 위문품을 거절한 유일한 사람이었다는 전설도.

"……너, 이런 시 알아? 어두워오는데 하이야니 눈을 맞을, 그 마른 잎새에는, 쌀랑쌀랑 소리도 나며 눈을 맞을, 그 드물다는 굳고 정한 갈매나무라는 나무를 생각하는 것이었다."

"백석의 시? 이런 날씨에 딱 맞는 시지……. 블로그 돌다 봤어……."

"너도 블로그질 하는구나."

"재미없는 세상, 블로깅이라도 해야지?"

"미안하다……."

"미안하다, 사랑한다? 하하하……."

"……그때, 그때는…… 왜…… 그랬을까……."

"네 잘못이 아냐……. 청춘이 죄이고 욕일 뿐이지……."

순간, 차가운 내 입술이 그 애에게 닿는다. 그 애의 따뜻한 입술이 나에게 닿는다.

열정과 냉정 사이를 그네 타며 그 애의 팔이 내 어깨 위에 얹힌다.

"너, 오늘 나랑 잘래?"

내가 묻는다. 그 애가 고개를 끄덕인다.

나는 성큼성큼 앞장 서 뒷골목으로 들어간다.

그 드물다는 굳고 정한 갈매나무 푸른 이파리 하나가 뚝 떨어진다.

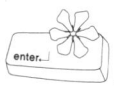 눈뜨라고 부르는 소리 있어

"나, 안 해! 안 한다구!"

무심히 휴게실로 향하던 발걸음이 멈칫한다. 내 또래 여자는 핸드폰을 가방에 거칠게 집어넣고서 바람을 일으키며 휴게실을 떠난다. 누구를 향해, 무엇을 향해 이렇게 많은 사람들 앞에서 저리도 강한 거부의사를 표시하는 걸까. 사라져가는 그녀의 뒷모습을 망연히 지켜보다 퍼뜩 정신이 든다.

사람이 뜸한 구석에 자리를 잡고 도시락을 꺼낸다. 스티로폼에 둘러싸인 국과 밥은 아직도 온기를 간직하고 있다. 대학입시 수험생이 아니어서 고3 때도 들고 다닌 적이 없는 보온도시락을 요즘 들고 다닌다.

어쩌다 동생한테 끼니 때마다 뭔가를 사 먹어야 한다는 게 너무도 고역이라고 투덜거리게 되었고, 자칭 요식업계의 CEO라는 동생이 도서관 주변 식당의 음식과 가격을 비교 분석하더니 앞으로는 자신이 도시락을 싸주겠노라고 했다. 동생의 장난스런 유도심문에 걸려들어 이실직고했던 나는 뒤늦은 후회를 했지만 소용이 없었다. 식당일만으로도 충분히 지치는데 거기다 서른 넘은 수험생 누나의 도시락이라니……. 하지만 동생은 강경했다. 도시락 통신이 엄마에게 닿자 일은 더욱 난감해져갔다. 당신이 내 도시락을 책임지겠다고 나선 것이다. 떼쓰는 아이처럼 막무가내였다.

오늘은 새우튀김과 야채샐러드다. 어제는 쇠고기고추장볶음과 무생채였다. 그 전날은 색색의 야채볶음밥이 귀엽고 앙증맞은 동그란 얼굴의 깨투성이 소녀로 웃고 있었다. 엄마보다 일찍 일어나서 집을 나서야지 하는데도 아침마다 졸린 눈으로 욕실로 가다 무슨 소리가 들려 고개를 돌리면 도시락 뚜껑을 닫고 있는 엄마가 식탁 옆에 있다. 잠기가 묻어 있는 내 눈에 비친 엄마는 식탁 위의 양념통이나 그 옆 냉장고 같다. 날 향해 미소까지 번지며 서 있는 엄마는 먹고 자고 똥 싸는 인간이 아니라 정물이다. 나는 움직이지도 못하고 말도 못 하는 장롱을 향해 화를 버럭 낸다.

"엄마! 제발, 이러지 마……."

"며칠이나 남았다고 그래? 너, 결혼하고 나면 이렇게 새벽마다 도시락 싸주고 싶어도 못한다."

"시험에 그렇게 재깍 붙으면 그 앞에 고시란 말은 왜 붙였겠어?"

"이번 모의고사 성적이 좋았다면서? 나이도 있는데 올해 합격하고 내년엔 결혼해야지. 우리 딸 결혼시키고 나면 엄마가 한시름 놓을 것 같애……. 우리 딸 웨딩드레스 입으면 천사보다 더 이쁠 거야."

"참! 고슴도치 엄마가 따로 없다니깐!"

"이 이쁜 딸한테……. 그동안 에미가 뭐 하나 제대로 해준 것도 없이…….”

“나, 결혼 안 해! 엄마 호강시켜드리기 전에는.”

“얘가 아직 잠이 덜 깼네. 그러다 좋은 사람 놓치려고 그래?”

이쑤시개로 새우등을 하나하나 찔러 내장을 꺼내고 껍질을 벗기고 칼집을 넣는 동안 엄마는 무슨 생각을 했을까. 자글자글 끓는 기름에 새우를 튀겨낸 건 어젯밤이었을까. 미리 튀겨놓으면 눅눅해진다고 잠들기 전 엄마는 새우 손질만 끝내 놓았던 건 아니었을까. 잠기운을 완전히 물리치지 못하고 새우를 튀기다 혹여 엄마 살마저도 기름에 튀기진 않았을까.

새우는 고개 숙인 한 떨기 분홍장미 같다. 장미의 달콤한 향내가, 엄마의 신산한 땀내가 맡아지는 새우를 선뜻 입에 담을 수가 없다. 망설이다 새우 한 점을 입에 넣는다. 혀끝에서 흔적도 없이 사르르 녹는다. 젓가락을 다시 가져가며 엄마의 목소리를 듣는다.

나, 안, 안 할란다…….

강한 거부 표시조차 하질 못하고 엄마는 웅얼거리듯이 말했었다.

엄마는 언제까지 제 몸을 녹여 사람들의 양식이 되어야 할까. 젓가락이 허공에 떠 있다.

가정폭력방지법 제5조에는 가정폭력 신고를 받은 사법경찰관리는 즉시 현장에 출동하도록 되어 있다지만 그들은 늦게 온 주제에 말이 많았다. 동생을 불렀다면 앞치마에 물이 드는 고무장갑을 낀 채로 바람을 가르는 소리만을 내며 달려와주었을 텐데, 그들은 하찮은 집안일로 공무에 시달리는 경찰까지 부르는 버릇 나쁜 집안이 여기 있소!라고 온 동네에 광고하며 나타났다. 그들이 붉은 등을 칭칭 두른 광고판과 귀청을 찢는 배경음악으로 공익광고를 내

보내는 동안, 나는 남자를 집 안으로 들어오게 하지 않을 수 없었고 흐느적거리면서도 광기 들린 남자의 구둣발은 고요한 밤을 무참히 짓이겨놓았다.

고함치는 소리에 엄마는 곤한 잠에서 깨어 일어났고 현관문을 열기 직전 슬며시 방문을 열어보았을 때 엄마는 몸을 반쯤 일으키고 있었다. 문을 열어주자마자 남자는 터진 물살처럼 콸콸 쏟아져 들어와 일상의 온기를 삽시간에 흙탕물로 역류시켜버렸다. 냉장고든 이불 속이든 그 거칠고 드센 힘으로 가리지 않고 쳐들어가 나른한 단내를 지독한 똥내로 넘쳐나게 하는 폭우의 급습이었다. 똥물의 중심에 있는 남자에게선 지독한 악취가 났다. 시취(屍臭)가 그만할까.

문을 빨리 열지 않았다고, 가장이 들어왔는데 퍼질러 자고 있다고, 하늘같은 지아비를 무시한다고……. 남자들은 말이 많다. 듣고 있노라면 입가에 웃음이 번지는 아기자기한 수다도 아니다. 재미도 없는 같은 말을 하고 또 한다. 쏟아져나온 말이 어디로 흘러들어가는지 따위엔 관심도 없다. 어떻게든 쏟아버리면 그만이다. 남자는 꼬부라지는 혀로, 엉키는 발음으로 쉬지 않고 뭐라고 떠들어댔다.

세상아, 내 말 좀 들어다오! 나도 잘난 놈이라구! 근데 왜 나를 몰라주냐구!

남자도 하고픈 말이 많을 것이다. 널 무시하는, 널 알아봐주질 않는 세상에 좌절하고 분노도 했을 것이다. 근데 왜 그걸 너보다 더 보잘것없고 약한 존재에게 푸냐구! 이 콤플렉스 덩어리야! 비겁한 인간아! 우리는 너의 하수구가 아니라구! 너, 똥물이 흘러야 할 곳이 바로 하수구라구!

남자는 기신기신 일어나 문 옆에 마른 이파리처럼 붙어 있는 엄마를 내동댕이쳤다. 내 힘으로는 광기 어린 남자의 완력을 이길 수 없다. 남자의 손에 엄마의 머리카락 한 줌이 쥐어졌다. 사고가 정지해버린 내 몸이 부엌으로 달려갔다. 주방가구들을 뒤져 신문지에 휘감긴 칼을 찾아냈다. 엄마의 낮은 비명 소리가 들렸다. 칼을 든 손이 후들거렸다. 이 칼로 남자의 구역질 나는 입을, 저주받은 손을, 냄새나는 발을 잘라버리리라! 우리도 이제 좀 쉬어야겠어! 이제 단잠에 들 시간이야! 그 무엇도 중요하지 않아. 지금은 〈보헤미안 랩소디〉를 들을 시간일 뿐이야. 〈굿바이 얼〉도 나쁘진 않겠군. 그 무엇이든……. 어쨌든 바람은 불어올 거야…….

이제 문장도 포기한 남자의 욕설 뒤로 엄마의 이를 악문 신음 소리가 들려왔다. 눈을 감았다. 심호흡을 했다. 칼을 쥔 손에 힘을 주었다. 부엌 벽에서 떨어져 거실 쪽으로 발을 한 걸음 내디뎠다.

쾅쾅, 문 두드리는 소리가 났다. 내 이름이 들렸다. 둔탁한 소리를 내며 칼이 바닥으로 떨어졌다. 현관문이 벌컥 열렸다.

남자는 순간 정지화면이 되었다. 정지할 수 있는 능력이, 브레이크를 밟을 줄 아는 감각이 남자에겐 아직 남아 있었다. 하늘에서 뚝 떨어진 듯, 땅에서 푹 솟아난 듯 난데없는 제복 입은 사나이들의 출현에 남자의 주먹은 엄마의 뺨에 붙어 떨어질 줄 몰랐다. 무소불위의 제왕적 권력이 위험에 노출되리라곤 한 번도 상상해본 적이 없었을 것이다. 말씀이고, 제왕이고, 국가인 이 공간에서 자신이 휘두르는 권력을 통제하는 불온한 세력의 갑작스런 출현에 남자는 입을 벌려도 말을 만들어내지는 못했다. 이제 말 많은 남자의 입을 향해 총구를 겨냥할 필요가 없어졌다.

남자의 손아귀에서 가까스로 자유를 얻은 엄마의 머리카락이 거실에 흩어졌다. 남자는 손에 쥐고 있던 것이 야구방망이나 가죽 허리띠가 아니었음에 안도했을지 모르지만, 나는 백설처럼 눈을 찔러오는 엄마의 머리카락에 슬픔이 차올랐다. 삼단 같던 검은 머리가 파뿌리로 하얗게 변하도록 남자의 야구공으로, 발닦개로 살아온 엄마가 이제는 온전히 쉴 수 있을까. 남자를 발로 제치고 엄마를 끌어안았다.

"당신들 누구야!"

이곳의 모든 것은 자신을 위해 존재하는 것이다. 해가 동쪽에서 뜨는 한, 너희 여자들이 숨이 붙어 있는 한 이건 절대불변의 진리다. 적의에 찬 내 발놀림에 정신이 번쩍 든 남자가 고성을 터뜨렸다. 존재의 이유에 대한 위협을 순순히 받아들일 남자가 아니었다.

남자의 반격에 공무를 집행한다는 남자들도 역시 남자들인지라 말이 많았다. 그들은 내 이름을 다시 확인하며 남자와 어떤 관계냐고 물었다. 나는 그 질문에 대답할 수 없었다. 대답하고 싶지 않았다. 나와 남자의 법적인 관계를 묻는 그들에게, 가정폭력 사실을 알고 있는 사람이면 본인이 꼭 피해자가 아니라도 누구라도 수사기관에 신고할 수 있다는 법조문을 읽어주고 싶었다.

"저년이……."

남자가 나를 노려보며 그들이 알고 싶어하는 질문에 명료하게 대답했다.

"저 아가씨가, 그러니까 아저씨의 딸이 신고했어요."

욕설과 혀 차는 소리가 실내에 진동했다.

"저년이 미쳤나! 세상에, 네가 날 신고해? 딸년이 아버지를!"

"세상이 어찌 되려고…… 며느리가 시어머니를 신고하질 않나, 딸이 아버지를 신고하질 않나…… 가정폭력방지법이 가정파괴법이라니깐. 말세야, 말세……"

폭력의 현장을 눈앞에서 포착했으면서도 남자들에겐 가정이란 가까이 하기엔 너무도 신성한 성역이었다.

"아가씨! 잡아갈까요? 아버지를!"

느글거리는 말투와 눈빛이 나를 뚫었다.

"아가씨! 나이도 어려 보이는데…… 다시 생각해봐요! 아버지를 전과자 만들 일 있어요? 집안일은 좋게 말로 풀어야지. 아가씨, 안 그래?"

그 아가씨란 소리 좀 집어치울 수 없어! 난 너희들의 아가씨가 아니라구!

내 품에 안겨 있는 엄마는 아직도 공포로 떨고 있었다.

"연행해주세요!"

올 때와 마찬가지로 그들은 떠날 때도 요란했다. 남자도 그들만큼이나 여전히 시끄러웠다.

"나, 이, 고덕만이가 내 물건 손 좀 봤기로소니 뭐가 문제야!"

"저 여자, 정애자는 이 고덕만이 물건이라구!"

"경찰 나리들도 같은 남자잖아…… 으흐흐……"

"하늘 같은 남편이 마누라 버릇 좀 고쳐주려고 몇 대 가볍게 때린 게 뭐가 잘못됐어? 어!"

하지만 거기까지는 그날 밤의 전초전에 불과했다.

조사란 걸 한답시고 제복 입은 남자는 턱을 거만하게 치켜들고 물었다.

"정애자 씨, 담배 피워요?"

"아줌마, 술은?"

"남편 들볶았어요?"

"아줌마가 남편보다 늦게 귀가할 때가 많았죠?"

"까놓고 말해서, 아줌마는 남편 때린 적 없어요?"

공무를 집행한다는 남자는 분명 어딘가 맞을 짓을 했을 죄인을 향해 돌을 들어 내리치고 있었다. 엄마가 아니라고 할 때마다 남자는 실망의 빛과 함께 탐색의 눈길이 역력해졌다. 담배 좀 피우면, 술 좀 마시면, 속 썩이는 남편에게 몇 마디 하면, 남편보다 귀가가 늦으면…… 그럼, 맞아도 된단 말인가!

"아줌마, 혹시…… 다른 남자를 만난…….'

"지금 뭐 하시는 거예요? 우리 엄마는 폭력의 피해자라구요!"

"그 아가씨 성질도 참! 성질이 그렇게 더러우니 아버지도 신고했겠지만…… 쯧쯧."

"고덕만 씨! 그만 떠들고 묻는 말에나 대답하세요! 술 마시고 부인을 폭행한 사실이 있죠?"

"……당, 당신들, 경, 경, 찰, 제, 제대로 좀 하, 하라구! 제대로! 민, 민중의 지, 지팡이가 이렇게 죄, 죄, 죄도 없는 사람을 함, 함부로 잡아와도 되는 거야?"

남자는 사무적인 질문에 긴장의 기색이 역력해졌다.

"저 씨발년들이 지금 거, 거짓말을 하고 있다구! 한 점의 의혹도 없이, 공평무사하게 일을 처리해야 이 고덕만이가 가만히 있지. 당신들이 지금 경찰이야 뭐야? 저년들 말을 듣지 말고 내 말을 들으라구! 내가 저년을 언제 때렸다고 그래? 밀치기만 한 거라구. 당신들 경, 경찰이면 다, 단 줄 알아? 어!"

"에이 씨팔! 이 새끼 완전 꼴통 아냐? 가정폭력이라 좋게 좋게 넘어가게 해보려고 고생하고 있는데 말야! 아줌마 얼굴이랑 팔의 퍼렇게 멍든 상처는 뭐야! 그럼!"

"저 쌍년이 넘어져 다친 거를 내가 때렸다고 우기고 있잖아!"

"말이 안 통하는 새끼네. 이 새끼 데리고 나가! 술김에 한두 대 치고받았다고 수십 년 같이 산 부부가 안 살 것도 아니어서 서로 화해시키고 돌려보내려 했더니…… 내 참!"

새벽 거리를 백차를 타고 경찰서로 갔다. 차에서 내린 엄마는 육중한 경찰서 건물이 눈앞을 가로막자 몸을 떨었다. 찬바람 때문만은 아니었다. 형사계로 가는 동안 남자는 수완 좋게 엄마 옆으로 바짝 다가오더니 재빠르게 속삭였다.

"내가 죽일 놈이요. 이번 한 번만 용서해주면 다시는 내가 안 그럴게. 이번만……."

"저리 가요!"

남자는 소리치는 나를 외면하고 엄마를 향해 손을 흔들었다.

쇠사슬이 박혀 있는 유치장을 보자 엄마는 예전의 공포가 살아나는 듯 몸을 푸들푸들 떨었다. 엄마는 사냥꾼에게 잡힌 작고 어린 새였다.

떡 벌어진 어깨를 지닌 사복형사는 파출소에서 만난 경찰들과는 또 다른 종류의 사람이었다. 그의 눈에는 가정폭력 피해자들조차도 혐의가 있는 피의자였고, 자신이 가진 모든 능력을 다해서 교화해야 할 선도의 대상이었다.

"……폭력이란 게 별거 아닙니다. 남자들끼린 친한 사이일수록 치고받고 합니다. 그게 마음을 표현하는 방식이니깐. 더구나 가정폭력이란 건 말 그대로 가정에서 일어난 폭력 아닙니까? 부인을 죽일 만큼 때린 남편을 구속시켰더니 그 부인이 찾아와서 왜 내 남편을 구속시켰냐고 항의하는 것이 바로 가정폭력이란 겁니다."

"아가씨가 아직 어려서 모르는 모양인데…… 남편이 부인을 때리는 것은 다 그럴만한 이유가 있어서 그러는 거라구. 미쳤다고, 아무 이유 없이 사람을 패겠어? 엄마가 식당 한다며? 당연히 술도 팔 거고! 엄마가 상당한 미인인데……. 남자들이 술이 들어가면."

또 시작이었다. 어쩌면 이들은 이리도 똑같은 레토릭을 구사하는가.

"지금 무슨 말 하시는 거예요?"

지겨워지고 있었다.

"아니, 난 딸 같아서…… 나이가 몇 살이야?"

"왜 반말 하고 그러세요?"

지쳐가고 있었다.

"그럼, 딸 같은 사람들한테도 말을 올리라는 거야? 너는, 그래?"

"전, 그러는데요."

형사는 무쇠 솥뚜껑 손으로 책상을 쾅 치고 벌떡 일어났다. 엄마의 눈이 두려움으로 떨고 있었다. 형사는 숨을 씩씩거리며 구석에 있는 생수통으로 가더니 벌컥벌컥 물을 들이켰다.

"갈비뼈가 부러진 것도, 피가 철철 나는 것도 아닌데 한두 대 때린 걸로 딸이 아버지를 기어이 구속하겠다네. 콩가루 집안이야! 맞은 엄마는 오히려 가만 있는데 딸이 오히려 난리니……. 저런 싸가지 없는 것도 딸이라고 금지옥엽으로 키웠을 것 아냐!"

형사는 분에 차서 떠들었다. 거구에서 퍼져나오는 소리는 울림도 좋아서 조사실에 있는 모든 사람들의 시선은 우리 모녀에게 집중적으로 꽂혔다. 쇠창살도 소품으로 한쪽에 갖춰져 있으니 원숭이의 똥구멍이 정말로 빨갛다고 손가락질하며 즐거워할 수 있는 동물원으로 소풍이라도 나왔다고 여기는 것도 나쁘진 않으리라. 당신들에게 말 못 하는 원숭이쯤이야 발가락의 때만도 못할 터이니.

목이 마르다,고 엄마가 속삭였다. 한밤중 파출소에서 성하지 않은 몸으로 언어폭력에 시달리며, 취객들과 두 시간을 보내면서도 엄마는 목말라 하지 않았다. 경찰서에 발을 내려놓던 순간부터 엄마의 몸은 굳어지고 있었다. 욕설이 난무하는 고함 소리, 조사 받는 피의자들, 무리 지어 들락거리는 사람들, 밤의 고요와 평화와는 전혀 딴 세상에, 소리도 요란하게 물을 마시는 형사보다도 엄마는 목이 말랐을지도 모른다. 십 년도 지났지만 몸에 새겨진 기억은 그 어떤 지우개로도 지울 수가 없었다. 남자의 음주운전 사고로 경찰들로부터 모욕으로 목욕하던 어둡고 참담했던 날들을. 엄마에게 물을 떠다주며 나는 담배가 고프단 생각을 했다. 버드나무 잎이라도 띄워주고 싶을 정도로 엄마는 물을 급하게 마셨다. 물 한 컵으로 엄마의 갈증이 가셔질 리 만무했다. 공권력에 희롱당하던, 눈물로 세수를 하던, 혓바닥이 타들어가던 그 조갈 나던 시절이 재연되는 현실을 엄마는 견딜 수 없었다. 종이컵에 물을 다시 채워 왔을 때, 엄마는 지친 얼굴에 마른세수를 하고 있었다.

내 어두운 얼굴을 봤는지 이번엔 엄마가 씹듯이 천천히 물을 마셨다. 한 손은 엄마의 손을 잡고 한 손은 핸드폰을 내려다보았다. 하지만 기다리는 전화는 오지 않았다. 쪽지에 내 전화번호도 남겼었는데……. 전화벨은 울리지 않았다. 전화를 주기로 약속을 한 것도 아닌데 울리지 않는 전화가 원망스러웠다. 나도 목이 말랐다.

"다시 시작합시다! 존댓말로!"

땅이 꺼질 듯 불곰 한 마리가 자리에 앉으며 비아냥거렸다.

축축이 젖은 종이컵을 만지작거리며 엄마가 낮게 속삭였다. 우리, 뭐라고 하는데 가려들을 수 없었다. 난 눈으로 물었다.

"우리, 집에 가자!"

엄마의 목소리가 또렷해졌다.

나는 강하게 고개를 흔들었다. 여기서 흔들리면 안 돼! 우리가 여기까지 어떻게 왔는데……. 이대로 물러서면 엄마는 파파 할머니가 되도록 저 남자의 마수에서 벗어날 수 없어!

"……저. 형사님, 애들 아빠를 기, 기, 기소 안 하면…… 그냥 집에 갈 수 있나요?"

"엄마! 안 돼!"

"나, 안 할란다. 그런 거……. 지금까지도 살았는데……. 다 늙어 무슨 영화를 보겠다고……."

"엄마, 겁낼 거 하나도 없어. 검찰, 법원, 재판, 이런 소리가 나오니깐 무서워서 그러는데, 그냥 엄마는 묻는 말에 지금처럼 진실만 말하면 되는 거야. 여기까지 와서 포기하면 안 돼!"

"잘 생각하셨어요, 아주머니. 이거 기소해봤자 법원에서는 주변 백 미터 접근금지, 안방 출입금지, 아니면 뭐, 밤 열시부터 다음 날 오전 아홉시까지만 아내와 딸 방을 제외한 집 안에 머물 수 있다는 제한적 퇴거명령이나 벌금선고 같은 게 내려지는데, 사실, 말이 안 되지. 부부가 갈라설 거 아닌 바에야 한 집에서 소 닭 보듯 어찌 살 것이며 벌금형이 내려진다 해도 주머니 돈이 쌈짓돈이잖아요? 남편 분도 깊이 반성하고 있으니까……. 잘 생각해보시고 되도록이면 합의하세요."

"엄마, 이제라도 제대로 살기 위해서 이러는 거잖아. 이렇게까지 해서라도…… 여기서 또 흐지부지 되면……."

엄마의 눈엔 힘을 가진, 법을 파먹고 사는, 사람들에게 어떤 식으로든 이리저리 휘둘릴 당신의 모습이 보였을 것이고, 내 눈에는 겁을 먹은 시늉 한편으론 더욱 기세등등해질 남자의 모습이 보였다.

"가자……. 집으로……."

결국 우리는 집으로 돌아왔다. 엄마의 의지는 완강했다. 허겁지겁 동생까지 합류함으로써 실로 오랜만에 한지붕 아래, 가족이라 불리는 사람들의 화려한 외출이 되었다. 귀갓길 내내 남자는 엄마의 손을 잡고 놓지 않음으로서 기온이 뚝 떨어진 늦가을 새벽을 얼어붙게 만들었다.

그 새벽 이후 삼 주일이 지났다. 그 사이 남자는 술을 마시면 입으로 하는 욕은 더 더러워졌지만 물리적 폭력만은 감히 행사하질 못했다. 그 밤, 엄마와 나의 투쟁이 헛된 것만은 아닌 듯했다.

분에 넘치는 점심을 먹고 도서관의 자리로 올라가다 자리가 남은 컴퓨터가 눈에 들어오자 얼른 그 앞으로 다가간다. 일 분 일 초가 아까운 때여서 블로깅을 못한 지도 꽤 오래되었다. 며칠 전 남자친구가, 블로그나 미니홈피를 가지고 있지 않냐고 물어왔었다.

우스개로 전 국민이 이곳에서 홈피질을 한다는 사이트에 심심풀이로 내 이메일 주소와 이름을 넣고 검색을 해봤는데 나오질 않더라는 말도 덧붙였다. 지금은 논문 때문에 정신이 없고 논문만 통과하고 나면 블로그가 무엇인지를 제대로 보여주겠노라고 기염을 토하는 그에게 나도 시험이 끝나면 하나 만들어볼까 생각 중이라고 거짓말을 했다. 치자는, 내 영혼의 검은 페이지는 그에게는 영원한 비밀의 화원이다.

바쁘다는 것은 핑계일 뿐, 그녀, 오디의 방이 새롭게 단장을 하지 않은 이후로 나도 흥미가 떨어졌다. 주인조차 찾아들지 않아 온기가 뚝 끊긴 그녀의 방은 찬바람만 분다. 원망도 했었다. 파출소로 경찰서로 옮겨 다니며 공권력의 실체를 마주 대하며 나락으로 떨어지던 시간에. 하지만 다시 생각해보면 소름 끼치던 그 절망의 시간 동안 무엇인가 간절히 기다릴 것이 없었다면 엄마가 포기하기 전에 내가 먼저 제풀에 꺾였을지도 모른다. 언젠가 어디선가 나타날지 모르는 그녀로 하여 나는 내 목소리를 낼 수 있었다. 이제 나는 그녀가 더 걱정이 된다. 나보다 더한 변고를 겪고 있는 것은 아닐까 하여. 내가 보낸 쪽지는 아직까지도 확인 전이다. 내 쪽지는 그녀의 손에 언제쯤 닿을까.

열어놓은 창들을 닫고 자리에서 일어나 전화를 건다. 남자친구와 만날 약속을 한다. 요즘 그는 밤길 안전 귀가를 책임지는 나의 든든한 기사이다. 얼마 전부턴 식당에서 동생이랑 야식을 몇 번 먹기도 했다. 남자친구가 식당에 드나든 이후로 엄마의 입에선 결혼이란 말이 부쩍 늘었다. 안색도 많이 좋아졌다. 남자의 물리적인 폭력도 겉으로는 사라졌으니 엄마의 얼굴이 밝아질 만도 한다.

다만 남자는 나를 향해 드러내놓고 적의를 나타낸다. 내 얼굴을 향해 손이 올라가기도 하고 똥물을 끼얹듯 욕을 한 바가지 퍼붓기도 한다.

남자친구의 차를 타고 집으로 돌아올 때면 한편으로 내 차에 대한 갈망이 새록새록 커나간다. 시험에 붙고 꿈에도 그리던 정식 교사가 되면 나는 결혼보다도 내 이름으로 된 차를 먼저 갖고 싶다. 그래서 옆좌석에 엄마를 태우고 이 땅 구석구석을 무른 메주 밟듯 흘러 다니고 싶다. 가보지 않은 곳이 너무 많다. 가고 싶은 곳이 너무 많다.

나만 내려주고 가겠다는 남자친구를 내가 붙잡았다. 동생에게 미리 전화를 넣어두었다. 비빔국수라도 하나 말아놓으라고. 그가 주차할 곳을 찾아 골목으로 사라지고 홀로 식당으로 향한다. 식당 안에서 사람이 나온다. 무의식적으로 옆으로 비켜선다. 그 사람은 불빛에 나를 알아보더니 대뜸 힘을 주어 나를 밀친다.

"니년이 이 아비를 신고해! 또 신고해라! 신고해! 이년아!"

남자는 바닥에 나동그라진 날 향해 주먹을 날린다.

입에서 비명이 터져나온다. 머리 위에서 별이 반짝인다. 캄캄한 하늘이 노래진다. 딸을 향해 남자는 갈보라고 소리친다. 역한 술 냄새와 비린 피 냄새가 낭자한다. 단말마적 비명 소리에 안에서 사람이 뛰쳐나온다. 엄마다.

엄마가 울부짖으며 나를 끌어안는다.

"나를 때려! 이 짐승아!"

그 말이 떨어지기 무섭게 남자는 이제 엄마를 향해 돌진한다. 그러나 동생의 이단 옆차기가 남자의 가슴팍에 먼저 박혔다. 아이쿠,

요란한 비명을 지르며 나동그라진 남자가 용을 쓰며 일어나 동생에게 달려든다. 동생의 발이 다시 올라가려는 순간 엄마가 거칠게 동생의 이름을 부른다.

"그만, 그만 해라."

"며칠 조용하다 싶더니……. 지 버릇 개 못 주고……."

피가 흐르는 내 얼굴을 엄마가 당신의 속옷으로 닦아준다.

흩어지는 발소리가 들린다. 멈추었던 발 중의 하나가 내게 다가온다.

"……세상에."

엄마는 남자친구가 다가오자 콧등을 훔치고 슬며시 일어나 식당으로 들어간다.

"그 미친 사람은 누구야? 아는 사람이야? ……얼른 병원에 가자!"

그가 내 손을 잡는다. 나는 강하게 그의 손을 뿌리친다.

"봤어요?"

"……어. 아, 아는 사람 같아서……. 가족이야?"

입 안에 고인 비릿한 침을 탁 뱉는다.

"……그 미친 남자, 내 아버지야."

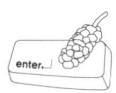

내가 돌아갈 길을 안다면

지린내가 진동하지 않는다. 좌석의 시트도 보푸라기가 일거나 색이 바래지 않았다. 의자의 상단엔 하얀 커버가 산뜻하게 덮여 있기까지 하다. 외관은 깔끔하고 세련되어졌다. 문명화에 적응 속도가 둔한 나는 통일과 무궁화의 천지 차이만 곱씹으며 자리조차 잡질 못하고 서성이고 있다. 그녀도 알고 있을까. 그날 우리가 오고 가며 이용했던 통일호 철마는 이제 달리지 않는다는 것을.

평일 이른 시각이라 기차가 한산한 게 다행이다. 승객이 없는 곳에 엉거주춤 자리를 잡는다. 깃발이 올려지고 바퀴가 미끄러진다. 바퀴만을 노려보고 있던 창밖의 작업복 사나이도 몸을 일으킨다. 그의 탄탄한 하체에 매달린 각종 공구가 깃발처럼 펄럭인다. 달라진 좌석을 면밀히 검토해 페달을 찾아내 두 좌석을 마주보게 하는 데 성공한다. 랜드로버를 벗고 다리까지 쭉 뻗고 앉자 여기가 내 방이다. 백수여서 행복해요,란 소리가 절로 나온다.

엄마의 잔소리가 피가 되고 살이 되기도 한다. 기차 화통을 삶아 드셨는지, 빵빵한 오디오 앰프를 장착하셨는지, 엄마의 목소리는 날이 갈수록 세고 오래 간다. 아침, 눈을 뜨자, 무엇을 할 것인가,란 실존적 화두보다는 오늘 하루만이라도 엄마의 악다구니를 듣고 싶지 않다는 내 안의 아우성을 들었다. 엄마가 누누이 지적하듯이, 이 오디, 두 번 생각지 않았다. 본능이 이끄는 대로 행동에 옮겼다.

엄마의 설교는 악몽보다 더한 것이어서 백수 티를 안 내려고 출근 시늉을 하려 했지만 작심 삼 일도 가질 못했다.

퇴사하던 날 술자리에서 만난 남자애랑 여관에 들어가 자고는 대낮에 집에 들어가 철야했다고 둘러대고 퍼질러 자고, 다음날은 아침에 나와 결연한 심정으로 도서관으로 향해 영화 잡지나 뒤적거리고 있다 극장으로 발길을 돌렸다. 멀티플렉스 극장에서 심야 영화까지 때리고 나니 직장 생활의 서러움과 애환이 한순간에 씻겨 나갔다. 24시 만화방에서 안광이 지배를 철하도록 독서 삼매경에 빠졌다 사우나탕에 들어가 숙면에 빠졌다 극장으로 컴백했다. 밤까지 영화를 때리고 나자 좀이 쑤시고 눈이 침침해지는 것이 누가 돈을 준대도 더는 못할 것 같아 어슬렁거리며 컴백홈 했다. 그걸로 끝이다. 이제 보니 얼추 사흘일은 넘겼다. 출근 안 하냐고 성가시게 구는 엄마한테 잠결에 소리치고 말았다. 집어치웠어!

시험 속에 강해지고, 시련 속에 꽃이 피나니 단잠을 시기하는 무리의 방해가 크고 깊을수록 나의 잠은 깊고도 달았다. 하지만 단잠에서 깨고 보니 할 일이 없었다. 씻을 필요도, 옷을 갈아입을 필요도, 우유와 토스트를 급히 먹을 필요도, 무엇보다 허겁지겁 달려나갈 필요가 없었다. 무엇을 할 것인가. 푸석푸석한 몸을 축 늘어뜨리고 침대 모서리에 걸터앉았다. 오, 위대할 손, 내 삶의 배터리는 언제 충전될 것인가. 발밑에 핸드폰이 보였다.

핸드폰 배터리를 일단 충전시켰다. 회사를 나오는 순간 꺼놓았던 핸드폰에는 몇 개의 부재중 전화가 찍혀 있었다. 다섯 번이나 찍혀 있는 낯선 번호가 있었다. 메시지 상자를 열어보고서야 발신인의 정체를 알 수 있었다.

'걱정하지 마. 다 잘될 거야.'

나처럼 바비 맥퍼린 팬인가? 돈 워리 비 해피라니…….

하루 지나서 문자는 하나 더 찍혀 있었다.

'불안은 영혼을 잠식한다.^^'

라이너 베르너 파스빈더의 이 영화를 내가 좋아한다는 걸 어찌 알았지? 거기 나오는 남자 주인공이 파스빈더의 동성애 파트너였단 소리라도 술김에 지껄인 건 아닐까.

문자 메시지를 남기기 전에 그는 음성을 먼저 남겼다.

'잘 잤니? 너 회사 그만두었다고 해서 안 깨웠어. 아침부터 상사 눈치 보며 졸고 있는 이 직딩을 불쌍히 여기고 백수 본능에 충실해라!'

들어갈 때는 엿처럼 달라붙어 들어가지만 나올 땐 엿같이 따로 따로 나오는 게 정석인데도 남자는 보기 드물게 미안해했다. 격렬한 교성에 탄력받아 눈을 떠보니 여관방 침대에 퍼질러 누워 있었다. 화장대 옆엔 빈 술병들이 열병식을 하고 있었다.

이 사람들아, 어디선가 몰카가 돌아가고 있을지 몰라. 침대와 마주 놓인 화장대 주변에 뭐라도 덮어씌워야지. 소리를 들어보니 방에 들어오자마자 본능에 충실하느라 뭐 어디 훑어볼 새도 없었긴 했겠구먼.

벽에 붙은 디지털 시계는 12 : 12란 붉은 숫자를 깜박이고 있었다. 기막힌 타이밍이군.

12시가 넘은 시간에도 청소한다고 문을 두드리질 않는 걸 보면 남자애가 나가면서 여관 측에 뭔가 조치를 취한 모양이었다. 올 한 해 내가 만난 남자 중에서 가장 귀여운 녀석이었다.

여관방의 붉은 등 아래 단둘이 술을 마시는데도 취하기는커녕 마실수록 정신이 말짱해졌다. 이런저런 사는 얘기에 인터넷 이야기가 나오지 않을 수 없었고 블로그질과 메신저 채팅의 즐거움에 이어 최근에 본 가장 재미난 유머와 패러디를 교환하면서도 정작 서로의 블로그나 메신저 주소는 누구도 묻지 않았다.

이제 우리도 서른이 넘었다고 잠시 숙연해지는가 싶더니 다시 본령으로 돌아와 서로의 연애전선을 심도 있게 고찰했다. 그 애는 자의 반 타의 반으로 소개팅과 선을 보러 다니고 있다고 했고 나는 어딘가에 있을 애인을 수배 중이라고 하였다. 솔로레타리아가 잃을 것은 외로움이요, 얻을 것은 연인이라는 데 전적으로 합의하고 우리는 러브샷을 하며 외쳤다.

만국의 솔로레타리아여, 단결하라!

러브샷을 풀면서 그가 물었다.

"잘래? 할래?"

"푸하하…… 너, 서른 되더니 용감해졌다."

"실은…… 연습한 거야."

"나? 글쎄…… 궁금한 게 있는데, 너, 지금도 좋아하지 않는 여자랑은 자니 않니?"

"……."

"노코멘트야?"

"지금도…… 그래……."

"……난 ……잘래."

잤다. 돈독한 오누이처럼, 의좋은 남매처럼, 오래된 친구처럼, 꿈 없는 잠, 섹스 없는 잠을 잤다. 달려갈 무언가가 생겨나면, 이 긴 터널을 무사히 빠져나가면 귀여운 친구에게 술이라도 한 번 사 줘야겠다.

조석으로 나를 향하는 엄마의 발작만 견디면 집 안은 오디 천하가 되었다. 우리의 조 여사는 사교 활동이 다채로운 분이라 낮 시간엔 집에 있질 않았다. 폼 재고 도서관 가서 졸면서 눈치 볼 필요가 없었다. 골라 먹는 재미가 있는 케이블 채널권을 독점하고 거실에서 뒹굴다 보면 백수의 하루는 너무 짧았다. 뭐든지 삼 종 세트에 39,800원 하는 홈쇼핑, 투니버스의 애니메이션, M-net이나 KM의 뮤직비디오, 수도꼭지처럼 틀면 나오는 드라마, 영화들……. 온종일 채널과 더불어 이쪽 저쪽으로 몸을 뒤집으며 호떡집 놀이를 하면서도 정작 내 방 책상 앞에는 앉질 못하고 있다. 광대무변한 인터넷의 세상을 뒤져야 무엇을 할 것인지 실마리라도 찾을 수 있을 텐데 컴퓨터의 파워를 누르질 못하고 있는 것이다.

청량리발 춘천행 기차는 성북역을 거쳐 연못과 잔디밭이 잘 가꾸어진 골프장을 지나간다.

나라에게서 연락이 왔다. 내가 백수가 되었음을 알리지 말아달라고 그렇게 신신당부를 했는데도 고통을 분담하는 것이 가족이라며 심바가 나라에게 알린 것이다. 나라가 어떻게 가족이냐고 따지고 싶었지만 꼬리를 내리고 살아야 하는 사람의 비애로 넘어가기로 했다. 나라에게 할 말이 있기도 했다.

결혼하지 마세요. 오빠가 한국 남자치고는 평균을 상회하긴 하겠지만, 아시다시피 우리나라 남자들의 평균값이 워낙 낮다 보니 싸가지 없기는 마찬가지예요. 뭐 하나 제 손으로 할 줄 아는 게 없어요. 가사노동의 하중이 심할 거예요.

저도 실은 집에서 손 하나 까딱 안 해요. 그렇다고 결혼해서 직장 생활 하면서 주부 노릇 한다고 쓸고 닦고 할 자신도 없구요. 만들 줄 아는 음식도 별로 없어요. 우리 엄마가 이 대목에서 걱정을 많이 하시지만 우리는 서로의 게으른 천성을 인정하고 살기로 했어요. 최소의 가사노동만 분담해서 하고 각자 하고 싶은 일에 매진하기로. 그거 아세요? 얼마 전에 우리 설악산 다녀왔거든요. 단풍 구경하러……. 노인네들 같죠? 오빠는 집에 회사 출장 간다고 했을 거예요. 저도 엄마한테는 그렇게 말했고……. 아침에 눈을 떴는데, 콘도였거든요, 오빠가 식탁에 상을 차려는 거예요. 밥 하고, 김치찌개 하고, 버섯볶음, 시금치나물……. 제가 자고 있을 때 혼자 만든 거죠. 부엌 바닥에는 인터넷에서 뽑은 레시피 종이들이 흩어져 있구요. 지금까지 오빠를 만나면서 가장 감동받은 날이었어요. 처음엔 너무 고마워서 먹지를 못하겠더라구요. 아침이라 입맛도 없는데도 소금에 절인 시금치나물까지도 기어이 쏙쏙 다 먹었어요.

근데 문제는 오빠보다 다른 데 있다는 게 문제예요. 우리 엄마……. 도저히 감당이 안 되는 사람이에요. 못된 시어미 밑에서 구박받고 살던 며느리가 정작 시어미가 되면 며느리를 더 못살게 군다고 하잖아요. 본인도 담배를 태우면서 다른 여자, 특히 젊은 여자들이 담배 피우는 건 절대 못 봐줘요. 더구나 엄마는 오빠에 대한 집착 같은 게 있어서…… 결혼한다면 둘 사이에서 너무 힘들 거예요. 눈에 보여요.

담배 이야긴 저도 들었어요. 이참에 건강을 위해서 아예 담배를 끊자고 오빠랑 얘기도 했어요. 하하…… 힘든 사람은 저보다 오빠일 거예요……. 변화의 와중에 있는 우리 사회의 진통을 치르는 거죠.

내가 말을 너무 심하게 한 거 아닌가 모르겠어요. 우리 사회의 가족이니 문화니 하는 것에 지극히 회의적인 사람이라……. 더구나 우리 가족의 일원이 된다고 생각하니…… 솔직히…… 아찔했어요.

엄마……. 우리 엄마, 이야길 할게요……. 우리 엄마는 아직도 판타지를 갖고 있어요. 당신이 못 한 결혼 생활을 딸만은 아주 제대로, 교과서대로 살아내기를 바란다는 거예요. 엄마는 교사였어요. 저를 갖기 전에요. 그 시절 처녀가, 그것도 타인의 모범이 되어야 할 선생님이 애를 뱄으니 어떤 선택을 할 수 있었겠어요? 선택이 있을 수 없었죠. 소문나기 전에 학교를 그만두고 나를 낳았어요. 가난한 미혼모가 아니었고 어찌 됐든 핏줄만은 거두어주겠다는 부모를 두어서 천만다행이었죠. 할머니, 할아버지가 저를 키워주시는 동안 엄마는 다시 대학을 다녀 약사가 되었어요. 엄마를 좋아했던 남자들이 없던 건 아니지만, 물론 엄마도 맘에 드는 사람이 있기도 했겠지만, 엄마는 결혼이란 방식을 선택하지 않았어요. 내가 어렸을 때는, 여자 혼자서는 살기 힘든 세상이라고, 애는 우리한테 맡기고 재혼하라고, 할아버지가 그렇게 종용했는데도 엄마는 눈 하나 깜짝하지 않으셨어요. 당신의 유일신인 나를 부정하고 돌아서 절대 행복할 수 없노라고. 내가 크고 나선, 엄마는 경제적으로 안정이 되자 그동안 못 했던 것들을 배우고 즐기느라고 결혼 같은 것엔 관심이 점점 엷어지셨죠. 엄마는 우리 사회에서 애 딸린 여자의 결혼이 어떤 의미를 가지고 있는지를 충분히 알고 있는 사람이어서 저한테 농담 반 진담 반 그랬어요. 넌 '시' 자 달린 사람들한테 신경 안 써도 되는 외국 남자랑 결혼하라고. 그런데도 엄마는 내가 오빠를 인사시켰을 때 외국 남자가 아니라고 트집 잡지는 않데요. 하하. 한 술 더 떠 엄마는 내가 꼭 결혼해서 행복하길 바란답니다. 우습죠?

부럽네요. 언니 같은 엄마를 두어서. 나는 모아둔 돈만 있으면 지금이라도 당장 독립하고 싶은데……. 엄마하고의 전쟁…… 지긋지긋해요. 그럼, 이제 내 편이 한 사람 생겨나는 건가? 하하! 나중에 우리 한편이 되어서 엄마랑 싸워요!

고마워요. 내가 감당해야 할 몫이라면 피하지 않고 부딪치고 싶어요. 실패든 성공이든. 그렇게 한 꺼풀 벗겨지고 나면 인생에서 또 한 수를 배우겠죠. 말하다 보니 정리가 많이 되네요. 사실 그동안 고민이 많았거든요. 대화하기 참 좋은 상대예요.

누가요? 내가요?

당연하죠! 친구들이 고민 상담 같은 거 많이 해오지 않나요? 카운셀러? 심리치료사? 그런 거 하면 좋을 것 같아요. 혹, 다른 일을 해보고 싶다면요…….

나라가 이를 드러내며 반짝 웃었다.

살짝 물빛이 드러난다. 북한강이다. 이제부터 오른쪽 어깨엔 강이 내려 앉아 있을 것이다. 반짝이는 북한강 줄기를 따라 대성리역에서 잠시 걸음을 멈춘 기차는 심호흡을 하고 다시 길을 떠난다. 이쯤이었을 거다. 대성리에서 청평으로 향하던, 강물이 눈에 가득 차오는 이 길 어디쯤에서 싸움은 시작되었을 것이다.

나는 그날처럼 담배를 챙겨 일어선다. 객차의 출입문은 힘쓸 필요도 없이 가볍게 버튼만 누르면 스르륵 열리고 닫힌다. 객차와 객차 연결 출입문도 이제는 자동문이라 난간에 매달려 가슴으로 강바람을 받아안을 수도 없다.

그날, 객차의 문을 연 순간 날카로운 비명 소리가 내 귀에 박혔다.

"왜 이러세요?"

"누가 뭐래? 아가씨, 담배도 다정히 나눠 피우며 이야기나 하자니깐."

"싫다니깐!"

"이게 어디서 반말이야?"

좁은 연결 칸엔 남자 둘이 한 여자를 에워싸고 있었다. 양쪽 출입문을 활짝 연 채로 통일호 기차는 달리고 있었다. 그 순간 내 눈엔 강으로 훌쩍 날아가는 흰 치마폭이, 목이 긴 새 한 마리가 어른거렸다.

"니들 뭐야?"

"넌, 또 뭐냐?"

"싫다잖아! 역무원 부를까?"

이에는 이, 눈에는 눈! 강한 줄 알고 몽니 궂은 녀석들에게는 강하게! 난 남자들을 노려보며 그녀의 손을 잡아챘다. 내 손을 잡고 그녀는 객실로 돌아왔다. 눈에 띄는 빈자리로 가서 앉았다. 그녀도 나도 입을 열지 않았다. 그녀가 한 손에 들고 있던 책을 배낭에 넣으며 고맙다는 표시로 목례를 한 게 전부였다. 떨고 있는 그녀의 몸이 내 어깨로 전해져왔지만 내가 할 수 있는 일이라곤 아무것도 없었다. 기차는 청평역을 지나고 구불구불 산길을 달려갔다. 가평역에 도착할 거라는 안내방송이 나왔다.

출입문을 활짝 열어놓은 채로 낭만적으로 또는 위험천만하게 달리던 경춘선 통일호는 이제 전설이 되어 사라지고 그 자리엔 사람 손을 거부하는 자동문이 육중하게 버티고 있다. 견고하고 안전한 것은 답답하고 따분한 것이란 오디의 철학을 입증하듯 무궁화호 열차는 바람 구멍 하나 없다. 담배 피우기를 포기하고 자리로 돌아온다. 상천이라는 간이역을 지나자 오 분 후에 가평역에 도착할 것이라는 안내방송이 변함없이 흘러나온다. 그녀가 조심스럽게 입을 연 건 이쯤이었다.

"……팔찌가 ……특이하네요."

그녀는 내 팔목에 두른 해골이 알알이 매달린 염주를 눈으로 가리켰다.

"……엘리베이터가 고장이라도 나면 주문을 외우려구요. 수줍음이 많긴 하지만……."

"……실례지만 어디까지 가세요?"

그녀의 목소리엔 물기가 배어나왔다.

"춘천으로 끊긴 했는데…… 뭐, 뚜렷한 목적지가 있는 건 아니에요."

"저도 그런데…… 혹시…… 다음 역에서 내리지 않으실래요?"

기차가 가평역으로 들어선다. 점퍼 호주머니에 손을 찌르고 광장으로 걸어 나온다. 광장 한쪽의 차가운 나무 의자에 엉덩이를 걸

치고 담배에 불을 붙인다. 끌어안으면 한아름이 넘을 듬직한 나무가 내 옆에 있다. 지금은 이파리 하나 남지 않은 이 나무가 그 봄에는 무성한 푸른 이파리를 거느리고 여기 있었던가. 전혀 기억이 나지 않는다.

그녀와 나는 가평역에서 함께 내렸다. 그리고 여기, 광장에서 마주 섰었다. 그녀의 얼굴이 처음으로 온전히 눈에 들어왔다. 젖어 있는 커다란 검은 눈동자, 거부의 콧날, 메말라 있는 입술, 긴 생머리……. 그녀의 눈에 나는 어떻게 보였을까. 내가 르누아르의 여인이라면 그녀는 모딜리아니의 여인이었다. 보랏빛 스웨터에 흰색 면바지를 입고 있던 그녀는 봄날 들판의 작고 야윈 한 떨기 제비꽃이었다.

스산한 바람이 사정없이 가슴을 헤집어놓는다. 오늘은 무엇을 할 것인지, 어디로 갈 것인지 고민하지 않아도 된다. 오랜 세월이 지났는데도 그곳으로 가는 길은 어제 일처럼 선명하다. 그녀와 함께 걷던 이 길을 이제 나 홀로 걷는다.

쉬이 할 말을 찾지 못하던 우리는 발끝만 쳐다보고 있었다. 침묵을 깬 건 나였다.

"가평에 남이섬 있지 않나요?"

"같이…… 갈래요?"

택시나 버스 대신에 우리가 택한 건 두 다리였다. 만난 지 채 한 시간이 되지 않는데도 무슨 말이든 만들어내야 할 중압감이 생겨나질 않았다. 침묵이 불편하지 않았다. 남이섬 선착장에 가는 동안 우리가 나눈 대화란 고작 그녀는 강촌역에서 내리려고 했다는 것이었다. 그녀의 말에 내가 더 묻질 않았으니 대화라고 할 수도 없었다.

바람이 쌀쌀한데도 선착장에는 배를 타려는 사람들이 많다. 봄이 오는 길목에서도 사람들이 이렇게 많지는 않았는데……. 그새 입장료마저 꽤 많이 올랐는데도 인구에 회자되는 곳은 사람들의 어지러운 발걸음이 스치기 마련인가 보다. 배의 후미에 자리 잡은 내게 일본어로 소곤대는 여자들의 목소리가 들린다. 나와 눈길이 부딪치자 노란색 목도리를 두른 여자가 방긋 웃어 보인다.

배에서 내리자 자전거 대여점이 눈에 박힌다. 잠시 망설이던 나는 자전거를 빌린다.

침묵을 공감하던 우리는 배를 탈 때도 한 사람은 후미에, 한 사람은 옆구리에 자리를 잡았었다. 하지만 배가 선착장에 닿을 무렵엔 옆에 나란히 있었다. 두리번거리던 우리 눈에 들어왔던 게 자전거대여점이었고 우리의 입에선 동시에 같은 말이 튀어나왔다.

"자전거 타세요?"

환한 햇살 속으로 앞서거니 뒤서거니 네 개의 바퀴가 굴러갔다. 햇살보다 찬란하게 부서지는 바퀴들은 안단티노로 때론 알레그로 비바체로 섬을 핥아갔다. 그녀의 긴 생머리가 불어오는 바람에 흩날렸다. 꽃잎이었다. 물과 잇닿아 있는 섬의 끝자락에서 그녀가 아이스크림을 내밀었다.

"기차에선 고마웠어요. 제가 수줍음을 많이 타서…… 인사가 늦었죠?"

"저도 담배 피우러 나갔던 참이었어요. 그런 새끼들도 자꾸 겪다 보니 이력이 붙더라구요. 고맙다니 제가 더 고맙네요. 전에 한 번은 남자가 길거리에서 젊은 여자를 밀치고 뺨을 때리기에 경찰에 신고하겠다고 남자랑 한 판 붙었는데 외려 그 여자 분이 나에게 버럭 화를 내더라구요. 당신이 뭔데 함부로 남의 일에 간섭하냐구. 어이가 없어서 한동안 폭력 앞에서 소심해지긴 했어요. 하하."

"아이스크림으로 안 되겠네요. 계속 대범하시라고 제가 밥 사드릴게요."

오늘은 홀로 자전거의 바퀴를 굴린다. 바람과 숲과 물이 있다. 영화 〈사운드 오브 뮤직〉 촬영지를 따라 알프스의 깊은 숲과 푸른 호수를 따라 굴러가던 나의 바퀴들. 그곳에 다시 가고 싶다. 혼자가 아닌 둘이서 오스트리아의 작은 도시들을 우리 힘으로 바퀴를 굴려 닿고 싶다……

키를 넘어가는 갈대밭에 사람들이 들어가 사진을 찍는다. 자전거를 세우고 배낭을 뒤진다.

시디플레이어가 손끝에 잡힌다. 이어폰을 꺼내 귀에 꽂는다. 담배에 불을 붙이고 배낭을 흔들자 출렁 잡히는 물건이 있다. 나도 사람들을 흉내낸다. 담배를 물고 디지털카메라에 강과 갈대와 저 멀리 보이는 섬을 담는다. 흰 새 한 마리가 머리 위를 유유히 날아간다.

"검은 옷이 참 잘 어울려요……."

"밤의 여왕 같죠? 지옥의 복수심이 마음속에 불타오르는……."

"그 노래였죠? 파니가 기분 좋아 차에서 흥얼거리던 곡이……."

"날씨가 너무 좋네요……."

"열쇠 잊지 마세요……."

그 대화가 끝나자 우리는 눈물이 나도록 웃었다. 나처럼 〈파니 핑크〉의 대사를 줄줄 외우고 있던 그녀.

문득, 블로그에 들어가보고 싶다는 충동이 인다. 오랫동안 방치해두었던 그곳에 슬며시 들어가 이 갈대밭과 흰 새와 저 섬들을 올리고 싶다.

나는 섬을 빠져나온다. 배에서 내리자 여자들 셋이서 가평역까지 택시를 합승하지 않겠냐고 묻는다. 택시를 타고 역으로 돌아와 가장 빨리 서울로 돌아가는 기차표를 끊고 광장으로 나온다. 느티나무인지, 은행나무인지 이름을 불러줄 수는 없지만 하여튼 잘하면 나의 할머니뻘쯤 될 포근한 날개 밑에서 책상다리를 하고 담배를 문다.

수줍음이 많은 우리였지만 파니 핑크로 시작한 대화는 시집이나 소설, 만화책으로 나아갔고 음악의 모든 장르를 광적으로 좋아한다는 데 일치하고 앞이 보이지 않는 암담한 미래에 대해선 눈물이 날 정도로 공감했다. 하지만 우리는 서로의 이름도, 나이도, 사는 곳도, 하는 일도 심지어 이메일 주소도 묻지 않았다.

기차 난간에 기대어 시집을 읽고 있었다고 했다. 그녀가 가장 좋아하는 시인이 세상에 남겨놓은 유일한 시집을. 산과 산이 어깨를 마주하고 있는, 물과 물이 다리를 포개고 흐르는 아스라한 정경을 바라보다 담배를 물고서…… 간이역에서 속도를 늦추는 열차의 작은 진동에도 소스라쳐 깨어나는 사람들…… 이란 시 구절을 음미하고 있는데 남자들이 나타났다고 하였다. 시를 모두 외웠는데도 까맣게 손때가 묻은 시집을 들고 다니는 이유는 떼어낼 수 없는 몸의 한 부분이 되어서라고도 했다.

음악 이야길 하다 나도 시디 하나를 그녀 앞에 내밀었고 섬에서 나올 때는 그녀와 함께 손때 묻은 나의 음악을 나눠 들었다. 한 곡

한 곡이 정말 맘에 드네요, 그녀는 트랙이 하나씩 바뀔 때마다 감탄을 하였다.

"영화, 러브 레터 O.S.T.예요."

"일본 영화, 러브 레터?"

"아니요. 첨밀밀 감독이 만든 미국 영화요. 중년 여자가 이른 아침 해변을 달리는 것으로 영화가 시작하는데…… 그 첫 장면부터 영화에 푹 빠져 허우적댔죠. 나도 저렇게 늙어가고 싶다…… 뭐, 그 따위 생각을 하면서……. 케이트 캡쇼라는 여배운데 알고 보니 스티븐 스필버그 감독의 부인이더라구요. 우연히 발견된 한 통의 러브 레터를 두고 벌어지는 이야기인데…… 영화도 음악도 너무 좋아서 음반 매장에 갔더니 다행히 O.S.T.가 있어서 얼른 주워 담았죠."

지금 난 홀로 여기 앉아 쳇 베이커의 목소리를 듣고 있다. 이런 사랑은 빠져본 적이 없다는……. 우수마저 감미로웠던 그의 목소리에는 이제 슬픔이 내려앉아 있다. 그때, 헤어지기 전에 이메일 주소라도 물어볼걸 그랬다. 아니면 활동하는 인터넷 동호회라도. 하다못해 가끔 찾아가는 인터넷 게시판이라도. 이제야 후회가 찾아든다. 나는 반나마 남은 담배를 눌러 끄고 벌떡 일어난다. 눈에 들어오는 간판들을 급히 훑는다. '쥐 잡는 날'이란, 흰 바탕에 검은 글자가 눈을 찌른다.

내가 당신을 얼마나 사랑하는지. 어느 날 내가 중심을 잃고 넘어져 무릎이 벗겨졌을 때 가슴을 쓸진 않았는지요. 당신을 보면 온몸의 근육은 미동을 멈추고, 나뭇잎과 공기는 숨소릴 죽이죠. 우린 어울리지 않는 짝이지만 당신이 아니라면 어떤 생각도 하고 싶지 않아요. 신발 끈을 묶거나 오렌지를 벗기거나 차를 몰 때도, 당신 없이 혼자 잠드는 밤에도 난 당신의 것입니다.

영화 〈러브 레터〉의 겉봉이 없는 편지에 씌어진 러브 레터다. 방에 쌓인 검은 먼지는 나중에 걷어내더라도 블로그에 들어가 가슴 속에 간직하고 있는 이 글을 토해내고 싶다. 뒤늦은 후회 따위는 이제 그만 하고 싶다. 나도 이제 꽉 찬 서른인데…….

피시방에 들어가 쥐를 잡는다. 내 컴퓨터가 아니라서 초기화면 이 블로깅을 하는 포털사이트가 아니다. 집에서 온종일 불판 위의 호떡이 되어 뒹굴어도 컴퓨터를 켜지 않은 이유가 있다. 부팅이 되고 인터넷을 띄우면 초기화면으로 나타나는 사이트에 무의식적으로 로그인을 하고 주인의 의지와 다르게 습관적으로 내 방에 발을 들여놓게 될까 봐 컴퓨터조차 켜질 않았다.

내 손으로 사이트 주소를 쳐서 그 문으로 들어간다. 로그인을 하자마자 웬 쪽지가 날아든다. 치자, 그녀가 보낸 쪽지다. 핸드폰 번호까지 적혀 있다. 보낸 날짜를 확인하자 가슴이 철렁 내려앉는다. 이십 일이 훨씬 지났다. 너무 늦은 건 아닐까. 지금이라도 전화를 해야 하나 말아야 하나……. 지금이라도 늦지 않았으면……. 이렇게라도 나의 무심함을 사죄받을 수 있다면……. 기도하는 심정으로 번호를 누르고 심호흡을 토해낸다.

그 저녁 무렵부터 새벽이 오기까지

여기, 다시 섰다. 이십팔 일 만이다. 생애 최초로 이곳에 왔던 것이 이십팔 일 전이었다. 세번째 왔을 때는 더는 혼자가 아니길 두 손을 가슴에 모으고 고개 숙여 그 누구에게든 빈다.

올해는 맘 잡고 제야의 종소리를 들어야겠다며 종로에 나갔던 동생이 들어온 건 새벽녘이었다. 현관문을 열자마자 녀석이 바닥에 푹 꼬꾸라졌다. 내가 놀라 그 애의 이름을 부르자 녀석은 고개를 빼끔 들어올리더니 히죽 웃어 보였다.

"어, 누나! 이쁜 우리 누나네……. 누나…… 올해 내 운수가…… 진짜, 진짜 좋대……. 뭐든지, 뭐든지…… 술술, 술술…… 풀린대……. 누나, 누나…… 알지? 포기하면 안 되는 거! 거, 왜 있잖아……, 희망이란 괴물!"

꼬부라진 혀 사이로 지독한 술 냄새가 배어 나왔다.

"그래…… 누가 그랬지……. 고통을 견뎌내도록 하는 희망이야 말로 가장 잔인한 것이라고……."

제 말을 쏟아내고는 바닥에 코를 박은 동생이 내 말을 들을 리

299

없었다.

"야! 야! 정신 좀 차려봐!"

동생의 축 늘어진 두 손을 잡아 안쪽으로 일단 끌어올리고 현관문을 닫으려는데 바깥쪽에 웬 사람 그림자가 얼씬거렸다. 내가 고개를 내밀려는 순간 그림자가 불쑥 튀어나왔다.

"저…… 안, 안녕, 하세요?"

식당에서 여러 번 본 적이 있는 동생의 여자친구다.

"오빠가 혼자 갈 수 있다고 가라고 했는데……. 이렇게 취한 모습은 처음 본데다…… 거기다…… 울기까지…… 엉엉…… 그냥 갈 수 없어…… 죄, 죄송해요."

동생이 술에 취한 게 제 잘못이라도 되는 듯 죄인처럼 띄엄띄엄 변명의 말을 힘겹게 내놓으면서 그녀마저 울먹거리고 있었다.

"죄송하긴…… 오히려 고맙죠. 우리 집은 처음이죠? 우리…… 이렇게 살아요……. 그렇게 서 있지 말고 얼른 들어와요."

언제 장을 봤는지 그녀가 쇼핑 비닐을 넉장거리로 자빠져버린 동생 옆에 조심스럽게 내려놓았다. 부츠에 미니스커트 차림으로 한 손으로 인사불성이 된 녀석을 붙잡고 또 한 손엔 장거리를 들고 그녀는 이 얼어붙은 거리를 걸어왔을 것이다.

둘이 안간힘을 써서 동생을 제 방으로 끌어다 들여놓고 나는 방을 나왔다. 나머지는 그녀의 몫이었다. 눈을 붙이려고 누웠는데 노크 소리가 들렸다. 나랑 자겠단다. 나는 그럴 필요 없다고, 화를 내다시피 해서 그녀를 동생의 방으로 돌려보냈다.

"참, 아침상은 우리가 차릴게요. 오빠보다 요리는 못하지만 그래도 떡국은 자신 있어요. 오빠가 술이 떡이 되도록 취했어도 떡은

꼭 사더라구요. 하하…….”

그녀가 환하게 웃었다. 우리 집에서도 누군가 저렇게 함박꽃 웃음을 만들어낼 수 있다니……. 가슴이 저려왔다. 첫새벽에 이 어둡고 구차한 집에서 저렇게 환한 웃음을 만났으니, 나도 동생처럼 올해는 운이 좋을 거야,라고 급히 주문을 걸었다.

얇은 잠에 들었다 눈을 떴다. 어느새 몸에 뱄는지 아침을 준비하려고 일어나려다 잠들기 전 그녀의 부탁이 떠올랐다. 동생의 방에선 인기척이 들려오질 않았다. 나라도 일어나서 아침을 준비해야 하나, 아니면 그들이 일어날 때까지 조용히 기다려주어야 하나. 공식적인 새해 첫날 내 앞에는 또 하나의 선택이 놓여 있었다. 왜 이리도 세상엔 갈림길이 많아 가지 않은 길에 대한 미련을 떨치지 못하게 하는 걸까.

난 멀뚱멀뚱 누워 있는 쪽을 택했다. 그녀의 환한 웃음을 배신하기엔 난 너무 충직했다. 설핏 잠이 들었나 보았다. 수런수런 주방 쪽에서 움직이는 소리에 눈을 떴다. 문소리와 발소리를 죽여 나갔을 때 둘은 앞치마를 두르고 아침을 준비하고 있었다. 나무 도마 위의 경쾌한 칼질 소리, 푸른 불빛 위에서 모락모락 올라오는 연기, 어디든 흘러 들어가 구멍과 틈새를 메우고 있는 고깃국물의 단내……. 찬바람 부는 얼어붙은 길에 주저앉아 대성통곡을 했다는 동생은 그 어디에도 없었다.

그녀가 수저로 보글보글 끓고 있는 국물을 떠 동생의 입에 넣어주었다. 동생은 빙긋이 웃으며 고개를 끄덕이고 그녀의 볼에 살짝 입을 맞추었다. 그 애는 무치고 있던 콩나물 두세 가닥을 그녀의 입에 넣어주었다. 그녀가 그 애의 귀에 뭐라고 속삭였다. 깨소금이 툭툭 떨어져내렸다. 그녀는 그릴을 꺼내 굴비를 뒤집었고 동생은 김을 구웠다. 그녀가 식탁 위에 수저와 젓가락을 놓았고 동생이 대접에 떡국을 담았다. 그녀가 그 위에 김 가루를 송송 뿌렸다. 누가 무엇을 하라고 지시하지 않는데도 둘은 완벽한 화음을 만들어 냈다.

"오빠, 나…… 직장 때려치울까?"

수저질이 멈칫하더니 그녀가 히죽 웃으며 얼굴에 느낌표를 새기는 동생을 쳐다봤다.

"오빠랑 같이 음식 만드는 거 너무 재밌거든. 직장 그만두고 오빠 식당에 눌러앉을까?"

그녀는 수저를 감빨며 이제 슬슬 내 눈치까지 살폈다.

"너는 식당일이란 게 나랑 음식만 만들면 되는 줄 아니? 구정물에 손 담그고 설거지도 해야 하고, 술버릇 나쁜 손님들도 상대해야 하고, 짜바리를 비롯한 관공서 애새끼들도 달래줘야 하고……. 꿈 깨라! 깨!"

"오빠 혼자 힘들게 하는 것보다는…… 우리가 힘을 합하면 매상도 더 오르지 않을까……. 내가 이렇게 한 미모하는 얼굴에 천사의 미소로 손님을 맞이하고 오빠는 장금이 언니를 뺨치는 음식을 만들어 손님들의 입맛을 확 끌어당기면……."

표정관리를 못하던 녀석이 한순간 고개를 푹 꺾었다. 미안해서라는 걸 나도 그녀도 모르지 않았다. 녀석이 고개를 드는 순간 눈빛을 외면하고 말았다. 시선을 돌린 건 나만이 아니었다. 그녀도 굴비와 눈싸움을 하고 있었다.

"떡국…… 참 맛있네요. 굴 손질하느라 힘들었겠어요. 국물이 너무 시원해요.”

“누나, 얘한테 말 놔. 한참 어린 애한테 무슨 존대야?”

“그러세요, 언니!”

“아니, 난 이게 편해요……. 텔레비전 외화 우리말로 더빙한 거 보면 여자는 상대편 남자한테 존댓말하고 남자는 반말하고 그러잖아요. 사실 둘 다 반말했을 텐데……. 우리말의 존댓말 어법을 꺼리다 보니 나이가 좀 어리다는 이유로 함부로 반말하는 것도 내키질 않아서……. 권력에서 오는 언어, 언어에서 오는 권력, 뭐 그런 걸 부정하려다 보니…….”

“우리 누나가 나랑은 다르게 먹물적 경향성이 있다 보니깐……. 무슨 말인지 모르겠더라도 그냥 한 귀로 듣고 한 귀로 흘려라. 누나, 나는 올해 운수대통이래. 모든 문제가 술술 풀리고 온갖 운이 다 내 손 안에 있대.”

동생이 화제를 바꾸었다.

“알아.”

“어떻게?”

“네가 말했으니깐.”

“난 말 한 적 없는데.”

“난 들은 적 있는데! 너, 정말 취했었구나. 여기 증인도 있으니깐 주먹 불끈 쥐어봤자야.”

“내 운이 좋으니깐 분명 누나 운도 좋을 거야. 작년엔 운이 안 따라준 임용고시도 올해는 보란 듯이 붙을 거야.”

“당연하지!”

“누나…… 딴생각 마…….”

그녀가 내 눈치를 살피며 괜한 소리 하지 말라는 의미로 녀석의 옆구리를 툭 쳤다.

"걱정 마! 너희 둘이 알콩달콩 깨가 쏟아지게 사는 것 평생 옆에서 보면서 배 아파 할 거니깐. 아시다시피 질투는 나의 힘이잖아."

난 녀석의 누나가 아니라 엄마 같다. 엄마가 내 입을 빌려 말을 하는 모양이었다.

"맞아! 누나 입 속엔 악착같이 매달린 검은 잎밖에 없지. 하하."

둘이 치우겠다는 걸 겨우 말려 내가 아침상을 치웠다.

오늘도 장사를 하겠다며 둘이 식당으로 썰물처럼 빠져나가자 집은 다시 본래의 모습으로 돌아갔다. 피비린내가 배어 있는 어둡고 을씨년스런 공간으로. 잠깐 비쳐줬던 은혜로운 햇살로 하여 집은 더욱 공허하고 스산해졌다. 숨이 차서 그곳에 더는 있을 수가 없었다. 나 홀로 집에,를 견딜 수가 없었다.

그때서야 집을 나왔다. 새해 첫날 떠오르는 해를 보며 소원을 빌어보겠다고 산과 바다에서 밤을 새운 사람들도 있을 텐데 나는 해가 중천에 떴을 때 버스터미널로 향했다.

차는 생각보다 밀렸다. 높직한 버스 좌석에 앉아 옆 차선을 내려다봤을 때 스키 장비를 지붕에 실은 차량들이 심심찮게 눈에 띄었다. 스키를 타러 가는구나! 지금까지 살면서 스키장 한 번 가본 적 없는 나는 그들과는 다른 세계의 사람 같았다. 몇 년 전부터 겨울이면 스키를 타는 게 유행처럼 되었는데도 나는 그 흔한 스키 장갑 한 켤레 없다. 스키만 탈 줄 모르나. 젊은 사람들은 다 할 줄 안다는 인라인도 한 번 타본 적이 없고, 과일이나 야채 장사를 하려고 해도 자동차 운전면허증이 없다. 수영도 할 줄 몰라 버스를 타고 가다 다리가 무너지면 그대로 물 밑으로 곤두박질쳐야 한다.

하지만 나의 엄마는 수영을 할 줄 안다. 할 줄 아는 정도만이 아니라 그것도 아주 잘한다. 내가 초등학생이던 어느 해 여름, 어른들을 따라 동네 친목계원들의 가족야유회에 따라간 적이 있었다. 남자들은 술은 마시고 여자들은 그 옆에서 고기를 구우며 대령하고 있는데 엄마는 그 무리에 있지 않았다. 동네 아이들과 별로 친하지도 않아 어른들의 술자리에서 떨어져 동생하고 둘이 물장구나 치고 있던 나는 어른들 속에서 엄마가 보이질 않자 불안해졌다. 동생과 엄마를 찾아 계곡 여기저기를 훑던 나는 한순간 입이 딱 벌어졌다. 엄마가 거기 있었다.

하지만 내가 본 건 나의 엄마가 아니었다. 교실 뒤편에 놓인 어항 속 금붕어였다. 아니, 인어공주였다. 꼬리를 살래살래 흔들며 유유히 헤엄치는 금붕어 옆에는 학급문고가 자리 잡고 있었다. 그즈음 난 겉장이 너덜거리는 낡은 책 한 권을 어두운 방에서 읽었다. 내가 쏟아낸 눈물로 색 바랜 책장이나 내 눈은 퉁퉁 부어 있었다. 책을 다시 학급문고에 돌려놓던 나는, 어항 속 금붕어가 왕자를 너무 사랑하다 물거품이 돼버린 인어공주의 변신처럼 느껴졌다. 고개를 들어 푸른 숲과 하늘을 올려다보곤 맑은 계곡물 속으로 푸우 빠지던, 그때 나의 엄마는 물을 만난 금빛 물고기였고 슬픈 인어공주였다.

하지만 그날은 내가 처음이자 마지막으로 동화가 아닌 살아 있는 인어공주를 본 날이 되고 말았다. 우리를 발견한 엄마가 손짓을 하였고 엄마는 우리에게 헤엄치는 법을 가르쳐주었다. 수영의 모든 형태를 자유자재로 구사하는 동생은 그날 엄마에게 배운 게 토대가 되었을 것이다. 하지만 난 물에서 노는 엄마의 모습을 보는 게 훨씬 좋았다. 우리 셋은 시간 가는 줄 모르고 너무도 즐겁게 놀았다. 그게 문제였다. 우리가 젖은 몸을 말리고 새처럼 조잘거리며 일행 앞에 나타났을 때, 술에 취한 남자는 그 많은 사람들 앞에서 엄마를 패대기쳤다. 어디 가서 뭘 하다 왔냐고, 이 젖은 머리는 뭐냐고 길길이 날뛰며 엄마에게 달려들었다. 사람들이 뜯어말리지 않았으면 엄마는 다리가 부러졌을 것이다.

언젠가 엄마한테 어떻게 수영을 배웠느냐고 물어본 적이 있었다. 나는 몇 번 해봤지만 잘 안 된다는 투정 끝에. 엄마는 그저 물에다 편안히 몸을 맡기면 된다고 하였다. 엄마는 수영을 배우려고 배운 게 아니라 동네 애들과 종일토록 바다에서 놀다 보니 어느 날 몸이 물속에서 자유로이 놀고 있더라고 했다. 좀처럼 자기 이야기나 자랑을 할 줄 모르는 엄마지만 어렸을 적 고향 바다에서 놀던 추억을 이야기할 때면 상고머리 계집애처럼 볼이 발그레해졌다.

나는 지금 그 바다 앞에 서 있다. 엄마가 맨발로 뛰놀던 그 고향 바다에. 엄마는 지금도 이 바다에 서면 왕년의 해포리 인어로 돌아갈 수 있을까. 푸른 바다에 들어가면 몸이 기억해내리라. 어떻게 자유를 얻는지를.

> 엄마 네아이 미숙경숙준식호식이가
> 엄마를 애타게 기다리고 있어요 여보지난 일은 잇고
> 다시 잘살아봅시다 다시는 술담배 안하리다
> 어머니도 당신에게 미안해 하고있소
> 다시 열심히 삽시다 여보보고싶소

보신 분은 50만원에 후사하겠습니다

특징은 말할때 오른쪽으로 입술이 틀어짐

고속버스에서 내려 갈아탄 버스는 먼지를 일으키며 시골의 차부를 들렀다 떠나기를 반복했다. 그 중 한 곳에서 차에 문제가 생겼는지 기사에게 문제가 생겼는지 예정에 없던 긴 휴식이 생겨났다. 담배라도 피울 곳을 찾아 두리번거리다 화장실 담벼락에서 종이 한 장을 발견했다. 맞춤법이나 띄어쓰기는 무시한, 사진조차도 없는 A4 복사용지는 새의 깃털처럼 푸드덕거리고 있었다.

담배를 만지작거리며 냄새나는 재래식 화장실로 들어섰다. 세면대 옆, 눈이 소복이 내린 머리에 금비녀를 꽂은 할머니가 쭈그려 앉아 담배를 피우고 있었다. 비어 있는 곳을 찾아 노크를 하다 말고 할머니 옆에 그림자처럼 자리를 잡고 앉았다. 담배에 불을 붙이는데 헉, 한순간 울음보가 터져버렸다. 고개를 묻고 엉엉 울었다. 아니, 꺼억꺼억 대성통곡을 했다.

"……처자, 그리 울 기운으로 살거래이……. 딴맘 묵지 말고……."

손가락 짬에 끼어 있던 담배가 툭 떨어졌다. 할머니가 앉은걸음으로 다가와 내 등을 토닥거렸다. 울음을 멈추려 했지만 밑 질긴 울음에서 나는 놓여날 수 없었다. 눈물이 앞을 가려 나는 할머니의 얼굴을 볼 수가 없었다. 할머니가 속옷 춤에 담배 쌈지를 챙겨 넣으며 사각사각 일어났다. 주먹으로 눈물을 훔치고 할머니를 쫓았지만 나에게 왔던 할머니는 그 어디에도 없었다.

누나, 딴생각 마!

이십팔 일 전, 집을 나오던 아침에 동생도 같은 소리를 했었다. 한 번도 얼굴을 본 적이 없는 나의 외할머니가 어려운 걸음으로 내게 찾아온 것이었다. 당신 딸의 딸에게로…….

한 달하고 일 주일 전날에 내게 무슨 일이 있었던가. 인생이 걸려 있던 시험이 있었다. 시험이 있기 닷새 전에 식당 앞에서 남자의 폭력이 있었다. 남자친구가 보는 앞에서 남자는 잠시 털로 감추어두었던 맹수의 발톱을 드러내고 말았다.

시험 치르러 가기 전날 엄마가 찹쌀떡을 내밀며 끌끌 혀를 찼다.

"큰 시험 치러 갈 애가 피죽도 못 먹은 사람처럼 얼굴이 이게 뭐야? 떡이 아니라 소 한 마리를 먹여야겠네……. 내 딸……."

"그러는 엄마는……."

"요즘 젊은 사람들은 시험 잘 치라고 포크며 두루마리 휴지 같은 것도 선물하나 보더라. 네 동생이 다른 것도 많이 설명해줬는데……. 나는 그저 찹쌀떡밖에 생각나는 게 없어서……. 그 친구는 뭐 선물하던?"

"누구?"

난 짐짓 딴청을 피웠다.

"누구긴 누구야?"

"……어, 뭐 많이…… 엿, 포크, 네잎클로버, 두루마리 휴지, 자석 팬티…… 또…….."

"……연락 안 오니?"

"……."

나의 지나친 결벽이 문제였다. 엄마 앞에서 거짓되고 싶지 않았다. 엄마 앞에서만은 연기하고 싶지 않았다.

"……연락? 와, 왔을지도 몰라……. 요즘 통 핸드폰을 꺼놔서 잘 모르겠어."

아니다. 나의 눈부신 연기를 제일 필요로 하는 사람은 다름 아닌 엄마였다. 나는 별일 아니라는 듯 심드렁하게 대꾸했다.

그 순간 엄마가 나를 와락 끌어안았다. 철들고 엄마가 나를 그렇게 안아준 적은 처음이었다. 엄마가 나를 안는 순간 출렁, 가슴 깊은 저기에서 물결이 일었다. 오열했다. 이를 악물었지만 터져나오는 울음은 어찌해볼 도리가 없었다.

미쳐서, 술만 들어가면 패! 폭력 가장이라고 들어봤어? 찢어져 피가 흐르는 내 입에선 유혈낭자한 대사가 흘러나왔다. 지금까지 혼신을 기울여 해온 연기가 꼬이고 있었다. 연극이 틀어지고 있었다. 생각지도 않은 대사가 내 입에서 떨어지는 순간 그의 얼굴은 구겨진 종이가 되었다. 감정을 감출 줄 모른다는 게 그의 장점이자 단점이었다. 구겨진 종이를 펴도 흔적은 남듯 굳어진 얼굴로 그는 잘 있으란 말 한마디 없이 등을 보이고 사라졌다.

아까는 정말 미안했다. 너의 고백이 너무 충격이어서 뭐라고 위로의 말조차 건넬 수 없었다. 그동안 얼마나 힘들었을까, 너의 고통이 얼마나 컸을까? 이제 그만 울어라…… 네 옆에는 내가 있잖니?

전화가 오길 기다렸다. 그의 따뜻한 목소리를 들으며 잠들고 싶었다. 계산에 밝은 사람이긴 하지만 나쁜 사람은 아니니깐 전화가 올 것이다. 술이라도 마시고 있을지 모른다. 술기운을 빌려 그는 미안했다고 토해낼 것이다. 핸드폰을 손에 쥐고 날을 샜다. 컴퓨터를 켜놓고 메일함을 수시로 확인했다. 메신저도 켜놓았다. 아무래도 남자라 직접 말로 하기는 쉽지 않을 것이므로.

이틀간 전화와 이메일을 기다렸다. 수험서는 안중에도 없었다. 사흘째 되는 날, 괴로워도 슬퍼도 울지 않는 캔디의 배터리를 뽑아 던져버렸다. 나의 면목을 알게 되면 누구든 떠난다. 아무도 날 사랑하지 않는다.

그걸로 끝난 줄 알았다. 이 일로 이번 시험에 떨어지기라도 한다면 다시 공부해서 내년에 보란 듯이 합격하면 된다. 조금 늦어지는 것일 뿐이다. 내 인생은 남들보다 항상 늦어왔다. 이 치자는 대기만성형 인간인 게야, 하며 자위도 했다.

시험을 치른 날, 잠이나 자겠다는 나를 동생이 기어이 식당으로 끌어내었다. 식당 한쪽에 상다리가 부러지도록 진수성찬이 차려져 있었다. 한눈에 보아도 내가 좋아하는 음식들이었다. 엄마를 찾자 동생이 찜질방에 갔다고 알려주었다. 엄마가 나가면서 늦을 것 같다고 우리끼리 먼저 먹으라고 했다고 먹기를 강권했다. 동생의 여자친구도 와 있어서 무작정 기다릴 수도 없었다. 엄마와 동생이 종일 만들었다는 음식은 눈으로는 배가 불렀고 혀로는 군침이 돌았다. 저녁을 먹고 가볍게 맥주까지 하고 났을 때도 엄마는 나타나지 않았다. 동생이 들어가서 쉬라고 등을 떠밀어 집으로 왔다. 집은 정갈하고 고요했다. 혹시나 하고 열어본 동생 방에 역시나 엄마는 있지 않았다. 아침에 정신없이 나갔는데 엄마는 그새 내 방을 청소해놓았다. 외투를 옷걸이에 걸다가 책꽂이에 보지 못한 흰 종이가 끼어 있는 것을 보았다. 이게 뭐지? 무심히 종이를 꺼내어 펼쳤다.

처음 이 바다 앞에 섰을 때, 하늘하늘한 잠자리 날개 같은 잠옷을 입고 저 바다로 사뿐사뿐 걸어가는 엄마가 내 눈앞에 있었다.

옷장에 그득한 엄마의 낡은 속옷을 볼 때마다 화가 치밀었던 나는 서른 살 생일 때 엄마에게 속옷과 잠옷을 선물했다. 좋구나, 부드럽고…… 황홀한 듯 잠옷을 볼에 비벼대면서도 엄마는 한 번도 그 옷을 입고 잠이 든 적이 없었다. 여기저기 프릴이 많이 달린 옷을 입고, 잠자는 숲 속의 공주나 인어공주가 되볼 만한데도 엄마는 공주 되기를 일찌감치 포기했다.

나는 그 이유를 알고 있었다. 남자 때문이었다. 푸르스름한 멍을 가리려 얼굴에 뭐라도 찍어 바르면 화장이 짙다고 난리였고, 허벅지를 다 드러내놓고 다닌다고 신고 있던 스타킹을 벗겨 엄마를 묶고 때리던 남자였다. 엄마는 평생에 한 번 가져본, 곱디고운 그 잠옷만은 훼손당하고 싶지 않았던 것이다.

'사랑하는 내 딸'로 시작하는 엄마의 편지가 손에서 떨어져나가고, 다리가 꺾이고, 집이 흔들리고, 세상이 무너져내렸다. 그다음은 기억이 나질 않는다. 발이 땅에 닿질 않았고 목소리가 나오질 않았다. 짐승처럼 울부짖으며 동생에게 전화를 했을 것이고, 동생이 달려왔고, '미안하다'로 끝나는 편지를 읽고 동생의 다리가 꺾였고, 벽을 쳐대던 동생의 주먹은 남자가 술에 취해 귀가하자 남자의 얼굴을 향해 날아갔다. 영문 모르는 남자가 추접한 상욕으로 아들을 상대해보려 했지만 핵폭탄 주먹을 되돌려 받았을 뿐이다.

"너! 엄마, 울 엄마 어떻게 됐으면…… 내가…… 너, 너도 죽인다!"

"이 노무…… 새……까…….."

남자가 입에 괸 피를 토해내며 턱을 그러쥐었다. 동생이 남자의 얼굴에 침을 뱉었다. 나는 넋이 나간 채로 그저 멍하니 쳐다보고 있었다. 엄마, 엄마, 어딘가에 살아 있는 거지?

결혼식도 올리지 못하고 남자랑 엉거주춤 살림부터 시작해 나와 동생을 낳고 남자의 정식 부인도, 자식들의 합법적인 엄마도 되지 못한 채 모진 폭력 속에서도 엄마가 지금까지 남자와의 삶을 견뎌온 이유는 단 한가지였다. 내 딸만은 나처럼 살게 하지 않겠다는 것.

하지만 엄마의 소원은 하루아침에 물거품이 되고 말았다. 딸의 행복한 결혼 생활을 이제 두 눈으로 지켜볼 수 있겠다고 숨을 돌리는 사이 딸은 애인으로부터 버림을 받았다. 엄마는 딸의 결별을 제 탓으로 돌렸다.

이렇게 참고 살지 말아야 했다. 엄마는 잘못 살았다. 바보처럼 살았다. 엄마는 니들 옆에 있을 자격이 없다. 미안하다.

엄마를 찾아야 했다. 경찰서에 신고를 해야 하는 건가. 엄마의 몇 되지 않은 친구들에게 연락을 취해야 하는가. 사람들이 많이 모여드는 역이나 시장엘 가봐야 하는가. 어딜 가면, 어떻게 하면 엄마를 찾을 수 있을까.

전단지를 만들어 전봇대마다 붙여야 하는가. 무슨 옷을 입고 있었다고 써야 하는 거지? 엄마의 옷장을 뒤졌다. 엄마의 옷장은 너무나 단출했다. 눈에 봐왔던 옷들이 그대로 다 있었다. 하지만 그 잠옷만은 눈에 띄질 않았다.

날이 새자 한 번도 와본 적이 없는 엄마의 고향을 제일 먼저 찾아나섰다. 이 바다 앞에 섰을 때 보라색 입술과 심장을 가진 엄마가 물결치는 프릴 장식 옷을 입고 저 물결 치는 바다로 천천히 걸어 들어가는 환영에 땅을 치며 목 놓아 울었다.

엄마, 살아 계셔야 해요! 엄마가 죽으면 나도 따라 죽을 거야.

그날의 맹세를 다시 하고 나는 외할머니와 외할아버지의 산소를 찾아간다. 처음 온 날은 이야기로만 듣던 엄마의 친구를 찾아 동네를 헤맸었다. 다행히도 그 친구 분은 미용실을 하면서 동네를 지키고 있었지만 엄마는 고향을 뜬 후 본 적이 없노라고 했다. 내가 외조부모의 산소에 가고 싶다고 하자 그분은 휘적휘적 산길을 앞서 걷다가도 길이 꺾이는 곳에서는 나를 기다려주었다. 산소에 먼저 이른 그녀가 아래쪽의 날 향해 소리쳤다. 이걸 보라고!

비석 하나 없는 초라한 무덤 앞엔 반나마 남아 있는 소주 한 병과 흰 국화꽃 몇 송이가 놓여 있었다.

"애자가 다녀간 기다……. 맘 단디 묵거라."

결혼 생활은 어땠는지, 왜 집을 나갔는지, 자식은 몇이나 낳았는지……. 그녀는 친구를 쏙 빼닮은 딸에게 묻고 싶은 질문이 쉰 개는 넘을 텐데도 어떤 것도 묻지 않았다. 다만 나에게 엄마는 잘 있을 거라고, 걱정하지 말라고, 딴생각 말라고…… 위로의 말만 넘치도록 해주었다.

헨젤과 그레텔처럼 그날 내려오면서 나만의 기호를 이 산길에 새겨놓았었다. 길이 꺾이는 곳의 키 큰 나무마다 마른 풀을 두세 개씩 걸어두었다. 나무들은 내가 끌어안으며 걸어주었던 풀 목걸이를 여태 걸고 있었다. 저번에 왔을 때와 다른 게 있다면 눈길에 찍힌 발자국이었다. 어지러웠던 발자국은 올라갈수록, 산소에 가까워질수록 줄어들었고 종내 일정한 발자국만 남아 있다. 나는 그 발자국에 내 발을 고스란히 옮겨 걷는다. 신기하게도 보폭과 신발 크기가 같다. 엄마와 나는 발가락이 닮았다. 가슴에서 둥둥 북소리가 난다. 눈 위에 찍힌 발자국을 따라 달린다. 하지만 갈림길을 지나서 발자국은 사라지고 없다. 한 가닥 실낱같은 기대를 걸고 산소의 이곳 저곳을 살폈지만 사람이 다녀간 흔적은 찾을 수 없다. 얼어붙은 국화꽃을 안고 나는 다시 울음을 토해낸다.

엄마, 어디든 살아 있어만 줘…….

종이팩 소주를 따서 봉분 위에 붓고 나도 훌쩍훌쩍 마신다.

엄마, 정말 바보 같애. 내가 계산기랑 결혼 안 하는 게 뭐 그리 대수라구……. 뭐, 운명이 아니었나 보지……. 있잖아, 엄마, 나, 그 남자 만나고 계속 연기했거든. 그 남자가 맘에 들어할 만한 모습으로. 사랑했으니깐 그렇게 연기도 한 거라구? 그랬을까? …… 그래, 그랬을지도 몰라……. 숫자라면 진저리를 치는 나에 비해 무슨 벌레들 같은 기호와 암호를 타고 넘어 계산을 하고 있는 그 남자를 보며 경이롭다고 느낀 적도 많았거든. 지금이라도 돌아오면 받아줄까? 잘못했다고 싹싹 빌면 용서해줄까?

정수리에 있던 해는 점점 빗각으로 떨어져간다. 나는 꽃에 마지막으로 입을 맞추고 일어선다. 엄마, 잘 있어…….

깊은 잠에서 깨어났다. 새벽이다. 엄마가 집을 나가고 남자도 집을 나갔지만 살고 싶은 마음과 죽고 싶은 마음의 투쟁 때문인지 쉬이 잠들 수 없었다. 하지만 오늘은 집으로 돌아오자마자 시쳇말로 누가 업어가도 모를 잠에 떨어졌다.

맑은 정신으로 오랜만에 컴퓨터를 켠다. 계산기한테서 그 사이 이메일이라도 왔을지 모른다. 그래, 다, 다 용서해주마…….

이메일함부터 검색을 한다. 스팸 더미 속에 낯선 편지가 있다. 보낸 이는 '웃는 엄마'이고 제목은 '엄마'라고 적혀 있다. 신종 스팸인가 하다 퍼뜩 스치는 게 있다. 나는 숨을 삼키며 클릭한다. 동생이 집을 나갔을 때 엄마에게 이메일을 보내고 받는 방법을 가르쳐주면서 엄마의 아이디를 만든 적이 있었다. '웃는 엄마'는 우리 모녀의 소망을 담아 만든 이름이었다.

찰나가 영겁처럼 느껴진다.

밥은먹었냐나는잘있다걱정마라사랑한다엄마

……그리고 그들의 시작

거지동네라 사기꾼들이 많을 텐데 홈리스 차림이던 애가 오늘은 화장에, 무슨 옷은 또 그렇게 빼입었어? 네이버후드 수준에 맞춰야지! 너는 완전히 걔네들 밥이다, 밥! 이것 저것 두 번 세 번 확인하고, 사람들 덜컥 믿지 좀 말구! 웬만하면 내가 오늘 같이 가겠는데 모임이 잡혀 있어서 도저히 안 되겠다. 니 오빠 결혼 소식도 알려야 하고……. 날을 잡은 뒤론 하루가 어떻게 가는지를 모르겠다.

엄마의 기우에 힘입어 말끔히 일을 해치웠다. 속고만 살아왔냐는, 안경을 콧등에 걸친 복덕방 할아버지의 웃음 섞인 힐난에도 아랑곳하지 않고 주인들의 얼굴과 신분증을 철저히 대조했으며, 등기부 등본도 뜨끈뜨끈한 걸로 아침에 내 손으로 다시 뗴었다.

내 방이 생겼다. 아니, 내 집이 생겼다. 지상의 방 한 칸이 어쩌다 독채 아파트가 되었다.

반쪽짜리지만 나도 집을 향하여 독립선언문을 낭독하게 된 것이다. 빌린 전세금을 엄마한테 돌려주고 삼천리 방방곡곡에 오디독

316

립만세를 목 놓아 외칠 날이 언제 와줄지는 안개 속의 풍경이지만.

변기 물은 내려봤어? 똥은 제대로 내려가나 몰라. 싱크대 문짝은 열어봤니? 바퀴벌레 전당은 아니든? 세탁기 배수관은 안 막혀 있고? 전기 코드는 설마 그 옛날 백십 볼트는 아니겠지? 살림 한 번 안 해본 네가 무슨 수로 집을 잘 고르겠어? 너 같은 애한테는 새 집이 딱인데. 십오 년 됐다니 재개발이 낼모레겠구먼. 고생해서 떨어지는 재개발 떡고물이나 받아먹을 것도 아니면서 하필이면 다 무너져가는 그런 집을 구해도 구한 거야? 옛날에 내 친구 하나, 딱지 장사 한다고 물도 잘 안 나오는 그런 집에서 살며 고생고생 하더니 그거 전문가 돼서 지금은 부동산 재벌 됐잖아. 나도 그때 그 친구 가방모찌라도 하면서 따라다닐걸 그랬어. 그 동네는 자격증 가진 공인중개사 사무실도 없고 동네 노인들 심심풀이 땅콩 삼아 장기판이나 벌이고 있는 복덕방들뿐이지? 네가 이 경험을 밑천 삼아 부동산 업계로 뛰어들 것도 아니면서 웬 사서 고생인지…….

4층을 올려다본다. 베란다에 그녀가 나와 있다. 아이를 업고 있는 그녀가 한 손을 크게 흔들어 보인다. 아이도 엄마를 따라 손을 흔든다. 나도 두 손을 번쩍 들어준다. 계약까지 다 하고서 다시 집을 둘러보러 왔다. 엄마가 걱정한 대로 변기 물도 내려보았고, 수돗물도 틀어보았고, 싱크대 문도 슬쩍 열어보았고, 베란다에 나가 세탁기 하수관도 살펴보았고, 장난처럼 전기불도 켜보았다. 아직은 쓸 만했다. 남편이 지방으로 발령을 받아서 집을 세놓은 젊은 여자주인은 또래의 여자가 자신들의 집에 들어와 살게 된 걸 아주 좋아했다. 집만 한 번 둘러보고 가려고 했는데 그녀가 차나 한 잔 하자며 내 손을 잡아끌었다.

직접 놓았다는 십자수 탁자보 위에 커피 잔을 올려놓으며 그녀는 아는 사람 하나 없는 낯선 도시로 떠나야 하는 불안을 털어놓았다. 처음엔 집값이 싸서 이곳으로 흘러 들어왔는데 살다 보니 정이 든 것 같다며, 지금은 낯설지만 그 도시도 이곳처럼 정이 들겠죠, 라며 커피에 입술을 적셨다. 싱크대 문 안쪽에 붙여놓은 중국집을 비롯한 온갖 스티커들은 이 동네에서 각 방면에 가장 유명한 곳이니 애용해보라는 조언도 잊지 않았다. 나는 부부 공동명의로 등기가 돼 있어서 이 집이 맘에 들었노라고 속내를 털어놓았다. 작은 집이지만 그래도 내 집 마련하느라고 같이 고생했는데 당연한 거 아니에요? 그녀의 목소리가 한층 높아졌다.

이십 일 후에 나는 저 집에 입주한다. 방 두 개인 십오 평 아파트지만 내게는 궁전이다. 오래된 저층 아파트라 녹지 공간이 많고 나무들도 듬직하다. 볕이 잘 드는 곳에는 개나리가 꽃망울을 터뜨렸다. 이건 목련인가, 저건 벚나무인가. 개나리 노란 꽃이 지고 푸른 잎이 나기 시작하는, 봄의 교향악이 울려퍼질 때쯤이면 나는 슬리퍼를 끌고 꽃그늘 아래를 지나고 있을 것이다.

처음부터 이렇게 외곽으로 나올 생각은 아니었다. 새로 지은 도심의 다세대주택은 시설도 좋고 깔끔하긴 했지만 다닥다닥 너무 붙어 있었고 마당 하나 없었다. 나무를 심을 자리가 있다면 콘크리트를 발라 주차장을 만들어야 했다. 숨통이 트일 만한 곳을 찾다 보니 여기까지 온 것이었다.

전철에서 잠이 들었다 얼떨결에 내려보니 부드러운 곡선을 가진 산이 이마를 마주하고 있었다. 사람들이 많이 내리는 출구 쪽으로 무작정 따라 내렸다. 포장마차의 떡볶이와 어묵의 유혹을 결연히 물리치고 산을 옆구리에 끼고 걸어갔다. 산의 초입엔 공터가 넓게 펼쳐져 있었다. 한쪽엔 트램펄린도 놓여 있었지만 하늘로 방방 뛰어오르고 있는 아이는 눈에 띄지 않았다. 주인조차 눈에 띄지 않는 낡은 트램펄린 뒤론 밭이 보였다. 부지런한 사람들이 텃밭으로 사용한 듯 고랑과 두둑에는 마른 푸성귀가 흩어져 있었고 그 밑으론 새 계절을 알리는 푸른 기운이 씩씩하게 얼굴을 내밀고 있었다. 아기자기, 오밀조밀하게 사이좋게 서로의 영역을 표시해놓은 텃밭이 끝나는 곳에 잡목 숲이 시작되고 있었다. 마른 도토리가 굴러다니는 참나무 숲을 지나 야트막한 능선 위에 올라서 숨을 고르며 아래를 내려다보니 낮은 집들이 보였다.

오늘, 트램펄린에겐 친구가 생겼다. 머리를 양 갈래로 앙증맞게 묶은 여자애가 두 팔을 벌려 날갯짓을 하며 하늘로 날아오르고 있다. 까르르 웃는 소리도 하늘로 콩콩 날아오르고 있다. 내가 살던 동네에서는 눈 씻고 찾아보아도 볼 수 없었던 풍경이다.

전에 못 보던 것이 눈에 띈다. 안내판이 퇴색한 걸로 보아 집을 구하러 다닐 때는 보지 못했음이 분명하다. 이 지역은 금명간 대단위 공동주택단지가 건설될 예정이므로 경작을 금한다는, 이를 어기고 무단 경작을 하는 이는 법에 따라 처리하겠다는 무슨무슨 공사의 무시무시한 경고다. 서울 근교에 이런 금싸라기 땅을 그냥 둘 리가 없다. 이사하고 나면 빈 땅을 찾아 호박이나 상치라도 심어볼까 하던 소박한 바람이 한순간 푹 꺾이다 저런 경고에도 불구하고 작년에도 분명 뭔가 심고 거둬들인 게 분명한 이웃들의 땀방울을 다음 순간 읽는다. 굴착기와 불도저로 밀어넬 때까지 나도 이웃들처럼 호미로 땅을 일궈 푸성귀를 심으리라. 햇볕 좋은 날엔 바구니 옆에 끼고 달래, 냉이, 씀바귀, 나물도 캐러 다녀야지. 나이가 더 들면 어디 산 밑에 작은 흙집 한 채 짓고 살았음 좋겠다. 아담한 텃밭에서 이슬 먹은 야채를 따서 마늘 다져 넣고 간장 양념에 버무려 소박한 아침을 먹고 싶은 소망이 있다. 내 소중한 사람과……

이런 좋은 곳이 내 살 집이 되리라곤 지난겨울 무작정 집을 나오던 순간엔 상상도 못 해본 일이었다. 그리고 보면 겉으로는 이성과 합리가 흐르는 땅처럼 보이지만 안으로는 말이 통하지 않는 집에서 합법적인 유일한 탈출 방법은 포클레인으로 무조건 밀어붙이는 수밖에 없다는 것이 이번에도 어김없이 증명된 셈이었다.

올해 들어 처음 있는 가족들의 아침식사 시간이었다. 서로의 신년계획과 심바의 결혼 이야기가 오갈 때만 해도 분위기는 화기애매했다. 화살이 나에게로 이르자 엄마가 정조준해서 크게 한 방을 날려버렸다.

넌 그런 이야기도 안 들어봤니? 서른 넘은 여자는 남자 만나기가 원자폭탄을 맞는 것보다 더 어렵다는 말. 언제까지 그렇게 남자 하나 없이, 식충이로, 무위도식하면서 살 거야? 네 나이를 생각해야지. 비위도 좋아. 식충이란 말을 듣고도 밥은 입으로 들어가니?

수저를 조용히 놓았다. 말을 하다 말고 가소롭다는 듯 엄마가 콧방귀를 뀌었다. 올 한 해도 만만치 않겠구나. 새해벽두를 이렇게 여는 걸 보니. 눈을 감으면 눈물이라도 쏟아져 내릴까 봐 눈에 힘을 주고 자리에서 일어났다. 내 방으로 돌아와 문을 잠갔다. 트렁크에 짐을 쌌다. 노숙자가 되어 서울역 계단에서 한뎃잠을 자는 한이 있더라도 이곳에 다시 돌아오지 않겠다.

방문을 열고 나가자 심바가 서 있었다. 가방을 뺏으려던 심바가 주방 쪽을 향하여 소리쳤다.

"엄마, 얘 나가요!"

"나, 가, 요! 나가요걸은 아무나 한데니?"

"엄마, 너무 심한 거 아니에요?"

내가 현관문을 밀고 나가자 어쩔 수 없다는 듯 심바가 급하게 집 안으로 들어갔다. 엘리베이터에서 내려 버스 정류장으로 트렁크를 끌고 가는데 슬리퍼를 끌면서 심바가 허겁지겁 달려왔다. 수중에 있는 현금이 이것뿐이라며, 연락하라는 말을 몇 번이고 반복했다.

고시원으로 들어갔다. 돈 많은 심바야 집 나가서 오피스텔로 들어갔지만 돈 없는 나에겐 고시원도 감지덕지였다. 답답한 감은 있었지만, 이 오디 그 어디든 적응을 잘하는지라 지낼 만했다. 문제는 아무리 줄이고 또 줄여도 석 달 후엔 전 재산이 거덜이 난다는 사실이었다. 심바는 랩탑과 데스크탑 컴퓨터가 있어, 뭍에서도 물에서도 살 수 있는 양서류처럼 어디서든 네트워크 형성이 가능하지만 나는 내 책상 위의 묵직한 녀석을 우발적인 가출에 동행해 올 수가 없었다. 인터넷이 끊어지자 핸드폰도 꺼버렸다. 어둠의 동굴 속에서 기어나오는가 싶더니 다시 추락하고 말았다.

마늘과 쑥으로 버텼다. 심지어 서른하나가―내 입으로 밝히긴 그렇지만 우리 나이론 서른 둘 되겠다―되던 생일날도 컵라면이 정식, 초코파이가 디저트였다. 불 밝힌 서른 개의 양초를 건네며 춤을 추어줄 나의 오르페오를 기다리며 우리 나이, 서양 나이, 음력, 양력, 운운해가며 거의 삼 년 가까운 세월을 서른 고개에서 내려오지 않고 죽치고 앉아 있었지만 다 소용없는 노릇이었다. 어떻게 버텨보려던 세월까지 한꺼번에 나이를 먹어 서른둘이 되고 만 것이었다. 서른하나든, 서른둘이든, 서른셋이든 아니면 마흔셋이든 케이크를 든 나의 오르페오는 영영 나타나지 않을 거라고 바닥에 떨어진 초코파이의 부스러기를 주워먹으며 스스로에게 체념과 포기를 주입시켰다.

집 나온 지 한 달 후, 포기란 내게 배추를 세는 단위일 뿐이다, 란 누군가의 귀한 말씀이 불현듯 생각나 심바에게 연락을 취했다. 분단의 아픔으로 반세기 만에 해후하는 통한의 남매라도 되는 듯 심바는 내가 전화를 하자 목이 메어 한동안 말을 잇질 못했다. 잠긴 목소리로 하도 간절하게 어디 있냐고 캐물어서 못 이긴 척 가르쳐주고 말았다. 그로부터 일 주일 후 저녁으로 라면을 끓여 먹을까 밤에 맛김이나 싸 먹을까 머리를 싸매고 고민하고 있는데 인터폰이 울렸다. 손님이 오셨는데요!

"난 고시원에 있다기에 어디 심산유곡에서 머리 싸매고 두꺼운 법전과 싸우고 있는 줄 알았다. 너 하나 발 뻗고 누우면 딱이로구나. 관 속이 따로 없네. 창문 하나 없는 데서 숨은 쉬어지든? 넓은 집, 넓은 네 방 놔두고 이 두 평도 안 되는 곳에서 우리 귀한 딸이 무슨 고생이래니? 고시 공부도 안 하는 애가."

내가 금방 사무실로 나가겠다고 그렇게 강조의 방점을 찍었는데도 인터폰을 내려놓자마자 엄마는 바람처럼 달려와 눈물바람이었다. 눈물 없이 볼 수 없는 이 감격적인 모녀상봉 라이브가 얇은 벽을 타고 각 방에 실시간 생중계되고 있음에 나는 고개를 들 수 없었다.

"고개 좀 들어봐라. 라면 먹고 부은 거야? 살은 어째 더 오른 것 같다만……. 이건 말이 고시원이지 닭장이나 감옥이구나. 어째 왔다갔다하는 인간들은 전부 노숙자나 부랑자들 같으냐? 서울역에서 잠자다 쫓겨왔데니? ……근데 넌 요나 이불도 없어? 이 겨울에 뭘 덮고 잔 거야?"

"그냥, 뭐…… 점퍼랑 스웨터로 대강……. 여기 안 추워! 더워서 이불 같은 거 필요 없어! 엄마가 진짜 고시원이란 곳을 몰라서 그래! 지하에, 여름이면 냉장고에 바퀴벌레 기어다니고 장마철엔 습기 천지고, 어디서 한 사흘은 된 거 같은 밥 주고 그런 데도 수두룩하다구!"

"그래, 잘난 딸 덕택에 새로운 거 하나 배웠구나. 고시원! ……우리 나가서 얘기하자. 내가 지금 숨을 못 쉬겠다."

부스스한 머리에 후줄근한 운동복 차림으로 들어오고 나가는 남자들을 좁은 복도에서 마주치자 엄마는 몸을 움츠리며 오만상을 지었다. 근처 카페에 자리를 잡자마자 약 기운 떨어진 사람처럼 엄마는 부들부들 떨며 지포라이터를 꺼내 담배에 불을 붙였고, 주문을 받으러 오자 얼음 넣은 냉수나 얼른 한 잔 가져다달라고 사정을 했다.

"……너 집 나가고 잠 한 번 편히, 밥 한 번 맛있게 먹어본 적이 없다……. 너 생일날은 어디서 미역국이라도 얻어먹었나 싶어 하루 종일 울었다……. 너는 오빠만 편애한다고 섭섭해했는지 모르지만…… 나는 하늘에 맹세코 그런 적 없다."

하지만 자욱한 연기 사이로 보이는 엄마의 얼굴은 파리하거나 해쓱해 보이진 않았다. 오히려 화색이 돌았다.

"너에 대한 기대가 컸다……. 어렸을 때는 네가 오빠보다 훨씬 똑똑했으니깐……. 너만은 이 엄마가 못 해본 걸 누리고 사는 잘나가는 여자가 되길 바랐고…… 기대가 크다 보니 그만큼 실망도 컸고…….”

엄마가 담배를 피우는 걸 본 적이 있긴 하지만 볼에 저렇게 깊은 우물이 지도록 맛있게 담배를 먹는 모습은 처음이었다. 거기다 엄마는 알고 보니 체인 스모커였다. 저런 사람이 어떻게 남들 앞에서는 어쩌다 담배 연기만 맡아도 속이 매스꺼운 사람처럼 굴 수 있는지, 불가사의였다. 엄마의 말을 들으며 어긋난 모녀관계에 대한 분석과 반성을 하고 있는 건지, 엄마의 담배 피우는 모습을 보며 서프라이즈와 미스터리가 잘 버무려진 시나리오를 쓰고 있는 건지, 내가 나를 알 수 없었다.

“……들어가자, 집에!”

엄마가 탁자 밑의 내 손을 잡아 흔들었다.

“오빠 날짜 잡았다! 5월로!”

미스터리가 봄날 눈 녹듯 풀리는 순간이었다.

그 사흘 후 나는 짐을 싸들고 집으로 들어갔다. 바람 구멍 하나 없는 고시원이 더 살 수 없을 만큼 답답했다거나, 테이프가 늘어지도록 아무리 리플레이를 하고 또 해봐도 잘못했다거나 미안하다거나 하는 소리는 전혀 나오질 않았다. 어찌 됐든 지금까지 살면서 엄마가 나에게 한 최고의 사과 행위에 감읍했다거나, 심바의 결혼식에 가족의 일원으로 최선을 다하자 따위의 바른생활 교과서를 침을 바르며 넘기고 있어서도 아니었다. 그건 어쩌면 이 땅의 여성 음주인과 흡연인으로서 동질감 같은 것이었다. 그날 엄마랑 둘이 처음으로 술을 마셨고, 술을 마시면서 엄마를 상대로 처음으로 거래를 했고, 처음으로 엄마랑 담배를 대작했으며, 처음으로 둘이 노래방에 가서 심수봉의 〈백만 송이 장미〉를 함께 불렀다. 고시원의 그 좁은 방에서 굳이 나랑 같이 자겠다는 엄마를 택시를 태워 집으로 보내고 혼자 다시 술을 마셨다. 그날 밤, 엄마와의 흥정은 결론을 내리질 못했다. 그런 중요한 문제는 혼자서 결정할 수 있는 성질의 것이 아니라며 일단 집에 들어와서 다시 생각해보자고 협상의 달인다운 자태를 드러냈다.

내가 제시한 거래란 게 이런 거였다. 어차피 오빠 결혼하면 집 한 채 얻어줄 것이니 나도 이참에 독립할 수 있는 시드머니를 주라. 지금까지 키워준 것만으로도 고마우니 돈을 거저 달라고 하지는 않겠다. 제때 제때 이자는 못 줘도 언젠가 원금이라도 갚겠다.

집으로 들어가서 일 주일 후 부모님이 나를 불렀다. 각오하고 있던 질문들이었다. 앞으로 뭐 할 거냐, 결혼은 안 할 거냐, 사귀는 사람은 없냐, 그렇게도 집에서 나가고 싶냐, 돈을 주면 어디에 어떻게 쓸 거냐……. 이에 대한 내 대답은 솔직담백한 것이었다. 공부를 하고 싶다, 상담공부를. 예술치료사가 되려 한다. 너무 늦어서 망설이기도 했지만 음악이나 미술, 영화를 좋아하는 내 성향이나 성격에도 이 일이 맞을 것 같다. 지금의 결혼이나 가족제도에 불만이 많으므로 결혼에는 별로 관심이 없다. 사귀는 사람도 당연히 없지만 이제 다시 선 따위는 보고 싶지 않다. 부모님 두 분이서 이제 제2의 신혼을 맞아 오붓이 사시라. 오래전에 독립을 했어야 하는데 경제적 형편 때문에 지금까지 미뤄진 거다. 작은 방을 얻고 약간의 살림도구를 사고 공부하는 데 돈은 쓰겠다. 유학을 가게 될지도 모르겠다.

우리 모녀가 술을 마시고 담배를 피우고 노래를 부르는 파격적인 행동을 하룻밤 은밀히 공유했다고 해서 우리의 관계가 애틋해졌다거나 살뜰해진 건 아니다. 여전히 우리는 사랑과 미움의 아슬아슬한 경계를 부지런히 넘나들고 있다.

나를 향한 말투도 크게 달라지지 않았다. 처음 이 동네에서 살거라고 운을 뗴었을 때 엄마는, 넌 왜 하는 게 늘 지지리 궁상인지 모르겠다. 너 가졌을 때 먼지 나는 도로변 포장마차에서 먹어댔던 순대가 탈을 일으킨 건지, 네가 뭐가 부족해서 그 촌스럽고 지저분한 동네에서 살려고 그러느냐고 화를 내었다. 그래도 일말의 변화라면 언제라도 맘만 먹으면 그날 밤의 파격을 구사할 수 있는 일종의 네트워크가 형성되어 엄마의 어지러운 아침 인사에도 손을 흔들며 집을 나올 수 있다는 것이다.

봄바람이 분다. 바람 불어 좋은 날이다. 이제 이 오디의 삶에도 봄바람이 불어줄 것인가.

그간 나를 속여온 삶에 슬퍼하고 노여워하느라 시들어왔던 내 청춘도 이 불어오는 봄바람을 맞으며 인생 역전을 이룰 수 있을 것인가. 현재는 언제나 슬픈 것이어서 마음은 언제나 미래에 산다지만 이 오디는 현재도 미래도 사근사근하고 달콤하길 소망한다. 혀 끝에 닿는 오디처럼.

며칠 잠을 이루질 못했는데도 몸이 날아갈 듯 가볍다. 시계를 들여다보고 나자 전철역으로 향하는 걸음이 빨라진다. 어디 갈 데도 없던 이 오디에게 약속이 생겼다. 엄마 말대로 관이 따로 없었던 고시원에서 발 뻗고 누울 때마다 죽음 속으로 들어가면서도 그래도 끝내 죽지 않고 살아남아 오늘 이 오디에게도 설레는 만남이 생겨났다.

그녀, 치자는 전화를 받지 않았다. 기차를 기다리며 가평역에서 기도하는 심정으로 번호를 눌렀지만 나의 무심함은 사죄받지 못했다. 만에 하나, 그녀의 전화기에 내 번호가 찍혀, 예의 바른 여인의 떨리는 목소리를 들을 수 있을까 싶어 전화기를 끌어안고 살았지만 전화는 걸려오지 않았다. 그때 그녀는 아비란 사람이 남자친구 앞에서 그녀와 엄마를 폭행한 후 이틀이 지나, 임용고시를 사흘여 앞두고 지옥에 떨어져 있을 때였다고 한다.

내가 전화를 건 후 한참이 지나, 그녀가 내게 쪽지를 보내 왔을 때 나는 이번에도 쪽지를 열어볼 수 없었다. 우발적인 가출로 섬 안에서도 동굴에 갇혀 있을 때였으므로. 무엇이든 영원하리라 철석같이 믿는 어리석음에 매번 한참이 지나놓고서야 그것이 마지막이었음을 알아채듯이 남이섬에서 나와 블로그에 글을 올린 게 판타스틱 소녀 백서의 지난겨울 마지막 백서가 되어버렸다. 그녀가 쪽지를 보낸 건 그 포스트를 보고 나서였다. 한 달하고 보름이 지나 응답이 오는 배달사고를 내긴 했지만 그 누군가가 내 기도를 들었는지도 모르겠다. 그녀도 내게 쪽지를 보낼 때 기도하는 심정이었는지는 모르지만. 우리의 기도에 대한 응답은 매번 엇갈리고 늦어졌지만 아주 늦게라도 그 기도는 이루어져왔다.

영화 〈러브 레터〉 중에서, 〈사랑에 빠졌다고 상상해 보아요〉란 피아노 솔로와 기형도 시인의 「오래된 서적」이란 시를 올렸다…… "나를/한 번이라도 본 사람은 모두/나를 떠나갔다, 나의 영혼은/검은 페이지가 대부분이다, 그러니 누가 나를/펼쳐볼 것인가,/(……)//나는 기적을 믿지 않는다."

이 포스트를 열어보고 그녀가 내게 보낸 쪽지엔 이렇게 씌어져 있었다.

혹, 어느 봄날, 경춘선 기차 난간에 매달려 담배를 피우던 여자를 만난 적이 없나요?

고시원에서 한철을 보내고 집으로 돌아와서야 이 쪽지를 읽었다.

……아, 당신이…… 맞았군요!

이 몇 글자를 치는 데 얼마나 많은 오타를 냈는지 모른다.

네, 하는 그녀의 목소리가 귓가에 들려오는 순간 내 심장 소리는 그녀의 귀에 고동칠 듯했다.

우리는 그렇게 다시 만났다. 이메일로, 쪽지로, 메신저로, 가끔은 핸드폰으로 우리는 서로의 안부를 묻기도 하고, 블로그에서도 다 하지 못한, 꼭꼭 여며둔 이야기들을 슬금슬금 꺼내놓았다.

우리 언제 밥이나 같이 먹어요,라고 용기 있게 제안을 한 건 그녀였다.

그녀와의 저녁 약속을 하루 앞두고, 옷장 문을 열었다 닫았다, 머리를 이렇게 빗었다 저렇게 빗었다, 이 향수를 뿌려봤다 저 향수를 뿌려봤다, 만나면 환하게 웃어야 하나 살짝 미소만 지어야 하나, 거울 앞에서 생쇼를 하고 있는데 핸드폰이 울렸다. 그녀였다. 무슨 일이 생긴 건 아닐까, 몸이 먼저 굳어졌다.

그녀의 목소리는 울먹이고 있었다. 슬픔이 가득 차올라서가 아니라 기쁨을 주체할 수 없어서 흘리는 눈물이었다. 엄마가 드디어 머물고 있는 곳을 알려주었노라고, 남쪽의 비구니 사찰에서 공양주 보살로 지내고 있다고, 엄마는 어디에 가더라도 한 상궁 성향을 떨치질 못하고 또 공양간을 차지하고 있다고, 근데 그 딸인 나는 장금이가 되질 못하고 된장찌개 하나도 깊은 맛이 우러나오질 않는다고, 그녀가 눈물을 그치며 하르르 웃었다. 곱게 물들어가는 그녀의 얼굴이 눈앞에 하르르 피어났다.

이걸 어쩌죠, 내일 당장 엄마 얼굴을 보러 가려구요. 내려가면 당분간 그곳에서 엄마랑 같이 지내게 될 것 같아 약속을 잡을 수가 없네요. 저도 많이 기다리고 있었는데……. 제가 오늘따라 말이 많았네요. 엄마 목소리를 몇 달 만에 들었는지……. 전에 말한 적 있었죠? 엄마가 어떻게 되면 저도 그만 살려고 했다고……. 좋은 공기 마시면서 좋은 생각 많이 하고, 몸도 마음도 튼튼해져서 돌아올게요…….

열흘이 지나 그녀에게서 이메일이 왔다.

아직, 그 드물다는 굳고 정한 갈매나무는 찾아내지 못했지만 엄마 덕분에 조용하고 물 맑고 별 많은 곳에서 호사를 하고 있네요. 엄마는 처음에 몰라 볼 정도였어요. 보기 좋게 살도 오르고 얼굴색이 살아 있는 게 그사이 건강미인으로 변신하셨더라구요. 도시에서는 지독한 야행성 인간이었던 저도 지금은 밤이 되면 스르르 눈이 감긴답니다.

이곳에서도 문명의 이기는 누릴 수 있지요. 핸드폰에 남겨놓은 문자 메시지도 보았어요. 이렇게 가끔은 스님 방에 들어와 컴퓨터도 쓸 수 있구요. 오늘이 3월 7일이더라구요. 날 가는 것도 모르고 사는데 낮에

갑자기 날짜가 궁금해진 이유가 있데요. 시집을 들고 숲으로 갔어요. 우리는 모두가 위대한 혼자였다. 살아 있으라, 누구든 살아 있으라……. 시인의 목소리가 숲을 섧게 울도록 하더군요.

24시간 내 옆엔 엄마가 있어요. 엄마의 손을 잡고 잠이 들고 눈을 뜨면 엄마의 손이 제 얼굴을 쓸고 있습니다. 우리에게도 더 좋은 날이 오겠지……. 노래만 지치도록 들었는데……. 살아 있으니 이런 날도 있네요……. 엄마랑 그동안 못한 이야기도 소곤거리고 음식 만드는 것도 배우고……. 집 보러 다닌다고 그랬죠? 나중에 집에 초대해주시면 제가 온갖 산나물로 요즘 유행하는 웰빙 밥상이란 걸 차려드릴게요. 할 이야기가 너무 많지만 새벽 예불을 드리려면 일찍 자야 한답니다. ……보고 싶네요. 처음 만나는 자유에서 수잔나와 리사가 같이 부르던 그 노래, 다운타운처럼, 도시의 네온 불빛을, 시끌벅적함을, 혼잡스러움을 즐길 힘이 생겨난 듯해요.

오늘, 대웅전 돌계단을 오르다 보랏빛 제비꽃을 보았어요. 봄이에요! 우리가 만나야 할!

청량리역이다. 십 분 후, 그녀를 여기서 만나기로 했다. 역 광장의 시계탑이 아니라 매표소 앞에서. 남이섬에 가기로 했다. 그녀와 꼭 해보고 싶은 아흔아홉 가지 중에 그 첫번째가 기차를 타고 그곳에 다시 가는 것이었다. 그 두번째는 번갈아가며 앞에서 끌고 뒤에서 밀어주며 커플 자전거를 타보는 일이고 세번째는 푸르고 싱싱한 밥상 앞에서 그녀를 바라보는 것이고 네번째는……. 오늘은 그녀를 만날 수 있을까. 그 떨리던 봄날처럼, 내 생에 봄날이 다시 올 수 있을까.

잠들 수 없던 어젯밤 이리저리 뒤척이던 내게 이런 생각이 찾아왔다. 누구의 삶에나 꼭 해야 할 일이 있고, 꼭 갚아야 할 채무가 있고, 꼭 만나야 할 사람이 있는 것은 아닐까. 만나야 할 사람은 아무리 엇갈리고 아무리 오래 걸려도 언젠가는 꼭 만나게 되는 것은 또 아닐까. 어떤 일이 생기더라도 만나야만 하는, 아무리 에둘러 흘러도 강이 바다로 흘러가듯 끝내 이렇게 만나고야 마는, 그대 그리고 나, 우리는, 인연이고 팔자고 운명은 아닐까. 인연이고 팔자고 운명이기 위해 우리는 그 많은 눈물과 아픔과 이별과 상처를 통과해야만 했던 것은 아니었을까.

검은 긴 생머리, 새하얀 반소매 니트, 연둣빛 벨벳 에이라인 스커트, 흰 발목 양말과 흰 운동화, 그리고 한 손에 꽃무늬 토트백을 들고 저기, 봄바람 속에 한 사람이 서 있다. 아, 이제 나는 화해할 수 없었던 나의 과거를, 혐오스러웠던 내 자신을 연민의 시선으로 돌아볼 용기가 생겨난다. 이렇게 첫 걸음을 떼면 나도 내 자신이 너무나 자랑스럽고 사랑스럽다고 세상을 향해 소리칠 날도 뚜벅뚜벅 다가와주지 않을까.

그녀가 내 쪽으로 고개를 돌린다. 입가에 번진 미소를 주워 담지 못한 채 난 그만 고개를 푹 숙이고 만다. 그녀의 눈을 똑바로 바라볼 수가 없다. 이 터질 것 같은 설렘을 무어라 표현할 수 있을까. 어렵게 고개를 들었을 때, 그녀의 시선도 아래쪽을 향하고 있다. 그녀의 토트백 앞쪽에는 꽃무늬 원피스를 입은 여자 인형이 매달려 있다. 너 어렸을 때 이런 예쁜 인형 하나 못 만들어준 게 지금도 후회가 돼서 하나 만들어봤다,며 엄마가 수줍게 내밀었다는 그 갈래머리 소녀인형일 것이다. 오로지 자식들의 행복만을 위해 그 모진 고통을 참고 살았던 그녀의 엄마는 이제 스스로가 행복해져야 자식들도 행복해질 수 있다는 평범한 진리에 이른 듯하다.

그녀가 살포시 웃는다. 봄바람 속에 꽃이 피어난다. 벙싯 벌어진 나의 입도 다물 줄 모른다. 내 몸의 실핏줄 하나하나, 붉은 피 한 방울 한 방울에 이르기까지 환희의 송가가 울려퍼진다. 그녀가 빨간 우체통이 보이는 러브 레터 시디를 흔든다. 나는 그녀의 손때가 묻은 기형도 시집을 흔든다. 지상의 꽃과 영원의 별이 내 안에서 환호작약한다.

그 봄날, 이곳 청량리역에서 헤어지고 뒤를 돌아보지 않으려 주먹을 쥐고 걷고 있던 나를 그녀가 조심스럽게 불러 세웠다. 가진 게 이것밖에…… 오늘 고마웠어요……. 그녀가 시집을 내밀었다. 나는 답례로 시디플레이어에서 〈러브 레터〉 시디를 꺼내 그녀의 빈 손 위에 올려놓았다.

우리는 표를 끊고 개찰구를 통과하고 임시로 설치한 나무 계단을 내려간다. 아니나 다를까, 나는 그만 발을 헛디디고 만다. 그녀 옆의 아찔한 현기증을 감내할 수 없다. 그녀가 긴 머리를 출렁이며 얼른 손을 내민다. 나는 그만 아뜩해져 동작이 우뚝 멈추고 만다. 그녀가 새뜻 웃으며 손을 잡아 흔든다.

기차에 올라탄다. 그녀 옆에 내가, 내 옆에 그녀가 앉는다. 눈길이 시집으로 도피한다. 시디를 만지작거리던 그녀의 마르고 긴 손가락이 무스를 한껏 발라 시퍼런 작두날처럼 날이 선 내 짧은 머리카락에 가만가만 와 닿는다. 내 인디언레드 빛깔의 입술이 아슴아슴 떨려온다. 그녀가 부드럽게 허리를 감아 내 손을 잡는다. 그녀의 검은 머리에 내 입술을 가져간다. 그녀의 입술이 내 볼에 닿는다.

나는 지금 기적을 믿는다. 나는 더는 인생을 증오하지 않는다. 나는 이제 행복, 낭만, 동경, 희망, 미래 그리고 더한 것들이라도 신뢰한다.

긴 기적을 울리며 바퀴가 서서히 미끄러진다.

보랏빛 사랑의 기적에 관한 이야기

박정애(소설가, 강원대 교수)

명색 소설쟁이로서 부끄러운 고백이지만, 나는 〈컬러 퍼플(The Color Purple)〉을 앨리스 워커의 소설로가 아니라 스티븐 스필버그의 영화로만 만났다. (쩝, 소설책 안 팔린다고 푸념할 염치도 없다.) 여하튼 무지무지 더웠던 저 1994년의 한여름, 첫아이를 뱃속에 품은 채 입덧과 우울증으로 심신이 부대끼다 못해 서정주의 시에 나오는 오래된 신부처럼 "매운 재가 되어 폭삭 내려앉아"버리고 말 것 같던 그 시절, 동네 비디오가게에서 빌려 본 영화가 〈컬러 퍼플〉이었다. 워낙에 가만히 앉아 있어도 온몸이 땀으로 젖는 징글징글한 더위였지만 두 시간 넘는 영화를 끝까지 보고 나자 얼굴이고 등허리고 옷소매고 마음이고 방금 목물한 사람처럼 축축해져 있었더랬다. 지금도 셀리와 네티가 손뼉 치며 놀던 자줏빛 코스모스 들판에 쏟아지던 햇살이 내 눈 속으로도 쏟아져 들어올 듯 선명한 영상으로 남아 있고, 서그와 셀리의 키스 장면을 떠올리면 내 입 안에도 단침이 그득 고일 만치, 감각에 새겨져 지워지지 않는 영화이다.

이 영화의 제목이 왜 하필 "컬러 퍼플"인지는 나중에 '또 하나의 문화'에서 나온 책을 읽고서 알게 되었고, 또 어찌어찌 그리스 신화 관련 책자들을 접하면서 복습하게 되었다. 컬러 퍼플, 보라 혹은 자줏빛에 관한 끔찍하고 처연한 이야기인즉슨 이렇다. 트라키아의 왕인 테레우스는 아테네의 6대 왕 판디온을 도와준 공으로 판디온의 딸인 프로크네 공주와 결혼하여 아들 이티스를 얻는다. 결혼 5년째 되던 해 테레우스는 여동생을 보고 싶어하는 프로크네를 위하여 아테네로 가서 처제인 필로멜라를 데려오게 된다. 돌아오는 길에, 테레우스는 필로멜라를 성채로 끌고 가 강간하고 그 사실이 알려질까 봐 그녀의 혀를 자르고 유폐시킨다. 그래 놓고 아내인 프로크네에게는 객로에서 처제가 죽는 바람에 슬피 울며 장례를 치러주었다고 거짓말을 한다. 1년 후 필로멜라는 자신에게 일어난 불행을 하얀 천에 자줏빛으로 수놓은 벽걸이로 만들어 비밀리에 프로크네에게 보낸다. 벽걸이를 보고 저간의 사정을 알게 된 프로크네는 필로멜라와 연통하여 남편에게 복수하려 한다. 디오니소스 축제가 열리고 만찬 스튜를 먹다가 아들 이티스를 찾는 테레우스에게, 프로크네는 당신이 먹은 스튜의 재료가 바로 이티스라고 말한다. 이때 필로멜라가 나타나 이티스의 잘린 머리를 식탁 위에 내던진다. 테레우스가 칼을 빼들어 자매를 찌르는 순간, 프로크네는 나이팅게일로, 필로멜라는 제비로 변한다.

어린 이티스가 무슨 죄로 그렇게 죽어야 하는가 하는, 복수의 방법에 대한 의문이 끈덕지게 들러붙긴 하지만, 필로멜라의 고통과 프로크네의 분노 자체에 공감하지 않을 여자는 별로 없을 것이다. 혀 잘린 (침묵을 강요당하는) 여자가 자기를 표현하는 수단으로 쓰인 색깔, 자줏빛은, 앨리스 워커의 퓰리처상 수상작 『컬러 퍼플 (The Color Purple)』을 거쳐 현대 페미니즘의 상징 컬러가 되었다.

기왕 신화 얘기를 한 김에 플라톤의 『향연』에서 에로스를 두고 당대의 철학자들이 나누는 설왕설래 중 두 가지만 되짚어보겠다. 아리스토파네스는 뮤지컬 〈헤드윅〉의 노랫말로도 유명한 사랑의 기원을 이야기한다. 그에 따르면 인간은 원래 다리가 넷, 팔이 넷, 머리가 둘이었는데, 제우스의 노여움을 사서 절반으로 쪼개어졌다. 그래서 사람은 평생토록 자신의 반쪽을 찾아 헤매야 하는 운명을 지니게 되었는데, 여성끼리 붙어 있던 사람은 여성을, 남성끼리 붙어 있던 사람은 남성을, 여성과 남성이 붙어 있던 사람은 이성을 찾는다는 것이다. 이 쪼개진 반쪽들을 하나로 결합시키는 힘을 가진 신이 바로 에로스이다. 한편 소크라테스는 만티네이아의 지혜로운 무녀 디오티마의 말을 인용하여, 에로스는 신과 인간의 중간 존재인 '정령'이라고 주장한다. 신들의 향연에 홀로 초대받지 못한 페니아(빈궁, 결핍)는 정원에서 잔치 찌꺼기를 기다리고 있다가 술에 취해 잠든 포로스(술책, 궁여지책)와 관계를 가진다. 결핍된 여자 페니아와 계략적인 남자 포로스의 결합으로 신들의 정원에서 태어난 자 에로스는 곧 '결핍의 궁여지책'인 셈. 그는 궁핍의 여신처럼 언제나 먹이를 찾아 헤매며, 술책의 남신처럼 언제나 자신의 목적을 이루기 위한 계략을 짜내는 불안하고 불명확한 존재인 것이다.

서설이 너무 길었다. 김연의 새 장편소설 『그 여름날의 치자와 오디』의 도입부가 컬러 퍼플을 연상시킨 탓이고 보랏빛 사랑의 예감을 심어준 까닭이다.

오늘, 국화꽃을 사러 자주와 노라에 갔다.

골목 모퉁이에 있는 그녀의 꽃집을 나는 오늘 '보라와 자주'로 읽었다. 아니, '보러와 자주'로 읽었던가. (7쪽)

자주와 노라, 보라와 자주, 보러와 자주. 매력적인 언어유희이다. 정신분석학자들은 언어적 실수를 무의식의 표출 통로라 본다. 화자가 꽃집 이름을 '보러와 자주' 혹은 '보러와 자주'로 잘못 읽은 것 또한 무의식의 표출일 것이다. 필로멜라의 자줏빛 수를 떠올린 독자라면 '보러와 자주'에서 여성으로서 화자의 고통과 절망을 어떤 식으로든 표현하고픈 욕망과 의지를 읽어낼지 모른다. '보러와 자주'에서는 영원한 결핍의 존재인 인간이 자신의 잃어버린 반쪽을 찾아 헤매며 그리워하는 심정을 읽어내고.

『나도 한때는 자작나무를 탔다』(한겨레신문사, 1997)에서 작가 김연이 그려내는 자매애의 눈물겨운 희망에 감동받은 적이 있는 나로서는 자주와 노라, 보라와 자주, 보러와 자주의 의미, 빛깔, 소리가 빚어내는 이미지에서 이 소설이 결국 자매애를 말할 것임을, 자매애라는 넓고 긴 빛 띠 중 보라와 자주에 해당하는 부분을 변주할 것임을, 일찌감치 눈치 챘다.

자주와 노라, 보라와 자주, 보러와 자주의 사이사이에는 애틋한 연애감정이 맥박 친다. 사랑하고 사랑받고 싶은 반쪽의 본능이 가득하다. 이 본능을 전달하는 주요 매체는 편지다. (그러고 보니 앨리스 워커의 소설도 서간체랬다!) 여기서 편지는 혀 잘린 여자가 소통에의 욕망을 실현할 수 있는 매체로서 사랑하는 자매에게 보내는 벽걸이의 자줏빛 수(繡)와 같은 역할을 한다.

『그 여름날의 치자와 오디』에서 편지는, 고운 편지지에다 펜으로 사연 써서 봉투에 넣고 우표 붙이고 받는 사람 주소 적어 우체통에 넣는 전통적인 형식의 그것이 아니다. 당연한 얘기다. 나부터 그런 편지 써서 부친 기억이 아물아물하니. 그렇다고 이메일도 아니다. 스팸이 아닌 바에야 이메일 역시 특정 수신인의 존재가 반드시 필요한 법. 사랑하고 사랑받고 싶은 마음은 간절하지만 내 반쪽이 도대체 누구이며 어디에 있는지 모를 때 우리는 수신인 없는 편지를 쓴다. 옛날에는 일기장이나 노트에다 썼지만, 요즘은 세계 최고의 인터넷 강국에 사는 네티즌답게 블로그 또는 미니홈피에 쓴다. 이 작품 『그 여름날의 치자와 오디』의 수신인 없는 러브 레터들 또한 "2004/03/07 23 : 29"라는 블로그 등록시간으로 기표되거니와, 잃어버린 반쪽을 찾아서 그이와 함께 누릴 충만한 미래의 삶을 향하여 불쌍하고 결핍된 현실의 존재가 보내는 간절한 기도(祈禱)이자 구조 사인(sign)이라 할 수 있다.

도입부의 화자인 '치자'(아이디)는 요절한 시인 기형도의 기일인 3월 7일, 시인의 시에서 빌린 '내 영혼의 검은 페이지'라는 이름으로 인터넷에 허공의 집, 블로그를 만든다. "보랏빛으로 죽어가는 그녀들의 입술 앞에서 이렇게라도 굳어버린 나의 혀를 녹여 살아 있고" 싶어서.

다음 장의 화자가 되는 '오디'(역시 아이디)는 같은 날, 철야수당 없는 철야작업 뒤 "일요일인데도 죽음 같은 열악한 노동의 저녁을" 감내하며 귀가하던 중 지하철에서 남자들에게 봉변을 당하고는 피시방에서 자신의 블로그, '판타스틱 소녀 백서'를 업그레이드한다.

소설은 치자와 오디가 번갈아 일인칭 화자가 되어 팍팍하고 버거운 일상을 살아내는 정황을 고백하듯 이야기하는 것으로 진행된다. 겉보매로만 판단하자면 치자와 오디는 극과 극의 캐릭터이다. 치자는 중등교원임용고시를 준비 중인 학원 강사로서 끝없는 빈곤과 가부장제 폭력에 짜부라져 수시로 죽음 충동을 느끼곤 하는 여성이다. 성격은 내성적이고 외모는 부드러우며 옷차림은 단정하다. 오디는 애니메이션 감독을 꿈꾸는 애니메이터로서 저명한 대학교수 아버지와 교양 있는 어머니 슬하의 외딸이다. 털털하고 당당한 성격에 개성적인 외모를 지녔으며 과감한 패션을 즐긴다. 그러나 이들의 속내는 여러 면에서 닮아 있으니, 둘 다 최승자 시인이 '이렇게 살 수도 없고 이렇게 죽을 수도 없을 때'라고 갈파한 서른 살이며, 미래 없는 비정규직이며 성적 소수자이며 무엇보다 "여성과 동일시하는 여성"[1]인 것이다. 여성에 대한 이 사회의 모든 억압, 폭력, 차별에 예민하게 반응하고 분노하고 아파하는 여성인 것이다.

치자와 오디는 몇 년 전 경춘선 기차에서 우연히 만나 함께 남이섬을 여행하고는 케이트 캡쇼(이 여성은 〈컬러 퍼플〉을 만든 스티븐 스필버그의 아내이다) 주연의 영화 〈러브 레터〉 O.S.T. 시디와 손때 묻은 기형도 시집 『입 속의 검은 잎』을 정표로 주고받은 적이 있고 그날의 추억을 심장에 새기고 있으나, 얼굴 없는 아이디로만 소통

---

1) 페미니스트 사상가 벨 훅스(bell hooks)의 분류에 따르면, "여성과 동일시하는 여성(woman-identified woman)"은 자신의 존재론적 실존을 남성의 긍정 여부에 의탁하지 않는다. 반면 "남성과 동일시하는 여성(man-identified woman)"은 여성보다는 남성을 지원하며 언제나 남성의 관점으로 사물을 바라보는 게 가능하다. 가령 「그 여름날의 치자와 오디」에서 오디의 어머니나 할머니는 여성이되 "남성과 동일시하는 여성"인 것이다.

하는 인터넷상에서는 그 사실을 모른다. 그러나 익명이기에 오히려 가면을 벗게 되는 인터넷의 한 특성이 작용하여 둘은 시나브로 상대의 맨얼굴과 만나며 내밀한 사랑을 키워가는데, 이 감질나는 사랑의 성장과정에는 수많은 음악과 영화, 문학, 그림, 광고 카피 등등 다종다양한 문화 장르들이 그야말로 종횡무진, 자유자재로, 휘황찬란하게 교섭하고 충돌하고 파괴되고 오독되고 전용되고 재창조된다. (알아야 면장도 해먹는다고, 이렇게 다방면으로 해박해서 그 해박한 지식을 글로 써먹을 줄 안다는 건 소설가로서 큰 자산이다. 자기 글에 이런 종류의 휘황찬란함을 담을 수 있는, 오랜 시간 문화적 영양소를 골고루, 듬뿍 섭취한 도시(?) 작가들에게 나는 묘한 열등감을 느끼곤 한다. 『나도 한때는 자작나무를 탔다』를 읽으면서도 그런 생각을 했었는데, 그저 곰팡내 자욱한 도서관에서 책이나 들입다 파댔을 뿐 다른 방면으로는, 특히나 음악 쪽으로는 무식하기 짝이 없는 나는 다만 그들을 질투할 따름이다.)

치자와 오디는 직장과 연애와 가족 때문에 수없이 좌절하고 우여곡절을 겪고 심각한 방황을 거듭하다 결말에 이르러서야 비로소 "어느 봄날, 경춘선 기차 난간에 매달려 담배를 피우던" 추억의 그 여자가 바로 상대방임을 알게 된다. 이들을 엮어주는 단서는 오디가 블로그에 올린, "영화 러브 레터 중에서, 〈사랑에 빠졌다고 상상해 보아요〉란 피아노 솔로와 기형도 시인의 「오래된 서적」이란 시"이다. 기도는 이루어지고, 두 사람은 재회한다.

'나는 기적을 믿지 않는다, 나는 인생을 증오한다'고 한 기형도 시인의 시구를 빌려, '나는 기적만 믿지 않는 게 아니다, 정의, 희망, 성공, 미래 따위도 믿지 않는다, 나는 인생만 증오하는 게 아니다, 행복, 낭만, 동경, 성실 따위도 증오한다'는 치자의 고백으로 소설은 시작했었다. 이제 소설의 마지막, 사랑을 얻은 오디는 쓴다.

나는 지금 기적을 믿는다. 나는 더는 인생을 증오하지 않는다. 나는 이제 행복, 낭만, 동경, 희망, 미래 그리고 더한 것들이라도 신뢰한다.

결국 이 작품은 믿지 않던 것을 믿게 하고 증오를 경배로 바꾸는 저 위대한 사랑의 기적에 관한 또 한 편의 이야기였던 것이다. 수없이 다양한 버전의 사랑의 기적 중에서도 보랏빛 사랑의 기적에 관한 이야기였던 것이다.

음악을 인용하는 것은 이 작가의 전문 영역이고 나는 문외한이나 다름없지만 이 애달프고도 어여쁜 커플, 치자와 오디를 위하여 한 곡 바치고 싶다. 〈헤드윅〉에 나오는 노래, 〈사랑의 기원(Origin of Love)〉의 일부.

You were looking at me
너는 날 바라보고 있었고
I was looking at you
나는 널 바라보고 었었지
You had a way so familiar
너에겐 낯익은 무언가가 있었지만
But I could not recognize
나는 알아채지 못했어
Cause you had blood on your face

너는 얼굴에 피가 묻어 있었고

I had blood in my eyes

나는 눈동자에 피가 묻어 있었기 때문이겠지

But I could swear by your expression

하지만 네 표정을 보니

That the pain down in your soul

네 영혼 밑바닥의 상처가 내 영혼 밑바닥의 상처와

Was the same as the one down in mine

똑같은 것이라는 확신이 들더라

That's the pain

바로 그거야

It cuts a straight line Down through the heart

심장을 수직으로 내리그으며 베는 상처

We called it love

그 상처를 우린 사랑이라 부르지

So we wrapped our arms around each other

그래서 우린 서로를 부둥켜안았지

Trying to shove ourselves back together

몸과 몸이 달라붙어 다시 하나가 되게끔

We were making love

우리는 사랑했어

Making love

사랑을 했어

사랑의 기적으로 결말은 났으되, 나는 문득 묻고 싶어진다.

"그리고 치자와 오디는 영원히 행복하게 살았을까요?"

혹여 그럴 수도 있지만, 그렇지 않을 가능성이 더 많다. 레즈비언 커플도(당연히 게이 커플도) 지배/복종의 가부장제적 관계 모델을 따를 수 있고 소유욕과 질투와 폭력으로 관계를 망칠 수 있는 것이다. 'happily ever after'란 동화의 세상에서나 통용되는 법칙인 것이다. 그렇다 하더라도 이 사랑으로 하여 치자와 오디의 삶은 더욱 깊어지고 더욱 넓어졌을 터. '결핍의 궁여지책'은 더 세련되고 더 공교로워졌을 터. 그만하면 남는 장사 아닌가, 적어도 치자와 오디의 사랑은 치자 부모의 경우처럼 생을 밑동부터 갉아먹어 무너뜨리는 종류의 것은 아니지 않은가. 나는 고개를 주억거린다.

그건 그렇고, 자주와 노라 꽃집의 흘러넘치는 꽃향기로 시작한 소설은 치자와 오디라는 멋진 작명 덕분인지 전편(全篇)이 여성 성기의 오라(aura)로 은은히 감싸여 있다. 내가 보기에 붉누른 치자 열매는 음순(陰脣)을, 검자줏빛 오디는 음핵(陰核)을 닮았다. (나 혼자만의 생각일까? 뭐 어쩔 수 없지. 어차피 모든 독서는 오독이니까.) 그래서일까. 이 작품 곳곳에서 나는, 비록 여성 억압적 현실의 백양(百樣)이 거의 지루할 정도로 등장하고 재수 없는 마초들의 백태(百態) 또한 진짜 지겹게도 반복되긴 하지만, 여성의 온몸에 숨어 있는 기쁨과 환희의 숨결을, 아~ 하 아~ 하 아~ 하 아~ 하, 느낄 수 있었다. 이 재능 있는 작가가, 포털사이트에서 날이면 날마다 배 터지도록 제공하는 우리 사회 왜곡된 젠더 현실의 백양백태보다는 차라리 여성적 오르가슴의 주체성과 특수성을 치자처럼, 오디처럼, 좀더 환하고도 맛깔스레 형상화하는 데에 주력했더라면 일레인 쇼월터가 말한 여성의 단계[2]를 보다 단단히 성취할 수 있었을 거라는 아쉬움이 남는다.

사족 _ 시방 앨리스 워커가 쓰고 안정효가 번역한 책, 『더 컬러 퍼플』을 읽고 있는 중이다. 케이트 캡쇼 주연의 영화 〈러브 레터〉도 곧 빌려볼 참이다.

---

2) 미국 페미니스트 사상가 일레인 쇼월터는, '여성적인 단계', '여성주의자의 단계', '여성의 단계'로 여성 글쓰기의 발전과정을 구분했다. 이 중 '여성의 단계'는 자기 발견의 단계로서 이 시기의 여성작가들은 가부장적 가치들에 대한 단순한 반발과 저항에서 벗어나 자기의 내면을 성찰하면서 고유하고 독립적인 여성 정체성을 확립하기 위해 노력한다.

이별 여행이었다. 두 달간 낯선 땅, 낯선 언어 속에 헤매다 보면 미련조차 남지 않으리라 믿었다. 내 힘으로는 세상으로 나갈 출구를 발견할 수 없는 내 소설을 버리고 싶었다. 그렇게라도 치자와 오디와 결별하고 싶었다.

아일랜드 단애 위에서 대면했던 대서양, 딸 생일날의 런던 프라이드 페스티벌, 무어와 헤더, 게이 프렌드리 벨기에, 로자룩셈부르크거리의 호스텔, 드레스덴 거리의 악사, 인스부르크와 에델바이스, 〈투란도트〉가 공연되던 한여름 밤의 산지미냐뇨, 노트르담대성당에서 지치도록 바라보았던 파리…….

돌아와서 먼지를 손으로 쓸며 컴퓨터를 켰다. 예도 갖출 만큼 갖추었으니 이제는 보내주어도……. 그때 난, 너무 고통스러워 산통에조차도 비유할 수 없는 이 소설을 버려야 했던 걸까?

소설 쓰기의 고민을 함께 나누어준, 말테여리, 소라, 오늘, 이니드, 포도……. '언니네'와 '일다'를 비롯해 내게 새로운 세상을 보여준 웹사이트들, 찬란한 언어의 화성을 남겨놓아 이 재주 없는 이에게도 변주의 영감을 불어넣어주었던 시인들, 정성스럽게 추사와 해설을 써주신 지인들, 존재의 의미인 딸 스윙짱, 마르지 않는 화수분인 나의 엄마 이 여사, 그리고 십육 년 만에 다시 내 책을 만들어 준 실천문학사 모든 식구들에게 머리 숙여 감사드리고 싶다. 세상이 알아주지 않아도 진실한 삶 앞에서 분투 중인 익명의 겸손한 당신들에게도…….

소설을 다시 쓸 수 있을지 없을지, 쓴다 하더라도 이처럼 세상에 나올 수 있을지 없을지 훗날의 일을 지금 이 순간 알 수는 없지만, 내가 서 있는 자리를 끊임없이 성찰하는 인간으로 앞으로도 살겠노라는 나 자신과의 약속은 먼 훗날에도 오늘처럼 지켜지고 있기를 소망한다.

이제 헤드폰을 끼고 Everclear와 함께 땀과 눈물이나 쏟아야겠다……. Please don't tell me everything is wonderful now na na na……

김 연

그 여름날의 치자와 오디

2006년 6월 1일 초판 1쇄 찍음
2006년 6월 9일 초판 1쇄 펴냄

지은이 | 김연
펴낸이 | 김영현
편집 | 박문수, 정은영, 홍진, 강영특
디자인 | 여현미, 이선화
관리 · 영업 | 김경배, 김태일, 이용희

펴낸곳 | (주)실천문학
등록 | 10-1221호(1995.10.26.)
주소 | (121-820) 서울시 마포구 망원1동 377-1 601호
전화 | 322-2161~5, 팩스 | 322-2166
홈페이지 | www.silcheon.com

ISBN 89-392-0546-4 03810

이 도서의 국립중앙도서관 출판시도서목록(CIP)은 e-CIP홈페이지
(http://www.nl.go.kr/cip.php)에서 이용하실 수 있습니다.
(CIP제어번호 : CIP2006001184)